살려마땅한 사람들

살려 마땅한 사람들

THE KIND WORTH SAVING

피터 스완슨 지음
이동윤 옮김

푸른숲

차례

1부

살인을 저지를 나이

1장

킴볼

"저 기억하시겠어요?" 그녀가 사무실 안으로 들어오더니 물었다.

"당연하지." 대답하기는 했지만 사실 그녀가 누구인지 생각나지 않았다. 하지만 낯이 익었다. 그래서 순간 어쩌면 그녀가 내 사촌, 혹은 오래전에 헤어져 깡그리 잊어버린 옛 여자친구일지도 모른다는 끔찍한 생각에 빠져들고 말았다.

그녀가 사무실 안으로 한 걸음 발을 들였다. 그녀는 키가 작았고, 마치 전직 체조선수처럼 어깨가 떡 벌어지고, 두 다리가 강인해 보였다. 동그란 얼굴에, 이목구비, 그러니까 푸른색 눈동자와 앙증맞은 코, 곡선을 그리고 있는 입이 한가운데 오밀조밀하게 모여 있었다. 짙은 색 청바지와 갈색 트위드 블레이저 차림, 지금 막 승마를 하고 온 게 아닐까 생각이 드는 복장이었다. 어깨까지 내려오는 윤기 나는 검정색 머리카락은 한쪽으로 넘겨두었다. "고등학교 때 상급반 영어 수업을 들었어요." 그녀가 말을 이었다.

"조앤이구나." 나는 그 이름을 지금 막 떠올렸다는 듯이 입을 열었다. 하지만 그녀는 상담 예약을 하면서 진작 자기 이름을 밝힌 터라, 나는 당연히 진작부터 이름을 알고 있었다.

"지금은 조앤 웨일런이에요. 선생님 수업을 들을 때만 해도 조앤 그리브였죠."

"그래, 조앤 그리브. 기억하고말고."

"그리고 그때는 킴볼 선생님이셨잖아요." 그녀가 사무실 안으로 들어온 후 처음으로 미소를 지으며 말했다. 가지런히 배열된 조그만 치아가 드러나자 누구인지 확실히 기억이 되살아났다. 그녀는 학창시절에 진짜 체조선수였다. 주변에서 인기가 많았고, 여기저기 끼를 부리고 다녔으며, 학업 성적도 평균 이상이었다.

과거에도 이 애가 이렇게 나를 킴볼 선생님이라고 부르면 무슨 약점이라도 잡힌 것처럼 막연히 불편한 느낌이 들었는데, 그런 느낌이 드는 것은 다시 만난 지금도 마찬가지였다. 다트퍼드-미들햄 고등학교에서 교사로 재직하던 시절의 기억은 가능한 한 잊고 싶었다.

"헨리라고 부르지 그러니."

"헨리라는 이름은 영 어색하네요. 저한테는 아직도 킴볼 선생님 쪽이 익숙해요."

"교사 일을 그만둔 이후로 킴볼 선생님이라고 불려본 적이 없는 것 같구나. 내가 누구인지 알고 오늘 상담 예약을 잡은 거니?"

"몰랐지만 그래도 짐작은 했던 것 같네요. 이전에 경찰로 일하셨다는 소식은 들었으니까요. 그리고 제가 듣기로는…… 어, 그러니까 그런 일이 일어났으니…… 지금은 사설탐정 일을 하신다고 해도 이상하지 않잖아요."

"뭐, 어서 들어와. 만나서 반갑구나, 조앤. 상황이 좀 그렇긴 해도 말이지. 마실 것 좀 줄까? 커피나 차 어때? 아니면 그냥 생수라도?"

"괜찮아요. 아뇨, 사실은 안 괜찮아요. 괜찮으시다면 물 좀 마셔야겠어요."

내가 18제곱미터짜리 사무실 남쪽 구석에 처박혀 있는 미니 냉장고에서 생수 한 병을 꺼내는 사이 조앤은 서성거리다 내가 벽에 걸어놓은 그림 쪽으로 다가갔다. 영국 케임브리지 근처에 있는 그랜트체스터 목장을 그린 수채화를 인쇄해 액자에 넣은 것이었다. 몇 년 전 여행 중에 산 그림이었다. 딱히 그 작품이 마음에 들었다기보다는 내가 가장 좋아하는 실비아 플라스의 시 중 하나가 〈그랜트체스터 목장의 수채화〉여서 그 그림을 구입하는 게 이치에 맞다는 생각이 들었다. 나는 이 사무실을 내고 그림을 꺼내 벽에 걸었다. 치과 진료실이나 이혼 전문 변호사 사무실에서 손님들이 자신이 있는 곳이 어디인지 잊어버릴 수도 있도록 마음을 달래주는 미술품을 비치하는 것처럼, 내 사무실에 오는 사람들에게도 마음을 진정시키는 효과를 주고 싶었다.

조앤이 딸깍 소리를 내며 병뚜껑을 따고 자리에 앉는 동안 나는 책상을 빙 둘러 걸음을 옮겼다. 늦은 오후 햇볕이 사무실 안으로 비스듬히 비치고 있어서 블라인드 각도를 조절했다. 조앤은 눈을 가늘게 뜬 채 오랫동안 물을 들이켰다. 자리에 앉기 직전, 12년 전 영어 수업에서 학생들 앞에 서 있던 기억이 짧지만 생생하게 떠올랐다. 긴장한 탓에 겨드랑이가 축축하게 젖었다. 학생들이 지루해하면서도 재단하는 듯한 눈초리로 나를 바라보고 있었다. 허공을 떠돌던 분필 가루 냄새마저 느껴지는 것 같았다.

나는 가죽 회전의자에 앉아 조앤 웨일런에게 무슨 도움이 필요한지 물었다.

"휴⋯⋯." 그녀는 시선을 살짝 돌리며 입을 열었다. "너무 뻔해서 재미는 없어요."

그녀는 내가 자신이 여기 온 이유를 맞춰보기를 바라는 눈치였지만 나는 계속 입을 다물고 있었다.

"남편 때문이에요." 그녀가 마침내 말을 이었다.

"흠."

"말씀드렸다시피 아마 자주 들어보신 사연일 텐데, 남편이 바람을 피워요. 거의 그럴 거라고 생각…… 아니, 알고 있어요. 사실 저는 별로 신경 쓰지 않아요. 제가 아는 한 그 사람은 뭐든 원하는 대로 행동하니까요. 하지만 그 사람이 그런 짓을 하고 다니는 걸 아는데도 아직 증거를 잡지 못했어요. 그러니 진짜로 알고 있는 건 아니죠."

"확실히 알게 되면 이혼 소송을 낼 생각이니?"

그녀는 어깨를 으쓱했다. 그런 어린애 같은 동작을 보고 있으니 다시 한번 분필 냄새가 떠올랐다. "그것도 모르겠어요. 아마 그럴 거예요. 정말 짜증 나는 건 따로 있어요. 그 사람은 그런 짓을 저지르고도, 그러니까 바람을 피우고도 잘 빠져나가고 있다는 거죠. 직접 미행해 보기도 했지만 그 사람이 제 차를 알고 있으니 소용 없었어요. 저는 단지 확실히 알고 싶을 뿐이에요. 구체적인 내용 말이에요. 외도 상대는 누구인가 하는 것. 뭐, 그것도 알고 있다고 생각하긴 하지만요. 둘이서 어디를 다니는지, 얼마나 자주 만나는지, 말씀드렸지만 그런 건 전혀 신경 안 써요. 신경 쓰이는 건 오직 그 사람이 잘 빠져나가고 있다는 사실뿐이에요." 조앤은 고개를 들고 내 어깨 너머 이 사무실의 유일한 창문 밖을 바라보았다. 늦은 오후 햇빛이 비치면 유리창에 먼지가 얼마나 내려앉아 있는지 쉽게 보이는 법이다. 나는 언제 시간이 나면 유리창을 닦아야겠다고 생각했다.

나는 공책을 내 쪽으로 끌어당긴 후 펜 뚜껑을 열었다. "남편의 이름과 직업은 뭐지?"

"이름은 리처드 웨일런이고, 부동산 중개업을 해요. 블랙번 공인중개사라는 업체를 경영하고요. 회사 사무실은 다트퍼드와 콩코드 두 군데에 있는데, 그 사람은 주로 다트퍼드 사무실로 출근해요. 팸 오닐이라는 애가 다트퍼드 사무실 매니저인데, 그 애가 그 사람의 잠자리 상대죠."

"그 여자가 외도 상대라는 사실을 어떻게 알았지?"

그녀는 한쪽 주먹을 들고 엄지손가락을 세웠다. "첫째, 그 애는 거기서 일하는 사람들 중 유일하게 정말로 예쁘다고 할 만한 사람이거든요. 뭐, 예쁜 데다 어리기까지 하죠. 리처드는 그런 사람한테 사족을 못 쓴다니까요. 둘째, 리처드는 거짓말쟁이지만 거짓말을 썩 잘하지는 못해요. 제가 팸이랑 바람피우는 게 아니냐고 추궁한 적이 있는데, 제 눈을 똑바로 바라보지도 못하더라고요."

"그전에도 외도를 의심해서 그를 추궁한 적이 있었니?"

"그 사람이 과거에도 바람을 피웠다고 생각하지는 않아요. 진짜 바람은 말이죠. 그 사람은 라스베이거스에서 열리는 되도 않는 부동산 중개업자 협의회에 매년 참석하는데, 거기서 스트리퍼 같은 사람들과 놀아나는 건 확실해요. 하지만 그건 엄밀히 따져서 바람이라고는 할 수 없잖아요. 저는 팸 그 애와 친구 사이라 해도 좋아요. 그런데 바로 그게 문제예요. 그 애가 처음 블랙번 사무실에 취직했을 때, 제가 다니는 북클럽에 그 애를 초대했어요. 꽤 여러 번 참석했죠. 그 애가 정말로 독서를 한다고 생각하는 클럽 회원은 아무도 없었지만요. 저는 그 애에게 참 잘 해줬어요. 심지어 남편의 투자 담당자를 소개시켜 줘서, 둘이 석 달 정도 만나기도 했다니까요. 그 애를 데리고 한잔하러 갔던 적도 세 번은 넘을걸요."

"그 불륜 관계는 언제 시작된 것 같아?"

"석 달 전부터 팸이 제게 문자메시지를 더 이상 보내지 않았는데, 아마 그때부터였던 것 같아요. 그렇게 뻔히 보이는 짓을 하다니, 꼭 들키고 싶던 것 같잖아요. 이런 경우는 굉장히 많이 보셨을 테죠?"

조앤이 이렇게 말한 것은 두 번째였다. 나는 사실은 그렇지 않다고 털어놓지 않기로 마음먹었다. 내 단골 의뢰인은 신원 조사를 의뢰하는 임시 인력 사무소와, 매번 고양이를 잃어버렸다고 찾아오는 사무실 아래쪽에 사는 80대 노인, 단둘뿐이었다.

"내 생각에 두 사람은 숨기려고 노력했지만 실패한 것 같은데. 그렇다면 아마도 네 남편이나 팸이란 여자 둘 다 이전에는 외도를 저지른 적이 없다는 뜻이겠지. 비밀을 숨기는 데 능한 사람들은 평소에 충분히 연습해온 법이거든."

그녀는 얼굴을 찡그리며 내가 방금 한 말을 곱씹어 보았다. "아마 선생님 말씀이 맞을 테지만, 제 남편이 바람을 피운 게 이번이 처음이든 아니든 별로 신경 쓰이지가 않는 것 같네요.

왜 이런 심정이 드는지는 알 수 없지만, 솔직히 말해서 남편보다는 팸 때문에 좀 더 짜증이 나요. 그 애가 무슨 놀이를 하고 있다고 생각하는지 모르겠어요. 저기, 그해 졸업반 학생들이 조기 졸업을 하고도 계속 교사 일을 하셨어요? 그다음 해에는 분명 그만두셨다고 알고 있어요."

화제가 갑작스럽게 바뀌는 바람에 나는 솔직히 대답하고 말았다. "세상에, 아니. 다시는 내 발로 그 학교로 돌아갈 수 있을 것 같지 않았어. 끔찍한 심정이었지만, 어쨌든 학기가 2주 밖에 남지 않았었으니 그것만 마무리한 거지."

"이후로 교사 일은 전혀 안 하셨어요?"

"고등학교에서는 하지 않았어. 가끔씩 평생교육반에서 성인 대상으로 시를 가르치기는 했지만, 그건 교사 일과는 다르니까."

"농구선수 이야기." 그녀는 퀴즈 대회에서 막 우승한 사람처럼 얼굴이 환해졌다. 나는 어리둥절한 표정으로 조앤을 바라볼 수밖에 없었다. 그녀가 내게 말할 기회를 주지 않고 덧붙였기 때문이다. "이제 다 기억났어요. 학기 마지막 달에 선생님이 우리한테 시를 읽어줬잖아요. 우리가 교과서에 처음부터 끝까지 집중할 수 있을 리가 없다고 하면서 말이에요."

"그랬지."

"그때 읽어주신 시가 한 아이에 관한 거였는데……."

"아, 그래. 존 업다이크의 시였어. 제목은 '한때는 농구선

수'였지. 그 기억은 까맣게……."

"그러다가 앨리 아이젠코프랑 말다툼을 벌이셨잖아요. 그 애가 선생님이 그 시의 상징적 의미를 죄다 꾸며낸 거라고 하는 바람에 말이죠."

"말다툼이라고 하기는 좀 그렇구나. 열띤 지적 논쟁에 더 가깝다고 해야지." 당시 수업 때 기억이 떠오르기 시작했다. 그날 수업의 목표는 그 시를 한 줄 한 줄 해부하는 것이었다. 나는 그 시에 등장하는 주유소와 인근 거리의 지도를 칠판에 그려놓았다. 그리고 존 업다이크가 어떻게 〈한때는 농구선수〉처럼 비교적 단순한 시를 시계처럼 세밀하게 구성할 수 있었는지, 그리고 어떻게 시의 표면적 의미와 심층적 의미 양쪽을 고려해 단어 하나하나 의도적으로 선택할 수 있었는지 보여주려 애를 쓰고 있었다. 수업에 집중하고 있던 학생들은 내가 그 시속에 실제로 존재하지 않는 의미를 부여하고 있다고 확신하며 거세게 반발했다. 나는 학생들에게 인류가 달에 갈 수 있다고 생각하고 컴퓨터 코딩 같은 것을 발명할 수 있다고 믿으면서도, 시 한 편에 등장하는 주유소 위치에 대한 묘사가 고등학교 농구 스타의 정체된 삶에 대한 은유라는 점은 좀처럼 믿지 못하는 점이 흥미롭다고 말했다.

앨리 아이젠코프는 내 수업에서 목소리를 높이던 학생들 중 하나였다. 그 애는 내가 마치 하늘은 파랗지 않다고 말했다는 듯이 눈에 띄게 흥분하며 내가 없는 의미를 지어낸 것이라고 주장했다. 나는 조앤이 그 수업 시간을 콕 집어 기억하고 있다는 사실에 깜짝 놀랐다고 말했다.

"저는 기억력이 좋은 데다, 선생님은 훌륭한 교사셨으니까요. 그해에는 선생님한테 정말 감명받았어요."

"뭐, 너 말고는 그런 사람 없을걸."

"아시겠지만, 리처드 말이에요. 바람피우고 다니는 제 남편 놈이요. 그 사람도 DM을 다녔어요."

아이들이 다트퍼드-미들햄 고등학교를 DM이라 불렀다는 사실을 떠올리는 데는 시간이 조금 걸렸다. "아니, 그건 몰랐는데. 내 수업을 들었었나?"

"아뇨, 선생님 수업은 하나도 안 들었어요. 그 사람이 상급반 영어 수업에 들어갈 수 있을 리가요."

나는 조앤이 고등학교 동창과 결혼했다는 사실에 놀라고 말았다. 다트퍼드와 미들햄의 중심지는 콩코드나 링컨만큼 번화한 곳은 아닐지라도 공립 고등학교를 졸업하는 학생들 대부분은 4년제 대학교에 진학하기 마련이었다. 그러니 그들 중 상당수는 고등학교 시절 연인과 결혼할 것 같지 않았다.

"고등학교 때부터 그를 만나고 있었니?"

"리처드요? 그렇다고 할 수는 없어요. 물론 알고 지내는 사이이긴 했죠. 진짜 뛰어난 축구선수였으니까요. 하지만 어쩌다 어울리는 정도였어요. 실제로는 보스턴에서 사귀기 시작했죠. 대학을 졸업하고 나서 거기서 1년 정도 살았어요. 그 사람도 보스턴대학에 다니면서 근처 올스턴에서 바텐더 일을 하고 있었고요."

"지금 둘은 어디 살지?"

"안타깝지만 다트퍼드에서 살아요. 사실은 리치의 부모님이 사시던 집이에요. 같이 사는 건 아니고요. 두 분은 그 집을 우리한테 팔고 지금은 플로리다에서 살고 계세요. 거절하기에는 너무 좋은 제안이었죠. 선생님께서 리치의 뒷조사를 하실 생각이라면 저희 집 주소를 포함해서 이것저것 다 알려드려야겠죠?" 조앤은 어깨를 살짝 뒤로 당기며 고개를 들었다. 내 기억에 있는 몸짓이었다.

"정말 내가 이 일을 해줬으면 하니? 남편이 불륜을 저지르고 있다는 사실을 이미 알고 있다면……."

"반드시 해주시면 좋겠어요. 그 사람은 제가 증거를 확보하기 전까지는 그저 부인하고 넘어갈 거라고요."

그리하여 우리는 수임료에 대한 이야기를 나누었다. 나는 받아야 하는 것보다는 살짝 낮은 금액을 제시했다. 조앤은 과거 내 학생이었거니와 나한테 시간이 부족한 것도 아니었으니까. 그러자 그녀는 리처드의 부동산 사무실에 대한 세세한 정보를 알려주고, 그들의 불륜 행위가 오직 근무 시간 동안에만 이루어진다고 확신하는 이유를 말해주었다. "바람을 피우기 가장 쉬운 직종이잖아요."

"빈 집이 많을 테니."

"맞아요. 빈 집은 사방에 널려 있고, 그 집들을 드나들 핑계도 넘쳐나거든요. 얼마 전에는 직원 둘이 서로 잠을 자는 게 발각돼서 직원들이 빈 집에 못 가게 했다나 봐요. 그 사람이 말한 거예요."

좀 더 자세한 이야기를 들은 뒤, 나는 조앤에게 계약 절차에 대해 알려주었다. 계약서를 작성해서 이메일로 보내 서명을 받고 착수금을 수령하면 비로소 조사가 시작되는 것이었다.

"팸을 눈여겨보세요. 그 애가 그 사람이 바람피우는 상대예요. 다 알고 있다니까요."

조앤이 사무실을 나서고, 나는 옥스퍼드 스트리트가 보이는 창가에 서서 그녀가 혼다 아큐라에 내려앉은 은행잎을 털어낸 다음 차에 타는 모습을 지켜보았다. 바깥 풍경은 근사했다. 1년 중 바로 이때가 나뭇잎의 절반 정도는 아직 나무에 매달려 있고, 나머지 절반은 바람을 타고 주변을 날아다니는 시기였다. 나는 책상 앞으로 돌아가 워드를 켜고 새로 맡은 사건에 대한 문서 작성을 시작했다. 조앤을 다시 보게 되니 기분이 이상했다. 성인이 되었지만 그녀는 어딘지 모르게 한결같은 모습이었다. 조앤을 마지막으로 알고 지내던 때로 생각이 자꾸 쏠렸지만, 그 생각은 차치하고 조앤이 남편에 대해 해준 이야기에 애써 집중했다. 아내 쪽을 미행한 적은 한 번 있었지만, 남편 쪽은 처음이었다. 대략 1년쯤 전에 맡았던 사건이었다. 아내는 불륜을 저지르고 있던 게 아니라 불법 도박을 벌이고 있던 것으로 드러났다. 차를 몰아 뉴햄프셔에 있는 포커 도박 장에 드나들었던 것이다. 하지만 이번에는 왜인지 조앤의 남편이 아마도 조앤이 생각하는 바로 그 짓을 저지르고 있을 거라는 느낌이 들었다. 하지만 섣부른 추정은 하지 말자고 스스로 되뇌었다. 조사를 처음 시작하는 것은 책을 펼치거나 영화관에 앉는 것과 같았다. 아무런 예상도 하지 않고 시작하는 것이 최선인 법이었다.

사무실 문을 걸어 잠그고 건물을 나서니 놀랍게도 밖에는 이미 땅거미가 내려앉아 있었다. 나는 낙엽이 깔린 길을 따라 집으로 걸음을 옮겼다. 돈이 들어오는 일을 맡아 기분이 들떴지만, 여러 해가 흘러 다시 조앤을 보니 다소 불길한 느낌이 드는 것은 어쩔 수 없었다.

10월 중순이었다. 세 집 걸러 한 집 꼴로 할로윈 장식이 되어 있었다. 호박, 가짜 거미줄, 플라스틱 묘석 같은 것들. 내가 매번 지나는 한 집에는 거대한 가짜 거미들 천지였다. 어떤 여자가 두 아이를 데리고 그 장관을 바라보고 있었다. 아직 어린아이는 유모차에 타 있었고, 좀 더 나이 먹은 여자아이는 정말로 겁먹은 듯 거미 하나를 가리키며 엄마에게 저 거미를 없애버려야 한다고 말했다.

"난 못 해." 아이 엄마가 말했다. "그러려면 거인이 와야 할걸?"

"그러면 거인을 부르면 되잖아요." 여자아이가 말했다.

지나치며 아이 엄마와 눈이 마주치자 그녀는 내게 미소를 지었다. "나도 못 해." 내가 말했다. "내가 키는 커도 거인만큼 은 아니거든."

"그러면 어서 도망쳐요." 아이의 말투는 굉장히 심각했다. 나는 계속 걸음을 옮겼다. 불길한 생각이 계속 떠올랐지만 독 학으로 익힌 방식을 따라 무시해버렸다.

2장

조앤

조앤은 윈드워드 리조트에 리처드가 와 있다는 것을 깨닫기도 전에 그의 사촌형 두에인을 만났다. 그 날은 무덥고 벌레가 들끓는 8월의 한 토요일로, 부모님, 언니와 함께 보내는 2주간의 휴가가 시작되어 메인주의 해변을 끼고 있는 호텔에서 묵던 첫날 밤이었다. 조앤의 나이는 열다섯 살이었다.

두에인은 케너윅 해변을 산책하고 있던 조앤 곁으로 쭈뼛거리며 다가왔다. 조앤은 기를 쓰고 가족들로부터 떨어지려는 중이었다. 두에인은 몸이 다부진 10대로, 아마도 고등학교 졸업반이었을 테다.

"안녕, 윈드워드 리조트에서 본 적 있어." 두에인이 말을 걸었다. "여기 막 온 거야?"

조앤도 그를 본 적이 있었다. 식당 밖 로비에 놓인 소파에 다리를 떡 벌린 채 앉아 있었다. 삐딱한 자세와 낮은 이마선 때문에 다소 난폭한 사람처럼 보였다.

"응, 오늘 도착했어." 조앤은 대답하며 계속 걸음을 옮겼다.

"그거 안타깝네. 여기 겁나 구리거든. 노인네들 밖에 없다니까."

"그 정도는 아닌데." 조앤은 기본적으로는 그의 말에 동의했지만 이렇게 대꾸했다. "여기 해변은 예쁘잖아."

"그래, 해변 바위가 멋있지. 그냥 호텔이 그렇다는 거야. 그러니까 밤이 되면 아무것도 할 게 없거든. 야, 좀 천천히 가. 뭔 걸음이 그렇게 빨라."

조앤은 걸음을 멈추고 그를 돌아보았다.

"나는 두에인이야."

"나는 조앤."

"저기, 아까 말했지만, 여기는 밤에 할 게 아무것도 없어. 그래서 10시쯤 우리 같은 애들끼리 해변에 내려와서 모닥불이나 피우고 놀까 하거든. 그 말을 하고 싶어서 부른 거야. 너도 오면 좋을 것 같은데 어때? 안 와도 되고."

"누가 오는데?"

"데릭이라고 꽤 괜찮은 애가 있어. 여기서는 다 먹은 그릇이나 치우는데, 저기 시그럴 레스토랑에서는 웨이터 일도 하거든. 나랑 몇 번 어울려서 맥주를 마셨어. 대마도 좀 하고. 솔직히 말해서 여기는 별 볼 일 없는 애들밖에 없어. 내 사촌동생도 하나 같이 왔는데, 걔는 좀 덜 떨어진 놈이고. 그냥 너는 꽤 괜찮아 보이고 파티도 좋아할 것 같아서 말을 걸어본 거야."

"음, 생각 좀 해보고. 너랑 데릭이라는 애 둘뿐이야?"

"아, 아니." 두에인은 고개를 저으며 말했다. "저 해변 아래쪽 펜션에서 지내는 여자애들이 몇 명 있는데, 걔들도 올 거야."

"음, 생각 좀 해보고." 조앤은 같은 말을 반복했다.

"좋아. 말한 대로 10시쯤 되면 모닥불을 피울 거야."

조앤은 나갈 생각이 없었지만 밤에는 할 일이 아무것도 없다는 두에인의 말은 사실이었다. 식당에서 생선구이와 가리비를 곁들인 감자가 나오는 구역질나는 저녁식사를 마치자, 부모님은 로비에 앉아 어떤 노인의 피아노 연주를 듣기 시작했고, 언니 리지는 책을 읽으러 객실로 올라갔다. 10시가 되자 부모님도 객실로 올라가 잠자리에 들었다. 조앤은 여전히 로비에 앉아 잡지나 대충 넘기고 있었다. 그러다 해변에 내려가 그냥 인사 정도만 하고 오자고 마음을 먹었다. 어쩌면 두에인은 겉보기만큼 덩치만 큰 얼간이는 아닐지도 모르니까.

그녀는 리조트 밖으로 나가 경사진 잔디밭을 지나 마이크맥 로드를 건너 해변에 도착했다. 낮에는 무더웠지만 이제는 꽤 선선했기 때문에 조앤은 가져온 옷 중 가장 두꺼운 스웨트셔츠를 입고 있어 다행이라 생각했다. 해변은 어둡고 고요했다. 조앤은 대략 200미터쯤 떨어진 곳에서 깜빡거리는 모닥불 불빛을 보고 그쪽으로 걸음을 옮겼다. 발이 부드러운 모래에 푹푹 빠졌다. 모닥불 가까이 다가가니 남자애 둘밖에 보이지 않았고, 산들바람을 타고 대마 냄새도 풍겼다. 그녀가 몸을 돌리려는 찰나, 두에인이 조앤을 발견하더니 자리에서 벌떡 일어나 그녀를 향해 달려왔다.

"와, 씨발." 그는 지나치게 큰 소리로 말했다. "왔구나." 그는 모닥불 쪽으로 고개를 돌려 웃음을 터뜨리면서 친구를 향해 소리쳤다. "내가 올 거라고 했잖아."

조앤은 딱 5분만 같이 어울려 주겠다고 결심했다. 그 이상은 어림없었다. 연기를 내며 타오르는 모닥불은 표류목 몇 개를 포개놓은 것이 고작이어서, 그 불빛으로는 데릭이 어떻게 생겼는지조차 알아보기 어려웠다. 데릭은 해변에 떠밀려온 통나무 위에 쭈그리고 앉아 있었는데, 야구모자를 쓴 사람 모양의 어두운 형체로 보일 뿐이었다. 두에인은 조앤에게 조그만 플라스틱 아이스박스 위에 앉으라고 권한 다음 뚜껑을 딴 미지근한 캔맥주를 건네주었다. 조앤은 감사 인사를 건넨 다음 맥주를 한 모금 들이마셨다. 두에인은 라이터를 켜서 유리 파이프에 담긴 대마에 불을 붙이더니 조앤에게 권했다. "아니, 괜찮아." 조앤이 말했다.

"평소에 안 피워?"

"말도 안 돼. 나는 체조선수라고."

이 말을 꺼내는 순간 두 남자애들이 박장대소했다. 그러자 조앤은 자리에서 일어나 그곳을 뜨려다가 무엇 때문인지 움직임을 멈췄다. 그리고 걸음을 옮기는 대신 이렇게 물었다. "뭐가 그렇게 재밌어?"

"재미는 없어. 하지만 섹시해 보이는데." 이 말을 한 사람은 데릭이었다. 그의 얼굴은 여전히 모자 챙이 만든 그늘 아래 감춰져 있었다. 목소리는 탁하고 발음이 불분명했다.

두에인은 데릭의 정강이를 세게 걷어차더니 이렇게 얼버무렸다. "아니, 너 착한 애라고. 알았어, 너희 체조부는 실력이 괜찮아?"

조앤은 맥주를 한 캔 비우며 고등학교 1학년 때 학교 대표로 주니어 대회에 나간 이야기를 잠시 늘어놓았다. 그러다 어느 순간, 그녀는 두에인이 고개를 돌려 친구 데릭을 빤히 바라보는 것을 알아차렸다. 그러자 데릭은 자리에서 일어나 오줌을 싸러 간다는 둥의 말을 중얼거리다가 어둠 속으로 사라졌다. 이제 모닥불은 거의 꺼져버렸고, 남은 표류목 한 개에서만 오렌지색 불빛이 조그맣게 일렁이고 있을 뿐이었다. "추워 보이네." 두에인이 입을 열더니 아이스박스 위에 앉아 있는 조앤의 곁으로 미끄러지듯 다가와 그녀의 어깨에 팔을 둘렀다.

"정말 괜찮아." 조앤이 이렇게 말하자, 두에인은 마치 세상에서 가장 재미있는 농담이라도 들은 것처럼 웃음을 터뜨렸다.

조앤은 다음에 무슨 일이 일어날지 알고 있었지만 여전히 신경이 거슬렸다. 두에인이 그녀를 가까이 당겨 자신의 입으로 입술을 짓눌렀다. 조앤은 잠시 두에인의 행위에 동조하듯 가만히 있었다. 무엇보다 그렇게 하는 편이 그나마 손쉬웠기 때문이다. 하지만 이윽고 두에인이 그녀의 손을 잡아 자신의 반바지 속으로 집어넣어 사타구니 쪽에 가져다 대자, "야." 하고 말하며 몸을 비틀어 그에게서 빠져나와 자리에서 일어섰다. 아이스박스 뚜껑이 열리며 두에인이 모래 위로 넘어졌다.

조앤은 그가 웃음을 터뜨릴 거라고 생각했지만, 대신 그는 이렇게 말했다. "씨발, 뭐야." 그는 자리에서 튀어오르듯 일어나 반바지와 다리에 달라붙은 모래를 털어냈다.

"나 갈래." 조앤은 이렇게 말하고 걸음을 옮기기 시작했다. 저 멀리 길 건너편에 희미한 불빛이 몇 개 보였는데, 몸이 떨리자 시야에 맺힌 불빛이 흐릿하게 번졌다.

두에인이 그녀를 따라잡아 팔을 낚아챘다. "아니, 조금만 더 있다 가. 사람 놀리지 말고."

이제 조앤의 심장은 거세게 뛰고 있었다. 그러자 자기 자신과 꽤 분리된 기분이 들었다. 대회에 나가 정해진 준비 동작을 하기 전에 때때로 겪었던 바로 그 느낌이었다. 그녀의 내면에서 어떤 목소리가 속삭였다. 그냥 조금만 더 어울려 주라고. 어쩌면 손으로 해줘야 할 수도 있는데, 그러고 나면 보내줄 거라고. 하지만 그 대신 조앤은 이렇게 말했다. "손 놓으라고."

"이건 어때?" 두에인이 조앤의 팔을 꽉 틀어쥐자 그의 손가락이 살을 파고들었다. 조앤이 비명을 지르자 그는 팔을 놓아주었다. 조앤은 몸을 돌려 달리기 시작했다. 부드러운 모래 탓에 다리가 무겁게만 느껴졌다. 두 눈에는 눈물이 그렁그렁했다. 길가에 다다르고 나서도 뒤를 잠깐 돌아보는 것이 고작이었다. 두에인은 따라오지 않았다. 하지만 그녀는 호텔까지 남은 길을 계속해서 달려가 언니와 함께 사용하는 객실로 곧장 올라갔다.

"안녕, 조앤." 바다에서 끊임없이 불어오는 산들바람 탓에 그 목소리는 거의 알아들을 수 없었다.

조앤은 커다란 핑크색 비치 타월 위에 엎드려 있다가, 말을 건 사람이 두에인이라고 생각해서 신경질적으로 몸을 홱 돌렸다. 하지만 피부가 새하얗고 멀쑥하게 생긴 소년이 그녀를 내려다보고 있는 것이 흐릿하게 보였다. "나 리처드야. 같은 학교. 해리스 선생님의 사회 수업을 같이 들었잖아."

"아, 안녕, 리처드." 조앤은 그가 누구인지 알아보고 자세를 바꿔 드러누웠다. 두 사람은 모두 미들햄에서 자라 초등학교, 중학교 내내 같은 학교를 다녔다. 그가 같은 수업을 들었다는 식으로 자신을 소개하는 것은 우스운 일이었다. 그렇지만 조앤은 그 세월 동안 리처드와 서로 말을 섞어본 적이 한 번도 없는 것 같기도 했다. 그러다가 메인주에서 이렇게 만나게 되다니, 이상한 기분이었다.

　리처드는 거북한 듯 몸을 살짝 돌렸다. 검정색 티셔츠와 유행에 한참 뒤떨어진 기장이 짧은 낡은 트렁크 수영복 차림이었다. 높이 떠오른 태양이 한 줄기 구름에 가리자, 조앤은 그의 모습을 좀 더 잘 바라볼 수 있었다. 리처드의 시선은 조앤의 머리 위 한 뼘 정도 떨어진 곳에서 맴돌고 있는 것 같았다. "여기서 뭐 해?" 조앤이 물었다.

　"이모네 식구들, 이모와 이모부, 사촌형이 해마다 여름이면 여기서 한 달간 휴가를 보내거든. 올해는 나도 따라왔어."

　"한 달 내내?"

　"온 지 보름이나 됐으니 이제 보름 남은 거지. 어쨌든 맞아. 너는 웬일이야?"

　"어제 부모님과 언니랑 함께 왔어. 우리는 보름 정도 있을 거야. 윈드워드 리조트에서 지내."

　"아, 그렇구나. 나도 그래." 그는 마치 리조트까지의 거리를 가늠하려는 듯 고개를 돌려 뒤를 바라보았지만 더 이상 아무 말도 하지 않았다. 조앤은 두에인과 마주치는 게 싫어서, 결국에는 어쩔 수 없이 그와 마주칠 수밖에 없다는 사실을 알고 있음에도 불구하고 어쨌든 해변 아래쪽으로 최대한 멀리 나와 있던 참이었다.

　"거기 좀 짜증나지 않아?" 조앤이 말했다.

　"그래?" 리처드가 조앤을 내려다본 것은 아마 이번이 처음 같았다. 조앤은 그의 시선이 자신의 턱 언저리에 내려앉아 있는 것 같다고 생각했다. 적어도 비키니 차림에 시선이 쏠린 것은 아니었다. 비록 그러지 않으려고 애를 쓰고 있는 게 아닐까 의심스럽기는 했어도 말이다. 리처드는 초등학교 5학년 때부터 이름보다는 별명인 딕, 혹은 조롱삼아 고자 딕으로 더 많이 불리던 아이였으니, 어쩌면 여자애와 말해보는 게 이번이 처음일 수도 있었다.

"냄새가 고약해. 그리고 음식도 거지같고. 딱 하나 좋은 건 해변과 가까운 것 정도야."

"수영장도 있잖아."

"거기 가봤어?"

"한 번 가봤는데 어린애들이 바글대더라. 걔들은 물속에서 오줌 쌀 것 같던데."

조앤은 웃음을 터뜨렸다가 아이들 한 무리가 해변으로 내려오는 모습을 본 것 같아 고개를 돌렸다. 아니, 애가 아니라 대학생 정도 되어 보였다. 그중에 두에인은 없었다. 여자들 중한 명이 담배를 피우고 있어, 조앤은 허공을 떠다니는 담배 연기 냄새를 맡을 수 있었다.

"이만 가봐야 할 것 같아." 그녀는 리처드에게 말했다. 리처드는 넓은 모래사장과 길 사이에 자리 잡고 있는 풀밭 부근에서 서로 꽥꽥대는 갈매기 두 마리를 바라보고 있었다.

"아, 그래." 리처드는 이렇게 대답하더니 해변을 따라 내려갔다. 조앤은 잠시 그를 바라보다가 몸을 뒤집어 배를 깔고 엎드려 타월 모서리를 가만히 바라보았다. 모래 알갱이 몇 개가 달라붙어 있었다. 두 눈을 감아도 그 모래 알갱이의 존재가 머릿속을 떠나지 않아서 결국 손이 닿을 만큼 몸을 움직여 타월에 붙은 모래를 쓸어냈다.

그날 저녁, 조앤은 햇볕에 그을리고 허기가 진 채 리조트의 커다란 식당에 앉아서는 두에인이 나타나지는 않을까 예의 주시했다. 그날 저녁의 뷔페 메뉴는 고기가 들어간 것과 들어가지 않은 것 두 종류의 라자냐, 샐러드, 마늘빵이었다. 그리고 어색한 동급생, 리처드를 발견했다. 그는 키 크고 여윈 곱슬머리 여자와 반바지에 흰 양말을 무릎까지 올려 신은 뚱뚱하고 좀 더 나이 먹은 남자와 함께 식당 저편 테이블에 앉아 있었다. 리처드가 뭐라고 했더라? 이모와 이모부, 사촌형과 함께 여기 왔다고 했다. 조앤은 잠시 혹시 그 사촌형이 두에인일지도 모른다고 생각했다. 그런데 마치 그 생각이 마술을 부려 현실이 된 것처럼 갑자기 두에인이 모습을 드러냈다. 그는 어슬렁거리며 테이블 사이를 지나 리처드와 다른 두 어른이 앉아 있는 자리에 합석했다. 조앤은 멀리서 두에인을 보는 것만으로도 기분이 나빠졌다. 저 비쩍 마른 너드 리처드가 뇌까지 근육인 두에인과 사촌형제라니, 이게 말이 되나?

"대체 일광욕을 얼마나 오래 한 거니, 애?" 조앤의 엄마가 두 번째인가 세 번째로 말했다.

조앤은 손가락으로 팔뚝을 눌러보았다. 빨갛게 익은 피부가 일순간 하얗게 변했다가 이내 빨갛게 되돌아갔다. "이 정도는 기본이야. 여기서 보름이나 있어야 한다면 최소한 죽여주게 태우기라도 해야지."

"그러면 몸에 안 좋아." 언니 리지가 말했다. 리지는 조앤과 정확히 네 살 차이었는데, 바드대학 1학년을 막 마치고 나더니 갑자기 페미니스트에 채식주의자가 되어 이제는 선탠 같은 일에도 잔소리를 하는 것이었다.

"언니는 작년 여름에 플로리다에 갔었잖아. 아주 새까맣게 타서 돌아와서 알아보지도 못하겠던데." 조앤도 자신의 목소리가 너무 크다는 사실을 알고 있었다. 하지만 어머니가 조용히 하라고 주의를 주었는데도 여전히 짜증이 풀리지 않았다.

"그래서 어쩌면 암이 재발할지도 몰라. 조앤, 내가 저지른 잘못을 보고 좀 배우려는 노력이라도 해야 하지 않을까? 그러면 좀 더 나은 사람이 될 텐데 말이야."

리지는 이제 미소를 지으며 동생의 비위를 맞추려 했다. 조앤은 얼굴을 찡그렸다. "아빠 생각은 어때? 아빠는 의사잖아."

아버지는 커피를 마시고 있다가 눈을 빠르게 깜빡거리며 다시 대화에 끼어들었다. "의사가 아니라 치과의사란다, 조앤. 뭐 말이니?"

"올여름에는 죽여주게 태울 생각이거든."

"그렇게 하렴."

"부탁 하나만 하자, 조앤." 어머니가 끼어들었다. "오늘 밤에는 알로에 젤을 듬뿍 바르고, 내일은 자외선 차단 지수가 30 이상인 선크림을 꼭 발라야 한다, 알겠지? 피부가 너무 빨간 것 같아."

"괜찮아." 거짓말이었다. 샤워를 한 다음부터 피부가 온통 비명을 지르고 있던 것이다. 실제로는 그럴 리가 없다는 것을 알지만 몸에서 타는 듯한 냄새가 나는 느낌이 들 정도였다.

"여기 도서관이 있다는 거 알고 있었어?" 리지가 물었다. 누가 봐도 화제를 바꾸려고 던지는 질문이었다. 조앤은 그 점에 대해서는 고맙게 생각했다.

"그런 게 있니?" 어머니가 말했다.

부모님과 언니가 휴가 기간 동안 읽기로 계획한 책에 대한 이야기를 나누는 사이, 조앤은 마늘빵의 딱딱한 껍질 부분을 접시 밖으로 밀어버렸다.

조앤은 두에인과 리처드, 두 사람이 함께 앉아 있는 자리에서 여전히 눈을 떼지 않고 있었다. 그는 두에인이 자신과 우연히 맞닥뜨리는 것을 두려워하고 있는지, 본인이 저지른 행위를 조앤이 다른 사람에게 말했는지 신경 쓰고 있는지 궁금했다. 하지만 식당 저쪽에 앉아 있는 모습만 보면 그는 전혀 안절부절못해 하는 것 같지 않았다. 의자에 구부정하게 앉은 채 계속해서 손목시계만 들여다보고 있을 뿐이었다. 5분 후, 그는 자리에서 일어나 식당 밖으로 나갔다. 조앤은 계속해서 그가 앉아 있던 테이블을 바라보았다. 리처드가 자리에서 일어나 디저트를 가지러 음식이 놓인 곳으로 걸음을 옮겼다. 조앤은 자신도 모르게 자리에서 일어나 그처럼 음식이 놓인 곳으로 향했다.

"그건 뭐야?" 조앤은 목소리가 들릴 만큼 리처드에게 가까이 다가가 말을 걸었다.

"라이스 푸딩. 이게 싫으면 초콜릿 케이크도 있던데."

"같이 앉아 있던 사람이 네 사촌형이야?"

"조금 전까지 같이 있었는데. 지금은 이모와 이모부만 계시고."

"네 사촌형은 어떤 사람이야?"

"누구? 두에인 말이야?"

"그래."

"어쩌면 내가 아는 사람 중에서 최악의 인간쓰레기일지도 몰라."

"정말?" 조앤은 군이 번거롭게 흥분을 숨기려 하지도 않고 반색했다. 그 대답이야말로 그녀가 듣고 싶던 말이었다. "뭐가 그렇게 최악인데?"

"거의 모든 부분이. 그런 걸 왜 물어? 그 인간이랑 만나고 싶은 거야? 아님 뭐야?"

"이미 만난 적 있어. 어제 말이야."

"정말?"

"그래. 어젯밤에 해변에서 모닥불 피우고 파티를 한다며 초대하더라. 나는 돌았는지 거기 갔었고."

"혹시 너한테 덤벼든 거야?" 리처드는 꼭 그녀가 이미 디저트를 먹었는지 물어보는 것처럼 물었다.

"맙소사." 조앤은 반사적으로 목소리를 높였다가 속삭이며 말을 이었다. "그런 짓을 하려고 했는데 내가 도망쳤어."

"그래, 그 인간이 평소 여자애들에 대해 말하는 투로 봐서 아마 그럴 거라고 생각했어. 보아하니 운이 좋았나 보네."

그때 턱수염을 기른 덩치 큰 남자가 음식 접시를 사이에 두고 둘의 맞은편에 나타났다. 그 남자는 가장 큰 케이크 조각을 고르려 디저트 접시 끄트머리를 잡고 하나하나 꼼꼼하게 살펴보았다.

"이만 내 자리로 가야겠어." 리처드가 말했다.

"그래. 어쩌면 내일 해변에서 만날지도 모르겠네."

"아, 그래." 리처드는 조앤의 말에 귀를 별로 기울이지 않는 듯이 대답하고는 라이스 푸딩이 담긴 그릇을 들고 자신의 테이블로 돌아갔다.

그날 밤, 조앤은 침대에 누웠지만 잠을 이룰 수 없었다. 마치 자그마한 핀들이 온몸을 찔러 피부에 구멍을 내는 것 같은 느낌이 들었다. 몸이 지나치게 뜨겁기도 했다. 리지는 저녁 내내 헤드폰을 쓴 채 제이디 스미스가 쓴 "하얀 이빨"이라는 제목의 책을 읽고 있었다. 조앤은 볼 만한 프로그램을 찾느라 텔레비전 채널을 이리저리 돌려보았다. 이 텔레비전은 채널이 고작 열두 개뿐이었다. 게다가 그중 셋은 야구 중계 중이었다. 그래서 결국 줄리아 로버츠가 남편에게서 도망치는 영화를 볼 수밖에 없었다. 영화가 끝나고 다시 처음부터 시작할 즈음에는 잠이 완전히 달아난 상태였다. 리지는 어느새 잠들어 있었다.

조앤은 전날 밤에 있었던 두에인과의 위험천만했던 일에 대해, 그리고 리처드에 대해 곱씹어 보았다. 비록 두 사람은 같은 소도시에서 함께 자랐지만, 그녀가 리처드에 대해 생각했던 적은 아마 단 한 번도 없을 터였다. 바클레이 선생님의 과학 수업을 들었던 중학교 때 이후로는 말이다. 당시 바클레이 선생님은 리처드에게 데오도란트를 건네주며 이거라도 좀 쓰라고 했었다. 그렇게까지 놀랄 일은 아니었다. 당시 리처드는 기본적으로 매일같이 똑같은 셔츠를 입고 등교해서 지독한 악취를 풍겼기 때문이다. 조앤은 점심을 먹으러 달려가 같은 테이블에 앉은 모든 아이들에게 자신이 본 광경을 전부 말해버렸다. 그래서 그 이후 얼마 동안 모두들 그를 아빠 스킨 리처드라고 불렀다. 그래도 아마 고자 딕보다는 한층 나아진 별명이었을 것이다.

미들햄 출신 아이들은 중학교를 졸업한 후에는 모두 다트퍼드-미들햄 고등학교로 진학했다. 그 후로 조앤은 리처드를 거의 보지 못했다. 리처드는 중학교와 고등학교를 거치며 몰라

보게 성장했다. 맞지도 않는 옷을 걸치고 집에서 깎은 머리를 하고 다니던 깡마른 꼬마아이 시절과는 사뭇 다른 모습이었다. 그럼에도 그는 여전히 누가 봐도 가까이하기 싫은 괴짜였다. 그러니 이제 와서 리처드가 실제 친구처럼 느껴지는 것은 신기한 일이었다. 두 사람에게는 공통점이 있었다. 단지 같은 마을에서 자라서 같은 학교를 다니고 있을 뿐만 아니라, 공통의 적이 있다는 사실이 드러난 것이다. 조앤은 내일도 리처드를 찾아낼 수 있길 바랐다. 두에인에 대한 정보를 좀 더 캐내고 싶었다.

3장

킴볼

조앤 그리브 웨일런과 재회하던 날 밤, 나는 인터넷에 접속해 그녀의 남편이 운영하는 회사의 방대한 홈페이지를 살펴보았다. 블랙번 공인중개사의 홈페이지는 그곳에서 일하는 중개인, 대리인, 기타 사무실 직원들의 사진과 간단한 경력을 제공하고 있었다. 리처드 웨일런의 프로필 사진은 어느 햇살이 밝게 비치는 날에 커다란 정원 같은 곳을 배경으로 찍은 것이었다. 그는 회색 머리카락을 짧게 깎았고, 마치 선상 생활을 오래 한 사람처럼 피부가 좋지 않았지만, 얼굴은 멋들어지게 생긴 편이었다. 그의 사진과 함께 적혀 있는 소개 문구에 따르면, 취미는 패들보딩과 민물고기 낚시, 로드 자전거 타기였다. 아내가 있다는 언급은 찾을 수 없었다.

조앤이 자신의 남편과 불륜 관계라고 확신하는 여자, 팸 오닐은 자신의 취미를 승마와 보디서핑이라고 밝히고 있었다. 긴 금발에 치아가 굉장히 새하얗게 빛났다. 비록 사진 보정을 한 것이라 할지라도 말이다. 나이는 20대 중반 정도로 보였다. 그렇다면 리처드 웨일런이나 조앤보다 대략 열 살은 어린 나이였다.

나는 두 사람이 함께 있는 장면을 상상해 보았다. 특별히 어려운 일도 아니었다. 내 추측상 조앤이 두 사람이 바람이 피우고 있다고 생각했다면 그들이 실제로 바람을 피우고 있다고 짐작해도 무방했다. 아니 땐 굴뚝에 연기 날까, 그런 말도 있으니까. 나는 이 사건에 어떻게 접근하는 것이 최선일까 고심하며 계획을 짜내려 했다. 하지만 그 대신 조앤 생각이 머리에서 떠나지 않았다. 이날 일찍 나를 찾아왔던 조앤이 아닌, 내가 초임 교사였던 15년 전 가르쳤던 학생 조앤에 대한 생각이었다.

다트퍼드-미들햄 고등학교에 재직하던 시절, 제임스 퍼솔이 총을 가지고 내 교실에 들어오기 훨씬 전부터, 사실 나는 구체적으로 말하기 어려운 공포에 휩싸여 있었다. 그 공포는 크리스마스 연휴 중간, 내가 다가오는 봄 학기 수업 준비에 매여 고전하던 와중에 시작되었다. 가을 학기 때 나는 교생 신분이었다. 내 지도교사는 래리 오도넬이라는 잔뼈가 굵은 교사였는데, 오후 5시부터 문을 여는 〈불런Bullrun〉이라는 술집에서 수업 계획을 검토하기 좋아했다. 래리에게는 좋은 점이 있었다.

내 수업에 참관해서 내가 가르치는 모습을 지켜본 다음 내가 저지른 온갖 실수를 가지고 닦달하는 짓에는 별로 관심이 없어 보인다는 점이었다. 하지만 래리에게는 나쁜 점도 있었다. 내가 수업을 진행하는 사이 그는 비품 창고에 틀어박혀 낮잠을 자곤 했다.

내게 가장 힘든 수업은 2학년 두 학급을 대상으로 하는 미국 문학 수업이었다. 커리큘럼은 월트 휘트먼, 마크 트웨인, 에밀리 디킨슨, 어니스트 헤밍웨이, 스콧 피츠제럴드가 포함되는 꽤 틀에 박힌 내용이었다. 아이들은 심드렁하게 수업에 임했다. 내게는 엄격한 교사의 자질이 턱없이 부족하다는 사실이 드러났다. 나는 두 수업 모두에서 단지 몇 초만이라도 학생들에게 등을 돌려 눈을 떼는 일이 생기지 않도록 애를 쓰며 대부분의 시간을 허비했다. 내 세 번째 수업은 상급반 영어 수업으로, 바로 조앤 그리브가 듣고 있던 수업이었다. 학생들은 기본적으로 공손했다. 책을 읽고 이야기하기를 즐기는 것 같아 보이는 학생들도 두어 명 있었다. 하지만 학생들 대부분은 그저 대학에 지원할 때 도움이 될 거라고 생각해서 신청한 것이었다. 그래서 품행은 단정했지만 수업 시간에는 멍하게 굴기 일쑤였다.

12월 초가 되자, 나는 학기가 어서 끝나기를 고대하며 날짜를 세는 판이었다. 과연 적성에 맞는 직업을 선택했는지 의문을 품고 있었다. 그러던 어느 날, 오후가 되어 이날 마지막 수업이 끝낸 직후 칠판을 지우며 머릿속으로 방금 끝난 수업 내용을 복기하고 있었다. 그때 래리 오도넬과 영어 교과 부장 모린 블록이 나를 보러 교실에 들어와 문을 닫았다. 두 사람은 내게 베테랑 교사 폴 저스티스가 며칠 동안 출근하지 않았다는 사실을 알고 있는지 물었다. 나는 그 사실을 알고 있었지만 별다른 신경을 쓰고 있지는 않았다.

"다시는 출근하지 않을 거예요." 모린이 말했다. "그리고 확신할 수는 없지만 정말 큰 위기는 모면한 것 같아요. 문제를 제기한 여학생이 경찰에게 신고는 하지 않을 거라고 했으니까요."

"세상에." 나는 이렇게 대답했다.

"친절하게도 래리가 다음 학기에 폴이 담당한 1학년 수업을 맡아주기로 했어요. 그렇지만 고학년 상급반 수업이 남아 있죠. 거기에 더해 폴이 맡고 있던 작문 수업도요. 당신이 우리를 도와줄 수 있으면 좋겠는데요."

"세상에." 나는 재차 이렇게 대답했다.

두 사람은 내게 그 제안을 생각해 보도록 하룻밤 말미를 주었다. 당시 내 여자친구였던 다그마어는 거절하기에는 너무 좋은 기회라고 나를 설득했다. "연말에 정규직 자리가 들어왔잖아. 거기는 좋은 학교이기도 하고." 우리는 웨스턴 매사추세츠의 같은 대학에서 석사 과정을 밟으면서 만났다. 다그마어는 허드슨에 있는 한 공립 중학교에서 교편을 잡고 있었다. 나는 불현듯 우리 둘이 함께 센트럴 매사추세츠에서 농가를 수리하고 투덜거리며 시험지를 채점하면서 인생을 보내는 그림이 떠올랐다. 그게 어떨지 마음에 결정을 내리기는 어려웠다.

나는 그 제안을 받아들였다. 그리고 다그마어는 남은 해를 가족과 함께 보내기 위해 중서부로 돌아갔다. 남은 시간 동안 상급반 수업을 어떻게 진행할지 계획을 짜느라 케임브리지에 있는 꼬질꼬질한 다세대주택에 틀어박혀 지냈다. 내게는 수업 계획에 대한 재량권이 있었다. 먼저 시 문학으로만 구성된 단원을 하나, 그리고 학생들이 아마 존 치버의 단편을 좋아할 거라는 생각에 20세기 중반 교외 중산층을 다루는 문학에 대한 단원을 하나 구상했으며, 퍼트리샤 하이스미스의 《심연》과 리처드 예이츠의 작품 몇 편을 다뤄볼까 고심했다. 당시 나는 독서량이 상당했고 시를 써보려 노력하고 있었지만, 내 앞에 펼쳐질 남은 인생이 어떤 모습일지 충분히 짐작할 수 있었다. 내 인생은 별다른 굴곡 없이 고요하게 흘러갈 것이리라. 일단 그런 생각이 머리에 떠오르자 마치 찬물 속에서 헤엄을 치는 것처럼 오한이 들었다. 그 기분을 도저히 떨쳐버릴 수가 없었다.

1월에 수업이 재개되었지만 그 기분은 머릿속을 떠나지 않았다. 매일 아침 나는 언제 시동이 꺼져버릴지도 모르는 오펠 오메가에서 내려 축축하고 얼어붙은 새벽 공기를 뚫고 교실을 향해 걸음을 옮기면서, 눈앞에 닥친 이날 하루에 대한 일종의 실존적 공포에 사로잡혔다. 일단 하루가 시작되고 나면 다 괜찮았다. 심지어 즐거운 순간들도 있었다. 존 치버의 〈헤엄치는 사람〉은 초현실적으로 빠져버리는 결말 탓에 학생들 대다수의 분노를 샀지만 어쨌든 상당한 인기를 끌었다. 이 수업을 듣는 부유한 집안의 고등학교 졸업반 학생들은 매사를 문자 그대로 이해하는 아이들이었다. 그리고 고등학생 때까지 지내온 소도시에서 한 발 뻗어 일류 대학에 진학하고 대학원까지 마친 다음 보스턴, 뉴욕, 워싱턴 D.C. 같은 곳에서 괜찮은 직장에 신입으로 입사하는 이들이었다. 아이들은 교외 지역 중산층의 권태는 이해했지만, 이를 직접 겪고 싶어 하지는 않았다.

나는 제임스 퍼솔에 대한 좀 더 자세한 기억이 떠오르기를 바랐지만, 주된 기억은 그가 교실 맨 뒤에 앉아 있던 조용한 외톨이라는 사실 정도였다. 그는 과제도 성실히 제출했다. 토론 시간에도 의견을 제시했지만, 그저 내가 지목할 때만 입을 열 뿐이었다. 그는 피부가 굉장히 새하얬고 얼굴이 여드름 범벅이었으며 새까만 머리카락은 전혀 감지 않는 듯 보였다. 교실은 쌀쌀했다. 내 기억에 따르면 그가 외투를 벗은 적은 한 번도 없었다. 회색이었는지 검정색이었는지 기억은 잘 안 나지만 품이 넉넉한 겨울용 파카였다. 총격 사건이 일어나기 전만 해도 나는 그가 품이 큰 겨울 코트 속에 숨기고 있던 러시아제 기관단총을 꺼내는 모습을 상상했다. 머릿속으로 그에게 '잠재적 총기난사범'이라는 별명을 붙여주었던 것도 기억났다. 하지만 그때까지만 해도 정말로 그런 일이 일어나리라고는 꿈에도 생각하지 못했다.

반면 조앤 그리브는 확실히 기억이 났다. 그녀는 교실 맨 앞자리에 앉았고, 매 수업시간마다 적어도 한 번은 발언을 했다. 쪽지 시험과 에세이 시험 채점이 끝나고 나면 내게 와서 점수가 A-였으면 A로, B+였으면 A-로 올릴 수 있는지 물어보곤 했다. 그해 체조부는 뛰어난 성적을 거두어 사람들 입에 오르내렸기 때문에 나는 조앤이 체조선수라는 사실을 알고 있었다. 그녀는 여러 번 타이츠 차림으로 수업에 참석했다. 보통은 그 위에 후드티를 걸쳤고, 책상 위에는 항상 커다란 물병을 놓아두었다. 내가 조앤에 대해 확실히 기억하는 것은 그녀가 관찰자였다는 점이다. 강의를 할 때나 토론 수업을 진행할 때면 조앤은 두 눈을 단단히 내게 고정해두었다. 교실 맨 앞자리에 앉아 내게서 눈을 떼지 않는 유일한 학생이었던 것은 아니지만, 분명 흔히 볼 수 있는 모습은 아니었다. 내 수업을 듣는 학생들 대부분은 허공이나 상처가 패이고 낙서가 가득한 책상 위를 멍하니 응시하기 마련이었다. 그녀는 필기를 하지 않을 때면 나를 지켜보곤 했다. 그렇다고 교육학의 해묵은 문구 '단 한 명의 아이라도 변화시킬 수만 있다면……'처럼 내가 무슨 변화를 일으키고 있는 것 같지는 않았다. 대신 마치 벌거벗은 것 같은 기분이 들었다.

부활절 연휴 직전, 조앤이 얽힌 이상한 사건이 하나 있었다. 나는 예고 없이 본 쪽지 시험 답안지를 채점해서 돌려주었다. 수업이 끝나자 조앤이 내게 다가왔다. 놀라울 것도 없었다. 나는 내 책상 앞 의자에 앉아 있었고 조앤은 서 있었는데도, 조앤의 키는 앉아 있는 내 키보다 조금 더 큰 정도였다. 그리고 내가 학생들에게 나눠준 앤 섹스턴의 시를 전부 다 읽어야 한다고 확실히 말해주지 않았다면서, 이 쪽지 시험은 전혀 공정하지 않다고 항의했다.

조앤이 그런 이야기를 하는 동안에도 교실에는 밖으로 나가지 않고 소지품을 챙기고 있는 학생이 한 명 더 있었다. 매디슨 브라운, 그 아이 역시 체조선수였으며 조앤의 친한 친구이기도 했다. 내가 보기에 그 아이는 조앤이 따지는 동안 기다려주려고 일부러 시간을 끄는 것 같았다. 하지만 매디슨은 거대한 배낭의 지퍼를 올리자마자 가방을 한쪽 어깨에 둘러메고 문으로 향했다. 그리고 밖으로 나가기 직전에 고개를 돌리더니 이렇게 말했다. "조심하시는 게 좋을 거예요, 킴볼 선생님. 조앤 말로는 자기가 선생님한테 홀딱 반했대요."

나는 그 순간의 당혹감이 진정되기를 바라고 매디슨의 말을 무시하며 두 눈을 굴렸지만, 조앤을 바라보니 얼굴이 빨갛게 달아올라 있었다. 처음에는 당혹감 때문이라고 여겼다. 하지만 방금 닫힌 문을 바라보는 조앤의 눈을 보니 당시 내가 보고 있던 것은 아무래도 분노에 더 가까웠던 것 같다. 그렇지만

'절대 문이 닫힌 교실 안에서 학생과 단둘이 있지 말라'라는 모린 블록의 목소리가 머릿속에서 울려 나는 자리에서 일어나 문을 열고 받침대를 괴어놓았다. 내가 자리로 돌아오자 조앤의 얼굴빛은 평소대로 돌아와 있었다.

"걱정하실 필요 없어요, 킴볼 선생님. 매디슨은 쌍년이거든요. 욕해서 죄송해요."

"둘이 친한 줄 알았는데."

"누가요? 저랑 매디슨이요? 뭐, 같은 체조부이긴 하지만, 아주 친한 사이는 아니에요. 그리고 아까 걔가 한 말은…… 그러니까 교사치고는 괜찮게 생겼다는 뜻이었어요. 하지만 선생님은 제 취향이 아니에요."

나는 웃음을 터뜨렸다. "걱정하지 마." 나는 극히 부담스러운 이번 대화가 어서 끝나기를 바라며 말을 이었다. "그리고 이번 시험이 좀 부당하긴 했으니까 이렇게 하면 어떨까? 오늘밤에 섹스턴의 시 〈내 인생의 방〉의 숨겨진 의미에 대해 몇 문장 적어서 제출하면 쪽지 시험 성적을 올려주도록 하마."

"감사해요. 정말 감사해요." 조앤은 신발을 신은 채 살짝 뛰어오르더니 교실을 나섰다.

2주 후, 매디슨 브라운이 바로 그 교실 바닥에 쓰러진 채 피를 흘리고 있을 때 제임스 퍼솔은 한 손에 총을 든 채 그녀를 내려다보고 있었다. 나는 1미터 정도 떨어진 곳에서 그 광경을 바라보며 서 있었다. 몸에 힘이 들어가지 않아 꼼짝할 수가 없었다. 이윽고 제임스는 총을 들어 올려 자신의 가슴, 그러니까 품이 넉넉한 겨울용 파카에 총구를 대고 방아쇠를 당겼다.

그 사건의 처음부터 끝까지, 그러니까 제임스가 파카 깊숙이 숨겨놓은 총을 꺼낸 순간부터 그가 매디슨의 옆 바닥에 쓰러지는 순간에 이르기까지 걸린 시간은 총 2분 남짓. 어쩌면 그보다 더 짧은 시간이었을 수도 있었다. 그 2분 동안 시간은 구역질이 날 정도로 정속을 준수하며 흘러갔다. 총이 등장하고 나서도 나와 수업을 듣던 학생들 모두가 그 총의 존재를 알게 되기까지는 다소 시간이 걸렸다. 그때 나는 학생들에게 앞으로 있을 대중 연설 과제에서 각자 모의 졸업생 대표 연설을 해야 한다고 알려주고 있었다. 똑같은 연설을 스물네 번이나 듣는 일에는 관심이 없으니 창의적으로 연설문을 작성하라는 말을 하던 차였다. 그때 제임스가 "전부 바닥에 엎드려!"라고 소리쳤다. 하지만 아무도 움직이지 않았다. 나도 무슨 농담 같은 것이라고 생각했다. 어쩌면 전통에서 지극히 벗어난 방식으로 졸업 연설을 시연하는 게 아닐까 하는 생각이 들었다. 그러나 그가 한 손에 총을 든 채 앉아 있던 책상 의자 위로 올라가자 학생들 절반 정도가 쓰러지듯 책상 아래로 몸을 숨겼다. 그리고 미시 로버트슨이라는 여학생은 큰 소리로 흐느끼기 시작했다. 내가 그 이름을 기억하는 이유는 그녀가 현재 지역 방송국에서 기상 예보 아나운서로 일하고 있어서다.

"전부 엎드리라는 말 못 들었어?" 그가 한층 커다란 소리로 말하자 남은 학생들 모두 바닥에 주저앉았다.

　나는 수업 중 보통 그렇듯이 내 책상 앞에 몸을 기대고 서 있었다. 두 손을 앞으로 내밀며 "제임스, 얘기 좀 하자." 같은 말을 했던 기억이 났다.

　내가 이렇게 말하자 제임스는 교실 저편에 있는 나를 바라보았다. 그는 새까맣고 기름진 숱이 무성한 머리카락 아래로 눈을 커다랗게 뜨고 있었다. 나는 다시 말을 건네려 입을 열었다가 금방 다물어버렸다. 만약 내가 다시 한번 상황을 진정시키려는 시도를 한다면 그가 나를 쏠 것이라는 사실을 알아차렸기 때문이다. 아무 말도 하지 않기로 결정하자, 바닥에 주저앉은 다른 학생들처럼 조용히 있기로 결정하자, 내 몸의 화학적 성질이 바뀌어버렸다. 그 상황을 설명할 더 나은 설명이 떠오르지 않는다. 뼈가 있던 자리는 텅 비어 버렸고, 장기들은 액체화되었다. 마치 내 심장을 꺼내 제임스 퍼솔에게 바친 것처럼 가슴이 뻥 뚫려버렸다. 나는 그 자리에 얼어붙어 버렸다.

　그는 책상에서 내려와 총을 빙글빙글 돌리면서 몸을 숙이고 있던 학생들 사이로 걸음을 옮기며 말했다. "어느 것을 고를까요, 알아 맞혀봅시다." 불안하게 떨리고 비현실적으로 들리는 목소리였다. 심지어 먼지투성이 동굴 속에 몸을 숙이고 있는 나한테도 그의 말이 진심으로 들리지 않았다. 비록 사전에 다른 학생들을 위협하겠다고 결심했을지라도 사실은 그저 이 모든 것을 끝내고 싶을 뿐이라는 생각이 들 정도였다.

그는 교실 앞으로 걸어와 내가 있는 곳에서 고작 1, 2미터 떨어진 곳까지 다가왔다가 몸을 돌려 작은 보폭으로 몇 걸음 움직였다. 그리고 커다란 배낭을 끌어안은 채 공처럼 몸을 웅크리고 있는 매디슨 브라운을 내려다보며 걸음을 멈췄다. 그가 총을 들어 매디슨을 겨냥하며 떨리는 오른손을 왼손으로 받치자 나는 그가 총을 쏘려 한다는 사실을 알아차렸다. 지금껏 숨어 있던 책상을 박차고 나가 그의 가슴을 끌어안고 팔을 위로 젖힌 다음 몸을 흔들어 총을 떨구고 그를 리놀륨이 깔린 딱딱한 바닥에 쓰러뜨리는 내 모습을 그려보았다.

하지만 나는 그렇게 행동하는 대신 그가 매디슨 브라운에게 총알을 두 방 박아넣는 모습을 지켜보았다. 심지어 매디슨은 미동도 하지 않았다. 마치 제임스가 총을 쏘기 전에 이미 죽어버린 것만 같았다.

나는 계속해서 제임스 퍼솔을 바라보았다. 그는 꼭 총을 파카 안에 다시 넣는 듯한 동작을 취하다가 방아쇠를 당겼다. 제임스는 매디슨의 옆 바닥에 쓰러졌다.

나는 그날 이후 천 번도 넘게 기억을 되짚어보았다. 그리고 더 이상 세부적인 기억을 확신하지 않기로 했다. 내가 뭐라도 더 시도하려 했다면 상황은 더 악화될 수도 있었다. 이를 충분히 자각하고 있었지만 마음속 깊은 곳에서는 내가 그 상황에서 실패하고 말았다는 사실을 알고 있었다. 그 사실을 떨쳐버릴 수는 없었다. 그래, 더 악화될 수도 있었다. 하지만 당시 상황은 이미 충분히 심각하지 않았던가.

　그래서 사생활 속 위기에 빠진 조앤 웨일런이 그 문제를 해결할 수 있는 인물로 나를 지목해서 찾아왔다는 사실이 놀라울 따름이었다. 나는 항상 그 교실에 있던 학생들이 나를 한낱 평범한 교사로, 더 나아가 그날을 그들 인생 최악의 순간으로 만들어버린 어른으로 기억할 것이라고 생각해왔기 때문이다. 하지만 어째서인지 조앤은 나를 다르게 기억하고 있었다. 나는 그 이유가 궁금했다.

4장

조앤

월요일 저녁 메뉴는 이름 모를 닭고기에 햄과 치즈를 곁들인 음식이었다. 조앤은 저녁식사를 마치고 혹시 리처드를 찾을 수 있을까 싶어 리조트 안을 이리저리 돌아다녔다. 동시에 그의 사촌형 두에인을 피했다. 식당에서 저 멀리 있는 테이블에 둘이 함께 앉아 있는 모습을 보았지만 의식적으로 둘 중 누구와도 절대 눈이 마주치지 않도록 행동했다.

두에인이 해변에서 조앤을 덮치려 했던 지난 토요일 밤 이후, 조앤은 두에인에게 복수하고 싶다는 생각에 계속 사로잡혀 있었다. 저녁식사 내내 부모님과 언니가 이튿날 경치 좋은 곳에서 드라이브할 계획을 짜고 있는 사이, 그녀는 두에인이 자신을 붙들었을 때 팔 안쪽에 남긴 욱신거리는 멍 자국을 의식하며 어떻게 복수를 할지 머리를 짜내고 있었다. 만약 그가 다시 한번 말을 걸기만 한다면 꼭 원숭이처럼 생겨서 보기만 해도 구역질이 난다고 해줄 작정이었다. 조앤은 온 힘을 다해 그의 사타구니를 걷어차는 상상을 했고, 심지어 그보다 더 심한 짓, 예컨대 버터나이프로 그의 한쪽 눈을 도려내는 행위 같은 상상에까지 나래를 펼쳤다. 그런 생각을 하다 보니 한편으로 기쁘기도 하면서, 한편으로는 역겹기도 했다. 감정이 이상하게 뒤섞여버렸다. 조앤에게는 언제나 적이 생길 때가 가장 행복한 순간이었다.

조앤은 두에인의 너드 사촌동생 리처드를 찾아 리조트 입구에 갔다가 바 안까지 들어가 보았다. 그 바는 미성년자도 입장이 허용되어 탄산음료를 마실 수 있는 곳이었다. 큰 식당 옆에는 오락실이 있었다. 길다랗게 뻗은 좁은 방 안에는 테이블 축구 게임대, 핀볼 머신 두 대, 오래된 비디오 게임기 두 대가 놓여 있었다. 그곳에는 아빠와 함께 온 어린 남자애 둘을 제외하면 아무도 없었다. 아이 한 명은 의자 위에 올라서서 전원이 켜져 있지도 않은 핀볼 머신을 세게 후려치고 있었다.

조앤은 다시 로비로 돌아가 빈 의자가 있는지 살펴보았다. 하지만 어떤 나이 든 포크 가수가 로비 구석에 자리를 잡고 마르가리타 칵테일에 대한 노래를 부르고 있어서 로비는 관객들로 꽉 차 있었다. 그녀는 작은 선물 가게가 있는 곳으로 가서 문고판 책들이 진열된 가판을 빙글빙글 돌려보다 문득 리조트 안 어딘가에 도서관이 있다고 했던 언니의 말을 떠올려냈다. 조앤은 만약 리처드가 리조트 안에 있다면 아마도 그곳에 있을 가능성이 높다고 생각했다. 그래서 자신보다 나이가 그리 많아 보이지 않는 프런트 직원에게 가서 도서관이 어디 있는지 물어보았다. 그 여자는 어리둥절한 표정을 지었다가 대답했다. "아, 무료 도서실 말씀이시군요. 3층까지 올라가셔야 해요."

"지금 열려 있나요?"

"아, 그럼요. 제가 알기로는 항상 열려 있어요."

조앤은 계단을 타고 리조트 3층으로 올라갔다. 그곳에서는 곰팡이 냄새가 심하게 풍겼고 먼지도 눈에 띄게 내려앉아 있었다. 조앤은 안쪽에 조명이 켜져 있는 도서실을 발견했다. 도서실이란 그저 "머리 삼촌의 서재"라는 낡은 손 글씨 간판이 달려 있는 방 한 칸이었다. 방 안쪽에는 바닥부터 천장까지 책꽂이가 빼곡하게 들어차 있었다. 방 한가운데에도 책장 하나가 덩그러니 자리 잡고 있었다. 양쪽 구석 자리에는 앉아서 책을 읽으라고 놓아둔 해진 가죽 의자가 몇 개 보였다. 무슨 소리가 들린 것 같았다. 조앤은 책장을 넘기는 소리였겠거니 싶어 방 안쪽을 향해 입을 열었다. "저기요." 머릿속에서 울리는 자신의 목소리는 연약하게 들렸다.

"어, 예." 어떤 목소리가 대답하자 조앤은 가운데 놓인 책장을 돌아 안으로 들어갔다. 안쪽에는 리처드가 책 한 권을 든 채 가죽 의자에 앉아 있었다.

"저기, 있잖아." 조앤은 지금까지 리처드를 찾아서 여기까지 왔다는 티를 내지 않으려고 애쓰며 말했다.

"응."

"여기가 네 아지트야?"

"뭐가? 이 도서실 말이야? 응, 그런 셈이지."

조앤은 벽을 따라 책이 꽂혀 있는 곳까지 걸어가 손가락으로 책등을 하나 쓸어보았다. "뭐 읽고 있어?"

그는 검정색 표지의 양장본 책을 들어 보였다. 《바크먼 작품선》, 스티븐 킹." 조앤은 책 제목과 작가 이름을 보았다. "우리 엄마도 그 사람 책을 읽는 것 같던데."

"사실 이 책은 집에도 있어. 안 가져와서 다시 읽는 거야."

"재미있어?"

"스티븐 킹이 다른 필명으로 쓴 작품 네 편이 들어 있어. 리처드 바크먼이라는 필명으로 쓴 작품 말이야."

"그 사람 필명이 리처드라서 그 책을 좋아하는 거야?"

리처드는 어리둥절한 표정을 지었다가 책 표지를 흘끗 바라보았다. "아, 나랑 같은 이름이라는 생각은 해본 적이 없어서."

"정말? 나는 조앤이란 이름을 보면 늘 신경 쓰는 편이거든. 요새는 조앤이란 이름이 흔하지 않아서. 옛날 사람 이름이잖아."

"좀 그런 것 같긴 하네."

"그것 참 고맙네."

"옛날 이름은 다 좋은 이름이잖아. 차라리 매디슨 같은 이름이었으면 좋겠어?"

"네가 그렇게 말했다고 매디슨한테 다 이를 거야."

리처드는 어깨를 으쓱했다. 조앤은 그의 태도에서 그가 다시 책을 읽고 싶어 한다는 것을 느낄 수 있었다.

"어젯밤 일 기억해? 네 사촌형 두에인이 날 덮쳤는지 물어봤잖아." 조앤이 물었다.

리처드는 자세를 고쳐 앉았다. "응."

"걔는 만약 그럴 기회가 있었더라면 그렇게 했을 것 같아. 나는 걔한테서는 물론이고 그 자리에서도 도망쳐야 했어." 그는 리처드에게 멍 자국을 보여주는 게 어떨까 생각했지만, 멍이 팔 안쪽 깊숙한 곳에 나 있었기 때문에 그렇게 하려면 입고 있던 스웨트셔츠를 벗어야 했다.

리처드는 책을 무릎 위에 내려놓았다. "그 인간이 널 붙잡지 못해서 다행이야. 내가 말했잖아. 내가 아는 사람 중 최악의 인간쓰레기라고. 분명 강간을 저지른 적도 있을 거야. 꼭 그런 짓을 하는 놈처럼 말하고 다니거든."

"그게 무슨 뜻이야?"

"맨날 여자애들을 가리키면서 정말 구역질나는 말만 해. 여자애들 엉덩이에 박고 싶다 같은 말 말이야."

조앤은 몸을 떨었다. "윽, 진짜 역겨워. 둘이 어렸을 때는 사이가 좋았어?"

"아니, 끔찍한 놈이었어. 맨날 내 장난감을 훔쳐갔다니까. 게다가 때리기도 했고."

"참 안됐네."

"웃고 있으면서?"

"그랬어?" 조앤은 이렇게 대답하면서도 조금 더 웃고 말았다. "내가 좀 눈치 없이 웃는 애라서. 매디슨이 맨날 날 그렇게 불러. 별 뜻은 없어."

"신경 안 써."

두 사람은 한동안 아무 말도 하지 않았다. 문득 3층 복도 어딘가에서 울리는 사람들의 목소리가 조앤의 귀에 들렸다. "지금까지 누가 여기 들어온 적 있어?"

"여기 도서실에? 가끔은 있지만 대부분은 그냥 안에 들어와서 책 한 권을 가지고 나가버려. 나는 밤이 되면 책을 읽으러 여기 올라와. 두에인이 우리 방에서 스포츠 중계를 보면서 자기 베개에 대고 방귀를 뀌거든. 그렇다고 노인네들이랑 로비에서 죽치고 있는 것도 별로 좋아하지 않고."

"이 안에 있으니 조금 으스스한데."

"저기 사진집들이 꽂혀 있는 책장 옆에 편지를 넣은 액자가 걸려 있어. 이 도서실은 리조트 주인의 친척뻘인 사람이 처음 만들었대. 여름휴가를 보내러 오는 사람들한테 무료로 책을 빌려주려고 말이지. 그 사람의 필생의 사업 같은 것이었다고 하던대."

"지금은 죽었어?"

"머리 삼촌 말이야? 그럼, 죽었고말고. 이 안에서 그 사람의 원혼이 느껴지지 않아?"

조앤은 웃음을 터뜨렸다가, 뒤이어 리처드가 진지하게 말하는 것은 아닐까 하는 생각에 순간 불안해지고 말았다. 하지만 리처드 역시 웃음을 터뜨렸다. "내가 진짜 개코거든." 조앤이 말했다. "그래서 어릴 때는 내가 유령 냄새를 맡을 수 있다고 생각했어."

"아, 그래."

"그렇다니까. 머리 삼촌은 분명 이 도서실 안에서 유령이 되어 떠돌고 있어."

"그 유령한테서 무슨 냄새가 나는데?"

"음침한 노인네 냄새가 나지. 노숙자가 입던 팬티랑 역겨운 스프 같은 냄새 말이야."

"웩."

조앤은 익숙해 보이는 책등을 발견하고는 살펴보려 쭈그려 앉았다. 그러다가 자신이 100여 권의 낸시 드루 소설을 비롯한 청소년 소설이 꽂혀 있는 코너 앞에 있다는 사실을 알아차렸다. 이상한 기분이었다. 고등학교에서는 100만 년 동안 서로 말 한 번 걸지 않던 리처드였건만, 그에게 자신이 유령 냄새를 맡을 수 있는 것 같다고 말한 것이다. 조앤은 이 이야기를 누구에게도, 심지어 부모님에게도 한 적이 없었다. 불현듯 조앤은 공포에 휩싸였다. 2학년이 되어 학교에 갔을 때 리처드가 항상 옆에 딱 달라붙어 말을 걸거나 무슨 수작이라도 부리면 어떡하지?

"그러니까 여름 내내 이렇게 지낼 거야? 냄새나는 도서실에 처박혀서 책이나 읽겠다고?" 조앤이 물었다.

"당연하지." 조앤은 너무 잘난 척하는 말투로 말한 게 아닐까 걱정했지만 리처드는 전혀 개의치 않고 이렇게 대답했다.

"뭐, 알겠어." 조앤은 이렇게 대답하며 이제 방으로 돌아가 텔레비전이나 볼 생각이라고 덧붙이려 했다. 그 순간, 책장에 조앤 에이킨의 책들이 꽂혀 있는 것을 발견했다. "이것 봐, 조앤이잖아."

리처드는 조앤이 쪼그리고 앉은 곳을 향해 고개를 돌렸다. "조앤 에이킨이네.《윌러비 언덕의 늑대들》읽어봤어?"

"바로 여기 있네. 아직 안 읽어봤는데. 이거 재미있어?"

"괜찮은 편이야."

조앤은 책을 책장에 놓아두고 자리에서 일어섰다. 이만 방으로 가는 게 좋겠다고 생각했지만 마음은 그리 내키지 않았다. 가봐야 아마 언니가 책을 읽고 있거나, 일기 같은 것을 쓰고 있을 것이기 때문이었다. 그래도 이제는 정말로 가야 할 것 같았다.

"그래서 내가 네 사촌형에게 복수하고 싶다면, 좀 도와줄 거야?"

리처드는 입술을 쭉 내밀며 그 말을 곱씹어 보다가 마침내 입을 열었다. "당연하지. 내가 배짱만 좀 있었어도 그 인간을 죽여버렸을 거야. 그렇게 하면 그 누구한테도 골칫거리가 되지 않을 텐데."

조앤은 깔깔대며 웃다가 말했다. "와, 정말이야?"

"뭐가?"

"진지하게 하는 말이야?"

"아니, 하지만 그런 생각은 굉장히 많이 해봤어. 내가 실제 행동으로 옮기지 않는 이유는 딱 하나, 체포돼서 감옥에서 평생 썩어야 할 게 뻔하기 때문이야."

"그러면 구체적으로 어떻게 할 건데?"

"어떻게 그 인간을 죽일 거냐고? 사실 어떻게 실행해야 할지 생각을 굉장히 많이 해봤어. 그 인간은 뉴저지에 사는데, 만약 그곳에서 해치워야 한다면 아마도 그냥 마피아를 고용해서 해치워 달라고 해야 하지 않을까?"

"그렇게 하려면 아마 돈이 꽤 들걸."

"그래, 그 생각도 이미 해봤어. 여기서 죽여버릴 수도 있을 것 같아. 사실 그놈은 진짜 끔찍하게 수영을 못 하거든. 그러니까, 수영을 하긴 하는데 딱 그뿐이야. 그냥 물에 떠 있는 것만으로도 어마어마하게 벅찬 것 같다니까."

"물에 빠뜨려 죽여버리자는 거네. 마음에 들어."

"그 인간은 술이라면 언제나 사족을 못 쓰거든. 그러니 위스키 같은 거 한 병 가져다준 다음 완전 취해서 헤엄치지 못할 때를 노려 풀장 안으로 밀어버리는 거야."

"그거 말 된다." 조앤은 가운데 놓인 책장을 살펴보려 걸음을 옮기며 말했다. 눈높이에 있는 자리에는 스티븐 킹의 작품들이 다수 비치되어 있었다. 책이 비어 있는 곳을 발견하고는 아마 리처드가 읽고 있던 책이 꽂혀 있던 자리일 거라고 생각했다.

"그게 잘도 되겠다. 어긋날 수 있는 게 한두 가지가 아니야. 기어 나올 수 없을 정도로 수심이 깊은 곳에서 취하게 만들어야 하니까. 풀장에는 사다리도 달려 있잖아."

"그 길다란 장대로 계속 누르고 있으면 되지. 그…… 뭐라고 하더라, 수영장에서 낙엽 같은 거 걷어낼 때 쓰는 뜰채 같은 거."

"증거가 남을 거야. 부검이라도 해서 머리를 갈라보면 사고로 익사하지 않았다는 사실이 금방 들통나고 말걸? 만약 사람을 죽이려 한다면 반드시 사고로 보이도록 만들어야 해. 그게 아니면 다른 사람이 죽인 것처럼 보이도록 해야 하고. 그렇게 하지 않으면 다 소용없는 짓이야."

조앤은 《그것》이라는 제목이 적힌 책등을 만져보았다. "정말 생각을 많이 해봤구나."

"사촌형을 죽여버리는 생각? 그래, 많이 했지."

조앤은 웃음을 터뜨렸다. "들키지 않을 수만 있다면, 정말로 개를 죽일 생각이야?"

"당연하지."

조앤은 그를 바라보았다. 리처드는 늘상 입고 다니는 카고 반바지에 조금 얇은 줄무늬 폴로셔츠 차림이었다. 아마 그 셔츠는 엄마가 중학교 때 사준 것이리라. 읽고 있던 책은 여전히 그의 무릎 위에 펼쳐져 있었다. 손가락으로 읽다가 멈춘 자리를 가리킨 채였다. 조앤 쪽으로 돌아본 그의 표정에는 조금도 변화가 없었다. 조앤은 여위고 뼈가 툭 튀어나온 그의 코를 바라보며 얼굴이 마치 날이 선 칼 같다고 생각했다. 윗입술 위로는 수염이 거뭇거뭇 돋아나 있었는데, 수염을 길러보고 싶은 것인지 아니면 그저 귀찮아서 면도하는 법을 아직 배우지 않은 것인지 궁금했다.

"정말로 개를 죽일 생각이야?" 조앤이 재차 물었다. 무슨 이유인지 몰라도, 아마도 표정 변화가 전혀 없었기 때문이겠지만, 리처드가 정말로 진지하게 그런 생각을 하고 있는지 알 수가 없었다.

"들키지 않고 빠져나갈 수만 있다면 죽여버릴 놈이 한둘이 아니야. 사촌형 두에인은 당연히 죽여야지. 개릿 블레이크도 죽일 거고, 내 의붓아버지도야. 과거로 돌아갈 수 있다면, 과거에도 죽여버릴 사람들이 한가득이야. 히틀러나 리처드 닉슨 같은 사람 말이야."

"개릿 블레이크가 너한테 무슨 짓을 했길래?"

"뭐야, 너 개릿을 좋아해?"

"아니, 그럴 리가. 아마 너만큼 싫어할걸. 그냥 개릿은 네가 죽이고 싶은 사람처럼 보이지 않아서 말이야. 네가 아예 관심도 두지 않을 사람 같은데."

"초등학교 2학년 때부터 졸업할 때까지는 개릿이 아마 가장 친한 친구였을 거야. 그러다가 애들이 나를 아빠 스킨이라고 부르기 시작하니까 개는 내 옆에 오지도 않더라고."

"세상에. 난 너를 그렇게 부른 적이 절대 없다는 거 알지?"

"신경 안 써. 애들은 다들 나를 그렇게 불렀던 것 같아. 그런데 가장 줏대 없이 굴었던 애가 바로 개릿이거든. 개는 나랑 함께 있는 모습을 남에게 보이는 것조차 싫어했어."

"그러면 토미 푸스코는 어때? 개는 죽이고 싶지 않아?" 토미는 미들햄에서 가장 덩치가 큰 불량배 소년으로, 리처드 같은 아이들의 인생을 비참하게 만들어버리는 부류였다.

"호박이 제 발로 넝쿨째 굴러들어오는 것처럼 완벽한 기회가 찾아온다면 토미를 죽여버릴지도 몰라. 개는 굉장히 역겨운 녀석이긴 한데 별 생각은 안 들어. 양아치처럼 굴지만 양아치 짓을 제대로 하는 것도 아니잖아. 개는 멍청해서 어떻게 하면 애들한테 진짜로 상처를 입힐 수 있는지 잘 모르거든."

조앤은 그의 말에 대해 곰곰이 생각해보았다. "그래, 아마 네 말이 맞을 거야. 그럼 똑똑한 양아치는 누가 있는데?"

"네 친구 매디슨 있잖아."

"와, 세상에. 내가 무슨 말을 들은 거야. 걔가 나랑 제일 친한 친구라는 거 몰라?"

"네가 똑똑한 양아치는 누구인지 물어봤잖아. 그래서 그 애 생각이 난 거고. 중학교 졸업반 때 걔가 웬디 쿡한테 한 짓 기억나?"

"웬디가 매디슨의 남자친구를 빼앗으려고 했잖아."

"아, 아마 그랬을 거야. 자세한 내용은 모르지만. 매디슨이 그 애를 완전히 박살내 버렸다는 것만 기억나."

조앤이 기억하는 내용 역시 마찬가지였다. 매디슨은 웬디 쿡의 인생을 망쳐버리기로 일단 결심한 후로, 그 애에 대한 헛소문을 퍼뜨리고 다른 졸업반 친구들에게 웬디와 이야기하지 말라고 설득하고 다니면서 목적을 달성했다. 가능한 모든 수단을 동원한 작전이었다. 조앤도 제 역할을 수행했다. 매디슨이 부탁했기 때문이었다. 조앤의 기억에 따르면 웬디가 쫓겨나듯 학교를 그만두자(소문에 따르면 자살 시도를 했다고 한다) 부모님이 자신을 앉혀 두고 그 일에 대해 낱낱이 캐물었다. 조앤은 거짓말로 둘러대며 웬디가 정말 안쓰럽다고 대답했다.

"그래서 만약 기회가 생긴다면 나랑 가장 친한 친구를 죽여버리겠다는 거야?"

"그래, 아마도." 대답은 이렇게 했지만 리처드는 마치 농담하는 것처럼 미소를 띠고 있었다. 그가 어떤 식으로든 농담 같

64

은 것을 하는 모습을 보인 적은 처음이었다. "뭐, 솔직히 개한 테는 별 생각이 없어."

"뭐, 개도 너한테 별 생각이 없을 거야."

"분명 그렇겠지."

두 사람의 머리 위에 달려 있던 형광등이 갑자기 깜빡거리더니 방 안이 어두워졌다가 다시 밝아졌다.

"머리 삼촌이 한 짓이야." 조앤이 말했다.

"그래. 유령이 불도 다 *끄*네."

"저기, 겁도 안 나? 내가 매디슨한테 가서 네가 무슨 말을 했는지 알려줄지도 모르잖아. 내가 나중에 개학하고 나면 네가 사람들을 죽이고 싶어 한다고 떠들고 다니면 어쩌려고?"

"그런 생각은 안 해봤는데. 뭐, 너는 하고 싶은 대로 할 수 있어. 내가 말릴 수 없는 일이잖아."

"개는 아마 네 인생을 끔찍하게 만들어버리려고 할 텐데."

"솔직히 말해서 내 인생은 이미 끔찍해. 그리고 우리가 영원히 학교를 다니는 것도 아니잖아."

"3년은 더 남았는데."

"바로 그거야. 영원은 아니지."

두 사람 사이에 다시 한번 짧은 침묵이 흘렀다. 잠시 후 조앤이 입을 열었다. "뭐, 이제 가야 할 것 같아."

"그래." 리처드는 이렇게 대답하더니 읽고 있던 책을 향해 고개를 숙였다. 조앤은 잠시 그를 살펴보았다. 숱이 많은 검정색 머리카락이었고, 앞머리가 이마 중간까지 내려와 있었다. 그런 모습을 표현하는 단어가 분명 있었는데 도무지 생각나지 않았다. 사실 리처드는 고작 2년 전에 비하면 너드 티가 훨씬 덜 났다. 비록 두 눈이 코 양쪽으로 약간 지나칠 정도로 달라붙어 있긴 했지만 눈동자는 강렬한 파란색이었다. 옷만 제대로 갖춰 입으면 간신히 귀여운 축에는 들 것 같았다.

"있잖아." 조앤이 입을 열었다. "두에인을 죽여버리는 가장 좋은 방법은 파도가 거세게 치는 날을 골라 걔를 방파제 끝까지 데려가서 그냥 가장자리에서 밀어버리는 거야. 걔는 절대 바위 위로 기어 올라오지 못할 테니까. 그리고 그냥 걔가 미끄러진 거라고 말하면 충분해."

리처드는 그에 대해 곱씹어 보듯 조심스럽게 고개를 끄덕이다가 마침내 입을 열었다. "그래. 이런 식으로 말하기만 하면 될 거야. '내기를 해도 좋아. 너는 비 오는 날에는 절대 방파제 끝까지 걸어가지 못할걸?' 이런 말을 듣고 나면 그 인간은 꼼짝없이 거기까지 걸어갈 수밖에 없을 거야. 그런 다음 내가 미끄러진 척하면서 실은 그 인간을 바다로 떠밀어 버리는 거지. 설사 그 인간이 살아나온다 해도 내가 죽이려 했다는 사실은 모를 거야. 고마워, 조앤."

조앤은 두 손을 펼쳐 앞으로 내밀며 어깨를 으쓱했다. 리처드는 여전히 고개를 끄덕이며 생각에 잠긴 채 한마디 덧붙였다. "완벽한 계획이야."

5장

킴볼

조앤을 만난 다음 날인 화요일 오전 10시 30분, 나는 다트퍼드 중심가 콜로니얼 로드에 있는 한 프랜차이즈 커피숍에 앉아 있었다. 길 건너편 블랙번 공인중개사 사무실이 그런대로 보이는 자리였다. 공인중개사 사무실은 꽃집과 고급 여성복 가게 사이에 위치한 1층짜리 작은 점포였다. 내가 앉은 자리에서는 사무실의 통유리 외벽이 잘 보였다. 안쪽에서 붙여 놓은 부동산 매물 정보가 줄지어 있었다. 유감스럽게도 정문이 불투명한 유리로 되어 있고, 정문 앞 붉은색 단풍나무 아래에 세워진 터프츠대학 스티커를 후미에 붙이고 있는 흰색 SUV 탓에 정문을 통해서는 안쪽이 보이지 않았다.

커피숍에 들어온 후, 블랙번 공인중개사 사무실에 특별한 움직임은 보이지 않았다. 나는 라테를 한 잔 더 주문해 마시며 바나나 머핀을 집어 들었다. W. H. 오든의 시 선집 문고판을 한 권 사서 들고 왔다. 주변 환경에 녹아들기에는 커피숍에서 얇은 시집이나 넘기고 있는 추레한 남자 이상 적절한 모습은 없다고 생각했기 때문이다. 하지만 주위에는 온통 노트북을 쳐다보고 있거나 이어폰을 끼고 대화를 나누는 사람들뿐이었다. 그 사이에서는 막상 내 모습이 유독 튄다는 사실을 깨달았다.

나는 노트북을 켜서 무료 와이파이에 접속한 다음 위키피디아에 W. H. 오든을 검색했다. 사실은 블랙번 공인중개사 홈페이지에 다시 한번 접속해서 직원들의 경력 사항을 재차 읽어보고 싶었지만, 노트북 각도상 커피숍 안에서 화면이 훤히 들여다보였다. 우연히 공인중개사 직원들이 아침을 사러 들어왔다가 누군가 자신들이 다니는 회사 홈페이지를 들여다보고 있는 모습을 목격하게 되는 일은 피하고 싶었다. 대신 나는 오든이 스물세 살의 나이에 첫 시집을 냈다는 사실을 알게 되었다. 내가 한창 시를 쓰고 있던 때였더라면 그 사실에 의기소침해졌을 테지만, 최근 나는 더 이상 엉망일 수 없을 정도로 구제 불능인 작품이나 리머릭같이 우스운 시라 할지라도 실제로 한 편을 끝까지 다 쓸 수 있으면 좋겠다고 생각할 정도로 야망을 낮출 만큼 낮춘 상태였다.

나는 거리를 오가는 사람들을 곁눈질로 지켜보며 노트북에서 워드를 켜 다음과 같이 적었다. "뿌연 하늘이 검푸른 나무에 긁혀 생채기가 난다." 하지만 그 뒤에 어떤 말을 덧붙여야 할지 생각이 나지 않았다. 나는 엔터를 몇 차례 눌러 칸을 띄운 후, 리머릭을 한 편 재빨리 적어 내려갔다.

> 조앤은 그녀의 이름
>
> 남편에 대한 의심이 한 아름
>
> 그래서 고용한 탐정
>
> 알고 싶은 것은 남편의 부정
>
> 남편이 집에 없을 때의 기다림

그리 잘 지은 리머릭은 아니었다. '기다림'이 '이름'이나 '아름'과 운율이 잘 맞는다고 볼 수 없었기 때문이다. 하지만 뿌연 하늘에 대해 적은 허세 섞인 구절보다는 좀 더 나을 것 같기도 했다.

커피숍 문이 안쪽으로 열리더니 한 금발 여자가 안으로 들어왔다. 조앤이 자신의 남편의 외도 상대라고 지목했던 여자, 팸 오닐의 프로필 사진과 약간 닮은 것 같았다. 그 여자는 카운터 쪽으로 가서 차이티 한 잔을 주문했다. 약간 낮고 비음이 섞인 목소리였다. 검정색 정장 바지와 벨벳 블레이저는 공인중개사 사무실 매니저가 근무 복장으로 입을 법할 옷으로 보였다. 그녀는 주문한 차가 나오기를 기다리며 핸드폰을 들여다보다가, 무엇을 읽었는지 일순간 미소를 지었다. 그러자 치아가 드러났는데 새하얀 것과는 거리가 멀었다. 사실 그 정도로 어린 사람치고는 비정상적일 정도로 착색이 심해서, 오히려 그 때문에 블랙번 공인중개사 홈페이지에 나오는 보정을 한 사진 속 여자와 틀림없이 같은 사람이라는 확신이 들었다.

내 확신은 틀리지 않았다. 그 여자가 커피숍을 나가 길을 건너 단풍나무 아래 흰색 SUV 뒤로 사라졌기 때문이다. 공인중개사 사무실 출입문의 꼭대기 부분이 열리는 것이 보였다. 30초 후, 그녀는 다시 사무실 밖 인도로 나와 차 스마트키로 보이는 물건을 들어 올리고 버튼을 눌렀다. 그러자 도로 이쪽 편에 주차되어 있던 파란색 도요타에서 삐빅 하는 소리가 들리더니 불빛이 한 번 깜빡였다. 나는 아까 쓴 리머릭 아래에 그 차 번호를 적었다. 이런 일이 탐정의 업무 아닌가. 조앤에게 이미 들은바 사무실 뒤편에 작은 주차장이 있고 조앤의 남편은 은색 BMW를 그곳에 주차한다는 사실을 알고 있었다. 또, 블랙번 공인중개사의 직원 중 적어도 몇 명은 길가에 차를 댄다는 사실 역시 알고 있었다.

나는 이제 어떻게 할까 고민했다. 시간을 어마어마하게 낭비할 뿐만 아니라 조앤의 돈까지 허비하리라는 사실을 제외하면, 이 커피숍 안에 하루 종일 죽치고 앉아 있지 못할 이유는 없었다. 팸 오닐의 차를 지켜보고 있다가 만약 그녀가 어디 가기라도 하면 뒤를 밟을 수도 있었다. 하지만 만약 리처드 웨일런의 외도 상대가 팸이 아니라면? 혹은 두 사람이 고작 보름에 한 번 정도만 밀회를 가진다면? 그렇다면 내게는 이 시간이 그저 카페인을 과다 섭취하는 긴 일주일이 될 터였다. 나는 머핀을 좀 더 먹으며 몇 가지 선택지를 가늠해 보았다. 기회를 노려 리처드나 팸의 핸드폰에 스파이웨어를 심어 놓을 수도 있었고, 팸에 대해 좀 더 알아낼 수 있는 방법을 모색해 볼 수도 있었다. 어쩌면 팸은 내게 속내를 털어놓을지도 몰랐다. 두 가지 선택지 모두 위험이 따르는 방법이었다. 운이 좋다면 팸과 리처드가 커피를 마시러 와서 내 옆자리에 앉아 두 사람의 관계를 만천하에 떠벌리는 일도 있을 수 있었다.

커피숍 안에는 다시 사람들이 들어차기 시작했다. 포장된 샌드위치를 사서 밖으로 나가는 것을 보니 점심을 먹으러 나온 것 같았다. 나는 자리에서 일어나 화장실로 향했다. 오전 내내 딱딱한 의자에 앉아 있느라 온몸이 뻣뻣했다. 다시 자리로 돌아오니 창문 밖으로 내가 팸 오닐이라고 믿고 있는 금발 여자가 자신의 차를 향해 다가가는 모습이 보였다. 나는 재빨리 노트북을 배낭 안에 집어넣고 테이블을 정리한 다음 밖으로 나갔지만 팸은 어느새 차를 타고 출발한 뒤였다. 나는 10년 된 포드 토러스에 올라탔다. 그녀와는 고작 반 블록 정도밖에 떨어지지 않았지만 차를 몰고 콜로니얼 로드로 나서기까지는 느릿느릿 움직이는 차량을 네 대나 먼저 보내야 했다. 도요타의 모습이 시야에서 사라졌다. 나는 계속해서 동쪽으로 차를 몰며 도로가 직선으로 뻗은 곳에서 그녀의 모습이 보이기를 바랐다.

내 앞에 달리던 차 두 대가 큰 교차로에서 좌회전을 하고 나서야 나는 비로소 속도를 조금 높일 수 있었다. 그러나 1킬로미터 가까이 달리고 나서는 팸을 놓치고 말았다는 사실을 인정할 수밖에 없었다.

나는 서브웨이 샌드위치, 중고품 위탁 판매점, 소규모 주류 상점이 공동으로 사용하는 상점가 주차장 한쪽에 차를 세운 후 핸드폰을 꺼내 지도 앱을 켰다. 주변의 음식점을 찾았다. 점심시간이었으니 아마 팸은 다른 사람을 만나고 있을 터였다. 길게 뻗은 길을 따라 테이크아웃 가게가 여럿 늘어서 있었지만 제대로 앉아서 식사를 할 수 있는 곳은 단 하나, 〈리틀 마시 그릴Little Marsh Grill〉이라고 하는 레스토랑밖에 보이지 않았다. 나는 차를 몰고 그곳으로 가서 레스토랑에 딸린 작은 주차장을 한 바퀴 돌아보았다. 파란색 도요타는 보이지 않았다. 하지만 그곳에 차를 주차했다. 점심을 먹어야 했기 때문이다.

5시가 되어 나는 커피숍으로 돌아왔다. 이전과 같은 자리를 잡고 앉아 노트북을 열어놓고 아까 그 오든의 시집을 무릎 위에 펼쳐놓았다. 그 파란색 도요타는 이번에는 길 맞은편이 아니라 블랙번 공인중개사 사무실 앞에 주차되어 있었지만 어쨌든 내 시선이 미치는 범위 안이었다. 팸이 점심시간 동안 어디에 다녀왔는지 알 도리가 없었다. 나는 〈리틀 마시 그릴〉에서 호밀로 만든 빵에 구운 햄과 치즈를 넣어 만든 샌드위치를 먹고 기네스 맥주 한 병을 천천히 비운 상태였다. 다 먹고 뒤편

으로 나가보니 레스토랑 이름처럼 정말로 작은 습지Little Marsh
가 보였다. 그 위를 가로지르는 나무 데크를 따라 힘찬 발걸음
으로 산책을 즐기기도 했다. 흰색 왜가리 한 쌍이 물결 치는 얕
은 자리에 내려앉으려 다가오는 모습이 보였다. 오전보다 기온
이 내려가 내 입에서 입김이 나오는 것이 보였다. 나는 두 손을
주머니에 찔러 넣은 채 계속해서 걸음을 옮기며, 커피숍에서
또 죽치고 있을 때를 대비해 다리를 좀 풀어놓자고 생각했다.

　블랙번 공인중개사 입구를 가로막아 내 시야를 방해하던
흰색 SUV는 더 이상 보이지 않았다. 그래서 몇몇 사람이 사무
실을 나서는 모습을 볼 수 있었다. 그중 한 남자는 조앤의 남편
과 나이가 딱 들어맞아 보였다. 다만 체중이 좀 있어 보였고 청
바지에 스웨트셔츠는 공인중개사가 입을 만할 복장이 아니었
다. 팸 오닐이 건물 밖으로 나서는 모습이 보이자 나는 내 소지
품을 움켜쥐고 이전보다 빠르게 차에 올라탔다. 시동을 켜둔
채 그녀가 나를 지나쳐 길을 따라 서쪽으로 가도록 내버려 두
었다. 내가 주차된 차를 길로 빼서 유턴하는 바람에 차 두 대가
급정거하면서 경적을 울려댔다. 나는 혼잡한 교통상황을 뚫고
그녀의 뒤를 따라 북서쪽으로 차를 몰았다. 팸은 2번 국도를
타고 짧게 이동한 다음 웨스트 콩코드 부근에서 도로를 빠져
나가 한 아파트 단지로 이어지는 커다란 진입로로 차를 몰았
다. 나는 그녀를 놓치지 않는 선에서 최대한 멀리 떨어진 곳에
차를 세웠다. 팸이 차에서 내렸다. 나는 그녀가 곧장 건물 안으

로 들어가리라고 생각했다. 어쨌든 화요일 저녁이었으니까. 나는 무엇을 기대하면서 공인중개사 사무실 앞부터 미행을 하고 있는지 확신할 수가 없었다.

하지만 팸은 이중 유리로 된 문 안으로 들어가는 대신 주차장을 가로질러 교차로 쪽으로 향했다. 우리가 이 아파트로 들어오기 위해 방향을 틀었던 곳이었다. 나는 좀 더 자세히 보려고 차에서 내렸다. 그때, 교차로 신호등이 빨간색으로 바뀌자 팸이 길을 건넜다. 희미한 불빛 아래로 팸이 〈테이스트 오브 홍콩〉이라고 적힌 중식 레스토랑의 주차장을 가로질러 정문으로 들어가는 모습이 보였다.

나는 다시 차를 타고 그 중식 레스토랑으로 200미터 가까이 이동해서 거의 텅 비어 있는 주차장에 차를 세웠다. 〈테이스트 오브 홍콩〉은 벽돌로 된 외벽 위에 가파른 너와 지붕을 얹은 건물이었다. 정면 입구는 뾰족하게 솟은 A자 형태였고, 입구 양쪽에는 화려한 파란색 장식체로 레스토랑 이름이 적혀 있었다. 나는 차 안에 30초 동안 앉아 있다가 비로소 안에 들어가기로 결심했다. 낡은 아스팔트 위를 걷는 도중에도 상쾌한 가을 공기 속에서 떠도는 중국음식 냄새가 풍겼다. 노릇노릇하게 익힌 고기와 흑설탕 냄새였다.

레스토랑의 실내는 굉장히 어두워서 눈이 적응하는 데 다소 시간이 걸렸다. 텅 빈 접수대 옆에는 화려하게 장식한 분수가 있었다. 그 광경을 보니 어린 시절에 비슷하게 생긴 도시에 있는 비슷하게 생긴 중국 식당에 갔던 것만 같았다. 할아버지와 할머니는 적어도 한 달에 한 번은 나를 그곳에 데려갔을 테다. 그때마다 나는 분수에 던질 동전을 좀 달라고 애걸했겠지.

"혼자 오셨습니까?" 누군가의 목소리가 들리자 나는 고개를 들었다. 검정색 정장 바지와 흰색 버튼다운 셔츠 차림의 키 큰 여자가 메뉴판을 들고 서 있었다. 그녀는 왼쪽으로 고개를 기울여 형광등이 밝게 켜져 있는 천장이 낮은 방을 가리켰다. 그녀의 오른쪽으로는 칵테일바로 통하는 입구가 보였다. 어두컴컴하게 꾸며놓은 실내에 자리 잡은 길다란 카운터 바가 보였다.

"술 한잔하려고요." 내가 이렇게 대답하자, 그녀는 반대편으로 고개를 기울였다. 나는 그녀를 지나 바 안으로 들어갔다. 안쪽 벽에는 노란색으로 빛나는 커다란 수조가 있었다. 긴 카운터 바는 위에 옷칠을 했고 모서리에 패드를 덧대어 놓았다. 그 앞에 빨간색 인조가죽을 씌운 회전의자가 몇 개 있었다. 그리고 카운터 바 딱 중간 자리에 유일한 손님인 팸이 홀로 앉아 있었다. 하와이안 셔츠를 입은 젊은 아시아계 남자 바텐더가 칵테일을 만드는 중이었다. 나는 가장 가까이 있는 의자에 앉는 순간 팸이 고개를 돌려 나를 살펴보고 있음을 눈치챘다.

내가 재킷을 벗기 시작하자 팸이 말을 걸었다. "그렇게 생판 처음 온 사람처럼 굴지 마세요. 괜찮으시다면 이리 오셔도 좋아요."

6장

조앤

　　여름휴가를 온 이래 가장 무더운 날이었
다. 조앤은 아침식사를 마친 후 선크림을 듬뿍 바르고 비키니
로 갈아입은 다음 해변으로 걸음을 옮겼다. 담요와 타월, 커다
란 물통 하나, 언니의 소니 CD 플레이어, 전날 밤에 도서실에
서 가져온 스티븐 킹의 소설《제럴드의 게임》을 챙겼다.

　　조앤은 길을 건너 해변 끄트머리에 있는 야트막한 모래언
덕을 가로지르는 낡은 나무 경사로로 올라갔다. 파도는 잔잔
했고, 모래밭과 하늘에서는 색채가 거의 느껴지지 않았다. 밝
은 햇빛이 공기에 잔물결을 이는 것 같았다. 조앤은 담요를 펼
쳐 몸에 모래가 묻을 걱정에서 해방되자, 배를 깔고 엎드려 전
날 밤에 리처드와 나눈 대화를 그만 생각하려 애썼다. 침대에

누워 있는 내내 그 생각이 자꾸 떠오르는 것은 어쩔 수 없었다. 이상한 꿈을 꾸었다 깨기를 반복하며 잠을 거의 이루지 못했다. 이제 그녀는 담요 위에서 이미 따뜻해진 모래의 온기를 느끼며 한쪽 귀를 담요에 밀착시켰다. 갈매기들이 꽥꽥거리는 소리, 파도가 밀려오는 나지막한 소리가 들려왔다. 귀에 들린다기보다는 느낌에 더 가까운 감각이었다. 살짝 잠이 들었던 게 분명했다. 목덜미가 갑자기 땀으로 축축해져 버렸으니까. 그녀는 몸을 돌려 등을 바닥에 대고 누우며 지금 여기가 어디인지 살짝 혼란스러워했다.

조앤은 물병에 담긴 차가운 물을 반 정도 마신 다음 팔꿈치를 괴고 몸을 일으켜 선글라스의 푸른색 코팅 너머로 해변 저편을 바라보았다. 작년에 고등학교에서 가장 친한 친구인 매디슨은 에릭 홀이라는 졸업반 학생에게 거의 집착이라고 느껴질 정도로 홀딱 반해버리고 말았다. 반년 정도는 에릭이 있을 법할 장소 근처에만 가면 다른 사람과 눈을 마주치지 못할 정도였다. 매디슨은 거리를 둔 채 에릭을 쫓아다녔다. 그 신화 속 라크로스 선수가 모습을 보일지 모른다는 가능성 하나만 믿고 학교 복도 끝이나 식당 맞은편에서 계속 시선을 보내는 것이었다. 조앤은 그런 짓을 보며 굉장히 짜증을 냈었지만, 이제는 본인이 해변에서 똑같은 짓을 하는 중이었다. 리처드처럼 보이는 사람을 찾아 드넓게 펼쳐진 해변에서 희미하게 보이는 사람의 형체를 꼼꼼하게 훑어보고 있었다.

그렇다고 그에게 반한 것은 아니었다. 조앤은 리처드와 키스하거나 여타 다른 짓을 하는 데에는 조금도 흥미가 없었다. 아니, 그보다 더 중요한 용건이 있었다. 리처드가 어젯밤에 말한 이야기와, 그 이야기를 하는 사무적인 태도는 조앤에게 완전히 다른 인상을 심어줬다. 그 이야기는 위험할 정도로 살아있다는 감각을 느끼게 해주었다. 거의 술에 취한 것 같은 기분이 들 정도였다. 조앤은 지금껏 술을 마신 적이 몇 번 있었다. 야외 파티에 몰래 가져온 미지근한 맥주를 마신 게 대부분이었고, 다른 세 체조부원과 함께 매디슨의 집에서 밤샘 파티를 벌이며 프란젤리코 리큐르 같은 역겨운 술을 마신 적도 있었다.

하지만 그 정도 음주는 작년 여름에 있었던 일에 비하면 댈 것도 아니었다. 조앤의 부모님이 가든파티를 열었을 때였다. 아버지의 가장 친한 친구 앵거스는 흰색 정장을 입고 흰 수염을 기른 나이 든 캐나다인이었다. 조앤이 아이스박스에서 스프라이트를 좀 더 꺼내러 주방에 들어와 보니 앵거스가 자신이 마실 마티니를 만들고 있었다.

"지금 마티니를 드시는 거예요?"

"눈도 좋구나. 마셔본 적 있니?"

"아뇨. 아직 열다섯살 밖에 안 됐는데요."

"엄청 맛있지. 한 잔 타줄 수도 있지만, 네가 정원에서 마티니 잔을 손에 들고 비틀비틀 돌아다니는 모습을 다른 사람이 봤다가는 내가 곤란해져서 말이야. 네 손에 있는 잔에는 뭐가 들어 있니?"

조앤의 잔에는 얼음밖에 남아 있지 않았다. 그 외에는 잔에 꽂힌 라임 조각과 다 먹은 체리 줄기 두 개뿐이었다. "그냥 얼음밖에 없어요."

"좋아, 그렇다면 이거 받아라." 앵거스는 이렇게 말하며 그녀에게 조심스럽게 다가와 자신의 잔에 담긴 마티니를 그녀의 잔에 몽땅 따라주었다. "가능한 한 천천히 마셔야 한다. 그리고 나는 이 거래가 일어난 적 없다고 주장할 거니까 그건 명심하고."

조앤은 정원으로 돌아가 마티니를 홀짝이기 시작했다. 그 술은 믿을 수 없을 만큼 독해서 눈에 눈물이 찔끔 맺힐 정도였지만 맛만 놓고 보면 지극히 순수하면서도 어른스러운 느낌이었다. 혀가 타오르는 것 같았지만 그 감각도 마음에 들었다. 조앤이 앉아 있던 간이 의자에서 일어나 파티가 열리고 있는 정원으로 나가니 모든 감각이 고조되는 것 같았다. 꽃에서 풍기는 향기, 단편적으로 들리는 어른들의 대화 소리, 머리카락 위에 내려앉는 햇빛 같은 것들. 그녀는 자신의 체중마저 느껴지지 않아 마음만 먹으면 공중에 뜰 수도 있을 것 같다고 생각했다.

"혹시 요즘 보는 드라마 있어?"

조앤이 몸을 돌리니 어머니 친구 세 명이 그녀가 있는 쪽을 바라보고 있었다. 조금 전 들었던 것처럼 그들은 텔레비전 드라마에 대한 이야기를 하는 중이었다. 조앤은 그들의 대화에 끼어들었다. 여전히 한 손에는 얼음 잔을 든 채였다. 처음에는 그들이 자신이 취했다는 사실을 알아차릴까 염려했지만 그들은 그런 판단을 내릴 수 있는 상태가 아닌 것 같았다. 그들의 대화는 죄다 〈ER〉에 대한 것이었다가 끝내 〈프렌즈〉로 옮겨갔다. 조앤이 다들 모르고 있지만 그 드라마에서 가장 똑똑한 사람은 조이와 피비라고 말하자, 그들 모두 웃음을 터뜨렸다.

잠시 후, 조앤은 어른이 되는 것이 얼마나 쉬운 일인지, 다른 사람이 자신을 좋아하도록 만드는 것이 얼마나 간단한 일인지 생각했다. 더 이상 취한 상태는 아니었지만 이제 막 뭔가 성취한 사람처럼 힘이 넘치는 듯했다. 그날은 짜릿했다. 그때는 세상 그 누구도 알지 못하는 것을 알고 있다고 생각했지만, 지금은 그게 무엇인지 잊어버리고 말았다. 당시에는 흥분과 함께 일종의 정당한 분노가 끓어올랐다. 하지만 이제 조앤은 자신이 알고 있던 것이 정확히 무엇이었는지 기억할 수 없었다.

전날 밤, 조앤은 윈드워드 리조트 도서실에서 리처드가 자신의 사촌형을 살해하는 이야기에 귀를 기울이고 몇 가지 계획을 제안하면서 이상하게도 그때와 같은 느낌에 휩싸였다. 그런 말을 자유롭게 내뱉고 보니, 마치 정원을 가득 메운 어른들, 실은 이 세상이 어떻게 돌아가는지 전혀 모르는 사람들 앞에서 대놓고 마티니를 마시던 것 같은 기분이 든 것이다. 만약 리처드가 어른들 앞에서 그런 이야기를 했다면 어른들은 그가 농담을 하는 것이라고 받아들였을 것이다. 하지만 조앤은 리처드가 진지하게 이야기하고 있다는 사실을 마음속 깊은 곳에서 알 수 있었다. 그리고 그러한 사실이 전혀 거슬리지 않았다.

조앤은 파리 한 마리가 자신의 허벅지를 무는 것을 느끼고 손바닥으로 찰싹 때렸다. 파리가 정신이 아찔해진 듯 담요 위에 내려앉자 손으로 파리를 털어냈다. 파리가 모래 위에서 몸부림치는 모습을 바라보다가 곧 흥미를 잃었다. 그는 자리에서 일어나 물가로 걸음을 옮겼다. 검정색 스커트가 달린 수영복을 입은 여자가 엉덩이 깊이 정도의 바다에 서서 조심스럽게 자신의 몸에 물을 끼얹으며 몸 전체를 담그고 헤엄칠 준비를 하고 있었다.

조앤은 물속으로 뛰어들었다가 물 온도가 너무 낮아서 복사뼈 쪽 감각이 사라지는 것을 느끼고 흠칫 놀랐다. 조앤은 몇 걸음 더 나아가다가 아래쪽에 모래가 푹 꺼진 부분이 있어 엉덩이 위쪽까지 물속에 잠기고 말았다. 그 바람에 일순간 숨이 턱 막혔다. 원피스 수영복을 입고 있던 여자가 웃음을 터뜨리며 물이 얼마나 차가운지 말을 걸었다. 조앤은 어깨를 으쓱하며 밀려오는 파도 밑으로 잠수했다가 파도가 일지 않는 곳까지 헤엄쳐 나갔다. 차가운 수온 탓에 온몸의 감각이 사라지기 시작했다. 잠시 동안 숨이 턱턱 막힐 때까지 이리저리 헤엄치다가 고개를 뒤로 젖혀 두 눈을 감은 채 수면 위로 떠올랐다.

아이들이 소리를 지르는 소리가 들렸다. 그 크기로 미루어보아면 곳에서 들리는 것 같았다.

조앤은 파도 밖으로 걸어 나와 담요를 놓아둔 곳을 찾아 해변을 훑어보다가 리처드를 발견했다. 높이 솟은 모래언덕 끄트머리를 따라 걷고 있는 사람은 리처드가 틀림없었다. 조앤이 자신의 소지품을 놓아둔 곳에 도착할 즈음 리처드는 해변 쪽으로 100미터 정도 내려가 있었지만 여전히 그의 모습은 잘 보였다. 조앤은 재빨리 몸의 물기를 닦은 다음 그의 뒤를 쫓기 시작했다. 고작 몇 분 만에 그의 뒤쪽 그리 멀지 않은 곳까지 따라잡은 것으로 보아 그는 꽤 느린 걸음걸이로 움직이고 있던 듯했다. 조앤은 갑자기 멋쩍은 기분이 들어 걸음을 늦추고 말았다. 어떻게 할 작정인데? 혹시 공범이 필요한지 물어보려고 따라가는 거야? 아니면 그냥 어쩌다 마주친 거라고 둘러댈 거야?

리처드는 조앤보다 먼저 걸음을 멈추더니 쪼그리고 앉아 모래 위에 있는 무언가를 살펴보기 시작했다. 조앤도 속도를 늦췄지만 그는 그리 오래 쭈그리고 있지 않았다. 리처드는 다시 자리에서 일어나 걷기 시작했다. 조앤은 그가 쭈그리고 있던 자리에 도착했다. 처음에는 알아보기 어려웠지만 색이 바랜 갈매기 뼈 몇 개와 깃털 몇 가닥이었다. 조앤은 리처드가 낸 발자국에 자신의 발을 맞추고 쭈그리고 앉았을 뿐만 아니라 훤히 드러난 새의 척추를 살펴보기까지 했다. 척추가 곡선을 그리며 머리뼈까지 이어져 있었다. 살점은 다 사라졌지만 부리의 절반은 모래에 뒤덮인 채였다.

"아, 안녕." 조앤은 자신을 부르는 목소리를 듣고 고개를 들어 리처드를 바라보았다. "나를 따라오고 있었어?" 리처드가 물었다.

세상 그 누가 그런 질문을 하더라도 조앤은 한사코 부정했을 터였다. 하지만 어째서인지 몰라도 아마 질문을 한 사람이 리처드였기 때문이었겠지만 이번에는 솔직하게 털어놓았다. "수영을 하고 있었는데, 네가 지나가는 모습이 보이더라. 뭐 하러 나왔는지 궁금해서."

"그냥 걷고 있었어. 같이 걸을래?"

두 사람은 해변이 끝나는 곳까지 함께 걸었다. 그곳에는 해초로 뒤덮인 일군의 검은 바위가 바다 위로 튀어나와 있었다. "해변 바위틈에 생기는 웅덩이 좋아해?" 리처드는 물이 고인 웅덩이를 유심히 내려다보며 물었다. 그 웅덩이는 절반 정도가 바위에 가려 잘 보이지 않았다.

"솔직히 말하면 그런 생각을 별로 해본 적이 없어."

리처드는 조앤을 향해 미소를 지었다. "그냥 그 안에 이것저것 가득 차 있어서 좋아하는 거야." 리처드는 쭈그리고 앉았고 조앤은 그를 바라보며 서 있었다. 그렇게 한쪽은 몸을 굽히고 한쪽은 서 있으니, 이제 두 사람은 키가 거의 같아 보였다. 조앤은 그의 검게 탄 목덜미를 바라보았다. 그의 신체에서 햇볕에 그을린 정말 몇 안 되는 곳 중 하나였다. 그는 오늘은 줄 무늬 폴로셔츠 대신 검정색 티셔츠를 입고 있었다. 리처드가 한쪽 팔을 물속에 집어넣어 바위 때문에 생긴 어두운 틈바구니 속으로 들이밀자 조앤은 마음을 빼앗긴 채 그 모습을 바라보았다. 그러다가 리처드는 주먹을 쥔 손을 빼서 조심조심 붙든 조그만 초록 게 한 마리를 조앤에게 보여주었다. "이것 봐."

"어떻게 거기 손을 집어넣을 생각을 한 거야?"

게가 성난 듯이 조그만 집게발을 휘젓자 리처드는 웅덩이 안에 게를 슬며시 놓아주었다. 게는 쏜살같이 달아났다. 리처드가 도로 일어났을 때 조앤은 그의 손에 가느다란 띠 모양으로 피가 흐르고 있다는 사실을 알아차렸다.

리처드가 놀란 듯 피가 흐르는 것을 바라보았다. "이런, 물렸나 보네." 그는 이렇게 말하고 웅덩이에 팔을 담궈 씻었다. 그런 다음 자신의 엄지와 검지 사이에 너덜너덜하게 난 상처를 좀 더 가까이 살펴보았다. "수영하러 갈래?"

조앤은 다시 물에 들어가고 싶은 생각이 딱히 없었지만, 어쨌든 "그래"라고 대답하고 리처드가 물에 들어가는 모습을 바라보았다. 리처드는 티셔츠를 벗어 모래밭 위에 내려놓은 다음 파도 속으로 뛰어들었다. 그러고는 조앤을 향해 몸을 돌리더니 뒤로 몸을 넘겨 물속으로 들어갔다. 조앤도 그를 따라 물속으로 뛰어들었는데 여전히 어이없을 정도로 차가웠다. 두 사람은 잠시 동안 함께 물 위를 떠다녔다.

"어젯밤에 우리가 했던 이야기를 계속 생각하고 있었어." 조앤이 말했다.

"두에인에 대한 이야기 말이야?"

"그래."

"그 인간이 어젯밤에 나한테 뭐라고 했는지 알아? 해변에서 너를 따먹었대." 리처드는 '따먹다'라는 단어를 입에 올리는 순간 허공에 물음표를 그려 보였다.

"뭐라고?" 조앤의 대답은 차라리 비명에 더 가까웠다.

"네 이름 같은 건 말하지 않았지만 체조선수라고 해서 네 이야기라는 걸 알았어."

"뭐라고 했는데?"

"그렇게 대단한 이야기는 아니었어. 그보다 먼저 프런트 데스크에 있는 여자 이야기를 하던 중이었어. 그 여자랑 하고 싶다는 이야기 같은 거 말이야. 그러다가 호텔에 묵는 여자애 중 섹시한 애는 하나밖에 없는데, 그 애는 이미 따먹었다고 했어. 그리고 체조선수였다든지 이런저런 말을 했고."

"굳이 왜 그 이야기를 한 거지?"

"뭐 말이야? 체조선수라는 거? 그걸 가지고 역겨운 말을 하던데."

"무슨 말?"

"말하고 싶지 않은데."

"그냥 말해봐."

"네가 완전히 흥분해 버려서 다리를 찢은 채 자기 위에 올라탔다거나, 뭐 그런 식으로 말이야."

조앤의 앙다문 치아 사이로 쇳소리 같은 비명이 흘러나왔다. "몽땅 거짓말이야. 역겨운 새끼 같으니."

"그래, 내가 그랬잖아. 거짓말이라는 건 알고 있었어. 걱정하지 마."

"나를 알고 있다고 말했어?"

"아니."

"어째서?"

"정확한 이유는 모르겠어. 그 인간이 이상하게 생각할 것 같았나 보지."

조앤은 마음을 가라앉히려 애를 쓰며 몸을 뒤로 젖혀 다시 물 위로 몸을 띄웠다. 구름 한 점 없는 파란색 하늘 위로 햇빛이 강하게 쏟아졌다.

"우리가 서로 아는 사이라고 말하지 않아서 다행이야."

"그래."

"그러니까 내 말은, 그 누구도 우리가 서로 아는 사이라는 사실을 알아서는 안 된다는 거야. 어쩌면 앞으로도 계속 그런 척 굴어야 할 수도 있어. 우리는 비밀 친구가 될 수도 있어. 우리 둘 말고는 아무도 그 사실을 알지 못할 거야."

"물론."

두 사람의 몸이 파도를 타고 떠올랐다가 파도 뒤편으로

다시 미끄러지듯 내려왔다. "혹시 내가 학교에서 애들이 우리가 친구나 뭐 그 비슷한 사이가 됐다는 사실을 알게 되는 게 싫어서 이런 말을 한다고 생각하는 거야? 그런 생각은 하지 않았으면 좋겠어." 조앤이 말했다.

"아, 그래. 사실 그런 생각은 전혀 하지 않았는데. 하지만 다른 사람들은 모르는 비밀 친구가 된다는 건 좀 멋져 보이네."

"좋아. 그러면 이제 우리는 친구 사이니까 이 말은 해야겠어. 추워 죽겠으니 그만 물 밖으로 나갈래."

"먼저 가. 나는 조금 더 헤엄치다 갈게."

조앤은 떠나면서 마지막으로 입을 열었다. "그 좆같은 새끼를 죽여버리고 싶어."

"응, 나도 그래. 마음이 잘 맞네."

조앤은 해변을 향해 몇 차례 팔을 젓다가 부서지는 파도를 타고 넘어가 얕은 물가에 심하게 엉덩방아를 찧으며 착지했다. 엉덩이가 조금 아팠지만 체조선수였으니 이런 고통에는 익숙했다.

조앤은 타월을 놓아둔 곳으로 혼자 걸음을 옮겼다. 내내 가차 없이 내리쬐는 햇빛을 받으며 수영을 한 탓에 몹시 피곤했다. 다시 타월로 물기를 닦은 다음 배를 깔고 엎드려 두 눈을 감고 만약 기회가 생긴다면 두에인에게 무슨 짓을 저지를지 상상의 나래를 펼쳤다.

그날 밤, 칵테일 바가 문을 열자 조앤은 무알코올 셜리 템플 한 잔을 받아 들고 로비를 서성거렸다. 다시 라이브 연주가 열렸다. 이번에는 한 남자가 피아노를 치고 어떤 여자가 재즈풍의 노래를 불렀다. 조앤은 리처드의 이모와 이모부가 족히 네 사람이 앉을 수 있는 소파를 차지하고 있는 모습을 보았다. 이날 아침 일찍 만난 이후로 리처드의 모습은 보이지 않았다. 두에인 역시 마찬가지였다.

프런트 데스크 옆에는 작은 선물가게가 있었는데, 그곳에는 문고판 책이나 잡지, 과자, 탄산음료 같은 것들이 있었다. 전날 밤에 조앤과 이야기를 나눴던 프런트 직원이 프런트 데스크 안에서 등받이가 높은 의자에 등을 기대고 앉아 잡지를 넘기고 있었다. 취직하기에는 지나치게 어려 보이는데. 조앤은 이런 생각을 하다가 두에인이 저 여자를 따먹고 싶어 한다는 리처드의 말이 떠올랐다. 프런트 직원은 머리를 금발로 염색했고 얼굴은 살짝 통통했으며 아랫입술이 도톰한 편이었다. 그리고 눈 주변 색조화장을 과할 정도로 했다. 조앤은 그쪽으로 천천히 걸음을 옮겨서 인사를 건넸다.

"무엇을 도와드릴까요?" 그 여자는 급히 자세를 바로잡으며 물었다.

"실은 그냥 인사나 하려고요. 여기서 일하는 건 어때요?"

"아, 그렇군요." 그 여자는 잡지를 책상 위에 내려놓으며 대답했다. "꽤 괜찮은 일이에요. 작년 여름에는 케너윅 산장에서 종업원 일을 했는데 하루 종일 발이 아파 죽을 지경이었어요. 여기는 체크인이랑 체크아웃이 대부분 토요일에 몰려 있어서 그날은 많이 바쁘지만, 다른 날에는 그냥 여기 앉아서 물어보는 말에 대답하거나 사람들에게 프링글스나 팔면 되거든요. 진짜 쉬운 일인 데다, 이곳을 경영하는 분이 정말 멋져요. 이곳에 묵고 계시죠?"

"네. 저는 조앤이에요. 그런데 작년에도 일을 하셨다고요? 나이가 어떻게 되는데요?"

"열일곱 살이지만, 열다섯 정도로 보인다는 건 알아요. 저는 제시카라고 해요. 어디서 오셨어요?"

조앤이 그 질문에 대답하자 제시카는 다트퍼드-미들햄 고등학교로 진학한 학생 한 명을 알고 있다고 말했다. 하지만 조앤이 아는 학생은 아니었다. 두 사람은 잠시 그에 대한 이야기를 나누었다. 그리고 조앤은 이 리조트에 투숙하고 있는 다른 10대 애들에 대해 물어보았다.

"지금 당장은 너 혼자라고 해야 하나. 뭐, 거의 그런 셈이야. 이곳은 나이든 사람들을 위한 리조트 같거든. 예를 들어 뷔페를 항상 열어놓는 것만 봐도 말이야. 우리 나이에는 여기가 그리 재미있는 곳은 아니야. 해변은 멋지지만 말이지."

"그래, 해변은 멋지더라."

제시카의 눈에 갑자기 경계하는 빛이 떠올랐다. "저기." 그녀가 속삭였다. "쳐다보지 마. 우리 나이쯤 되는 두에인이라는 애 만난 적 있어? 여기에 이 주 정도 묵고 있어."

"두에인이라면 아는 것 같네." 조앤은 무심코 대답했지만 두에인이 지금 로비 안에 있다는 생각을 하니 등이 뻣뻣해지는 것 같았다.

"좋아, 이제 봐도 돼. 저 뒤 오른쪽이야. 지금 비쩍 마른 애랑 농담 따먹기를 하고 있는 놈. 저 인간 동생이 어떤 애인지는 모르겠지만, 그 애는 둘째치고 두에인에게는 가까이 가지 마. 아주 쓰레기 같은 놈이니까."

"아, 그래." 조앤이 제시카에게 무슨 일이 있었는지 물어보려는 찰나 아이 하나를 다리에 매달고 온 여자가 아이스크림 냉장고에서 뭔가를 찾아달라고 하는 바람에 제시카는 그 여자를 도우러 가버리고 말았다.

조앤은 리처드와 두에인 쪽을 살펴보았지만 두에인이 이쪽을 바라보고 있었기 때문에 곧바로 고개를 돌려버리고 말았다. 두에인은 마치 껌을 씹듯 턱을 빠르게 움직이고 있었다. 조앤은 문고판 가판대 쪽으로 가서 회전형 가판대를 빙글 돌려보며 어째서 제시카에게 두에인과 한판 붙었다는 사실을 말하지 않았는지 되짚어 봤다. 곧이어 그 질문에 답이 떠올랐다. 제시카에게 말하지 않은 것은 잘한 일이었다. 조앤 스스로도 이제 막 인정하기 시작한 사실이었는데, 리처드가 진지하게 두에인을 죽일 작정이라는 생각이 들었기 때문이다. 그리고 만약 리처드가 실제로 그런 일을 벌이려고 한다면 조앤은 그를 돕기로 결심한 상태였다. 그 생각을 떠올리자 섬뜩한 기분이 들었지만 그와 동시에 허공으로 떠오르는 것 같은 느낌이 들기도 했다.

"얘, 너 괜찮니?" 조앤의 어머니가 불쑥 나타났다. 조앤은 어머니가 한동안 거기서 자신에게 말을 걸고 있었다는 사실을 깨달았다.

"아, 미안. 정신이 좀 나가 있었네."

"햇빛을 너무 쬔 게 아닌가 모르겠네. 이제 저녁 먹으러 갈 건데. 너도 같이 갈래?"

"세상에, 당연하지. 배고파 죽겠어."

7장

킴볼

 "너무 들이대려는 건 아니었는데, 바 안에 우리 둘뿐이라면 서로 나란히 앉아서 대화라도 나누는 게 낫지 않겠어요?"

 나는 칵테일 라운지의 노란색 조명을 받으며 팸의 옆으로 자리로 옮겼다.

 "오늘 하루는 어땠습니까?" 내가 물었다.

 바텐더가 옅은 복숭아빛 술이 담긴 온더록 잔을 팸 앞에 내려놓는 중이었다. 그 잔에는 화려한 민트 줄기가 장식되어 있었다. 팸은 그 줄기를 잔 안으로 밀어 넣었다. 그녀는 술을 한 모금 마신 다음 입을 열었다. "뭐, 퇴근하자마자 바에 혼자 앉아 있네요. 그러고 싶은 날인가 봐요."

내가 칭따오 맥주를 한 병 주문하니 팸이 말했다. "칵테일을 마시러 오신 게 아니었어요? 이 바텐더 분이 누구인지나 아세요?"

나는 어리둥절한 표정을 지었던 게 분명했다. 팸이 이렇게 말했기 때문이다. "이분은 피트 리우라고 해요. 이제 막 떠오르는 유명한 스타 바텐더인데…… 그 잡지 이름이 뭐였죠, 피트?"

바텐더는 내가 주문한 맥주병 뚜껑을 딴 다음 유리잔에 맥주를 따랐다. "〈사베르〉입니다. '떠오르는 스타 바텐더'라니, 당치도 않아요. 그냥 '주목할 만할 바텐더'로 선정된 거죠."

"피트는 겸손하게 굴 게 뻔하니 제가 대신 자랑 좀 해볼게요. 고작 5분만 더 미적거려도 피트는 고급 호텔로 바로 납치당해 가버릴 테니 그 전에 칵테일을 한 잔 주문해 보시라고 권하고 싶네요."

"드시는 칵테일은 뭐죠?"

"마이 타이예요. 전에 다른 곳에서 마이 타이를 드셔보셨던들 그것과 비교도 할 수 없을 정도로 훌륭할걸요."

나는 맥주를 다 마신 다음 똑같은 칵테일을 주문했다. 팸의 말이 맞았다. 이 칵테일은 내가 중국 음식점에서 마셔본 술 중 단연 으뜸이었다. 그리고 팸은 즐거운 대화 상대이기도 했다. 우리는 음식과 술에 대한 이야기를 나누다가 멘보샤를 주문해 나눠 먹기로 결정했다. 그제야 그녀는 내가 무슨 일을 하는지 관심을 보이기 시작했다.

"작가입니다."

"아, 그러세요?"

"아직은 지망생이라고 해야겠죠. 보통은 시를 쓰고, 여기 저기서 강사 일을 하기도 합니다."

"벌이는 충분하시고요?"

"싸구려 다세대주택에 살고 있는 데다 건강보험도 없는 처지죠. 그러니 사실 충분하지 않아요. 하지만 가진 재주가 달리 없어서요."

"여기서는 뭘 하고 계셨어요?"

나는 그 질문에 대한 답변을 미리 준비해 놓은 터였다. 월든호수 근처로 산책을 나왔다가 한 잔 마실 곳을 찾아서 드라이브를 하다 우연히 〈테이스트 오브 홍콩〉이라는 간판을 보았다고 대답했다. "당신은요?"

"제가 뭐요?"

"무슨 일을 하시죠?"

그녀는 한숨을 쉬며 어깨를 살짝 으쓱하더니 입을 열었다. "저는 공인중개사 사무실에서 매니저로 일하고 있어요."

"일은 마음에 드시나요?"

"싫어하지는 않아요. 일도 잘하는 편이고요. 하지만 그냥 ……." 그때 팸의 전화기에서 진동이 울렸다. 그녀는 양해를 구하고 핸드폰 화면을 들여다보았다. 칵테일을 반쯤 비우니 취기가 올라오기 시작했다. 지나치게 술에 취하기 전에 어떻게 할지 구체적으로 계획을 세울 필요가 있었다. 어쩜 팸 오닐과 함께 취할 때까지 술을 마셔 그가 회사 사장님과 불륜을 저지르고 있다는 사실을 고백하도록 만드는 것도 괜찮은 계획 같았다. 그것으로 사건 해결. 하지만 아직 결정을 내리지 못했다.

"실례했어요." 그녀는 핸드폰 화면이 바닥을 향하도록 바위에 내려놓았다. "원래는 재니라는 친구와 한 시간 전에 여기서 만나기로 했는데, 이제 와서 한 시간 후에나 도착한다고 하네요. 그 애 말을 믿어야 할지 말아야 할지 모르겠어요. 저기 혹시 여자친구 필요하세요?"

"딱히 그렇지는 않습니다." 내 대답이 지나치게 빨랐는지도 모르겠다.

"너무 그렇게 겁먹지 마세요." 그녀가 웃음을 터뜨렸다. "아까 말씀드렸던 제 친구 재니 있잖아요. 한 시간 후에 과연 올지 안 올지 모르는 애 말이에요. 그 애가 지금 싱글이거든요. 굉장히 잘 나가는 부동산 중개인이기도 하고요."

"뭐……."

"곤란하게 할 생각은 없어요. 어째서 제 친구와 엮어드리려 하는지 저도 잘 모르겠네요. 당신에 대해 알지도 못하는데 말예요."

"당신은 어떤가요?" 나는 화제가 바뀌기를 바라며 말을 건넸다.

"뭐가 말이죠?"

"지금 만나시는 분이 있나요?"

그녀는 마치 보이지 않는 얼룩을 문질러 지우려는 듯 검지손가락을 바 위에 대고 움직였다. "복잡하면서도 바보 같은 관계이긴 해요. 어서 벗어나야 할 텐데."

"재미있는 이야기 같군요."

"아, 진짜, 그건 아니에요." 그녀는 나를 향해 고개를 돌렸다. "이런저런 일들이 많지만 그중에 재미있는 건 하나도 없는 것 같아요. 무엇보다 둘만의 관계가 아니라 세 사람 사이의 관계에 더 가까운걸요."

"뭐, 그 말을 듣고 나니 정말로 재미있는 이야기 같은데요."

그녀는 손등으로 내 팔을 세게 때렸다. "아니, 그런 게 아니라니까요. 생각하시는 것과는 전혀 다른 이야기라고요. 어쨌든 이 이야기는 이제 그만할래요. 더 해봐야 우울하기만 해요." 그녀가 슬픈 듯 미소를 짓자 나는 처음으로 그녀의 실제 치아를 볼 수 있었다. 칵테일 라운지의 조명을 받아 회색으로 보였다. 그녀는 금방 입을 다물었는데 나는 그녀가 자신의 치아 상태를 의식하고 있는지 궁금했다. 바로 옆에서 바라본 그녀는 이전보다 덜 예뻐 보였지만 내가 오늘 아침 일찍 커피숍에서 처음 봤을 때 생각했던 것보다 훨씬 흥미로웠고 심지어 아름다워 보이는 것 같기도 했다. 얼굴 표정이 끊임없이 변했고 그에 따라 온갖 감정이 이목구비를 스치고 지나갔다. 턱이 뾰족하고 윗입술이 다소 얇았지만 옅은 파란색 눈빛은 밝고 열정적이었다. 나는 그녀의 복잡한 관계를 그만 묻기로 마음먹으면서 나중에 자연스럽게 화제가 그쪽으로 돌아갈 수 있기를 바랐다.

"이 동네 부동산 업계는 어떤가요?" 내가 물었다.

"경쟁이 치열해요." 그녀가 대답하는 순간 주문한 멘보샤가 나왔다.

바텐더 피트는 내게 술을 한 잔 더 마실 건지 물어보았다. "맥주 한 병 더 줘요." 나는 이번 술은 천천히 비워야겠다고 결심했다. 어쩌면 음식을 좀 더 시켜야 할지도 모른다고도 생각했다. 팸은 자신의 마이 타이를 한 모금 마시면서 유리잔을 젖혔고 얼음이 치아에 부딪쳤다. "제가 한 잔 사도 될까요?" 내가 물었다.

"시인 수입으로요?" 그녀는 이렇게 말하다가 고개를 숙이더니 곧장 말을 이었다. "세상에, 제가 너무 무례했죠. 죄송해요."

"아니, 그러지 마세요. 나중에 제가 할리우드에서 소네트 시를 100만 달러에 파는 날이 오면, 그때 부끄러워하시면 됩니다."

그녀는 웃음을 터뜨렸다. "좋아요, 한 잔 사주세요. 대신 멘보샤 값은 제가 낼게요."

"좋습니다."

새로 주문한 술이 우리 앞에 놓이고 간단한 음식을 좀 더 주문할 때 즈음 나는 라운지에 사람들이 점점 많아지고 있다는 사실을 알아차렸다. 바 앞의 의자에 앉아 버드와이저를 마시는 남자는 아직도 파카를 벗지 않은 추레한 모습이었지만 다른 손님들 대부분은 화려한 밤 나들이를 하러 온 으스대는 커플이었다. 다리가 높은 테이블 자리는 모조리 손님이 차 있었다. 피트는 굉장히 빠른 동작으로 칵테일을 만들었다.

"저 사람의 광적인 팬이 많다고요." 팸이 말했다. "당신이 어쩌다가 여기 들어오셨다고 해서 놀랐지 뭐예요."

"저는 전혀 몰랐습니다."

팸의 친구 재니가 마침내 도착했을 때 칵테일 라운지 안은 거의 만석이었다. 바 안에서 핑크색 머리를 하고 깅엄체크 드레스를 입은 젊은 여자가 피트를 도와 칵테일을 만들고 있었다. 팸은 자신의 친구에게 나를 소개해줬다. 우리 두 사람은 이야기를 나누기 위해 서로를 향해 몸을 기울어야 했다. 재니의 몸에서 향수 냄새가 진동했기 때문에 나는 재채기를 하지 않으려 내 모든 자제력을 동원해야 했다. 소개가 끝나자 재니는 팸을 사이에 두고 내 반대편 의자에 앉았다. 그녀는 흰색 블라우스 위에 연회색 정장을 입고 있었다. 머리카락은 무슨 제품을 바른 듯 빳빳하게 고정되어 있었고 화장은 진했다. 앞서 이야기 나눈 것처럼 내가 어쩌다 〈테이스트 오브 홍콩〉에 들어와 우연히 팸을 만난 게 사실이었다면 나는 내 청구서의 값을 치르고 그 자리를 떠났을 게 거의 확실했다. 나는 팸의 친구를 알아가는 것에는 별로 흥미가 없었다. 세 명이 나란히 바에 앉아 있으니 서로 하는 말이 잘 들리지도 않았다. 나는 화장실에 다녀오겠다며 자리를 떠서 앞으로 어떡하면 좋을지 생각을 짜냈다. 팸은 술에 취하면서 점점 더 말이 많아지기 시작했다. 만약 내가 계속해서 주변에 죽치고 있으면 결국 팸이 조앤의 남편과 저지르는 불륜 관계에 대해 모두 털어놓을 가능성이 충분했다. 또는 그녀가 리처드 웨일런과 외도를 저지르지 않는다는 사실을 알아낼 수도 있었다. 이도 저도 아니라면 팸은 친구 재니와 함께 밤새도록 뻔한 이야기만 주고받고, 나는 아무것도 알아내지 못할 수도 있었다.

나는 라운지를 지나 자리로 돌아가면서 적어도 20분은 더 자리를 지키면서 무슨 일이 일어나는지 지켜보기라도 하자고 결심했다. 내가 두 사람이 있는 곳으로 돌아오자 팸은 앉아 있던 의자에서 미끄러지듯 내려와 내가 앉아 있던 자리로 옮긴 다음 내가 가운데에 앉아야 한다고 우겼다. 그리하여 우리는 다 함께 이야기를 나눌 수 있게 되었다.

"두 분의 시간을 방해하는 것 같은 기분이 드는데요." 내가 이렇게 말하자 두 여자는 고개를 저었다.

"둘만 있으면 일 얘기만 떠드는 게 고작인걸요." 재니가 말했다. "그런 수다는 언제든 떨 수 있으니까요. 그리고 저는

어차피 술 한 잔만 마시고 집에 가야 해서요. 오늘은 화요일이
잖아요."

"두 분은 어디 사세요?" 내가 물었다.

"바로 길 건너편에 살아요." 팸이 말했다. "실은 우리 둘 다
거기 살아요. 한 집에 사는 건 아니지만 같은 아파트에 살죠."

"콜로니얼 에스테이트라는 아파트예요." 재니가 말했다.
"이름은 거창하지만 사실 그렇게 대단한 곳은 아니에요."

둘은 동시에 웃음을 터뜨렸다. 팸이 말을 이었다. "그래도
수영장은 있어요."

"아무도 이용하지 않는 헬스장도 있고요."

"그렇지."

"그러니까 이곳은 두 분의 동네 술집인 셈인가 보네요?"
내가 물었다.

"맞아요. 피트가 이곳을 떠나도 아마 계속 오게 될 거예
요." 바텐더는 좀처럼 없는 주문이 뜸한 때를 놓치지 않고 유리
잔을 닦고 있다가 팸이 자신의 이름을 입에 올리는 소리를 듣
고 혹시 우리가 뭔가 주문하려는가 싶어 우리 쪽을 향해 고갯
짓을 했다. "아니, 괜찮아요." 팸이 말했다. "그러면 우리 다 같
이 한 잔만 더 마시고 이만 일어나는 게 어때요?"

우리 모두 찬성하며 한 잔씩 더 주문했다. 동시에 계산서
항목도 더 늘어났다. 팸과 나는 각자 먹고 마신 술과 음식이 무
엇인지 따져가며 서로 돈을 내겠다고 말다툼을 벌이다가 마침

내 셈을 마치고 값을 치렀다. 그런 다음 우리 셋은 새로 나온 술잔을 들고 다리가 높은 테이블이 놓인 자리로 이동했다. 그쪽이 이야기를 나누기에 좀 더 편한 자리였다.

팸은 여전히 재니와 내가 좋은 관계가 될 수 있을 거라고 생각했는지, 계속해서 우리 두 사람에게 질문을 던지며 대화를 이끌었다. 그러다가 내가 시인이라는 사실을 털어놓자 재니가 내 풀네임을 물어보며 내가 어떤 작품을 썼는지 인터넷에 검색을 해보려 하는 바람에 분위기가 다소 어색해지고 말았다. 나는 헨리 디키라고 이름을 밝히며, 인터넷에서 내 이름을 찾을 수 있을지 잘 모르겠다고 말했다. 만약 내가 실명을 댔더라도 두 사람은 시와 관련해서는 아무것도 찾아내지 못했을 것이다. 하지만 수사기관 명단에서 내 이름을 발견할 가능성이 있었고, 그렇게 되면 내가 테드와 미란다 스버슨 부부의 죽음을 수사했던 경찰이었다는 사실 역시 알게 될 것이 거의 확실했다.

"헨리 디키, 헨리 디키라." 재니는 내 이름을 기억해 두려는 듯 큰 소리로 되풀이했다. 그러더니 자신의 술잔을 다 비우고 우리 둘에게 화장실에 다녀오겠다고 말했다. 돌아오면 팸과 재니는 함께 길을 건너 자신들이 사는 아파트로 돌아갈 터였다. "두 사람은 계속 있고 싶다면……."

"아니, 이만 가야지." 팸이 이렇게 대답하자 나도 고개를 끄덕였다.

재니가 하이힐을 또각거리며 사라지자 나는 팸에게 몸을 돌려 말했다. "오늘 재미있었습니다."

"또 오셔야 해요. 이곳에 말이죠. 재니와 저처럼 여기 단골이 되어보세요."

"두 분은 보통 여기서 술을 드시나요?"

"사실 화요일에는 잘 오지 않아요. 목요일 밤에는 거의 매번 오죠. 아무 일도 없으면 가끔은 주말에 오기도 하고요. 그래도 목요일 밤이 가장 괜찮은 시간이에요. 만나서 반가웠어요, 헨리."

재니가 돌아오자 우리 셋은 출구를 빠져나가 차가운 밤공기 속으로 나섰다. 새까만 하늘에는 별이 가득했다. 나는 작별 인사로 두 사람에게 포옹한 다음 그들이 함께 교차로로 가서 보행자 버튼을 눌러 신호등에 파란불이 들어오게 하는 모습을 지켜보았다.

나는 차를 몰아 케임브리지로 돌아오는 길에 이날 저녁에 있었던 일을 머릿속에서 곱씹어 보았다. 팸은 자신이 맺고 있는 것은 둘만의 관계가 아니라 세 사람 사이의 관계에 더 가깝다고 했다. 무슨 의미로 한 말인지 여전히 의문스러웠다. 자신이 부부 사이에 끼어든 여자라는 말을 자신만의 방식으로 털어놓은 걸까?

아파트로 돌아와 보니 반려묘 파이와켓이 내가 하루 종일 집을 비우는 바람에 심기가 얼마나 불편했는지 알려주려

할 기세였다. 녀석은 자신의 밥그릇이 놓인 곳까지 나를 몰아 갔다. 나는 녀석에게 저녁을 차려준 다음 책상 위에 노트북을 놓고 전원을 켰다. 그리고 이날 있던 일을 적기 시작했다. 팸이 자신이 맺고 있는 관계를 설명하면서 사용한 정확한 표현을 기록해 두고 싶었기 때문이다. 나는 일을 마치고 의자에 등을 기댄 채 잠시 생각에 잠겼다. 파이와캣은 식사를 다 마치고 내 무릎 위로 뛰어올라 와 가르랑거리기 시작했다. 내가 고양이를 사랑하는 여러 이유 중에는, 고양이의 기억이 그리 오래 가지 못한다는 점도 있었다. 내가 충분히 턱을 긁어주자 녀석은 도로 바닥으로 뛰어내렸다. 나는 시상을 끄적여 둔 문서 파일을 열었다. 그리고 문서 맨 위에 다음과 같이 적었다. "팸이라는 이름의 술꾼."

8장

조앤

　　조앤은 지난 며칠 동안 할 일이 너무 없어서 《제럴드의 게임》을 완독하고 뒤이어 스티븐 킹의 다른 소설 《돌로레스 클레이본》도 읽은 다음 지금은 《애완동물 공동묘지》를 읽는 중이었다. 도서실에 여러 번 가봤지만 리처드를 만나지 못했다. 게다가 햇볕에 화상을 입은 탓에 해변에 가는 것도 잠시 그만둔 상황이었기에 만날 기회는 더욱 요원했다. 조앤은 한낮에는 객실에서 베개를 여러 개 받쳐놓고 기댄 다음 다이어트 콜라를 여러 캔 비우며 책을 읽곤 했다. 부모님은 별안간 골동품을 보러 가는 데 취미를 붙여 특별한 목적 없이 차를 몰고 남부 메인주를 돌아다니며 메인주 해안에서 많이 볼 수 있는 로브스터 통발에 달린 부표, 빈티지 엽서, 그 외에도 미들햄에 있는 집에 가지고 돌아가 전시해 두면 우스꽝스러워 보일 물건들을 싣고 돌아왔다.

조앤의 언니 리지는 어디에서도 찾아볼 수 없었다. 리지는 이틀 전에 친구를 사귀었다. 윈드워드에 한 달 내내 머무를 예정인 부모님을 만나러 온 여대생이었다. 그 여자애는 데니즈였나, 그 비슷한 이름이었는데, 리지와 데니즈는 갑작스럽게 조앤 어머니의 표현을 빌리자면 꼭 껌딱지처럼 붙어 다녔다. 그날 아침 식사 자리에서 조앤은 부모님이 혹시 리지가 레즈비언일지도 모른다고 서로 속삭이는 소리를 엿듣기도 했다.

늦은 오후가 되어 태양의 고도가 한층 낮아지고 나면 가끔 조앤은 수건만 한 장 들고 수영을 하러 가기도 했다. 오후에 기온이 선선해지면 먼저 산책을 다녀왔다. 보통은 석제 방파제가 있는 곳까지 갔다가 돌아오기 마련이었다. 그러고 나면 몸에 열이 나서 차가운 물에 뛰어들고 싶을 정도로 충분히 땀이 나곤 했다. 금요일은 조앤이 가족들과 윈드워드에 투숙한 지 꼭 일주일째 되는 날이었다. 그날 조앤은 바다에서 나오다가 두에인을 보았다. 그는 조앤이 축축한 모래톱의 경사면을 기어올라 옷가지와 타월을 놓아둔 언덕 위로 향하는 모습을 지켜보고 있었다.

"저기서 수영하는 걸 봤어." 두에인이 말을 걸었다.

"으응, 그래."

"물이 꽤 차가울 텐데." 두에인은 '조지타운 사립 고등학교'라는 문구가 적힌 티셔츠를 입고 있었다.

"사실 그 정도는 아니야." 조앤은 어서 해변을 떠나려고 몸을 굽혀 타월을 집어 든 다음 바람을 향해 타월을 털어 모래를 제거한 후 몸에 감쌌다.

"응, 그런 것 같네." 두에인은 마치 보기만 해도 수온을 알 수 있다는 듯 해안을 빤히 바라보았다.

"저기." 두에인은 고개를 홱 돌리며 말을 걸었다. "그날 밤에 상황이 좀 그렇게 돼서 미안해."

조앤은 그와 관련해 아무 이야기도 하고 싶지 않아서 그저 이렇게 대꾸했다. "그러시든가."

"아무한테도 말하지 않았지?"

"뭘 말이야? 네가 좆같은 등신이라는 거?"

"아, 보자 보자 하니까 정말⋯⋯."

"됐어. 어찌 됐든 상관없으니까."

두에인은 무슨 말을 해야 할지 신중하게 생각하는 듯 고개를 끄덕거리다가 이내 말을 이었다. "저기, 그날 일을 신경 쓰지 않는다면, 혹시 한 번 더 같이 놀고 싶지 않아? 해변에서 말이야. 오늘 밤에 애들 몇 명 데리고 갈 생각인데."

"그래? 누가 오는데? 너랑 그 끔찍한 식당 종업원 말이야?"

"아냐. 몇 명 더 올 거야. 데릭이 자기 친구들을 두어 명 더 초대할 거고 여자애들도 몇 명 올 거야. 이름은 모르겠는데 이

동네 애들은 아니더라고. 저기 해변 아래쪽에 있는 커다란 펜션에서 지내는 애들이야."

"아마 안 올 것 같은데."

"아니, 무슨 상관이야. 그냥 네가 여기가 지루해서 죽을 것처럼 보여서 하는 말이라고."

그는 그 자리에 서 있는 동안 어느덧 신고 있던 샌들 한 짝을 벗고 부드러운 모래 속에 한쪽 발을 파묻고 있었다. 조앤은 두에인이 착하게 굴려고 애를 쓰고 있다는 사실을, 그가 지난번에 두 사람이 어울렸을 때를 떠올리면서 그런 일은 절대 일어나지 않은 척 굴고 있다는 사실을 알고 있었다. 조앤은 그가 "어린애처럼 굴지 마"나 "뭐야, 술도 못 마셔?" 같은 말을 하고 싶어 한다고 거의 확신하고 있었다. 조앤이 그에게 정말로 해주고 싶은 말은 바로 어두운 해변에서 두에인이나 그의 역겨운 친구들과 함께 어울릴 바에는 차라리 방에서 책이나 읽을 거라는 말이었지만, 그 대신 이렇게 말했다. "그래, 좋아. 어쩌면 갈지도 몰라."

"좋았어."

조앤은 몸을 말리고 싶었지만 두에인 앞에서는 절대로 그러고 싶지 않았다. 그래서 조앤은 계속 타월로 몸을 감싼 채 자기 샌들을 찾아 신고는 발가락 사이에 낀 모래 알갱이를 애써 무시했다.

"이제 돌아가려고. 추워서 말이야."

"아, 그래. 오늘 밤에 보자." 그는 어색하게 몸을 돌려 호텔 쪽으로 향했다. 조앤은 그가 자신과 함께 가려고 기다리지 않아 기뻐하며 몸을 닦고 데님 반바지를 입었다. 그러는 동안에도 느릿느릿 해변을 벗어나는 두에인을 내내 지켜보았다. 아마 두에인은 그녀가 자신을 따라오기를 내심 바라고 있으리라. 조앤은 그럴 생각이 없었거니와 나중에 해변에서 그들 패거리과 어울릴 생각은 더더욱 없었다. 조앤이 정말 바라는 것은 리처드를 찾아 방금 나눈 대화에 대해 알려주는 것이었다. 조앤은 두에인이 저 멀리 앞서 있는 것을 보고 타월을 목에 걸고 윈드워드 리조트로 돌아가기 시작했다.

그날 저녁 메뉴는 미트로프였다. 그 메뉴가 좋은 점이라면 매시드포테이토가 같이 나온다는 것 딱 하나뿐이었다.

아버지는 낮잠에서 깨지 않아서 조앤과 어머니, 언니 셋이서 테이블에 앉아 있었다. 식사를 반쯤 했을 때 리지가 새로 사귄 친구 데니즈가 합석했다. 데니즈는 뉴욕대학교 졸업반이었다. 전체적으로 머리를 굉장히 짧게 다듬었지만 왼쪽 관자놀이 부근에 머리카락을 한 줄기 길게 기르고 있었는데, 틱 장애로 보일 정도로 연신 머리카락을 귀 뒤로 넘겼다. 그리고 탱크톱을 입고 있어서 이두박근을 뒤덮고 있는 문신이 드러나 보였다. 팔을 구부렸을 때 서로 맞물리는 느낌의 문양이어서 조앤은 나중에 데니즈가 나이를 먹어 피부가 처지게 되면 과연 어떻게 보일지 궁금했다.

"대학은 어디로 갈지 아직 생각 안 해봤어?" 데니즈가 조앤에게 물었다.

조앤은 아직 생각해본 적이 없었지만 반대로 대답했다. "아마 보스턴 쪽으로 갈 것 같아요." 그저 무슨 대답이라도 해야 해서 꺼낸 말이었다.

"그러니까 시골에 있는 대학보다는 도시에서 대학을 다니고 싶다는 거네?"

"그런 것 같아요."

그러자 데니즈는 자신이 지원했던 대학 아홉 곳에 대한 이야기를 길게 늘어놓기 시작했다. 자신이 합격한 대학과 합격하지 못한 대학 이야기를 화제에 올리는 내내 리지는 마치 지금까지 들어본 이야기 중 그 무엇보다 매혹적인 이야기를 듣는 듯이 미소를 지은 채 연신 고개를 끄덕였다.

그들이 이야기를 나누는 사이 조앤은 리처드 쪽을 바라보았다. 그가 이모, 이모부와 함께 있는 것은 진작에 알아차렸다. 이제 그는 음식이 놓인 테이블 쪽으로 가고 있었다. 그쪽은 비교적 조용해 보여서 조앤은 서둘러 접시에 남은 매시드포테이토를 다 해치운 후, 음식을 조금 더 가지고 오겠다고 어머니에게 말했다.

"저 애는 먹은 게 다 어디로 가나 몰라." 조앤은 어머니가 이렇게 하는 말을 들으며, 다른 사람들처럼 다 먹은 음식 접시를 테이블에 내버려 둔 채 자리에서 일어섰다.

음식이 놓인 테이블은 투명 칸막이를 사이에 두고 양쪽으로 나뉘어져 있었다. 양쪽 모두 쟁반 위에 놓여 있는 음식들은 동일했기 때문에 어느 쪽으로 가든 아무런 상관이 없었다. 조앤은 리처드가 있는 곳 반대편 테이블 중간쯤으로 끼어들어 매시드포테이토를 좀 담은 다음 투명 칸막이 너머로 리처드를 불렀다. "야."

리처드 역시 매시드포테이토를 더 담고 있다가 고개를 들었다.

"밥 다 먹고 도서실에서 만나. 알려줄 소식이 있어."

리처드가 고개를 끄덕이자 조앤은 조금 바보 같은 기분과 조금 흥분되는 기분을 동시에 느끼며 자신의 테이블로 돌아갔다. 비밀스럽게 구는 모습이 꼭 연극에서 연기를 하는 것 같았다. 그렇다고 전적으로 연기라고 할 수는 없었다. 그렇지 않을까? 리처드가 두에인을 죽여버리겠다고 이야기를 할 때의 모습은 진지해 보였으니까.

조앤이 도서실에 도착했을 때는 리처드가 아직 보이지 않았다. 차라리 그 편이 나았다. 소설이 꽂혀 있는 책장 사이에 하와이풍 드레스를 입은 여자가 한 명 있었기 때문이다. 조앤은 아동 서적 코너에 꽂혀 있는 주디 블룸의 책 중 한 권을 아무렇게나 골라 한 가죽 의자에 털썩 주저앉았다. 가져온 책은 《디니》였다. 예전에 언니가 그 책을 읽던 기억이 났기 때문이었다. 조앤은 페이지를 넘겨보았지만 글을 읽지는 않았다. 염색한 머리가 뻣뻣해져 마치 헬멧처럼 보이는 여자는 꽂혀 있는 책들을 살펴보며 계속해서 혼잣말을 했다. "아, 이거 읽은 것 같은데." 같은 말을 하거나 책 제목을 큰 소리로 읽는 식이었다. 마침내 그 여자는 책 한 권을 빼 들었다. 두툼한 문고판 책이었는데 뒤표지 문구를 읽는 동안에는 입을 열지 않았다. "이걸로 해야겠네." 그 여자는 큰 소리로 이렇게 말하더니 조앤이 있는 곳을 흘끗 바라보았다. 조앤은 자신이 들고 온 책에 계속 시선을 고정했다. 이윽고 그 여자는 밖으로 나갔다.

10분이 지나자 조앤은 리처드가 오지 않으리라는 확신이 들었다. 다시 화가 치밀기 시작했다. 리처드가 자신을 피하는 이유가 궁금했던 것이다. 하지만 그때 리처드가 가까운 책장 옆에 서 있는 것이 보였다. 그가 들어오는 소리를 미처 듣지 못한 것이었다.

"아, 안녕." 조앤은 어쩌다 마주친 것처럼 인사를 건넸다.

"어, 안녕."

조앤은 의자에 앉은 채 몸을 기울여 도서실 한가운데 놓인 책장 주변을 둘러보았다.

"우리 둘뿐이야." 리처드가 말했다.

"아, 다행이야. 오늘 내가 누구랑 말했게?"

"두에인?"

"그래. 저녁 시간이 다 돼서 수영을 하고 있었는데, 물에서 나오니까 걔가 내 옷이랑 타월을 놓아둔 자리에 서서 나를 기다리고 있더라. 그날 밤에 나를 덮치려고 했던 일은 전혀 일어나지 않았던 것처럼 말이지."

"그 인간이 뭐라고 했는데?"

"오늘 밤에 또 해변으로 나와서 자기 친구들이랑 같이 놀 생각 없는지 물어보러 왔대."

"맙소사. 그래서 너는 뭐라고 했는데?"

"한마디 해주려고 했는데, 그러다 가겠다고 하는 게 어떨까 하는 생각이 들더라. 최소한 조금이라도 혹하게 만들 수 있을 것 같아서."

"흠." 리처드는 생각에 잠긴 것 같았다.

"이번에는 다른 애들도 몇 명 더 온다고 하던데. 무슨 펜션에서 지내는 여자애들 두 명도 포함해서 말이야. 만약 다른 여자애들이 온다고 말하면 내가 올지도 모르니 해본 말이겠지."

"그래서 너는 갈 거야, 말 거야?"

"어디 말이야? 두에인이 여는 해변 파티에?"

"그래."

"갈 생각은 없는데."

"아무래도 가는 게 좋을 것 같아. 다만 짧게 있어야 해. 가령 맥주 한 캔 마실 정도만. 그리고 나서 곧바로 돌아오고."

"지난번에 갔을 때 걔가 나를 덮치려고 했다니까. 이번에는 아마 나를 죽이려고 하지 않을까?"

리처드가 씩 웃자 새하얀 치아가 드러났다. "두에인이 연쇄살인범인 것 같지는 않은데. 적어도 아직은 말이야."

"어째서 내가 가는 게 좋을 것 같은데?"

"미끼를 달고 유혹하는 거지. 지난번에 했던 이야기 기억해? 두에인을 죽이는 가장 좋은 방법은 그 인간을 방파제 끝까지 데리고 가서 물속에 떠미는 거라고 말이야."

"그래."

"자, 그렇다면 먼저 그 인간의 흥미를 끌어야 해. 너랑 진짜로 할 수 있는 기회라고 생각하게 만들어야 하는 거지. 그렇게 하면 방파제까지 데려가는 일은 쉬울 거야."

"오늘 밤에?"조앤은 지나치게 크게 말했다가 바로 속삭이며 말을 이었다."오늘 밤에 걔를 꼬셔내라고 하는 거야?"

"아니, 오늘 밤은 아니야. 해변에 다른 애들이 있을 테니, 너와 그 인간이 같이 자리를 뜨면 다들 알게 될 거야. 그냥 네가 오늘 밤에 가서 그 인간이 너에게 계속 관심을 보이게 만들었으면 좋겠다는 거야. 그러면 다음 주쯤 네가 남몰래 그 인간에게 방파제 끝에서 만나자고 할 수 있을지도 몰라."

"그러니까 나를 미끼로 이용하는 거네?"

"그런 거지. 벌레라도 된 기분이야?"

"조금은."

복도에서 소리가 들렸다. 마치 누군가 노크를 하는 소리 같았다. 그러자 리처드는 도서실 입구로 가서 밖을 내다보았다. "아무것도 아니야." 그는 이렇게 말하며 다시 돌아왔다.

"내가 오늘 밤에 두에인이랑 걔 친구들을 만나면 안전할 것 같아? 그러니까, 다른 여자애들이 정말로 해변에 나올까?"

"모르겠어. 네가 원한다면 나도 같이 해변으로 가서 숨어서 그 파티를 훔쳐볼 수도 있어. 어두우니까 눈에 띄지는 않겠지. 그러면 네가 안전하게 거기 도착해서, 또 잘 떠날 수 있는지 내가 확인할 수 있을 거야. 거기 너무 오래 있지는 마. 두에인이 정말 싫다는 인상은 심어주지 말고. 그러면 나중에 네가 무슨 말을 하든 그 인간은 다 들어주려고 할걸."

조앤은 리처드의 말을 곱씹어 보았다. 마치 수업 시간에 발표를 할 때처럼 피부가 따끔거렸다.

"좋아. 해변에 가서 맥주 한 캔만 마시고 올게."

"그래. 몇 시에 오라고 했어?"

"10시쯤이라고 하던데."

"나도 같이 해변으로 갔으면 좋겠어?"

"아니, 괜찮을 거야."

"그래, 좋아. 그럼 아무래도 내일 밤 같은 시간에 만나서 무슨 일이 있었는지 얘기를 해야겠네."

"당연하지."

리처드가 먼저 도서실을 나선 다음 조앤 역시 자신의 방으로 돌아갔다. 리지는 방에 없었다. 조앤은 두에인이 죽는 날 밤에 자신이 그와 함께 방파제 끝까지 걸어간 사람이 되는 것이 과연 어떨지 상상에 잠기기 시작했다. 조앤은 자신이 받게 될 관심을, 동정을, 걱정스러운 표정들을 상상해 보았다. 그리고 자신이 여덟 살 되던 해에 밤새 실종되었을 때의 일을 떠올렸다. 리지가 연이은 암 검사에서 완치 판정을 받아 소니 CD 플레이어를 축하 선물로 받은 주에 있었던 일이었다. 리지는 한시도 쉬지 않고 그런지 음악을 들으며 죄다 틀린 음정으로 노래를 따라 불렀다. 어느 날 밤, 리지가 외출하자 조앤은 언니의 CD 플레이어와 CD 두어 장을 훔쳐 손님용 침실에 있는 벽장 깊숙한 곳에 숨어버렸다. 조앤은 가끔 그곳에 혼자 틀어박혀 안쪽 구석자리에 쌓아둔 낡은 담요 무더기 아래에 몸을 묻고 있곤 했다. 그날 밤은 벽장 안에 누워 리지가 듣는 이상한 음악을 듣다가 깜빡 잠이 들어버려 다음 날 아침까지 깨어나지 않았다. 그리고 다음 날 아침 일찍 비틀거리며 벽장 밖으로 나오다가 아래층에서 부모님이 아니라 다른 어른의 목소리를 듣고 깜짝 놀라고 말았다. 그녀는 목소리가 들리는 곳을 향해 주방 안으로 걸음을 옮겼다. 그곳에는 어머니와 아버지가 모두 일어선 채 주방 식탁에 앉아서 메모를 하고 있는 제복 경찰관에게 이야기를 하고 있었다. 조앤을 가장 먼저 발견한 사람은 어머니였다. 어머니의 눈이 휘둥그레지더니 소리가 나오지 않는 입으로 조앤의 이름을 뻐끔거리다가 이내 숨이 막힐 정도로 그녀를 꽉 끌어안았다.

부모님은 조앤이 집을 나가 실종되었다고 생각했던 것이

었다. 집 안에는 웃음이 터졌고, 귀찮을 정도로 포옹이 반복되었다. 심지어 경찰마저 잠시 동안 돌아가기를 미루며 행복한 결말을 만끽했다. 조앤은 당시 모든 사람들의 관심과 걱정을 받는 일이 굉장히 쉽다고 생각했던 기억이 떠올랐다. 또 처음은 아니었지만, 어른들이라고 해서 기대하던 것만큼 똑똑하지는 않다고 생각했던 기억도 새삼 떠올랐다. 그래도 조앤은 타인이 건네는 관심을 사랑했다. 무엇보다 그런 주목을 받는다는 것은 리지와 그녀의 기적적인 회복에 대한 관심이 덜해졌다는 뜻이었기 때문에 특히 각별했다. 아버지가 좌우명처럼 즐겨 쓰는 말이 있었다. 바로 "뭔가 배우고 나면 나중에 써먹기 위해 항상 뒷주머니에 넣어두어야 한다"였다. 그리고 조앤은 그 말을 충실히 따랐다.

이제 만약 조앤과 리처드가 두 사람이 생각한 일을 실제로 하게 된다면 조앤은 한 소년이 익사했을 때 그와 함께 있었던 소녀로, 즉 비극의 주인공으로 잠시 동안 남게 될 터였다. 그런 생각을 하니 무서우면서도 황홀했다. 그래서 그녀는 해변에서 열리는 파티에 갈 때까지 아직 몇 시간이나 남았는데도 미리 입고 가기로 계획한 청바지와 후드티로 갈아입었다. 그리고 기다리는 동안 볼 영화를 고르려 텔레비전 채널을 이리저리 돌렸다.

9장

킴볼

나는 리처드와 조앤 웨일런이 살고 있는 곳에서 약 1.5킬로미터 떨어진 혼잡한 교차로에 있는 던킨도너츠 매장 주차장으로 차를 몰고 들어가, 교통 흐름을 지켜볼 수 있는 방향으로 각도를 맞춰 주차했다. 리처드가 다트퍼드나 콩코드에 있는 사무실 어느 쪽으로 출근하든 이 교차로를 지날 것이라는 가정하에 나는 그의 은색 BMW가 지나가기를 기다리고 있었다. 하지만 10시를 넘겨 내 커피잔이 바닥을 드러낼 때가 되니 가능성은 다음 셋으로 일축됐다. 내가 그가 지나가는 장면을 놓쳤거나, 그가 다른 경로를 택했거나, 또는 오전 8시부터 주차장에 죽치고 있었음에도 불구하고 그가 어쩌면 이미 사무실로 출근해 버렸거나.

이만 물러나기로 마음을 먹고 차 시동을 거는 순간 신호등 앞에서 네 번째 줄에 있는 은색 차를 발견했다. 우회전을 하는 중이었다. 나는 차를 빙 돌려 주차장 밖으로 나와 교차로에 밀집한 차량 흐름에 합류했다. 타이밍을 잘 맞춰서 끼어든 덕분에 신호등이 초록불로 바뀌어 서너 대 간격을 두고 그의 차를 따라갈 수 있었다. 앞서 가던 차들 중 두 대가 방향을 틀어 2번 국도 쪽으로 향했고, 나는 리처드에게 좀 더 가까이 다가갈 수 있었다. 나는 다트퍼드 사무실로 출근하는 길 내내 리처드를 따라가 그가 블랙번 공인중개사 사무실 바로 앞에 주차하는 모습을 지켜보았다. 그런 다음 그를 지나쳐 200미터 정도 내려간 지점에 있는 빈 공터에 차를 세웠다. 그러는 내내 팸이 걸어가다 나를 알아보지 않을까 노심초사했다.

나는 조금이나마 눈에 덜 띄어볼까 싶어 사이드미러에서 눈을 떼지 않은 채 글러브 박스에 항상 넣어두고 다니는 야구모자 중 하나를 골라 썼다. 감색 정장을 입은 리처드가 한 손에 서류철을 들고 도로 사무실 밖으로 나와 차에 올라타는 모습을 보니 그동안 기다린 노력을 보상받는 것 같아 기뻤다. 리처드가 차를 몰고 유턴을 했다. 나는 30초 동안 기다렸다가 그를 따라갔다. 아마 근처에 약속이 있거나 집 매물을 보러 가는 길일 가능성이 가장 높았지만 잠시 동안은 그를 따라가 보자고 생각했다. 만약 그가 팸 오닐과 같이 자는 사이라면 해가 떠 있는 동안에 때를 노릴 터였다.

나는 서드베리까지 리처드를 따라가 최근 개발된 구역에 접어들었다. 넓은 주차장이 딸린 커다란 주택들이 늘어서 있었는데 각 집마다 디자인이 조금씩 달랐다. 튜더 양식의 집들이 몇 채 보였고 고대 로마 양식을 따른 집도 몇 채 있었다. 하나같이 모두 커다란 집이었지만 자재 자체는 구할 수 있는 가장 싸구려일 가능성이 높았다. 리처드는 이탈리아 토스카나 양식의 기둥과 그와는 어울리지 않는 박공지붕이 얹힌 집으로 차를 몰았다. 나는 그 집을 지나쳐 가다가 막다른 골목과 맞닥뜨렸다. 차를 돌려 나가보니, 리처드가 방문한 집에서 한 노부부가 나와 그를 맞이하는 모습이 보였다. 나는 그 동네에서 빠져나왔다.

나는 이제 무엇을 해야 할지 몰라, 많은 돈을 받고도 헛걸음이나 했다는 자괴감에 휩싸여 콩코드 중심가로 차를 몰아 주 도로의 한 공동묘지 무료주차장에 차를 세웠다. 지난 2년간 나는 콩코드에 온 적이 없었고, 마지막으로 여기 왔을 때는 거의 죽을 뻔했다. 당시 나는 릴리 킨트너를 쫓던 중이었다. 릴리 킨트너는 두 건의 살인사건, 그러니까 보스턴 사우스엔드에서 발생한 테드 스버슨 살인사건과 뒤이어 남부 메인주에서 일어난 그의 아내 미란다 살인사건에 관련된 요주의 인물이었다. 릴리는 칼을 들고 나를 공격해서 내 갈비뼈 사이를 성공적으로 찔렀다. 당시 파트너였던 로버타 제임스가 나타나 구해주지 않았다면 나는 꼼짝없이 죽은 목숨이었다. 그날 일은 내 모든 것을 바꿔버리고 말았다. 나는 당시 담당하고 있던 사건의 요주의 인물로 릴리 킨트너를 꼽았지만, 그 사건의 진짜 요주의 인물은 메인주에 있는 스버슨 부부의 여름 별장을 짓고 있던 건축 시공업자 브래드 대깃이었다. 미란다 스버슨과 바람을 피우고 있던 그는 미란다의 시체가 발견된 후 종적을 감췄다. 그는 여전히 실종 상태였고, 내가 아는 한 양쪽 살인사건 모두에 대한 책임이 있는 것으로 추정되었다. 테드 스버슨 살인사건은 보스턴 경찰서 소속 경찰로서 내가 공식적으로 담당한 마지막 사건이었다. 나는 파트너에게 알리지 않은 채 매사추세츠주 윈슬로에 거주하는 고문서 담당 사서 릴리 킨트너의 행적을 추적하고 있었다. 릴리 킨트너가 우리의 수사선상에 올라 있었던 이유는 그녀가 살인사건이 일어나기 얼마 전 런던에서 보스턴행 비행기를 타는 과정에서 테드 스버슨과 접촉했고 그 이후로도 그를 만나서 술을 마신 적이 있어서였다. 또한 테드의 아내 미란다와 대학 동창이기도 했다. 무엇보다 가장 중요한 점은, 릴리 킨트너가 나와 처음 만났을 때 자신은 테드 스버슨과 만난 적이 없다며 거짓말을 했다는 사실이었다. 나는 릴리 킨트너가 어떤 역할이든 이 사건과 관련되어 있다는 사실을 알고 있었지만 어느 것 하나 증명할 수 없었기 때문에 그녀를 따라다닐 수밖에 없었다. 릴리 킨트너의 주장에 따르면, 그녀는 미행하는 나를 두려워한 나머지 자신을 보호하기 위해 칼로 나를 찌를 수밖에 없었다고 했다. 릴리 킨트너는 나를 공격한 혐의로 기소되었지만, 내가 그녀를 소재로 삼아 작성한 불미스러운 희극시, 리머릭이 여러 편 발견되었을 뿐만 아니라 내가 독자적으로 행동하고 있던 사실 또한 드러나는 바람에 그 기소 건은 기각되고 말았다. 내가 보스턴 경찰에서 쫓겨나게 된 것도 이 때문이었다.

사실 진실은 따로 있었다. 나는 수사 과정에서 릴리 킨트너에게 얼마간 집착하고 만 것이다. 부분적으로는 릴리 킨트너가 내게 정보를 넘기지 않았다는 사실 때문이었지만, 한편으로는 내가 그녀에게 사랑에 빠져버렸기 때문이기도 했다. 아니, 이 표현은 틀릴지도 모른다. 정확히 말해 사랑했다기보다는 완전히 집착했다. 나는 릴리 킨트너를 마음속에서 떨쳐버릴 수가 없었다. 보스턴 경찰서가 나를 해고한 것은 당연한 일이었다. 그나마 나는 운이 좋았다고 할 수 있었다. 릴리 킨트너가 민사 소송을 제기하지 않았기 때문이다. 나는 앞으로 무슨 일을 하며 살아가야 할지 알 수 없어서 사설탐정 면허를 취득했다.

그리고 나는 여전히 매일같이 릴리에 대한 생각을 한다.

나는 차에서 내려 차문을 잠근 다음 콩코드의 주 도로를 따라 걸음을 옮겼다. 점심을 먹기에는 조금 이른 시간이었다. 게다가 마음 한구석에서는 내 인생이 거의 끝날 뻔했던 장소를 둘러보고 싶다는 욕망이 샘솟았다. 그곳에 가면 과연 어떤 기분이 들까 하는 순전한 호기심이 일었다. 나는 주 도로가 끝나는 곳에 있는 회전교차로에 도착해 고개를 들어 마을 위로 어렴풋하게 보이는 비탈길 위 공동묘지를 바라보았다. 바람이 부는 날이어서 낙엽이 비석에 몰려 쌓여 있었다. 나는 좁은 석조 입구를 통해 묘지 안으로 들어가려 길을 건너려는 순간 그러지 않기로 마음먹었다. 그날의 기억이 여전히 내 머릿속에 생생하게 살아있었기 때문이다. 어떤 일이 일어났는지 복기하려고 바로 그 일이 일어난 정확한 자리에 서 있을 필요는 없었다. 나는 릴리가 자신이 한 일을 밝힌 이유를 점차 수긍하게 되었다. 그리고 릴리가 내게 다가오는 것을 보자 깜짝 놀랐던 심정, 칼날이 내 몸 속으로 미끄러지듯 들어오는 순간의 거의 부드러울 정도의 느낌, 내 귀에 "미안해요"라고 속삭였던 릴리의 목소리 같은 것들을 기억하고 있었다.

청바지 주머니 안에 넣어둔 핸드폰에서 진동이 울렸다. 내가 핸드폰을 꺼내 확인하려는 순간 전화가 끊겼는데, 부재중 번호를 보니 조앤 웨일런의 집에서 걸려온 전화였다.

월요일에 사무실에서 우리의 대화가 끝나갈 무렵 조앤은 자신과 연락할 수 있는 가장 좋은 방법은 집으로 전화를 거는 것이라고 말했다. 하지만 그것도 낮 시간에만 가능했다. 조앤은 집에서 일하는 프리랜서 인테리어 디자이너였다.

나는 반 블록 떨어진 콩코드 리버 여관까지 걸어가 오래된 여관 건물 입구 바로 밖에 놓여 있는 석조 벤치에 앉아 걸려온 번호로 도로 전화를 걸었다.

"여보세요?" 조앤이 말했다.

"안녕. 헨리 킴볼이야. 조앤이니?"

"아, 다시 전화 주셔서 고마워요. 리처드가 밖에 나갔는데, 확인해 보고 싶어서요."

나는 지금까지의 일을 간단히 말해줬지만 〈테이스트 오브 홍콩〉의 칵테일 라운지에서 팸과 함께 시간을 보낸 일은 생략했다. 대신 어제는 거의 대부분 팸을 지켜봤으며, 오늘은 리처드를 미행하는 중인데 서드베리로 간 것은 일과 관련된 정당한 미팅인 것 같다고 간략히 설명했다.

"그 사람 말로는 그곳에 새로 들어온 매물이 있다고 하던데요."

"네 의혹이 사실인지 확인하려면 계속해서 네 남편이나 팸을 지켜보는 게 효과적인 방법은 아닌 것 같아."

"그게 무슨 뜻이에요?"

"우선 아마 그 둘은 보름에 한 번 정도만 밀회를 가질 거야. 그렇다면 나는 매일같이 거의 하루 종일 둘 중 한 사람을 감시해야 하는데, 확실한 증거를 잡을 때까지는 꽤 오래 걸릴지도 몰라."

"그게 문제가 되나요?"

구름 한 줄기가 태양을 가리는 바람에 10월의 뉴잉글랜드에서 흔히 볼 수 있는 갑작스러운 기온 하강 현상이 나타났다.

"문제야 안 되겠지만 내가 들킬 가능성이 높아질 거야. 안타깝게도 다트퍼드에 있는 블랙번 공인중개사 사무실 근처에는 지켜볼 만할 장소가 그리 많지 않거든."

"제가 팸에 대해서는 뭐라고 할 수 없지만, 제 남편은 자기 사무실 건너편에 코끼리가 서 있어도 눈치채지 못할 사람이에요. 언제는 주말에 남편이 외출한 동안 그 사람 서재 벽에 페인트칠을 했는데 전혀 알아차리지 못했다니까요."

"그거 반가운 정보네. 그렇다면 리처드 쪽을 주로 감시해야겠어. 그래도 시간이 꽤 걸리는 일이야."

"돈도 많이 든다는 말씀을 하시려는 거예요?"

"뭐, 나는 시간 단위로 수임료를 청구하니까 그 말도 맞는 말이지. 비용도 계속 증가할 거야."

"그건 상관없어요. 그렇다고 해서 다른 선택지가 있는 것도 아니잖아요?"

"남편의 핸드폰 비밀번호를 아니?"

"알아요."

"핸드폰에 스파이웨어를 심어놓는 방법도 있는데……."

"제가 그 사람 핸드폰을 봤어요." 조앤이 내 말을 가로챘다. "그 사람은 그리 똑똑한 편이 아니지만 바람피우는 여자와 문자로 연락할 정도로 바보는 아니에요. 두 사람은 사무실에서 직접 만나서 따로 약속을 잡는 게 틀림없어요."

"아마 그렇겠지." 모든 관계가 컴퓨터와 핸드폰으로만 이루어지는 세상에서 불륜이야말로 그렇지 않은 마지막 인간관계가 아닐까 하는 생각이 잠시 내 머릿속을 스치고 지나갔다.

"틀림없다고요." 조앤이 다소 쌕쌕거리며 말하자, 나는 혹시 그녀가 산책 중인 것은 아닌지 궁금했다. 그러다가 내가 그녀의 집으로 전화를 걸었다는 사실을 떠올렸다.

"그러면 지금 하고 있는 대로 계속 리처드의 행적을 감시하도록 하지."

"예, 부탁드려요. 그리고 감사해요. 솔직히 선생님이 그 사람이 남몰래 팸을 만나는 게 아니라고 밝혀내신다면 저는 충격을 받을 거예요. 제 추측이지만 두 사람은 금요일 오후에 밀회를 갖는 것 같아요. 더 일찍 말씀을 드리지 못해서 죄송하지만 그저 제 추측일 뿐이라서요."

"왜 금요일이라고 생각한 거지?"

"그 사람이 잘 나가지도 않는 헬스장 회원권을 끊어 놓고 있거든요. 웨스트 다트퍼드에 있는 〈포 라이프 피트니스〉라는 곳이에요. 주초에는 보통 오전에 헬스장에 가는데, 최근에는 금요일에 헬스장에 갔다가 밤에 집에 오더라고요."

"샤워를 하려고 헬스장에 간다고 생각하니?"

"딱 그거라고요. 거기 들렀다 오지 않았으면 제가 남편한테서 그 애 냄새를 맡았을 거예요. 아마 그랬을 거예요. 남편은 제가 후각이 예민하다는 사실을 알고 있으니까요. 그리고 또 하나 있는데, 금요일 밤마다 남편은 좀 지나칠 정도로 제게 다정하게 굴어요. 뭐, 속이 아주 빤히 들여다보이는 사람은 아니에요. 꽃이나 선물 같은 걸 들고 오지는 않으니까요. 하지만 저는 남편에 대해서는 눈치가 빨라서 뭔가 켕기는 구석이 있다는 것은 알 수 있어요."

"다 알아두면 좋을 정보구나."

"하지만 그때까지 기다리지는 마세요. 제가 알기로는 내일 둘이 만날 것 같던데요."

"좋아. 그렇게 하지. 뭔가 알아내게 되면 연락할게."

"고마워요, 헨리." 그녀는 이렇게 말하다가 내 생각을 읽은 듯 이렇게 덧붙였다. "제가 정말 하고 싶었던 말은, '고마워요, 킴볼 선생님'이지만요."

"제발 좀."

나는 통화를 끝내고 한참 동안 벤치에 앉아 있었다. 구름 한 무리가 지나가자 이제 다시 태양이 밝게 비춰 나무마다 아직 달려 있는 잎사귀들이 햇빛을 받아 빛났다. 양쪽 다 허리가 살짝 굽은 노부부 한 쌍이 내 앞을 느릿느릿 지나쳐 콩코드 리버 여관 안으로 들어가려 했다. 만약 그들이 점심을 먹을 시간이라면 나 역시 점심식사를 할 시간일 터였다. 나는 두 사람을 위해 문을 잡아준 다음 안으로 들어가 벽지를 바른 좁은 복도를 지나 여관 뒤쪽에 있는 식당으로 향했다.

나는 점심식사를 마치고 차를 돌려 리처드가 오전에 방문했던 집 앞에 그의 차가 아직 주차되어 있는지 확인하러 서드베리로 향했다. 차가 그곳에 없다는 사실을 확인하고 다트퍼드 사무실로 돌아가 콜로니얼 로드와 평행으로 나 있는 주거지 앞 도로에 차를 세운 다음 사무실을 지나치며 그 BMW가 뒤편 주차장에 서 있는 모습을 확인했다. 팸의 도요타도 있는지 살펴보았지만 주차장과 길가 양쪽 어디에서도 찾아볼 수 없었다. 오늘은 팸이 다른 사무실에서 일하고 있을 가능성도 있었다.

내가 커피숍으로 돌아가자 카운터에 있는 여자가 이전에 왔던 손님이라는 사실을 알아차렸다. "라테 라지 사이즈 맞으시죠?" 그녀가 묻자 나는 고개를 끄덕였다.

나는 평소 앉던 창가 자리를 차지했다. 이번에는 소설책을 한 권 가져왔다. 킹즐리 에이미스의 《강변의 빌라 살인사건》이었다. 나는 책을 읽기 시작했다. 블랙번 공인중개사와 그 옆의 레바논 빵집 사이의 좁은 골목길로 차가 나오기라도 하면 바로 알아차릴 수 있는 각도로 자세를 잡았다. 나는 가능한 한 천천히 커피를 마시고 레몬 진저 스콘을 조금씩 먹다가 오후 4시쯤이 되어 소설책 뒤표지 안쪽에 리머릭을 한 편 적었다.

지루해 죽을 지경인 사설탐정
허구한 날 감시 중
술집에 모인 사람들
달리는 차량들
호기심보다는 차라리 관음증

5시가 되기 직전, 리처드의 BMW가 골목을 빠져나와 도로로 진입했다. 나는 약 4, 500미터 간격을 두고 집 방향으로 향하는 그를 따라갔다. 그러다 리처드는 어느 순간 경로를 벗어났다. 주류 할인매장에 딸린 커다란 주차장으로 들어갔다. 잠시 후, 그는 종이봉투를 바짝 끌어안은 채 다시 모습을 드러내 자신의 차로 되돌아갔다. 나는 한 줄 건너 차를 세우고 운전석 쪽 사이드미러로 그쪽을 바라볼 수 있도록 각도를 맞춰 놓고 있었다. 리처드는 종이봉투를 조수석에 내려놓은 다음 그 안에서 뭔가 꺼냈다. 나는 그가 그 물건을 들어 입가로 가져갈 때까지 그게 무엇인지 확신할 수 없었다. 이윽고 그가 미니어처 사이즈 술병에 든 독주를 마시기 시작하더니 병을 거꾸로 기울인 채 한 번에 다 털어넣었다. 그런 다음 다시 종이봉투에 손을 뻗어 똑같은 병을 하나 더 꺼냈다. 이번에는 운전석 창문 밖으로 어두워지는 하늘을 바라보며 천천히 홀짝거렸다. 그가 창문을 반쯤 내리자 차 안에서 음악 소리가 흘러나온 것으로 보아 시동을 켠 게 분명했다. 100퍼센트 확신할 수는 없었지만 들리는 멜로디는 아마 이글스의 〈거짓된 눈빛Lyin' Eyes〉 같았다. 불륜을 다룬 노래라니, 이거 너무 뻔하잖아.

리처드는 두 번째 미니어처 술병을 다 비운 다음 차 밖으로 나와 뻣뻣하고 어색한 걸음걸이로 매장 정문 쪽으로 가더니 커다란 쓰레기통 안에 빈 술병 두 개를 집어넣었다.

그리고 리처드는 다시 차에 올라타 집으로 차를 몰았다.

나는 살짝 거리를 두고 그의 뒤를 쫓았다. 그가 자신이 살고 있는 콜로니얼 양식으로 지은 녹색 주택 진입로로 들어가자 나는 계속 차를 몰아 케임브리지로 돌아갔다. 빨간 신호에 걸려 차가 오래 정차하는 동안 핸드폰을 꺼내 〈거짓된 눈빛〉을 틀었다.

10장
조앤

조앤은 10시를 갓 지나서 윈드워드 리조트를 나섰다. 그리고 텅 빈 잔디밭을 지나 마이크맥 로드를 건너 해변으로 걸음을 옮겼다. 하늘에 별 하나 보이지 않는 어두운 밤이었다. 해변에 발을 내딛자 순간적으로 완전히 다른 곳에 들어선 듯한 느낌을 받았다. 물과 모래와 하늘이 모두 똑같이 새까맸기 때문에 마치 광대한 공허 속 한가운데 고립된 작은 생명체가 된 기분이 들었다.

그녀는 방파제가 있는 쪽 해변가에서 노란색 불빛이 깜빡거리는 모습을 보고 그쪽으로 방향을 잡았다. 그리고 두에인 혼자 모닥불 옆에 있는 모습을 보게 된다면 지체 없이 돌아갈 태세로 느릿느릿 걸음을 옮겼다. 하지만 곧 사람들이 즐겁게 떠드는 소리가 들렸다. 불길 둘레로 대략 여섯 명쯤 되는 사람의 형체가 보였다. 그들은 조앤이 그들이 무슨 말을 하는지 알아듣고 얼굴을 분간할 수 있는 거리까지 다가가고 나서야 비로소 조앤의 존재를 알아차렸다. 두에인이 자리에서 일어섰다. "안녕, 왔구나." 그가 이렇게 말하자 다른 사람들이 불빛이 비쳐 벌겋게 된 얼굴로 조앤을 돌아보았다.

두에인은 조앤과 데릭이 이미 만난 적이 있다는 사실은 완전히 무시한 채 주변에 조앤을 소개했다. 그의 옆에는 다른 남자가 세 명 더 있었는데 그중 두 명은 20대 정도로 보였다. 나머지 한 명은 담배를 한 대 물고 있었다. 그리고 여자도 두 명 있었는데 둘 다 반바지에 스웨터 차림이었고 마치 추워 죽겠다는 듯 모닥불 옆에서 몸을 앞으로 구부리고 있었다. 두 사람의 이름은 각각 에밀리와 앤이라고 했다. 한 명은 진한 금발이었고 다른 한 명은 까만 주근깨가 가득하고 타오르는 듯한 빨간머리로, 서로 닮은 점이 없음에도 불구하고 둘은 자매 사이였다. 두에인이 플라스틱 아이스박스에서 캔맥주를 하나 꺼내 조앤에게 쥐여주었다. 그녀는 캔을 따서 맥주 맛을 보았다. 씁쓸하면서도 동시에 지나치게 달콤해서 조앤은 한 모금 마시고 진저리를 쳤다.

"맥주 좋아해?" 두에인이 물었다.

"사실은 별로. 마티니가 더 좋아."

모두들 두 사람의 대화에 귀를 기울이고 있다가 남자애들이 웃음을 터뜨리기 시작했고 그중 한 명이 입을 열었다. "아이고, 세상에." 그 목소리는 커다랬지만 술에 취한 듯 발음이 불분명했다.

모닥불 주변에 아이스박스가 두 개 놓여 있었다. 조앤은 권유를 받고 그중 한 곳을 골라 앉았다. 두에인이 바로 옆자리를 차지해서 술을 어떻게 구했는지 늘어놓기 시작했다. 이곳에서 좀 떨어진 비드퍼드에 주류 상점이 하나 있는데, 그곳 사장의 형제가 경찰이라 나이에 상관없이 모두가 그곳에서 술을 살 수 있다는 것이었다. "진짜 쉬워." 데릭이 끼어들었다. "신분증을 보여 달라고 하면 아무거나 내밀면 된다니까. 지금 가지고 있는 도서관 대출 카드 같은 것도 상관없어. 거기 사장은 보는 척만 하고 술을 팔아주거든."

"이건 무슨 맥주야?" 조앤은 그냥 무슨 말이라도 하려고 이렇게 물었다.

"쿠어스 라이트. 마음에 들어? 다른 술도 있어. 예거마이스터는 어때?"

"맥주가 좋아." 조앤이 이렇게 말하자, 자매 중 한 명이 자신은 예거마이스터를 한 잔 마시겠다고 말했다. 그러자 술병이 사람들을 따라 빙 돌기 시작했다. 술병이 조앤에게 오자 그녀는 한 잔 마시겠다고 하면서 술병을 입에 대고 기울였지만 실제로는 굉장히 조금밖에 마시지 않았다.

"그건 마티니가 아닌데." 20대 남자들 중 한 명이 말했다.

"그래, 맞아." 조앤이 이렇게 말하며 그를 빤히 바라보자 그는 시선을 피했다. 조앤은 캔맥주가 쓰러지지 않도록 모래 위에 이리저리 비틀어 고정한 다음 입을 열었다. "이제 곧 갈 거야. 여기는 좀 춥네."

"청바지에 스웨트셔츠까지 입고 있으면서?" 두에인이 말했다. "나 좀 봐." 그는 일어서서 카고 반바지와 티셔츠뿐인 자신의 옷차림을 과시했다.

"우리도 너무 추워." 자매 중 한 명이 이렇게 말하자, 20대 남자들 중 하나가 자기가 사는 곳이 여기서 그리 멀지 않으니 다 함께 거기로 가서 대마나 피우자고 말했다.

조앤은 자리에서 일어나 정말로 호텔로 돌아가야 한다고 말하며, 곧 부모님이 자신이 자고 있는지 확인해 볼 텐데 만약 방에 없는 사실이 들통나면 부모님이 난리가 날 거라는 말을 덧붙였다.

"그 전에 체조 동작 같은 것 좀 보여주지 않을래?" 두에인이 말했다

"무슨 동작 말이야?"

"나야 모르지. 체조선수는 너 아냐? 구경 좀 해보자."

"그래, 다리 찢는 거나 보여줘." 20대 남자들 중 한 명이 이렇게 말하며 새 담배에 불을 붙였다.

그들이 앉아 있던 곳은 모래가 단단하게 다져져 있어서 조앤은 재빨리 손을 짚고 물구나무를 선 채 몇 초 동안 버텨보

왔다. 다들 박수를 쳤다. "이제 가볼게." 조앤이 말했다.

"내가 바래다줄게." 두에인이 자청하자 조앤은 어깨를 으쓱했다. "데려다주고 올게." 둘이 호텔이 있는 방향으로 출발하면서 두에인은 이렇게 말했다.

"그래, 알았어." 남자애들 중 하나가 소리치자 조앤은 뒤를 돌아보았다. 두 자매 역시 일어나 있었다. 남자애들이 여자애들에게 좀 더 있다가 가라며 애걸하는 소리가 귀에 들렸다.

"꼭 데려다줄 필요는 없는데." 조앤이 말했다.

"저 애들이랑 좀 떨어져 있어도 상관없어. 게다가 가는 길은 꽤 어둡잖아." 두에인은 마치 이전에 이 해변에서 함께 있던 적이 없던 것처럼 굴고 있었다. 조앤이 그에게서 벗어나려 애를 썼던 일이나 두에인이 조앤의 팔을 움켜쥐고 추근대던 일이 없었던 것처럼. 어쩜 정말 잊어버린 거 아냐?

두 사람은 노란색 전조등을 켜고 달려오는 차 한 대를 먼저 보내려 잠시 멈춰 선 다음 길을 건넜다. 잔디밭에 다다르자 두에인은 한 손으로 조앤의 허리춤을 붙잡으며 말했다. "조금 천천히 안 갈래?"

"왜."

"좀 더 함께 있고 싶어서. 농담이 아니라 너는 이 동네에서 제일 멋진 애 같다니까. 다른 체조 동작도 좀 보여주지 않을래?"

"스트레칭을 하지 않으면 아마 안 될 것 같아. 부상을 입을 거야. 게다가 놀림거리가 되기는 싫어."

"저기, 잠깐만. 그때 일은 미안해. 그날은 술이 좀 취했을 뿐이야. 하지만 난 그런 인간이 아니라고. 그냥 같이 있고 싶어서 그래." 조앤은 두에인이 스웨트셔츠를 움켜쥐고 자기 쪽으로 잡아당기는 것을 느낄 수 있었다. 달빛에 비친 그의 얼굴을 보니 그의 눈빛에서 며칠 전 밤에 보았던 바로 그 욕망이 느껴졌다. 굶주린 늑대 같은 모습이었다. 만약 두 사람이 아직 해변에 있었더라면 조앤은 위험한 상황이라고 생각했을 터였다. 지금은 잔디밭 위였지만 그래도 조앤은 달아나는 게 어떨까 생각을 하다가 재빨리 마음을 굳히고 그에게 포옹하며 이렇게 말했다. "이번 주에 다시 한번 만나는 게 어때? 우리 둘이서만."

두에인은 조앤을 마주 안아준 다음 끝내 놓아주었다. "당연하지. 언제라도 좋아." 그의 목소리는 쉬어 있었다. 조앤이 그만 가려고 몸을 돌리는 순간 그가 가랑이 사이로 물건을 수습하는 것이 보였다.

조앤은 혼자 호텔 정문까지 남은 길을 걸어갔다. 허공에 시가 연기가 떠돌고 있었다. 넓은 현관 베란다로 이어지는 나무 계단을 올라가자 흔들의자에 앉아 있던 어떤 할아버지가 말을 걸었다. "젊다는 건 좋은 거지, 응?"

조앤은 아무 말도 듣지 못한 척하며 로비로 들어갔다.

다음 날, 조앤은 두에인을 상대하는 일을 피하고 싶어서 오경키트로 드라이브를 가자는 부모님의 제안을 승낙했다. 세 사람은 굉장히 멋진 레스토랑에서 점심식사를 했다. 비록 조앤의 아버지는 윈드워드 리조트에서 점심을 먹을 수도 있는데 이곳에서 점심식사를 하니 기본적으로 돈이 두 배가 드는 셈이라고 계속 투덜거리긴 했지만 말이다. 그다음 그들은 바위 해변을 따라 구불구불하게 이어진 길로 산책을 했고, 퍼킨스만에 도착해서는 피크닉 테이블 위에 앉아 해안 감시선이 바다 위에서 이리저리 오가는 모습을 보면서 아이스크림을 먹었다.

"이번 휴가 재미있게 보내고 있니?" 어머니가 물었다. 두 사람은 상점가 근처의 벤치에 앉아 있었다. 조앤의 아버지는 한 중고 서점에서 책을 뒤적거리는 중이었다.

"그럼." 조앤은 가능한 한 밝게 대답하려고 했다. 자신의 감정을 두고 어머니와 대화를 나누고 싶지 않았기 때문이다.

"아, 다행이네. 그냥 확인해 보려고. 리지와는 다르게 가끔은 네 속내를 전혀 읽을 수 없을 때가 있으니까."

"언니는 이번 휴가가 정말 즐거울 거야."

"그래, 정말 그런 것 같더라."

"그 데니즈라는 여자가 언니 여자친구 같아?"

"지금은 자신의 정체성에 대해 고민하는 단계 같더라. 네가 물어본 게 그런 뜻이라면 말이지. 그 애는 당장 자기가 어떤 사람인지 정확히 알고 있는 것 같지는 않아."

조앤은 사실 언니가 어느 쪽이든 별로 관심이 없었지만

잠시 어머니와 그 주제로 대화를 나눴다. 그저 자신에 대한 질문을 피하고 싶기 때문이었다.

"아빠가 오는구나. 읽지도 않을 책을 한 보따리나 샀네." 어머니가 말했다. 두 사람은 제각기 조앤의 아버지가 서점 밖으로 나와 햇빛을 받아 눈을 가늘게 뜨고 가족이 있는 곳을 찾아 두리번거리는 모습을 바라보았다. "당분간 리지에 대한 이야기는 하지 않는 게 좋겠구나. 아빠가 딸의 새로운 모습을 어떻게 받아들일지 잘 모르겠으니까."

그날 저녁에는 온 가족이 모여 식당에서 저녁식사를 했다. 리지는 눈에 띄게 말이 없었다. 데니즈의 모습은 전혀 보이지 않았다. 야구모자에 소매를 잘라낸 티셔츠를 입은 두에인은 음식이 놓인 곳에서 조앤에게 인사를 건네며 오늘은 왜 해변에 나오지 않았는지 물었다.

"부모님이랑 오겅키트에 다녀왔어."

"아, 좋았겠다. 오늘 밤에 만나지 않을래? 해변에서 또 모닥불을 피우고 놀아도 되고. 우리 둘이서만 말이야."

"오늘 밤에는 안 돼. 내일은 괜찮을 것 같은데?" 조앤은 미끼를 걸어 유혹한다는 리처드의 말을 떠올렸다.

"좋아."

식당 안에서는 리처드를 볼 수 없었지만 9시쯤이 되어 조앤이 도서실로 가자 그는 그곳에 있었다. 평소 앉아 있던 의자에 앉아 SF소설처럼 보이는 조 홀드먼의 《영원한 전쟁》 문고판을 읽고 있었다. 리처드는 그녀를 보자 곧바로 책을 덮었다.

"저녁식사 때는 안 보이더라." 조앤이 말했다.

"시내로 걸어가서 피자를 사 먹었어. 이제 이모네 식구들은 하룻밤도 더 견딜 수 없을 것 같아서."

"지금 나도 두에인이랑 그런 상태야." 조앤은 상대도 짐작하는 이야기를 대놓고 하기 부끄러워 손가락 두 개로 입꼬리를 들어 올리며 미소를 지었다.

"아, 그래?"

"그래. 내가 해변에 나갔다 돌아올 때, 그 인간이 호텔까지 나를 데려다줬어."

"그래, 나도 다 알아. 지켜보고 있었거든."

"정말로?"

"저쪽 벤치 그네에 앉아 있었어. 너희 둘이 잔디밭을 지나는 모습을 봤지."

"우리가 껴안는 것도 봤어?"

"응." 리처드가 대답하자, 조앤은 아까 오후에 자신의 속내를 전혀 읽을 수 없을 때가 있다는 어머니의 말을 떠올렸다. 깨닫고 보니 리처드의 속내야 말로 전혀 읽을 수가 없었다. 그의 감정을 전혀 알 수가 없었다. 지금 질투를 하는 건가? 아니면 그냥 생각에 잠긴 건가? "오늘 아침에 두에인이 너와 뭘 할 건지 죄다 떠벌리던데."

조앤은 전혀 놀라지 않는데도 피가 거꾸로 쏠려 얼굴이

달아오르는 것을 느꼈다. "웩, 진짜 역겹네."

"말했잖아. 쓰레기 같은 놈이라고."

"그 인간이 그런 말을 했을 때, 너는 뭐라고 했는데?"

"실은 아무 말도 하지 않았어. 그냥 듣기만 했지."

"넌 내 명예를 지켜주지 않았어, 리처드." 조앤은 이렇게 말하며 지극히 극적이면서도 냉소적으로 들렸으면 좋겠다고 생각했지만, 말을 입 밖에 내는 순간 자신의 어머니가 비슷한 기분일 때 하는 말처럼 들린다는 사실을 깨달았다.

"난 그 인간을 죽이고 싶어. 그게 네 명예를 좀 더 잘 지켜주는 방법인 것 같지 않아?"

"그래, 그런 것 같네. 그 인간이 또 무슨 말을 했어?"

"네가 자기를 유혹했다고 하던데. 그러면서 네가 엄청나게 꼴린 것 같다고 했어."

"정말 그런 말을 했다고? 내가 그렇게까지 들이댄 건 아니거든? 너도 봤을 텐데, 정확히 말하자면 안기는 안았지만 나한테 키스하지 못하게 하려고 애를 쓰고 있었다고."

리처드는 어느새 웃고 있었다.

"무슨 그런 거짓말을 다 하지?" 조앤이 말했다.

"그래, 그 인간은 거짓말쟁이야. 그래서 우리는 어떻게 하면 좋을까?"

조앤은 지난 며칠 동안 두에인에 대한 생각으로 머리가 꽉 차 있었기 때문에 이렇게 말했다. "두에인을 죽이고 싶다고 했잖아. 그거 진심으로 하는 말이야?"

리처드는 잠시 생각에 잠겼다가 대답했다. "가끔은 그렇기도 하고, 가끔은 아니기도 해. 하지만 만약 두에인이 죽는다면 내가 관련이 있든 없든 상관없이 한순간도 유감이라고 생각하지 않을 거라는 건 100퍼센트 확실해. 그건 왜 묻는 거야? 너는 진심으로 그 인간을 죽이고 싶어?"

"그런 것 같아. 그 인간한테 인생의 교훈을 알려주자."

"좋아."

"그 새끼를 바닷속으로 밀어버리자고."

리처드는 미동도 하지 않고 앉아 있었지만 조앤은 그의 눈을 보고 머릿속은 빠르게 움직이고 있다는 사실을 알 수 있었다. "농담하는 게 아니야." 조앤이 말했다. "해치워 버리자. 재미있을 거야."

"네가 그놈을 한밤중에 방파제 끝으로 불러내야 할 거야."

"그건 전혀 어렵지 않아."

"그러면 내가 그 인간을 물속으로 떠밀 수 있어."

"좋아."

"그 일을 끝내고 나면 너는 다른 사람들에게 거짓말을 해야 할 거야. 연기를 해야 할 거라고."

조앤은 생각할 필요도 없이 대답했다. "그것도 전혀 어렵지 않아."

11장

킴볼

나는 양동이로 들이붓는 것처럼 거세게 내리는 비가 차 금속 천장을 때리는 소리를 들으며 콩코드의 블랙번 공인중개사 사무실을 계속 주시하고 있었다. 부동산 쪽에서 무슨 일이 일어나고 있는 것 같았다. 아까 오전에 리처드 웨일런이 다트퍼드 사무실로 차를 몰고 가서 한 시간 정도 머무른 다음 다시 콩코드 사무실로 넘어갔기 때문이다. 그 다음 리처드는 홈페이지에 부동산 중개인이라고 소개되어 있는 여자 두 명과 함께 타이 레스토랑에서 점심을 먹은 후, 다트퍼드 사무실에 잠시 들렀다가 다시 콩코드 사무실로 돌아갔다. 리처드가 웨스트 콩코드와 콩코드 중심가 사이, 상점가 중간에 위치한 다트퍼드보다 조금 작은 콩코드 사무실 주차장에 차를 대는 순간 하루 종일 비가 올 것처럼 우중충하던 하늘에서 마침내 비가 내리기 시작했다. 리처드가 정장 재킷을 머리 위에 쓰고 BMW에서 내려 사무실 정문을 향해 달려갔다. 지난주 내내 느릿느릿한 속도로 해안을 기어 올라온 허리케인의 남은 세력이 하늘에 구멍이라도 난 듯 빗줄기를 퍼부었다.

콩코드 사무실을 지켜보는 일은 다트퍼드 쪽보다 좀 더 어려웠다. 감시를 할 수 있는 장소는 매우 작은 맞은편 주차장밖에 없었다. 근처에 커피숍이나 술집 같은 것이 없었고 남의 눈에 띄지 않게 주차를 할 수 있는 장소도 보이지 않았다. 물론 지금 같은 상황이라면 누가 사무실 밖을 내다본다 해도 내 차보다는 퍼붓는 물 세기가 강해지는 광경에 시선이 더 쏠릴 터였다. 나는 리처드와 마주칠까 별로 걱정하지 않았다. 그가 늘 뜬구름 잡는 생각만 하고 다닌다는 조앤의 말 때문이기도 했다. 하지만 이미 안면을 튼 사이인 팸을 다시 마주치게 되는 것은 걱정스러웠다. 다행히 지금까지는 팸을 거의 보지 못했다. 팸이 다트퍼드 사무실 바로 앞 길가에 세워놓은 차는 하루 종일 그곳에 가만히 있었다. 팸이 리처드와 함께 있는 모습은 본 적이 없었다.

나는 그 전날 콩코드에 와보고 릴리 킨트너와 보스턴 경찰서에서 근무하던 시절에 대한 생각뿐만 아니라, 내 인생 전반과 나를 이곳으로 이끈 모든 일들 생각에 줄곧 빠져 있었다. 나는 곧 마흔이었고, 내게 의미 있던 거의 모든 것을 놓친 것 같다는 느낌이 들었다. 용의자에 대한 집착이 나를 이기면서 경찰로서 실패하고 말았다. 시인으로서도 실패했다. 내가 쓴 작품 대부분이 출판되지 못했을 뿐만 아니라, 더러운 리머릭 외에는 아무것도 쓸 수 없었기 때문이기도 했다. 그리고 오래 전에는 고작 한 해 동안 교단에 서고는 다시는 복직하지 않음으로써 영어교사로서도 실패했다.

환기를 좀 시키면 창문 내부에 맺힌 김이 사라지지 않을까 하는 생각에 차창을 내렸다. 그러면서 해로운 생각에 빠지는 것은 그만두자고 되뇌었다. 나는 두 번의 끔찍한 경험을 겪었고, 그 경험으로부터 살아남았다. 여전히 이마선은 살아있고, 나를 좋아하는 고양이가 있으며, 건강 상태도 나쁘지 않았다. 그리고 아직 마흔 살도 되지 않았다.

비는 내리기 시작했을 때처럼 빠르게 그쳤고, 하늘은 잠시 파랗게 물들었다. 리처드는 한쪽 팔 아래 서류철을 낀 채 사무실 밖으로 나와 다시 자기 차에 올라탔다. 뒤를 쫓던 나는 그가 다트퍼드 사무실로 돌아갈 것이라고 생각했지만, 그는 혼잡한 교차로에서 〈나인티 나인〉 레스토랑 진입로로 들어갔다. 오후 4시가 미처 되지도 않은 시각이었기 때문에 주차장에는 차량이 몇 대밖에 없었다. 나는 리처드가 여전히 서류철을 든 채 레스토랑 안으로 들어가는 것을 지켜보았다. 주차장에 있는 다른 차들을 훑어보며 팸의 도요타가 있는지 확인해 보았지만, 그 차는 보이지 않았다. 나는 그 상태로 20분을 기다렸다.

그를 미행하기 시작한 이후로 그에게 내 모습을 들킨 적이 없다고 나름 확신했기 때문에 레스토랑 안으로 들어가 바에서 가볍게 한잔이라도 하면서 리처드가 여자를 만나고 있는지 확인해 보기로 결심했다. 단순히 팸의 차가 눈에 띄지 않는다고 해서 리처드가 혼자 있다고 단정할 근거는 없었다. 나는 평소 입는 복장과는 달리 야구모자에 플란넬 셔츠를 입고 있었다. 모자를 계속 쓰고 있기로 마음먹고 레스토랑 안으로 들어갔다. 실내는 굉장히 넓었고, 한가운데에 U자 모양의 바가 있었다. 리처드는 정문 쪽에 등을 돌린 채 바 앞에 앉아 있었다. 그의 앞에 여러 장의 서류가 펼쳐진 것이 보였다. 그는 핸드폰을 한쪽 귀에 대고 있었다.

나는 여자 종업원을 보고 그냥 술 한잔하러 왔다고 말했다. 종업원이 내게 들어오라며 손짓하자 나는 바를 둘러싸고 있는 다리 높은 테이블 한 곳을 골라 자리에 앉았다. 리처드가 있는 곳으로부터 차 두 대 정도가 들어갈 정도의 거리였다. 그가 핸드폰에 대고 말하는 소리가 들렸지만 무슨 말을 하는지는 알아들을 수 없었다. 그 앞에 놓인 파인트 잔 안에는 얼음과 라임 조각 두 개, 그리고 뭔가 투명한 액체가 담겨 있었다. 테이블 담당 종업원이 다가오자 나는 라임을 곁들인 진저에일 한 잔을 주문하며 온더락 잔에 따라 달라고 요청했다. 점심을 건너뛴 탓에 주방에서 가장 빨리 내올 수 있는 간단한 요리가 무엇인지도 물어보았다. 종업원이 순살 닭날개가 가장 빨리 나온다고 대답하자 나는 그것도 주문했다.

　나는 잔을 홀짝거리며 리처드가 자신의 술잔을 다 비우고 바텐더에게 또 한 잔을 주문하는 모습을 지켜보았다. 그가 주문한 것은 티토스 보드카에 탄산음료나 토닉워터 같은 것을 섞은 것이었다. 바텐더는 윤기 나는 검정색 머리카락을 뒤로 바짝 묶어 쪽을 지고 피부를 지나치게 태운 사람이었다. 그는 술잔에 라임 조각 두 개를 더해 리처드 앞에 내려놓았다. 나는 그의 연애 생활에 대해서는 별로 알아낸 것이 없었지만, 그가 좋아하는 술이 보드카라는 사실은 알게 되었다. 리처드는 다시 한번 전화를 걸었는데, 이번에는 부동산 보험에 대해 뭔가 이야기하고 있다는 것을 알 수 있었다. 리처드는 동요한 듯 목소리가 상당히 컸다.

　닭날개 한무더기가 테이블에 도착하자 나는 진저에일을 한 잔 더 주문했다. 리처드는 이제 자신의 핸드폰을 들여다보며 문자메시지처럼 보이는 화면을 스크롤하는 중이었다. 나는 리처드가 언제 자리에서 일어나 레스토랑을 나서게 될지 알 수 없어서 서둘러 음식을 먹었다. 리처드는 두 번째로 주문한 술잔을 절반 정도 비웠을 뿐인데 바텐더에게 손짓으로 계산하겠다는 신호를 보내고 재빨리 현금으로 값을 치렀다. 내가 음식을 거의 다 비워갈 무렵 갑자기 어떤 여자가 "리처드!"라고 외치는 소리가 들렸다. 리처드가 바에서 몸을 돌리자 여자 두 명이 그에게 달려들었다. 한 명은 생일 축하 풍선을 하나 든 채였다. 셋은 소리 죽여 대화를 나누며 바에서 떨어진 곳에 있는 더 큰 테이블로 자리를 옮겼다. 그곳은 내가 앉은 자리와 더 가까웠다.

"방금 도착했어." 리처드의 말소리가 들렸다. 그는 두 사람에게 한 잔씩 사겠다고 제안했다. 두 여자는 재킷을 벗고 자리에 앉았다. 두 사람 중 키가 크고 몹시 여윈 여자는 블랙번 공인중개사 홈페이지 직원 목록에서 본 친숙한 얼굴이었다. 그사이 리처드는 화이트와인이 든 잔 두 개를 가져온 다음 다시 바로 돌아가 자신이 마실 맥주 한 병을 집어 들었다. 다시 한번 레스토랑 문이 안쪽으로 열리며 남자 셋으로 구성된 일행이 너 나 할 것 없이 시끄럽게 이야기를 나누며 안으로 들어왔다. 그들은 곧바로 여자 둘이 앉아 있는 테이블을 발견하고 그쪽으로 향했다.

나는 이미 받아놓은 계산서 위에 음식 값을 치르기에 충분한 돈을 내려놓았다. 아무래도 이 자리는 직장 동료 모임인 것 같았는데, 정말 그렇다면 팸 역시 곧 나타날 게 뻔하니 이 자리를 뜨는 것이 현명한 행동이었다. 나는 집으로 갈 수도, 이 동네에 잠시 머무를 수도, 어쩌면 한 시간 후에 돌아와 리처드가 다른 여자 동료와 함께 있는지 확인해볼 수도 있었다. 나는 레스토랑을 빠져나와 주차장 저편에 있는 내 차를 향해 다가 갔다. 내가 문 손잡이를 잡는 순간 내 뒤에서 발걸음 소리가 들리더니 곧 목소리가 이어졌다. "어머, 당신이네요."

나는 몸을 돌려 팸을 바라보았다. 허벅지까지 내려오는 베이지색 코트를 입고 니트 스카프를 목에 두르고 있었다. "헨리 맞죠? 팸이에요. 며칠 전 밤에 그 레스토랑에서 만났잖아요."

"맞아요."

"지금 그렇게 깜짝 놀란 표정을 짓지만 않았어도 저를 쫓아다니는 게 아닌지 물어보려고 했어요." 팸은 치아를 전혀 드러내지 않으며 미소를 지었다.

"실은 조금 쫓아다니는 중입니다." 나는 이 상황에 어떻게 대처하는 것이 최선인지 머릿속으로 계산하며 대답했다.

"정말이에요?" 팸의 얼굴에 기쁘면서도 경계하는 듯한 표정이 떠올랐다. 레스토랑 입구에서 누군가 팸의 이름을 부르자 그는 고개를 돌려 사람들을 향해 손을 흔들었다.

"다시 한번 〈테이스트 오브 홍콩〉에 들러서 마이 타이를 한 잔 더 마실 생각이었거든요. 오늘 밤에 가볼까 했는데 문을 일찍 열 것 같지가 않아서 말입니다. 거기서 당신을 만나면 좋겠다고 생각했어요. 당신과 함께 있어서 즐거웠으니까요. 그리고 친구 누구더라……."

"재니 말이죠?"

"그래요, 재니."

"오늘밤에 꼭 오세요. 저도 잠깐 들를까 생각 중인데, 보시다시피 선약이……." 팸은 레스토랑 쪽을 가리켰다. "직장 동료

생일 파티가 있는데, 오래 끌 것 같지는 않아요."

"음, 아마 거기 가서 술을 한잔할 것 같습니다."

"어디 가지 말고 기다리세요. 아셨죠?" 팸은 이렇게 말하며 손을 뻗어 내 어깨를 두드렸다. "저도 꼭 갈 테니까요."

"알겠습니다."

나는 다시 차에 타 사이드미러로 팸이 레스토랑 안으로 들어가는 것을 보았다. 이제 어떻게 할지 결정해야 했지만 이 주차장에서 그런 궁리를 하는 것은 아마 그리 현명한 행동은 아닐 터였다. 나는 러시아워가 시작된 도로 위로 차를 몰아 팸이 살고 있는 콜로니얼 에스테이트와 〈테이스트 오브 홍콩〉이 있는 방향으로 차를 돌렸다. 20분 후, 나는 그 중식당 이름이 파란색으로 적혀 있는 높은 간판 밑에 차를 세웠다. 이른 시간이었지만 주차장은 이미 반쯤 차 있었다.

칵테일 라운지는 바 쪽은 거의 꽉 차 있었다. 나는 간신히 맨 끝 쪽에 있는 자리를 하나 차지해서 입구 쪽을 계속 지켜볼 수 있도록 자세를 잡았다. 북적거리는 모습은 지난 화요일 밤과 비슷했지만 손님 수 자체는 지금이 더 많아 보였다. 도심 아파트에 사는 듯이 보이는 젊은 전문직 종사자들과 최신 유행을 따르는 커플들이었다. 바텐더 피트는 재빠른 동작으로 칵테일을 만들고 있었다. 화요일 밤에 봤던 젊은 여자가 그를 돕는 중이었고, 그에 더해 틀림없이 견습 바텐더로 보이는 깡마른 20대 한 명이 물을 따르거나 술잔을 씻고 있었다.

피트는 내 쪽을 흘끗 바라보며 말을 걸었다. "팸의 친구 분 아니십니까? 마이 타이 한 잔 드릴까요?"

"물론입니다."

나는 술잔이 나오자 메뉴판을 요청하고 술을 한 모금 마시며 앞으로 어떻게 할지 선택지를 가늠해 보았다. 재빨리 술잔을 비우고 돈을 낸 다음 차를 몰고 케임브리지로 돌아갈 수도 있었다. 내일은 금요일이니 만약 조앤의 말이 옳다면 그의 남편과 팸은 오후에 열락을 위해 빈 집을 하나 찾을 테고, 나는 그 현장을 잡아낼 것이었다. 이것으로 사건 해결. 아니면 이곳에 죽치고 있으면서 팸이 오기를 기다리는 방법도 있었다. 팸은 아마 퇴근 후에 〈나인티 나인〉에서 술을 마셔서 조금 취해 있을 테니 이곳에 오고 나면 바에 앉아 술을 꽤 많이 마시게 될 터였다. 목요일 밤에는 언제나 이곳에 온다는 말을 고려해 보면 그럴 가능성이 충분했다. 그리고 술을 충분히 마신 팸이 회사 사장과 불륜을 저지르고 있다고 고백하도록 만드는 게 그렇게 어려울까? 조앤은 팸의 고백이면 충분히 만족하지 않을까? 조앤이 원하는 것은 확신이지, 실제 사진 증거 같은 것이 아니었다. 적어도 내가 받은 인상에 따르면 그랬다.

하지만 〈테이스트 오브 홍콩〉의 칵테일 라운지에 죽치고 앉아 있자니 두 가지 문제가 있었다. 우선 팸과 함께 시간을 오래 보낼수록 그가 블랙번 공인중개사 사무실을 드나드는 모습을 지켜보는 일이 점점 더 어려워질 것이었다. 비록 리처드를 주로 따라다니고 있다 할지라도 만약 내일 오후 리처드가 팸과 밀회를 가질 예정이라면 두 사람을 한꺼번에 따라다녀야 했다. 또 다른 문제는 만약 내가 팸이 리처드와의 외도 사실을 털어놓도록 하지 못한다면 그녀가 내 질문을 수상히 여기게 될지도 몰랐다. 가정이 있는 사장님과 남몰래 불륜을 저지르고 있는 사람이라면 조심스럽게 행동할 게 분명했다. 어쩌면 팸은 리처드에게도 수상한 사람이 자신의 연애 관계에 대해 캐묻는다고, 심지어 〈나인티 나인〉 밖에서도 만난 적이 있다고 말할 수 있었다.

앞으로 어떻게 할지 고심하다 보니 어느새 술잔을 다 비우고 말았다. 피트가 한 잔 더 주문하겠냐는 듯 눈짓했고 나는 조금 더 생각해 보겠다고 대답했다. 커플 두 쌍이 다 같이 안으로 들어오자 여자 종업원이 예약 표시가 되어 있는 다리가 높은 테이블로 그들을 안내했다. 조명은 다소 흐릿했고 1960년대풍의 이국적인 음악이 흘러나왔다. 바 반대쪽 끝에 앉은 일행 네 명 앞에 도착한 서빙 접시에서는 음식 한가운데에 파란색 불꽃이 타오르고 있었다. 나는 여기 계속 있기로 결심했다. 하지만 그와 함께 팸에게 잠자리 상대가 누구인지, 혹은 누가 아닌지 대놓고 물어보는 것은 삼가기로 마음을 먹었다. 만약 자연스럽게 상황이 조성되고 나면 정보를 조금 캐낼 수 있을지 확인해 볼 작정이었다.

나는 피트를 불러 무알코올 음료를 한 잔 만들어 줄 수 있는지 물어보았다.

"물론입니다. 버진 피냐 콜라다 어떠십니까? 알코올이 들어간 것보다 더 맛있을 겁니다."

"그거 한 잔 주시죠." 팸이 올 때까지 얼마나 오래 기다려야 할지 몰랐기 때문에 속도를 조절할 필요가 있었다.

실제로 내가 기다려야 했던 시간은 고작 한 시간이었다.

놀랍게도 팸은 혼자 들어왔다. 블랙번 공인중개사의 다른 직원들을 데리고 올 거라고 생각했다. 그런 일이 일어나지 않기를 바랐지만, 심지어 리처드 웨일런이 등장할지도 모른다는 걱정까지 할 정도였다. 팸은 입구에 서 있었다. 바에서 흘러나오는 노란색 조명이 팸의 옅은 색 코트를 비추고 있었지만 얼굴은 여전히 어둠 속에 가려진 상태여서 나는 팸이 어느 쪽을 보고 있는지 알 수 없었다. 팸은 사람들로 가득한 바 쪽을 향해 손을 흔들더니 이리로 다가오기 시작했다. 내가 의자에 앉은 채 몸을 빙그르 돌려 팸을 맞이하자 그녀가 내 뺨에 키스를 했다. 화이트와인과 프렌치프라이 냄새가 풍겼다.

나는 자리에서 일어나 그녀에게 내 의자에 앉으라고 권했지만, 내 옆에 앉아 있던 커플이 다른 곳으로 이동하겠다고 말해서 우리는 각자 한 자리씩 차지해 앉을 수 있었다. 팸은 재킷을 벗어 바 아래쪽에 달려 있는 고리에 걸었다. "아, 여기 오니 얼마나 좋은지 몰라요. 진짜 술과 진짜 음식이 그리웠어요."

"동료 직원들을 어마어마하게 달고 올 거라고 생각했는데요."

"그 사람들은 모두 아직 〈나인티 나인〉에 있어요. 하지만 더 이상 견딜 수가 있어야죠. 당신도 알고 있는 재니는 아마 와 있을 거라고 생각했는데. 그리고 조금 더 있으면 다른 부동산 중개업자 두어 명이 더 올지도 몰라요."

피트는 팸을 발견하고 이쪽으로 다가와 바 너머로 팔을 뻗어 그녀와 주먹을 서로 맞부딪쳤다. "바질 잎을 잔뜩 넣은 그 거 한 잔 만들어 줘요. 지난주에 만들어 줬던 거 있잖아요, 피트?"

"아, 알겠습니다." 그는 이렇게 대답하더니 내 쪽을 바라보았다. "아까 드시던 것으로 한 잔 더 드릴까요?"

"아니, 이분과 같은 것을 마시고 싶군요."

피트가 자리를 뜨자, 팸은 깊게 한숨을 쉬며 목요일에 대해 뭐라고 말을 했지만 소음 탓에 제대로 알아들을 수 없었다. 그녀는 말을 마치고 나를 향해 환한 미소를 지어보였다. 입술에는 새로 립스틱을 칠한 모습이었다.

"이번 주는 어떻게 보냈나요, 헨리 디키 씨?"

"제 이름을 기억하고 있군요."

"그럼요. 당신 이름을 구글에도 검색해봤는데 아무것도 나오지 않던데요."

"그 말을 들으니 다행이군요. 저는 온라인에 족적을 남기 지 않는 편을 선호해서요."

"그렇다면 잘도 성공했네요. 수수께끼의 인물이더라고요."

주문한 술이 도착하니 팸은 음식을 좀 주문하는 게 어떨지 물었다. 그래서 우리는 함께 메뉴판을 보며 간단한 음식 몇 가지를 주문하기로 했다. 나는 아까 닭날개 요리를 전부 먹어버린 것을 굉장히 후회하는 중이었다.

"그러면 당신 친구 때문에 제 이름을 검색해 본 건가요?" 주문을 마치고 나는 질문을 던졌다.

팸이 어리둥절한 표정을 짓자 나는 말을 이었다. "재니 말입니다. 지난 화요일에 당신이 우리 둘을 엮어주려 한다는 느낌을 받았어요."

"아, 그랬었죠. 이제 당신에 대해 굉장히 조금이나마 알게 되었으니 드는 생각인데……." 팸은 손을 들어 엄지와 검지를 거의 닿을 정도로 가까이 붙였다. "당신이 재니와 잘 맞는 것 같지는 않아요."

"아마 그럴 겁니다."

"그러면 어떤 사람과 잘 맞는 편인가요?"

나는 술을 한 모금 마셨다. 굉장히 맛있는 칵테일이었다. "잘 모르겠습니다. 어쩌면 그런 사람은 없을지도 모르겠네요. 제 여동생 말로는 저는 너무 자주 사랑에 빠져서 결혼하지 못하는 거라고 하더군요. 그게 무슨 뜻인지는 모르겠지만요."

"아, 그런 유형이군요."

"무슨 유형 말입니까?"

"연쇄사랑꾼 말이에요."

"나쁜 뜻인가요?"

"나쁜 것 같지는 않지만 그런 사람인 걸 어쩌겠어요. 당신은 불같은 사랑을 계속 반복하지만 결코 결혼 단계에는 이르지 못하잖아요. 제 말이 맞죠?"

"아마 그런 것 같군요."

"그래도 괜찮다고 생각해요. 솔직히 제가 뭘 알겠어요? 저도 이전에는 결혼하면 어떤 관계를 이루고 싶은지 온갖 종류의 생각을 해봤고, 다른 사람들의 연애 관계에 대해 굉장히 비판적으로 굴기도 했어요. 부모님이나 친구들에게 말이에요. 이제는 저도 나이를 먹었고 뼈아픈 경험도 두어 번 겪어봤어요. 더는 남을 섣불리 판단하지 않아요."

"당신이 늙었다고 하니 재미있군요. 어림짐작이지만 아직 20대 아닌가요?"

"고맙지만 아니에요. 사실은 서른둘이나 되는데요."

"흠, 그렇게 보이지는 않는데요."

"말씀은 고맙지만 제가 그렇게 느끼는걸요. 나이를 먹고 혼자 남은 느낌이에요."

"제 기억이 정확하다면 만나는 분이 있다는 말을 들었던 것 같은데요. 지난번에 여기 앉아 있을 때 말입니다."

"아, 그런 말을 했었나요? 그렇다면 아마 누구도 행복할 수 없는 관계라는 말도 했을 텐데요. 딱 그런 관계일 뿐이에요. 가능한 한 빨리 그 관계에서 벗어나기를 바라고 있어요. 피트, 여기 신경 좀 써주지 않을래요?" 팸은 자신의 빈 잔을 들어 올리며 말했다.

"음, 자세한 이야기를 털어놓으면서 마음의 부담을 덜고 싶다면 얼마든지 그래도 좋아요."

"그러고 싶긴 하지만 그랬다가는 저를 경멸하게 될 거예요."

"알겠습니다." 나는 이제 그만 밀어붙이기로 마음먹고 남은 술을 비웠다.

팸이 손을 흔들어 간신히 피트를 불러 우리는 새로 술을 주문했다. 그와 동시에 우리가 주문한 음식이 도착했다. 음식을 먹는 와중에 그녀가 내게 무슨 말을 했지만 목소리를 너무 죽인 탓에 무슨 말인지 알아들을 수가 없었다. 그래도 그녀가 입구 쪽을 바라보고 있었기 때문에 나도 그쪽으로 고개를 돌렸다. 재니를 비롯해 여자 네 명과 남자 한 명이 종업원 옆에서 바 주변을 두리번거리고 있었다.

"당신 회사 직원들 아닌가요?" 내가 물었다.

"알아요. 이쪽을 보지 않으면 좋을 텐데. 이런 말을 하면 나쁜 사람인가요?"

"우리 음식을 지켜야 하니까요."

"예, 맞아요." 팸은 미소를 지었다. 재니는 팸을 발견하고

깡총깡총 다가왔다.

재니는 어색한 동작으로 팸의 어깨를 가볍게 안은 다음 발음을 길게 빼며 내게 "안녕하세요"라고 인사했다.

"헨리입니다. 그저께 밤에 봤었죠."

"기억나요. 만나서 반가워요. 우리는 저 뒤쪽에 넓은 자리가 하나 나기를 기다리고 있어요. 우리랑 합석하실 거죠?"

나는 이만 가볼 생각이라는 말을 하려고 했지만 팸이 불쑥 끼어들었다. "우리가 저 자리에 어울릴 것 같아?"

"그냥 다 함께 몰려온 거야. 게다가 마샤는 기껏해야 10분이면 집에 갈걸."

"조금 있다 잠깐 들러볼게." 팸이 이렇게 말하는 사이 재니는 접시에 두 개밖에 남지 않은 도미 만두를 하나 집어 들고 한입에 넣었다.

"미안." 재니는 불룩해진 자신의 뺨을 가리키며 이렇게 말하더니 저쪽으로 가버렸다.

"제 직장 동료들이랑 어울리라고 여기 오라고 했던 건 아니에요."

"저도 그러려고 온 건 아닙니다."

"아 진짜, 조금은 더 있을 수 있어요. 저 사람들이 저를 여기 가만 두지 않을 거예요."

"저도 오래 있지는 않을 겁니다. 케임브리지로 돌아가야 하니까요. 게다가 밤에는 수업 준비를 해야 해서요."

"내일 수업이 있어요?" 팸이 물었다. 아마 그녀는 현재 내가 무슨 일을 하고 있는지 궁금해할 것이었다. 시를 쓰고 평생교육반에서 강의를 하는 일의 수익이 쏠쏠하다고 생각하는 사람은 없을 테니까. 나는 내일은 지원 대학에 제출할 에세이를 쓰는 데 어려움을 겪고 있는 고등학생 과외 수업이 있다고 말했다.

"그런 일을 꽤 많이 해요. 아마 제가 버는 수입 대부분은 그쪽에서 나올 겁니다."

"음, 당신은 작가이니까, 무슨 방법을 찾아야 할 테죠."

"제 시를 여기저기 투고하고 있기는 하죠. 하지만 설사 출판해줄 곳을 찾는다 해도 제 예상에는 돈이 되지도 않고 제 인생이 바뀌는 것도 아니에요. 그저 책을 한 권 냈다고 말할 수 있게 되는 게 전부일 뿐이죠."

"어떤 시를 쓰는데요?"

나는 비교적 사실대로 설명해 주었다. 20대 시절에는 이름 있는 문예지에 시를 여러 편 싣기도 했지만 지금은 그런 시를 쓰는 능력을 잃어버린 상태라고. 그리고 요즘에는 비평문이나 리머릭 같은 것을 쓰는 형편이라고.

"리머릭이 뭐죠?"

"이런 말로 시작하는 시 짓기 놀이는 알고 있을 텐데요. '소녀의 고향은 난터킷.'"

"아, 그럼요."

"유감스럽지만 그런 것들이 요즘 제가 쓰는 유일한 문학적 결과입니다. 어디서 오셨습니까?"

"무슨 뜻이죠?"

"어디서 오셨나고요. 그러니까 고향이 어디죠?"

"아, 오리건주 포틀랜드에서 태어났어요."

"이런."

"그렇게 나쁜 곳은 아니에요."

"아니, 그런 뜻이 아니라, 포틀랜드라는 단어는 운율을 맞추기 어려워서요."

"이러면 도움이 될까요? 실은 포틀랜드 외곽에 있는 벅헤븐이란 도시에서 자랐어요."

"확실히 낫군요." 나는 술을 길게 한 모금 마신 다음 말을 이었다. "태어난 곳은 벅헤븐…… 서른둘의 나이가 스물일곱으로 보이는 기분…… 〈테이스트 오브 홍콩〉에서 죽치고…… 술도 아닌 우롱차를 마시고…… 미혼 남자를 훑는 시선이 다분."

"세상에. 끔찍한데 동시에 인상적이네요."

"제가 가진 유일한 기술이죠."

"리머릭 한 편 안에 저를 너무 구겨넣은 거 아닌가요? 그리 마음에 들지는 않아요."

"아직 초안일 뿐입니다. 혹시 원한다면 수정할 수도 있어요. 하지만 어떻게 하더라도 선정적으로 끝나야 합니다. 그게 리머릭의 규칙이에요."

"예, 확실히 그런 것 같네요." 그는 이렇게 말하며 접시 위에 마지막 남은 만두를 빙글 돌리며 말을 이었다. "당신이랑 이야기를 나누는 게 재미있긴 하지만 이제 곧 저쪽 테이블을 가득 채우고 있는 멍청이들이 어서 오라고 우겨댈 거예요. 그러니 당신은 이제 가는 게 좋겠네요. 그러면 저는 결국 〈테이스트 오브 홍콩〉에서 다시 한번 술에 취해 목요일 밤을 보내게 되겠죠."

"알겠습니다."

"저는 길 바로 건너편에 살아요. 혹시 저희 집에 가서 와인이나 한잔하면서 이야기를 좀 더 나누지 않을래요?"

내가 대답하려는 찰나 그녀가 내 말을 가로막았다. "제 말이 어떻게 들렸는지 이제 깨달았어요. 그러니 솔직히 말해서 당신이 거절해도 별로 개의치 않을 거예요. 게다가 정말로 그냥 이야기를 좀 더 나누자는 뜻이었어요. 즐겁잖아요."

"물론이죠. 저도 그러고 싶네요."

"좋아요." 팸의 눈이 갑자기 밝게 빛났다. "그러면 이렇게 해요. 술값은 제가 낼게요. 리머릭은 그리 대단한 수입거리가 안 된다는 사실을 알게 됐으니까요. 그리고 하나 더, 좀 이상한 소리처럼 들리겠지만 먼저 당신이 먼저 나갔으면 좋겠어요. 그런 다음 길 건너 콜로니얼 에스테이트 주차장에서 만나면 되지 않을까요? 이상하게 생긴 타운하우스가 여러 채 있는 곳이니 엇갈릴 수는 없을 거예요. 그저 내일 사람들 입에 오르내리고 싶지 않아서 그래요."

"충분히 이해합니다."

밖으로 나가니 기온이 뚝 떨어져 있어 주차장에 강하게 내리쬐는 새하얀 조명 아래로 내 입김이 피어오르는 것이 보였다. 나는 차를 몰고 도로를 건너 콜로니언 에스테이트의 주차장 안으로 들어가 방문객 표시가 되어 있는 주차 구역을 찾아보았다.

팸의 도요타가 주차장 안으로 들어와 크게 선회하며 건물에 가장 가까운 주차 구역으로 향했다. 나는 차에서 내리며 그저 정보를 얻기 위해 이곳에 온 것이라고 스스로에게 다짐했다. 그러면서 주차장을 지나쳐 유리문이 여러 개 나 있는 건물 정면에 서 있는 팸을 향해 걸음을 옮겼다. 팸은 한 손에 열쇠 꾸러미를 들고 있었다.

12장

조앤

"방파제 끝까지 걸어가 본 적 있어?" 조앤이 물었다.

"그럼, 많이 가 봤어." 해변에서 두에인은 조앤 옆에 등을 대고 누운 채 두 손을 겹쳐 머리를 받치고 있었다. 조앤이 누운 자리에서 그의 겨드랑이에 바른 흰색 데오도란트 자국이 살짝 보였다.

"그렇겠지. 그런데 밤에 가본 적은 있어?"

"밤에는 없는데. 그러면 너는?"

"당연히 가봤지. 장난 아니었어."

"정말로?"

전날 밤에 조앤은 리처드와 함께 방파제까지 걸어가 보았다.

두 사람은 윈드워드 리조트 앞에 있는 벤치 그네 앞에서 만나 길을 건너 해변으로 향했다. 밤하늘은 맑았고, 별 무리와 밝은 달이 부두를 이루는 거대한 화강암 덩어리를 비추고 있었다. 하늘에 구름은 없었지만 그래도 두 사람은 정신을 집중해야 했다. 바닥에 깔린 화강암들 사이로 벌어진 틈이 끝으로 갈수록 점점 더 넓어지고 있었기 때문이었다. 게다가 달빛으로 인해 생긴 그림자 때문에 이동하기 까다로웠다. 방파제 가장자리에 다다르자 파도가 바위 사이로 들이닥치며 메아리 소리가 이상하게 울렸고 차가운 공기 속으로 물보라가 피어올랐다.

방파제 맨 끝부분부터는 바다 속으로 경사를 이루기 시작해서, 그쪽을 따라 기어 내려가면 가장자리에 해초가 달라붙은 비교적 평평한 바위 위에 서 있을 수 있었다. 그중 한 곳은 유독 돌출되어 어느 정도 몸을 숨길 수 있는 공간이 있었다. "나는 여기에 숨어 있을게." 리처드가 말했다. "그림자 속에 틀어박혀서 말이야. 너는 그 인간을 이리로 데려와서 이 자리가 부서지는 파도를 체험할 수 있는 최고의 장소라고 말해. 그러면 그 인간은 너를 따라 내려올 거야. 그러면 내가 나와서 뒤에서 그 인간을 떠밀어 버리는 거야."

"만약 네가 나오다가 들키면 어떡해?"

"그렇게 된다 해도 달라질 것 같지는 않아. 그 인간은 힘이 세지만 그래도 바위 밖으로 밀어버릴 수 있을 거야. 게다가 우리는 두 사람이잖아. 만약 그 인간이 맞서 싸우려 한다면 네가 도와줄 수 있을 거야."

"해변으로 헤엄쳐 가면 어쩌지?"

"그러지 못할 거야. 만약 그렇게 한다 쳐도 그냥 그 인간에게 인생의 교훈을 알려줄 생각이었다고 둘러대면 돼."

조앤은 그 자리에 서서 두에인과 함께 이곳에 오는 것은 과연 어떨지, 그리고 리처드와 함께 숨어서 두에인을 공격하는 일은 과연 어떨지 상상해 보려 애썼다. 남의 눈을 피할 수도 있으면서도 동시에 주변이 탁 트여 있다는 점에서 정말로 환상적인 장소였다. 파도가 바위에 부딪쳐 낮게 울리고 공기는 바닷물 냄새로 가득하며 사방이 칠흑같이 어두운 광경은 마치 세상의 끝에 와 있는 것 같았다. "그건 마음에 안 들어." 잠시 후 조앤이 입을 열었다. "네가 방파제 끝에서 좀 더 가까운 자리에 웅크리고 있으면 어때? 바로 저기 말이야."

리처드는 조앤이 가리키고 있는 곳을 바라보았다. 그곳에는 거대한 화강암 덩어리가 있었는데, 마치 방파제 꼭대기에서 굴러 떨어져 한쪽 끝이 대각선으로 기울어진 채로 착지한 것 같은 모습이었다. 리처드는 미끄러운 바위 위를 조심스럽게 지나 좀 더 가까운 곳까지 다가가 살펴보았다. "이 뒤에 서 있을 수 있을 것 같은데? 내가 잡고 있을 만한 금속 막대 같은 것도 붙어 있어."

조앤 역시 그 자리를 살펴보았다. 굴러 떨어진 화강암과 부두 가장자리 사이는 그리 넓지 않았지만 리처드가 몸을 웅크리고 숨어 있기에는 충분했다. 두 사람이 만전을 기하기 위해 확인해 본 바로는 이 시간대는 만조였다. 나중에 조앤이 두에인과 함께 도착했을 때 방파제 끝이 완전히 물속에 잠겨 있다 해도 그리 놀랄 일은 아니었다.

"완벽해." 조앤이 말했다. "이쪽 바위 좀 봐. 옆에 있는 바위보다 조금 더 높잖아. 내가 이쪽 바위에 서서 두에인에게 바로 옆 바위 위에 서보라고 말하는 거야. 눈을 똑바로 보고 싶다고 하면서 말이지. 그러면 그 인간은 내가 키스하고 싶어 하는 줄 알 거야. 그렇게 되면 그 인간이 네게 등을 돌리게 될 테니까, 네가 그 인간을 붙잡아 방파제 밖으로 던져버릴 수 있을 거야. 그게 아니면 더 좋은 방법이 있어." 이제 조앤은 좀 더 높은 바위 위에 서 있었다. 파도가 일으킨 물보라 때문에 머리카락이 축축해진 상태였다. "네가 그 인간 뒤에 웅크리고 있으면 내가 밀어버리는 거야. 그러면 곧장 뒤로 떨어져서 아마 머리가 깨져버릴걸."

리처드는 주변을 둘러보며 두에인을 세워둘 바위를 꼼꼼히 살펴보았다. "싫어. 내가 그 인간을 떠밀어 버리고 싶단 말이지. 너는 그 인간을 이리로 데려오기만 하면 충분해. 나머지는 내가 할게."

"좋아. 언제 하면 좋을까?"

"너한테 달렸지. 내일 밤이나 아니면 그다음 날 밤도 좋고. 지금처럼 날씨가 맑아서 네가 어디를 밟고 있는지 확인할 수 있다면 어느 때라도 좋아."

"우리가 여기 오게 되면 너에게 어떻게 알려주지?"

"아마 나는 자연스럽게 알게 될 거야. 두에인은 내게 죄다 나불대니까. 하지만 확실히 해두자면…… 저녁식사 때 네가 신호를 하면 그날 밤에 그 인간을 데리고 갈 거라고 알고 있을게."

조앤은 생각에 잠겼다. "좋아. 그날 밤에 할 계획이면 내 머리를 뒤로 돌려 포니테일로 묶고 있을게. 그러지 않은 날이면 머리를 풀어 놓고."

"좋아."

"다 이해했어?"

"포니테일이면 작전 실행. 다 이해했어."

"그리고 두에인에게 10시 정각에 만나자고 말할 거야. 그러니 네가 반드시 여기 먼저 와서 기다리고 있어야 해."

"그거 멋진데."

리처드가 서 있는 위치 탓에 조앤은 그의 얼굴을 볼 수 없었지만, 그의 목소리는 침착했다. 마치 지금까지 두 사람은 만나서 커피를 마시자는 이야기를 하고 있었던 것 같았다. "그러면 그런 계획인 거다?" 조앤이 말했다.

"그런 계획이지."

두 사람은 함께 방파제를 따라 돌아가기 시작했다. 구름 몇 가닥이 하늘을 가로질러 움직이기 시작하자 일순간 칠흑처럼 어두워졌다. 리처드는 손을 뻗어 조앤의 손을 잡아서 보다 넓은 틈새를 건너도록 도와주었다. 두 사람은 구름이 걷히고 달빛이 다시 비춰 주위 모든 것에 은빛 휘장을 씌울 때까지 서로 손을 잡고 있었다.

"무섭기도 하지만 동시에 환상적이기도 해." 해변에서 조앤은 두에인에게 이렇게 말했다. 그는 이제 한쪽으로 돌아누운 채 한쪽 팔꿈치를 괴고 있었다.

"누구랑 갔었는데?"

"언니랑. 우리가 여기서 만난 첫 날 밤에 말이야."

"발 딛는 곳이 제대로 잘 보여?"

"완전 잘 보이지. 달이 안 떠도 상관없어. 꼭 겁을 먹어서 못 가겠다는 말로 들린다?"

"그건 아니야. 그저 네가 바다에 빠질지도 몰라서 그러는 거지. 그러면 바다에 뛰어들어서 너를 구해야 하잖아."

"아, 알았어. 그런 일이 일어날 것 같아?" 조앤은 옆으로 몸을 돌리며 속살이 드러나지 않도록 비키니 상의의 위치를 조절했다. 조앤은 진작부터 해변에서 만난 이후 두에인이 자신의 몸을 몰래 훔쳐보고 있다는 사실을 눈치채고 있었다. 두에인은 해변에서《애완동물 공동묘지》를 읽고 있는 조앤을 발견해서 같이 있어도 되는지 물어보았다. 조앤은 자신의 손이 닿지 않는 등에 로션을 발라줄 거라면 함께 있어도 좋다고 대답했다.

"저기, 밤에 방파제 끝까지 가보고 싶으면 가보자. 꽤 재미있을 것 같은데."

"얼마나 멋질지 짐작도 못 할 거야. 내 말 믿는 게 좋을걸."

조앤은 자리에서 일어나 타월을 밟고 섰다. 그 모습은 두 에인에게 흐릿하게 보였다. 조앤은 이제 호텔로 돌아가서 가족들이 점심으로 뭘 먹을지 알아봐야겠다고 말했다.

"혹시 가고 싶으면 이따 오후에 에밀리랑 앤의 펜션에 딸린 수영장에서 놀아도 돼. 그 애들 부모님이 집에 있을 때도 있는데, 항상 그런 건 아니니까."

"아니, 괜찮아. 오늘 밤 10시에 방파제에서 만나자. 나 바람맞히면 안 된다, 알았지?" 조앤은 다른 사람이 이런 말을 하는 것은 수없이 들어봤지만 직접 해본 적은 한 번도 없었다.

"하하, 그럴 리가."

"나중에 봐." 조앤은 이렇게 인사를 건네며 수건을 말아 팔 아래 끼고 모래 언덕 위로 올라갔다. 그런 다음 윈드워드 리조트 부지로 돌아와 야외 샤워기 아래 서서 다리부터 발가락 사이사이 달라붙은 모래를 털어냈다. 경사진 잔디밭 저편에 언니 리지와 그녀가 새로 사귄 친구 데니즈가 정자에 함께 앉아 있는 것이 보였다. 먼 거리에서도 두 사람이 격렬한 대화를 나누고 있다는 사실을 알 수 있었다. 리지는 두 손을 들어 손짓을 하며 한순간 한쪽 눈을 훔치기도 했다. 이런 생각이 드는 것은 처음은 아니었는데, 조앤은 언니처럼 지내는 삶은 과연 어떨지 궁금했다. 모든 것에 격렬하게 반응하고, 데니즈 같은 사람들이 자신이 울음을 터뜨릴 정도로 영향을 끼치도록 내버려두는 인생. 연민과 혐오의 감정이 온몸을 뒤덮는 것 같았다.

조앤은 호텔 로비에 들어가면서 제시카를 보았다. 제시카는 평소 있던 프런트 데스크 대신 피아노가 놓여 있는 벽감 안에서 의자를 정리하는 중이었다. 조앤은 그쪽으로 다가가 말을 걸었다. "안녕."

"아, 안녕."

"여기서 무슨 공연이라도 해?"

"7월과 8월에는 매주 토요일 오후마다 올드팝 공연이 있어. 맥 키어리라는 할아버지가 와서 프랭크 시나트라 노래 같은 올드팝을 부르곤 해. 그 사람은 여기 오너인 프랭크와 친구 사이인데, 그래도 사람이 꽤 많이 모여."

조앤은 제시카가 농담을 하는 건지 아닌지 알 수가 없어 이렇게 말했다. "정말이야?"

"아, 당연하지. 장관이라니까. 지금부터 맨 앞줄을 맡아둬야 할걸."

"난 안 봐도 괜찮을 것 같아."

"너 엄청 멋지게 태웠다."

"고마워. 엄마는 내가 피부암에 걸릴 거라고 난리도 아니야."

제시카는 방금 줄지어 정리해 놓은 의자들을 바라보며 말을 이었다. "의자 줄이 똑바라 보여?"

조앤은 의자 줄이 일직선이 될 때까지 의자 몇 개를 움직였다. "미안." 제시카가 말했다. "일을 해달라는 건 아니었어."

"괜찮아. 어쨌든 오후 내내 할 일이 없으니까. 해변은 이제 질렸어. 나도 너처럼 여기서 일하면 좋을 텐데."

"정말?"

"그래. 어서 빨리 취직해서 돈이나 벌고 싶다."

"나쁘진 않네."

"저기, 전부터 계속 물어보려고 했는데…… 두에인이란 애를 가리키면서, 그 애가 쓰레기라고 했잖아."

"그래." 제시카는 입을 비틀어 한쪽 입술을 내리며 얼굴을 찡그렸다. "무슨 수를 써서라도 걔는 피해 다녀."

"걔가 너한테 무슨 짓을 했길래?"

"그런 걸 왜 물어봐? 혹시 너 요즘 걔랑 어울리고 다녀?"

"아니, 그렇지는 않아. 하지만 이야기는 몇 번 해봤는데, 그저께 밤에는 걔랑 해변에서 맥주를 마셨어. 그 애랑 데릭이라는……."

"으웩, 데릭이라니." 제시카는 이렇게 내뱉더니 재차 말을 이었다. "사실 데릭은 그렇게 나쁜 애는 아니야. 걔는 그냥 멍청할 뿐이지만 두에인은 질이 나쁜 놈이야. 미안. 너는 그 애한테 관심이 있는 것 같은데 걔가 여기 온 둘째 날 밤에 데릭의 부모님이 집을 비워서 그 애 집에서 파티를 열었거든. 두에인은 나를 거의 목 졸라 죽일 뻔했어."

"정말이야?"

"멍청하게도 걔랑 데릭의 침실로 올라갔지 뭐야. 걔가 엄청 취해서 나한테 덤벼들었어. 내가 밖으로 나가려고 하니까 내 목을 꽉 잡고 비틀지 뭐야. 나를 뚱뚱한 걸레라고 부른 적도 있는데 그건 또 나중 일이야."

"'으엑'이라는 표현이 정확하네."

"어쨌든 이 근방에는 언제나 그런 인간들이 있어. 그런 게 취향이 아니라면 그런 애는 피해 다녀야지."

"저기, 나머지 의자를 놓는 일 좀 도와줄까?"

"아니, 괜찮아. 프랭크가 내가 손님에게 도와달라고 부탁하는 모습을 보면 무슨 생각을 할지 모르겠네." 제시카는 웃음을 터뜨렸다.

조앤은 자신의 방으로 올라가 오전에 객실을 비운 사이 방 청소와 침대 손질이 끝난 것을 보고 기뻐했다. 그녀는 에어컨을 강하게 튼 다음 침대에 누워 셔닐로 직조한 침대 매트의 돌기를 따라 손가락을 움직이며 천장을 응시하면서 오늘 밤은 어떻게 될지 상상에 잠겼다. 긴장과 흥분을 동시에 느껴졌다. 나는 사람을 죽일 거야. 조앤은 이런 생각을 하며 머릿속에서 살인 계획을 실행해 보았다. 그런 다음 스스로에게 되뇌었다. 아니, 우리는 두에인을 죽이는 게 아니야. 그 인간을 바다 속으로 떠밀어 수영을 할 수 있는지 알아보면서 그저 인생의 교훈을 알려주려는 것뿐이야. 조앤은 잠시 그렇게 생각해보았다. 그리고 잠시 뒤, 그를 죽일 거라는 생각이 더 마음에 든다고 확신했다.

13장

킴볼

"와인 괜찮아요?"

나는 팸 오닐의 집 안에 있는 흰색 소파에 앉아 다른 사람의 사적인 공간에 갑자기 들어가게 되었을 때 익숙하리 만큼 빈번하게 발생하는 어딘가 어긋난 감각을 느끼는 중이었다. 그녀를 따라 침실이 하나 딸린 아파트 안에 들어가는 순간 이건 실수라는 사실을 깨달았다. 팸이 거실에 있는 램프 두 개를 켠 다음 벽으로 둘러싸인 작은 주방 안으로 들어가 보조 조명의 스위치를 누르고 조도를 낮추는 동안 나는 가만히 서 있었다. "앉아요. 저는 술을 좀 가져올게요." 그녀가 말했다. "화장실 가고 싶어 죽겠는데 괜찮다면 실례 좀 해야겠어요. 그리고 출근할 때 입었던 옷도 좀 갈아입어야 하고요."

"물론 괜찮습니다." 내가 대답하자 그녀는 침실로 들어가 문을 닫았다.

나는 주변을 둘러보았다. 집 안은 먼지 한 톨 보이지 않을 정도로 깔끔했지만 다소 황량해 보이기도 했다. 네 벽면 중 두 벽면에는 아무것도 걸려 있지 않았다. 커버가 달린 검정색 책 상 위에 조그만 텔레비전 한 대가 놓여 있었다. 소파 뒤에는 컴 퓨터를 놓아둔 책상이 하나 있었고, 그 책상 위에는 세잔의 작 품으로 보이는 그림을 인쇄한 사진이 액자에 끼워진 채 놓여 있었다. 사진 여러 장을 한꺼번에 끼워넣은 액자도 하나 있었 다. 그리고 졸업 사진이라는 것을 알아볼 수 있을 정도로 커다 란 사진 액자도 있었는데, 팸을 사이에 두고 그의 부모님이 양 옆에 서 있는 사진이었다. 그 모든 것들을 보니 아무 이유 없이 슬퍼지고 말았다.

팸이 거실로 돌아왔다. 나는 팸이 실크 가운 외에는 아무 것도 입지 않고 나타날까 살짝 긴장했지만, 그녀는 무릎 부분 이 닳아 해진 청바지와 롤링스톤즈의 입술 로고가 박힌 검정 색 티셔츠 차림이었다. 머리카락은 뒤로 당겨 묶었다. 그녀는 주방으로 들어가 화이트와인이 담긴 잔을 두 개 들고 돌아왔 다. 양쪽 잔 모두 와인이 넘칠 정도로 가득 차 있었다. 그런 다 음 전축을 켜서 버튼을 누르자 라디오에서 들어본 적은 있지 만 제목은 알지 못하는 노래의 선율이 실내를 가득 채웠다.

팸은 내 맞은편 소파에 앉으며 한숨을 쉬었다.

"집에 오니 좋아요?" 내가 물었다.

"언제나 그렇죠. 직장 동료들과 떨어지니 얼마나 좋은지 몰라요. 당신하고 얘기하는 것도 즐겁고요." 그녀는 자신의 잔 너머로 나를 바라보았다. 나는 그녀가 침실로 들어가서 화장을 좀 더 하고 나오리라고 예상했지만 사실은 그와 정반대였다. 그녀는 얼굴 화장을 깔끔하게 지워버렸다. 눈가에 칠한 아이섀도가 없으니 두 눈은 이전보다 작아 보였다.

"이제 좀 압박감이 느껴지는데요." 내가 말했다.

"그래요. 재미있는 얘기 좀 해봐요."

"리머릭을 몇 편 더 지어 볼까요?"

그녀는 내가 술집에서 하나 지어냈던 리머릭 내용을 막 떠올린 듯 웃음을 터뜨렸다. "정말 좋아요. 어서 해봐요. 밤새 들을 수도 있을 것 같은데요."

"이 재능을 계속 공짜로 베풀 수는 없잖아요. 내가 가진 유일한 재주인데."

"알겠어요." 팸이 환한 미소를 짓자 나는 팸의 앞니 두 개만 다른 것보다 살짝 더 짙은 회색이라는 사실을 알아차렸다.

곡이 바뀌어 내가 알고 있는 존 메이어의 노래가 흘러나오기 시작했다. "잠자리에 들기 좋은 곡이군요." 나는 전축 쪽으로 고개를 살짝 기울였다.

"아, 이제는 내가 튼 노래 가지고 놀리는 건가요?" 팸은 여전히 웃음을 그치지 않은 채 말했다.

"설마요."

"그리고 내가 당신을 여기 데려와서 화이트와인이랑 잔잔한 음악으로 유혹한다고 생각하죠? 이제는 내가 너무 의식하게 되잖아요." 팸의 얼굴에 경계하는 빛이 살짝 떠올랐지만 그와 동시에 재미있어하는 기색도 엿보였다.

"아녜요. 그러니까 내가 무슨 생각을 하는지는 잘 모르겠네요. 당신은 어때요?"

"아직은 모르겠어요. 아니, 그냥 당신이랑 이야기를 나누는 게 즐거운 것 같아요. 그리고 만약 당신과 잠을 자게 된다면 다시는 당신 소식을 듣지 못할 거라고 확신해요. 그게 사실인지, 혹은 조금이라도 그럴 가능성이 있는지 알아보려고 넌지시 떠보는 게 아니라고요. 왜 여기 순순히 따라온 거죠?"

내가 여기 온 진짜 이유를 떠올리자 순간 죄책감이 스치고 지나갔다. "당신이 제안해서 왔는데, 이제 여기 와보니 당신을 유혹하고 있는 것 같다는 느낌이 들어요."

"유혹을 하고 있다니, 왜죠?"

나는 잠시 생각에 잠겼다. "왜냐하면 저는 진지한 연애를 바라는 것 같지 않기 때문입니다."

팸은 미소를 지으며 말했다. "저도 그런 걸 바라는 것 같지 않아요."

"왜 그런 식으로 웃는 거죠?" 나는 그 이유를 진작에 알고 있었지만 이렇게 물었다.

"당신 말이 무슨 연극 대사처럼 들리잖아요. 혹시 나랑 밤을 보내고 난 다음 다시는 전화하지 않으려고 미리 밑밥을 깔고 있는 거예요?"

"나는 아직 잘……."

"상관없어요. 괜찮아요. 남자친구가 되어 달라고 제 집으로 초대한 건 아니니까요. 하지만 손에 넣을 수 없는 여자를 남몰래 사랑하고 있어서 진지한 연애를 시작할 수 없다는 말만은 하지 말아요."

종종 그렇듯이 릴리에 대한 생각이 머릿속에 밀려들어 왔는데 얼굴에 티가 난 것이 분명했다. 팸이 곧바로 이렇게 말했기 때문이다. "와, 정말로 그런 말을 할 생각이네요."

"당신에게 그런 말을 할지는 모르겠지만 솔직히 당신이 한 말은 어느 정도 사실이에요. 나도 참 뻔한 사람이로군요."

팸은 자신의 와인 잔을 유리로 만든 커피 테이블 위 티비 리모컨 옆에 내려놓았다. "걱정 말아요. 나도 뻔한 인간인걸요."

"그렇다면 당신 얘기 좀 해봐요. 당신이 말한 그 복잡한 관계는 어떻게 된 건가요?"

"흔한 이야기예요. 결혼한 남자인데, 결혼 생활이 불행하대요. 그런 거 있잖아요." 팸이 한쪽 귓불을 잡아당기는 것을 보자 나는 그녀가 모든 이야기를 털어놓지 않으리라는 생각이 들었다.

"그 남자는 무슨 일을 합니까?"

"부동산 업계에 있는 사람이에요." 그녀는 와인 잔을 다시 집어 들며 말했다.

"그것 참 편하겠군요." 나는 이렇게 말하며 미소를 지었다. 내가 이 이야기에 대해 도덕적 판단을 내리는 대신 농담을 나누려고 애를 쓰고 있다는 사실을 그녀가 알아주기를 바랐기 때문이다.

"아까 말했듯이, 이제 끝을 내기로 결심했어요. 물론 이전에도 그런 결심을 한 적이 있었는데 잘 되지 않았죠. 하지만 이번에는 다를 것 같아요."

"어째서 이번에는 다른 거죠?"

"예전에는 사실 그 사람이 보고 싶은데도 그런 게 아니라고 애써 외면했거든요. 하지만 지금은 그 사람이랑 정말 끝났다는 걸 알아요. 그냥 이전과는 다른 느낌이에요."

나는 고개를 끄덕이며 와인 잔을 커피 테이블 위에 내려놓았다. 내려놓는 소리가 귀가 멀 정도로 크게 울렸다. 나는 아무 말도 하지 않았다. 팸이 리처드와의 불륜 관계에 대해 계속 이야기하면서 이 침묵을 깨뜨리기를 바랐기 때문이다. 나는 그녀가 이야기하고 있는 사람이 리처드라고 추정하고 있었다. 물론 아직 확실히 말해준 것은 아니었다. 하지만 지금까지 그녀가 했던 말 중에서 조앤이 품은 의혹을 믿지 않을 근거는 하나도 찾을 수 없었다. 팸은 같은 회사에서 일하는 기혼 남성과 불류 관계였다. 내게 딱 그만큼까지 말한 것이다. 나는 그녀의 집 소파에 앉아 그녀가 내준 와인을 마시며 그녀가 자신이 바람을 피우는 남자의 이름을 확실히 밝혀서 내가 돌아가 그 남자의 아내에게 알려줄 수 있기를 바랐다. 그러고 있으니 다소 켕기는 심정이었다. 그러나 좋든 싫든 이런 일이 내 직업이었다.

"어쨌든 이 이야기 말고 화제를 좀 바꿔봐요. 좀 우울해지네요." 팸이 말했다.

"미안합니다."

"당신 잘못이 아니에요."

"음, 내가 그 남자에 대해 물어봤으니까요."

"맞아, 당신이 물어보지 않았나요? 당신 잘못이네요."

"아마 그럴 겁니다." 내가 와인을 다 마시자 그녀는 내 잔이 비었다는 사실을 눈치채고 와인을 좀 더 마시고 싶은지 물었다. "아무래도 가야 할 것 같군요." 나는 이렇게 대답했다.

"운전 괜찮겠어요?"

"괜찮을 겁니다. 만두를 너무 많이 먹는 바람에 만두가 알코올을 다 흡수해 버린 것 같아요."

그녀는 문까지 나를 바래다주며 일주일 후에 〈테이스트 오브 홍콩〉에서 다시 만나자고, 자신은 반드시 갈 거라고 말했다. "꼭 가겠습니다. 당신의 연애가 어떤 상황인지 이야기를 듣고 싶으니까요."

"이 기괴한 관계가 완전히 끝나버렸다고 말해줄 수 있으면 좋겠네요."

"뭐가 그렇게 기괴한가요?"

팸이 앞으로 몸을 기울였고 우리는 키스를 했다. 지인 사이에 나누는 친밀한 작별 인사라고 하기에는 조금 더 긴 키스였다. "키스 좋았어요. 그런데 정말로 집까지 차를 몰면 안 되겠는데요." 그녀가 말했다.

"아무래도 그러면 안 될 것 같군요." 내가 이렇게 말하자 우리는 다시 키스를 했다. 사실대로 말하자면 정말 멋진 키스였다. 합리화라는 것은 알지만 그녀와 밤을 보내는 것도 괜찮을 것 같았다. 나는 더 이상 그녀에게 불륜 관계에 대한 질문을 하지 말자고 다짐했다.

우리는 거실을 지나 그녀의 침실로 향했다. 팸은 청바지를 벗어 다리를 빼내며 말했다. "이렇게 될 줄 전혀 몰랐을 거예요."

"내가, 아니면 당신이?"

"둘 다요."

나는 새벽 4시에 일어나 팸이 깨지 않기를 바라며 침대를 나섰지만, 내가 옷을 입는 사이 그녀는 자리에서 일어나 앉아 졸린 듯한 목소리로 말했다. "가는 거예요?"

"집에 고양이가 밥을 굶고 있어서요. 밤새도록 문자를 보내더라고요."

그는 미소를 지으며 고개를 끄덕이더니 도로 누워 5초도 지나지 않아 다시 잠들었다. 나는 쪽지에 리머릭 같은 것이라도 한 편 적어서 남겨둘까 하는 생각을 했다. 그렇게 했더라면 좋았을 테지만 그러지 않기로 했다.

14장
조앤

　　　　이날 밤은 대체로 맑았지만 왠지 조앤이
리처드와 함께 방파제에 걸어갔을 때보다 더 어두운 것 같았
다. 하늘에는 간간이 구름이 떠다녔고 날카로운 바람이 불었
다. 조앤은 방파제가 시작하는 곳 가장자리의 둥근 바위 위에
앉아서 두에인이 도착하기를 기다리고 있었다.

　　10시를 갓 넘긴 시간이었지만 조앤은 두에인이 늦을까 신
경이 쓰였다. 어쩌면 그는 겁을 집어먹고 꽁무니를 뺐을 수도,
그게 아니라면 어디서 친구들과 함께 술에 취해버려서 이날
약속을 깡그리 잊어버렸을 수도 있었다. 그러면 어떡하지? 혼
자 방파제를 따라 걸어가 리처드에게 두에인은 코빼기도 보이
지 않는다고 말해줘야 할까? 조앤은 그런 생각을 하면 할수록

점점 더 미칠 듯이 화가 났다.

하지만 얼마 지나지 않아 "안녕"이라고 말하는 소리와 함께 반바지와 스웨트셔츠 차림의 두에인이 조앤 앞에 나타났다. 그의 얼굴은 어둠에 묻혀 있었다.

"날 바람맞힐 거라고 생각했는데."

"말도 안 돼. 엄청 신나는데." 두에인의 목소리는 지나치게 크고 발음이 불분명해서 조앤은 혹시 그가 취한 것은 아닐까 궁금했다. 조앤이 자리에서 일어나 두에인에게 가까이 다가가자 맥주 냄새 말고도 스컹크 냄새 같은 악취가 풍겼다.

"대마 피웠어?"

"아까 데릭이랑 살짝 한 대 피웠는데, 지금은 말짱해. 왜, 너도 좀 피워 보게?"

"아니, 괜찮아."

"인생이 행복해진다니까." 그는 이렇게 말하며 크게 웃어 보이려 하다가 기침을 몇 차례 했다.

"괜찮은 거 맞아?"

"그래, 엄청 괜찮다니까. 어서 해치워 볼까."

방파제를 절반쯤 지나자 조앤은 두에인이 과연 끝까지 갈 수 있을지 궁금해지기 시작했다. 가는 길 내내 두에인이 화강암 가장자리를 밟고 굴러 떨어질 뻔하는 일을 반복하자 조앤은 그가 균형을 잃지 않도록 붙잡아야 했다. 결국 두에인은 한 바위 위에 앉아 조앤을 끌어당겨 옆에 앉힌 다음 키스를 하려고 달려들었다. 조앤이 가볍게 키스를 받아주자 곧바로 그의 손이 조앤의 가슴으로 향했다. "저기, 방파제 끝까지 가자. 그쪽에서 하는 게 훨씬 편할 거야." 조앤이 말했다.

"아, 알았어. 그쪽에 침대라도 있나 보지?" 두에인은 자신의 농담이 재미있는 듯 웃음을 터뜨렸다.

두에인이 자리에서 일어나자 조앤은 그의 손을 붙잡고 계속 걸음을 옮겼다. 조앤은 어느 곳을 밟아야 하는지 가리켜 주었고 두에인은 그 지시를 따라 오른발을 디딜 때마다 조금씩 절뚝거리며 신음했다. 하늘이 점점 더 어두워지고 짙은 보라색 구름이 달을 가리며 지나갔다. 조앤은 비가 한바탕 쏟아지는 것 같다는 느낌을 받았지만 바다에서 파도가 부딪쳐 쏟아지는 물보라일 수도 있었다. 검은 바다 위에 산발적으로 흰 물결이 일었다.

두 사람이 막다른 지점에 거의 다다르자 방파제 끄트머리 부분이 수면을 향해 경사가 졌다. 멀리 떨어진 곳에서 천둥과 함께 번개가 치자 순간적으로 불빛이 번쩍거렸다. "와, 씨." 두에인이 입을 열었다.

"멀리서 친 거야." 조앤은 수평선 쪽을 바라보며 말했다. 그의 시선이 미치는 곳에 다시 한번 은색 불빛이 펄떡거렸다. "끝까지 거의 다 왔어. 엄청 볼 만할 거야."

두 사람이 발밑을 조심하며 경사로를 따라 내려가는 순간 거대한 파도가 방파제 끝에 들이닥쳐 그들에게 엄청난 물보라를 퍼부었다.

"아, 씨발." 두에인이 욕을 내뱉자 조앤은 그가 돌아가고 싶은 것은 아닌지 두려웠다. 하지만 두에인은 이렇게 말을 이었다. "여기 진짜 끝내주는 것 같은데."

"맨 끝까지 가보자. 저쪽 바위가 평평하고 괜찮아."

"좋아." 그가 선선히 대답했다. 두 사람은 함께 방파제 끄트머리를 향해 재빨리 내려갔다. "이쪽으로 조금만 돌아와. 여기가 훨씬 평평해." 조앤이 말했다.

두에인은 겁에 질린 고양이처럼 몸을 살짝 웅크린 채 조앤이 있는 곳으로 움직였다. 조앤은 살짝 돌출되어 있는 바위 아래 마른 곳에 등을 바짝 대고 있었다. 두에인이 조앤에게 몸을 기대자 두 사람은 함께 검은 바다를 바라보았다. 주기적으로 하늘에서 번개가 번쩍거렸고, 파도가 그들 주변 바위에 거세게 부딪쳤다. 조앤의 눈에 리처드가 숨어 있어야 할 화강암이 보였지만 그의 모습은 찾아볼 수 없었다. 그 바위는 몇 번씩 파도가 강하게 들이닥쳐 푹 젖어 있었기 때문에 조앤은 과연 리처드가 그 바위 뒤쪽에 잘 매달려 있을 수 있을지 궁금했다. 조앤은 고개를 돌려 미약한 빛의 도움을 받아 두에인을 살펴볼 수 있었다. 그는 불안한 듯 눈을 크게 뜬 채 저 멀리 불어오는 폭풍을 바라보고 있었다.

"굉장할 거라고 했잖아." 조앤이 말했다.

두에인이 얼굴 표정을 수습하며 고개를 돌리자 그 얼굴에는 동요하는 감정이 전혀 드러나 있지 않았다. "그래, 못 볼 정도는 아니네. 그런데 언제까지 여기서 몰려오는 폭풍이나 보고 있어야 하는 거야?"

"하고 싶어?"

"당연하지." 두에인은 이렇게 말하며 몸 전체를 어색하게 낮춰 조앤의 입을 향해 다가왔다. 두 사람의 이가 서로 부딪치자 두에인의 입에서 맥주 맛이 났다. 두에인은 조앤의 닫힌 입술 사이로 자신의 혀를 밀어넣었다.

"있잖아." 조앤은 이렇게 말하며 두에인의 손을 잡았다. "이쪽에 서 있어봐. 나는 이쪽에 설 테니까. 그러면 우리 키가 딱 맞잖아." 조앤은 두에인을 이끌고 두 개로 나눠진 화강암 쪽으로 향했다. 그 돌들은 양쪽 표면이 고르지 않았고 바닷물에 젖어 미끄러웠다. 두 사람이 자리를 잡는 와중에도 바람이 점점 거세지고 있었다. 돌풍 한 줄기가 몰아쳐 조앤이 입고 있던 바람막이가 거세게 펄럭거렸다. 조앤은 두에인을 움직여 그의 등이 방파제 끄트머리를 향하도록 했다.

"정말 이러고 있으라고?" 두에인이 말했다. 그는 다리를 살짝 굽히고 있어서 조앤이 그보다 더 키가 커 보였다.

"당연하지. 나만 믿어. 나만큼 기대하고 있는 건 아닌가 보네." 조앤은 두 손으로 두에인의 턱을 잡고 끌어당겨 그에게 키스했다. 이번에는 입을 벌려서 두 사람의 혀가 서로 닿았다. 이제 그의 혀에서는 소금 맛이 났다. 두에인은 조앤의 양 옆구리를 더욱 강하게 붙잡았다. 마치 그러면 안전하기라도 한 것처럼 조앤에게 매달리는 듯한 모양새였다. 두에인이 손아귀 힘을 살짝 풀자 조앤은 몸을 꼿꼿이 세우고 섰다. 그때 리처드의 모습이 보였다.

리처드는 어느새 떨어진 바위 뒤에서 나와 두에인의 바로 뒤에 서 있었다. 그는 청바지와 후드 재킷 차림이었는데, 모두 물보라에 푹 젖은 상태였다. 리처드는 균형을 잡기 위해 여전히 한 손으로 바위를 짚고 있었다. 두 사람의 눈이 마주치자 두에인은 조앤이 무엇을 보고 있는지 확인하려 고개를 돌렸다.

"좆같은 개새끼가." 조앤은 이렇게 말하며 온 힘을 다해 두에인을 떠밀었다. 신고 있던 신발 한 짝이 바닥에 미끄러져 마찰력을 잃는 바람에 조앤은 뒤로 넘어져 꼬리뼈를 바닥에 부딪치고 말았다. 반면 두에인은 고작 리처드가 있는 뒤쪽 방향으로 비틀거릴 뿐이었다. 조앤은 바닥에 앉은 채로 뒤쪽에서 리처드가 휘청거리는 두에인을 붙잡아 바위 가장자리 쪽으로 그의 몸을 돌려 거세게 밀어버리는 광경을 바라보았다. 두에인의 발이 지면에서 벗어나더니 등이 먼저 바닥에 떨어져 머리를 어느 바위 모서리에 세게 부딪치고 말았다. 두에인은 비명인지 신음인지 모를 소리를 내며 바위 끝 너머로 미끄러졌다.

조앤은 두 발을 땅에 대고 벌떡 일어섰다. 리처드는 얼어붙은 듯 두에인이 바위 모서리에 매달려 있는 모습을 바라보고 있었다. 두에인은 한 손으로 해초 다발을 움켜쥔 채 다른 손을 머리 위로 흔드는 중이었다. 조앤은 리처드가 무슨 짓이라도 하기를, 두에인을 걷어차 그를 바위 가장자리 밖으로 밀어내 물속으로 처박아 버리기를 기다렸지만 거대한 파도가 밀려들어와 두에인의 몸을 완전히 덮어버렸고 리처드를 조앤이 있는 뒤쪽으로 밀어 넘어뜨렸다. 조앤과 리처드 모두 흠뻑 젖고 말았다. 파도가 물러나자 두에인의 모습이 보이지 않았다.

조앤과 리처드는 서로를 붙든 채 일어나 두에인이 있던 바위 쪽을 바라보았다. 이제는 천둥과 번개가 점점 다가오며 요동치는 가운데 조앤은 두에인이 물속에서 허우적대거나 자신들을 향해 손을 흔들고 있을까 수면 위를 꼼꼼히 훑어보았지만 아무것도 보이지 않았다.

"그 새끼는 죽었어." 조앤이 말했다.

"이제 돌아가야 해." 리처드가 말했다. 비는 이제 피부가 얼얼할 정도로 거세게 내리고 있었다. "여기 있으면 위험해."

"알았어." 조앤은 이렇게 대답했지만 두 사람 누구도 잠시 동안 움직이지 않았다. 그들이 서로 매달리듯 서 있는 중에도 비는 마치 바다에서 파도가 밀려들 듯 쏟아졌다. "우리가 해냈어." 조앤은 리처드의 목덜미에 대고 이렇게 말한 다음 고개를 들고 그의 얼굴을 바라보며 리처드가 자신에게 키스하면 좋겠다고 생각했지만, 그 대신 리처드는 조앤을 자신에게 끌어당겨 포옹했다. 조앤은 자신의 얼굴을 그의 목에 묻었다. 그의 목덜미는 축축했고 소금물 맛이 났다.

15장

킴볼

       다음 날, 나는 다른 차를 타고 나갔다. 내가 사는 건물 위층 이웃에게 포드 픽업트럭을 빌려 다트퍼드의 블랙번 공인중개사 사무실에서 반 블록 정도 떨어진 곳에서 차를 세우고 그 안에 앉아 있었다. 팸이 그곳으로 출근했다는 사실을 알고 있는 입장에서 감히 그 맞은편 커피숍에 갈 용기가 나지 않았다. 상점가 아래쪽은 사무실을 지켜보기에 그리 이상적인 곳은 아니었지만 만약 리처드가 사무실을 나서면 건물들 사이로 리처드의 BMW가 나오는 것을 확인할 수 있는 자리였다.

    나는 극도로 피곤했고, 또 전문가답지 못하다는 심정에 사로잡혀 있었다. 오전 내내 팸과 함께 밤을 보낸 것이 실수였다고 자학하는 중이었다. 내가 바라는 것은 딱 하나, 어떻게든 팸이 오늘 어느 빈 집이나 시간제로 요금을 받는 모텔에서 리처드를 만나고, 나는 의뢰인에게 그 사실을 보고해 이 일에서 손을 떼는 것이었다. 물론 내가 팸과 자는 바람에 그녀가 리처드와의 만남을 취소할 수도 있다는 생각을 안 해본 것은 아니었다. 리처드와 만나지 않는 것은 그녀가 이미 바라고 있던 일이었으니, 나와 함께 보낸 시간이 팸으로 하여금 그 일을 실천으로 옮기게 하는 촉매로 작용했을지도 몰랐다.

만약 일이 그렇게 흘러가 오늘 아무 일도 일어나지 않는다면 나는 조앤 웨일런에게 비용을 청구하지 않고 이 사건에서 물러나는 것이 윤리적일 것이라고 생각하고 있었다. 만약 조앤이 이유를 묻는다면 솔직하게 대답할 작정이었다.

하지만 나는 오늘 무슨 일이 일어나리라는 희망을 버리지 않았다. 그래서 리처드의 집 근처 교차로에서부터 그를 따라온 다음 모자를 귀까지 눌러쓴 채 밖에 앉아 있는 것이었다. 리처드는 8시 50분쯤 교차로를 지나쳤고, 나는 꽤 먼 거리를 두고 그를 쫓아 다트퍼드까지 왔다. 나는 공인중개사 사무실이 보이는 한도 내에서 최대한 먼 곳에 트럭을 주차한 다음 운전석에 앉아 45분을 기다렸다. 팸 역시 사무실에 있는지 궁금했다. 거리에 팸의 도요타는 보이지 않았지만 그녀는 가끔 건물 뒤쪽 주차장에 주차할 때도 있으니 속단은 일렀다. 그쪽으로 걸어가서 한번 살펴보는 것이 어떨까 하는 생각도 해봤지만 위험을 무릅쓸 가치는 없다는 결론을 내렸다. 나는 운전석에 앉아 몸을 웅크린 채 낮잠을 자는 척을 하면서 모자 챙 아래로 계속해서 거리를 주시했다.

정오가 조금 지나자 리처드의 은색 BMW가 건물 사이로 모습을 드러내며 콜로니얼 로드를 따라 내가 주차를 한 곳의 반대편으로 향했다. 내가 픽업트럭에 시동을 걸고 방향지시등 켜는 순간 블랙번 공인중개사 주차장에서 차 한 대가 더 빠져나오는 것이 보였다. 파란색 도요타였다. 나는 그 자리에 가만히 차를 세운 채 팸이 도로로 나와 리처드가 향했던 방향으로 가는 모습을 지켜보았다. 그리고 30초 동안 기다렸다가 그녀를 쫓기 시작했다.

우리 둘 사이에는 참을성 없는 밤색 지프 한 대가 끼어 있다가 포프 로드 쪽으로 빠져나갔다. 나는 잠시 멈칫했지만 눈에 띌 걱정은 그다지 하지 않았다. 만약 팸이 룸미러를 들여다본다면 밝은 빨간색 야구모자를 쓴 남자가 모는 픽업트럭을 보게 될 터였다. 신호등에 걸려 차를 세우지 않는 한 그녀가 내 얼굴을 알아볼 것 같지는 않았다.

우리는 서쪽으로 향했다. 팸은 콜로니얼 로드에서 빠져나와 바넘 스트리트라고 하는 골목으로 들어갔다. 그녀는 굉장히 느린 속도로 차를 몰았기 때문에 나는 이 시골길이 텅 비어 있다는 사실이 마음에 들지 않아 가능한 한 그녀와 거리를 두고 따라갔다.

우리가 들판과 농가 몇 채를 지나자 팸은 갑자기 좌회전을 해서 차 바퀴 자국이 깊이 패인 좁은 길로 들어갔다. 도로 표지판이 있었지만 아직 잎이 무성한 오크나무에 가려져 읽을 수가 없었다. 나는 가속페달에서 발을 떼고 팸이 시야에서 사라질 때까지 기다린 다음 천천히 차를 몰아 나무가 무성하게 자란 동네를 지나며 은색 BMW나 파란색 도요타가 보이는지 확인하기 위해 어두운 진입로 아래쪽을 살펴보았다. 나는 여기가 어느 마을인지도 몰랐지만 겉보기에는 견실한 중산층 거주지 같았다. 각각의 집들은 복층 구조의 농가 또는 수수한 콜로니얼 양식을 따른 건물이었다.

갈림길에 도착하자 나는 더 가까이 붙어 따라가지 않은 것을 후회하며 스스로에게 욕을 퍼부었다. 한쪽 길은 주택 단지 사이로 이어지는 것 같았고, 다른 쪽 길은 적어도 눈에 보이는 한에서는 양쪽으로 늘어선 경작지 사이에서 끊겨 있었다. 나는 좌회전을 한 다음 나무가 우거진 구역에서 계속해서 진입로 쪽을 훑어보았다. 그러다 길을 따라 500미터 정도 내려온 곳에서 블랙번 공인중개사 로고가 박힌 〈매물〉 표지판을 발견했다. 그 표지판을 지나쳐 고개를 돌리자 자갈이 깔린 긴 진입로 끄트머리에 팸의 차가 보였다. 그녀는 방금 차를 세운 듯했다. 차 후미등에 불이 들어와 있었다. 그녀는 은색 BMW 옆에 주차하는 중이었다. 나는 계속 차를 몰아 300미터 정도 내려가다가 어떤 토지보존구역에 인접한 작은 주차장을 발견했다. 그곳으로 들어가 주차를 했다.

나는 그 집으로 돌아가 리처드와 팸이 업무와 관련되지 않은 목적으로 그곳에 있다는 사실을 확인해야 한다는 것을 알고 있었다. 내게 있어 두 사람이 그곳에 간 이유는 명확해 보였지만, 전날 내가 조앤과 연락했을 때 들은 말에 따르면 그녀에게는 "100퍼센트 확신"이 필요했다.

조앤은 또 만약 내가 그들을 감시하는 모습을 들키더라도 세상이 끝나는 게 아니라면서, 그럴 경우 진실을 알아내기 위해 나를 고용했다는 사실을 리처드에게 확실히 알릴 거라는 말도 했다. 나는 계획을 하나 세웠다. 그 집을 지나치는 것만으로는 안을 들여다보기에 충분하지 않았다. 하지만 이 집은 1970년대에 우후죽순으로 지어진, 데크가 깔린 1층짜리 집처럼 보였으니 각 방마다 난 창문을 통해 안을 들여다볼 수 있을 것이었다. 비록 조앤은 사진이 꼭 필요한 것은 아니라고 했지만 나는 조수석 서랍에서 망원렌즈를 장착한 소형 디지털 카메라를 꺼냈다. 만약 괜찮은 사진을 찍을 기회가 있으면 그 기회를 놓치지 않을 작정이었다. 그리고 또 양모로 짠 모자로 바꿔 쓰고 도수가 없는 가는 금속테 안경도 착용했다. 적어도 멀리서 보면 외모가 달라 보일 터였다.

나는 허리에 차는 작은 가방에 카메라를 넣고 길을 되짚어 걸어갔다. 속이 메스꺼웠고 온몸이 쑤셨다. 함께 밤을 보낸 지 열두 시간도 채 지나지 않은 여자를 염탐한다는 생각이 그리 즐겁지 않았던 것이다. 한편으로는 그들은 그저 결별하자는 대화를 나누기 위해 비밀 은신처를 찾았을 뿐일지도 모른다는 희망을 품었지만, 아무래도 그 가능성은 낮아 보였다. 날씨가 쌀쌀해서 나는 모자를 밑으로 내려 귀까지 덮었다. 잿빛 하늘은 낮게 깔려 있었다. 모진 바람이 소나무 위를 스치고 지나갔다. 나는 〈매물〉 표지판이 있는 곳에 도착해 카메라를 꺼내 표지판 사진을 찍은 다음 자갈이 깔린 진입로를 따라 내려갔다. 만약 무슨 이유로든 리처드가 밖으로 나와 나를 가로막으려 한다면 집을 보러 왔다고 둘러대는 방법도 있었다. 하지만 만약 팸이 밖으로 나온다면 그런 식의 변명은 통하지 않을 터였다. 나는 진입로를 반쯤 지난 시점에서 이미 텅 비어 있는 창문들을 살펴보며 어느 쪽이 침실일지 머릿속에 그려보고 있었는데 갑자기 날카로운 소리가 두 차례 들렸다. 그 소리는 집 안에서 난 것 같았다. 나는 그 소리가 총성이라는 사실을 알고 잠시 동안 얼어붙어 있는 와중에도 여전히 그 소리가 다른 것일 수도 있다고 애써 치부했다. 자갈을 소리 내어 밟으며 다시 움직이는 도중에 세 번째 소리가 들렸다. 나는 차 두 대를 지나 정문으로 향했다. 다른 집들과 마찬가지로 문에는 짙은 갈색 페인트칠이 되어 있었고 양쪽으로 세공을 하고 가장자리를 비스듬히 깎아낸 길다란 유리 두 장이 끼워져 있었다. 나는 그 유리를 통해 안쪽을 들여다보았지만 카펫이 깔린 계단과 그 아래쪽에 놓인 커다랗고 화려한 꽃병 외에는 아무것도 보이지 않왔다. 초인종이 보여서 눌러볼까 고심해 보았지만 만약 집 안에 있는 자가 총을 가지고 있다면 내가 위험해질 것이었다. 나는 총기소지 허가증과 38구경 리볼버를 모두 가지고 있었는데, 둘 모두 케임브리지에 있는 내 사무실 서류 보관함에 넣고 잠가 두었다.

나는 청바지 앞주머니에 넣어둔 핸드폰에 손을 대며 그냥 911에 전화하는 편이 좋을지 고민했다. 집 안에서 총성을 들은 것이 확실한가? 토지보존구역 근처에 있던 사냥꾼이 총을 쏜 것은 아니었을까? 아니, 사냥용 라이플에서 날 수 있는 총성이 아니었다. 그리고 그 총성은 확실히 이 집 안에서 발사된 것처럼 들렸다. 나는 911에 전화를 걸어 이 집 주소와 내가 들은 소리에 대해 신고한 다음 내 이름을 밝혔다. 그리고 이 집과 무슨 관련이 있느냐는 질문을 받자 전화를 끊어버렸다.

나는 전화기를 도로 주머니에 넣고 문 손잡이를 돌려보았다. 자물쇠가 잠겨 있지 않아서 문을 열고 안으로 들어갔다. 소독약 냄새가 풍기는 깔끔한 집 안에 총을 발사하면서 배출된 톡 쏘는 듯한 매캐한 연기가 떠돌고 있었다. 집 안은 조용했다.

카펫이 깔린 계단을 다섯 단 올라가 보니 왼쪽으로는 주방, 오른쪽으로는 거실로 통하는 복도가 나타났다. 먼저 팸의 시체가 보였다. 그녀는 베이지색 소파에 앉아 고개를 완전히 뒤로 젖히고 있었다. 무릎에 피가 고여 있었고, 목 한쪽에서도 피가 흐르고 있었다. 내가 팸을 보고 있는 자리는 그녀를 마주

보고 있는 똑같이 생긴 베이지색 소파 뒤쪽이었다. 나는 계속해서 조용히 이동하며 방 안으로 들어가 다른 소파 뒤쪽으로 다가가다가 리처드의 시체를 발견했다. 그는 팸을 마주본 채 앉아 있던 것 같았다. 아직 발을 바닥에 고정한 채 옆으로 쓰러져 있었다. 나는 리처드의 오른손에 들려 있는 스미스앤웨슨의 M&P 자동권총과 그의 오른쪽 관자놀이에 나 있는 그을린 총상을 발견했다. 그가 머리를 대고 있는 자리는 선홍색 피로 흠뻑 젖은 상태였고, 소파의 팔걸이는 뇌와 두개골의 흰색 파편으로 얼룩져 있었다.

나는 몸을 돌려 집 밖으로 나가 경찰이 오기를 기다리고 싶었지만 억지로 리처드의 시체 정면으로 가서 굉장히 조심스럽게 손가락 두 개를 그의 턱 아래쪽에 대고 맥박이 뛰지 않는다는 사실을 확인했다. 손가락을 대고 있던 시간은 고작해야 1초 반 정도였지만 그가 죽었다는 사실은 분명했다. 총탄의 위력 탓에 그의 오른쪽 눈이 눈구멍에서 툭 튀어나와 있었다. 나는 팸 쪽으로 향했다. 그녀는 가슴 한가운데는 물론 이마 정중앙에도 총을 맞은 상태였다. 금발이 마치 일부러 꾸민 것처럼 어깨 위에 펼쳐져 있었다. 나는 차마 맥을 짚을 수가 없었다.

나는 입으로 숨을 들이마시고 코로 숨을 내쉬며 내 발자취를 되짚어가며 정문을 통해 집 밖으로 나왔다. 그러고는 고작 15미터밖에 되지 않는 건물 부지를 둘러싸고 있는 숲속으로 들어가 가능한 한 멀리 걸음을 옮긴 다음 몸을 앞으로 숙이면서 오렌지색 솔잎에 찔리는 고통을 느끼며 쓰러졌다.

저 멀리서 경찰차 사이렌 소리가 들렸다.

2부

세 번째 인물

16장
킴볼

　　내가 데크가 깔린 복층집 안으로 들어가서 리처드 웨일런과 팸 오닐의 시체를 발견한 지 일주일이 지난 후 조앤 웨일런이 보낸 수표가 동봉된 우편물이 도착했다. 물론 나는 절대 청구서를 보내지 않았고 그 수표에 적힌 액수는 원래 지불하기로 한 수임료를 훨씬 상회하는 금액이었다. 또한 그녀는 짧은 메모를 한 장 첨부했다.

　　킴볼 선생님, 제게 수임료를 청구하지는 않으셨지만 저는 선생님이 쓰신 시간에 대한 비용을 지불하고 싶어요. 시체를 발견하신 것은 유감이지만 적어도 경찰에게 목격하신 것을 진술하실 수 있었으니까요. 저는 리처드가 그런 짓을 할 수 있었을 거라고 추호도 생각하지 않았어요. 만약 그런 생각을 했더라면 절대 선생님을 찾아뵙지 않았을 텐데요. 부디 잘 지내시길 바라요. 조앤 그리브 웨일런.

나는 조앤이 어떤 심정으로 이 편지를 쓰고 수표에 서명을 한 다음 이 둘을 함께 케임브리지에 있는 내 사무실로 보냈는지 상상해 보려 애를 썼다. 하지만 그럴 수가 없었다. 단지 그녀에 대해 그리 잘 알지 못했기 때문이었다. 그래서 지난 일주일 동안 고등학교 영어 교사로 일하면서 상급반 영어 수업 시간에 조앤을 가르쳤던 기억을 더듬어 보면서 지냈다.

나는 수사를 지휘하던 지미 콘로이라고 하는 젊고 피부가 하얀 빨강머리 형사에게 첫 진술을 한 다음, 이튿날 빙햄 경찰서에 출두해서 똑같은 진술을 반복했다. 그러면서 내게 밀려오는 질문들의 의도를 파악하려 애를 썼다. 이번에는 주 경찰 소속 경찰관 한 명이 취조실 뒤편에 앉아 있었다. 그 여자의 눈은 자신의 손과 나를 동시에 바라보고 있었다. 그다음 날에는 내가 팸 오닐과 무슨 관계인지 묻는 질문이 쏟아졌고, 그에 대해서는 사실대로 진술했다. 나는 그와 성적인 관계를 맺었다는 사실을 인정하는 진술을 할 때마다 반감이 치밀었다.

"팸 오닐이 리처드 웨일런을 두려워하고 있다거나 그와의 관계를 끝내는 것에 대해 불안해하고 있다는 심정을 당신에게 명확하게 내비쳤습니까?" 콘로이 형사가 물었다. 그는 머리숱

이 드문드문했지만 그럼에도 절대 스물다섯 살을 넘긴 것 같
지는 않았다.

　나는 팸이 자신이 관계를 맺고 있는 남자의 신원을 정확
하게 밝힌 적이 없다고 대답하면서, 그녀가 그 남자를 두려워
한다는 말은 조금도 한 적이 없다는 이야기도 했다.

　"그녀가 분명 상대에게 둘 사이의 관계를 끝내고 싶다고
말하려 했을 거라고 생각하십니까?"

　나는 잠시 생각에 잠겼다가 대답했다. "제 생각에는 그녀
는 정말 그 관계를 끝내고 싶어 했을 겁니다. 하지만 금요일에
팸이 리처드를 만났을 때 무슨 일이 있었는지는 전혀 모르겠
습니다."

　나는 콘로이 형사가 무슨 작업을 벌이고 있는지 알고 있
었다. 그는 리처드 웨일런이 팸 오닐에게 총을 두 발 쏜 다음
자신의 머리에 세 번째 총알을 박아넣은 이유를 설명할 수 있
는 이야기를 만들어 내려고 애를 쓰고 있는 것이었다. 그리고
솔직히 말해서 이건 전혀 복잡한 이야기가 아니었다. 리처드는
팸이 자신과의 관계를 끝내려 한다는 사실을 이미 알았고, 아
마 팸이 금요일 점심시간에 그와 이야기를 나누고 싶다는 의
사를 피력했을 것이다. 어쩌면 팸은 진작에 이만 끝내자고 이
야기했을 수도 있다. 그래서 리처드는 팸을 죽이고 자살한 것
이다. 만약 리처드가 무슨 말을 듣게 될지 짐작했다면 그가 총
을 가져간 것도 당연한 일이었다. 나는 어째서 팸에게서 리처

드가 소유욕이 점점 더 심해졌다거나 정신적으로 불안정해졌다는 식의 이야기를 들은 적이 없는지 의문이었다. 아마 팸은 그 사실을 몰랐을 것이다. 어쩌면 팸은 이 관계를 단순히 즐기기 위한 만남으로 생각했던 반면 리처드는 자신들이 로미오와 줄리엣 같은 관계라고 생각했을 수도 있었다. 사람이란 그런 법이니까.

"팸 오닐이 리처드 웨일런과의 관계를 끊고 싶어 한 까닭은 당신 때문이었다고 생각합니까? 그녀가 당신과의 관계를 계속 이어가고 싶어 했기 때문에?"

그 질문은 내가 그들의 시체를 발견한 이후 스스로에게 계속해서 물어본 것이었다. "그런 것 같지는 않습니다. 팸에게 그 이야기를 들었던 것은 우리가 함께 자기 전이었으니까요. 하지만 누가 알겠습니까? 어쩌면 그럴 수도 있겠죠." 콘로이 형사는 감정이 실리지 않은 눈으로 나를 바라보았다. 나는 그의 반감을 이해할 수 있었다.

"킴볼 씨, 가시기 전에 마지막으로 질문 하나만 더 드리겠습니다." 이번에는 주 경찰관이 나를 향해 몸을 기울이며 물었다. "어제 이 질문에 답변하셨다는 것은 알지만 다시 한번 여쭤보겠습니다. 그 집 진입로에 다른 차는 보이지 않았습니까?"

"차를 두 대 봤습니다. 한 대는 팸 오닐의 차였고, 다른 한 대는 리처드 웨일런의 차였습니다. 차고에 한 대가 더 있었을지도 모르지만 확인해 보지는 않았습니다."

"감사합니다. 당신이 총성을 듣고 그 집으로 접근한 다음 다른 소리는 들리지 않았습니까? 그 집 부지 내에서 다른 소음이 나지는 않았습니까?"

"듣지 못했습니다. 다시 총성이 들릴 가능성도 있었고, 또 누가 집 밖으로 나올지도 모른다는 생각을 했기에 계속 귀를 기울이고 있었습니다."

"당연히 그러셨을 테죠."

두 번째 진술을 마친 이후로는 빙햄 경찰서나 주 경찰에게서 아무런 연락도 받지 못했다. 〈보스턴 글로브〉지에서 매일같이 이 사건을 다루다가 언젠가부터 살인 후 자살 사건으로 지칭했다. 이제는 간간이 언급하는 정도였다.

나는 조앤이 보낸 편지를 수차례 읽어본 후 내 사무실 벽장으로 향했다. 이제는 더 이상 시선을 주지 않는 내 인생의 일부를 모조리 넣어둔 곳이었다. 나는 그 안에 넣어둔 물건들을 모조리 꺼내 다트퍼드-미들햄 고등학교에서 가르치던 시절 물건들을 넣어둔 판지 상자를 찾아냈다. 그 안에는 내가 수업 계획을 적어두었던 노트가 여러 권 들어있었다. 그 상자 밑바닥에는 종이가 30장 정도 들어 있는 서류철이 놓여 있었는데, 각각의 종이 위에는 손으로 쓴 한 문단 분량의 글과 함께 맨 위쪽에 학생들의 이름이 적혀 있었다. 날짜가 학기말 언저리였으니, 총격 사건이 일어났던 날 바로 며칠 전에 작성된 것이었다. 그즈음에는 가르치던 졸업반 학생들이 학업에 대한 흥미를 깡

그리 잃어버린 상태였다. 교실 창문이 열려 있어 라일락 향기가 풍기는 따뜻한 공기가 안으로 들어오던 기억이 떠올랐다. 나는 학생들과 그들이 진학할 대학과, 대학 생활에서 무엇을 기대하는지에 대해 이야기를 나누곤 했다. 학생들은 모두 대학 진학을 앞두고 있었고, 이 수업을 듣고 있는 이유는 그저 무슨 수업이라도 들어야 했기 때문이었다. 그래서 나는 백지를 돌리고 10년 후에 자신은 어느 곳에 서 있을 것이라 생각하는지 적어보라고 주문했다. "어쩌면 10년 후에 내가 너희들을 찾아내서 오늘 했던 예상과 얼마나 가까운 삶을 살고 있는지 알려줄지도 몰라."

수업 시간이 10분밖에 남지 않았기 때문에 받은 답안은 대부분 지나칠 정도로 낙관적인 내용이었다. 이런 식이었다. "나는 인생의 사랑을 만나 결혼할 것이다. 우리는 남자애와 여자애를 하나씩 낳고, 나는 보스턴 금융회사의 부사장이 될 것이다." 또는 농담 삼아 이렇게 적은 글도 있었다. "나는 아직도 고등학교에 다니면서 상급반 영어 수업 시험을 통과하려고 발버둥치고 있을 것이다."

그런데 그중 특별히 찾아보고 싶은 학생이 세 명 있었다. 그중 두 명은 총을 가지고 내 수업에 들어왔던 제임스 퍼솔과 그에 의해 희생된 매디슨 브라운이었다.

매디슨 브라운은 10년 후 자신이 서 있을 위치에 대해 이렇게 적었다. "패션업계에 들어가 뉴욕에서 일하고 있을 것이다. 그게 아니면 잡지사에 다니거나." 매디슨은 연보라색 잉크로 재빨리 휘갈겨 썼다. 짧은 두 문장을 쓰는 와중에도 단어 대부분의 첫머리를 대문자로 적었다. 종이 우측 상단부에 자신의 이름을 썼는데 i를 적을 때는 점 대신 작은 원을 그려놓았다.

제임스 퍼솔의 필체는 갑갑할 정도로 글자 사이가 비좁았고, 펜을 지나치게 세게 눌러 쓴 바람에 종이가 거의 찢어질 뻔했다는 것을 알아볼 수 있었다. 그는 이렇게 적었다. "10년 후에 내가 무슨 일을 하고 있든 전혀 중요하지 않을 것이다. 좀비나 동물원에서 탈출한 동물들에 의해, 그게 아니면 좀비가 되어 동물원에서 탈출한 동물들에 의해 세상이 뒤집어질 것이기 때문이다." 당시 나는 이 글을 그저 농담일 뿐이라고 생각했다. 본질적으로는 농담이었을 테지만 그 일이 일어난 후 다시보니 아마 그가 단언한 내용 중 가장 중요한 대목은 "전혀 중요하지 않을 것이다"였을 터였다. 제임스는 조용한 아이였고 상급반에 들어올 정도로 똑똑한 학생이긴 했지만 수업에 열심히 참여하려는 특별한 열의는 보인 적이 없었다. 하지만 그는 내가 수업 시간에 특별히 지목하지 않는 한 교실 안에서는 한마디도 하지 않았음에도 불구하고 한 번도 빠짐없이 과제로 내준 글을 읽고 숙제를 제출하는 학생이었다.

제임스가 자신의 장래를 예측했던 글이 머릿속에 되살아났다. 매디슨의 글 역시 마찬가지였다. 그 사건이 일어난 이후 그 끔찍한 남은 해를 보내며 어떻게 하면 그 일이 일어나는 것을 저지할 수 있었을까 매번 다른 방법을 생각해가며 강박적으로 두 사람이 쓴 글을 수차례 읽어보았기 때문이다. 하지만 조앤 그리브가 쓴 내용은 생각나지 않았다. 녹색 서류철에서 그녀가 제출한 종이를 발견하자 비로소 기억이 되살아났다. 당시에는 그 내용이 유머러스하다고 생각했다. 조앤은 장래 예측에 가장 긴 글을 남긴 학생 중 한 명이었다. "킴볼 선생님, 10년 후에 저는 엄청난 부자가 될 거예요. 제 첫 번째 남편은 난터켓에서 보트를 타던 중 의문스러운 상황에서 죽음을 맞이하게 될 것이기 때문이에요. 물론 경찰은 트로피 와이프인 저를 의심하지만 리처드 기어가 사건이 일어난 시각에 저는 그의 요트에 타고 있었다고 알리바이를 제공해줄 거예요." 그녀가 문단 마지막에 웃는 얼굴을 하나 그려놓은 것을 보자, 나는 15년 전에 이 글을 처음 읽었을 때 어떤 느낌이 들었는지 기억이 떠올랐다. 내가 조앤 그리브에 대해 알고 있는 것들을 요약해 놓은 것 같다는 생각이 불쑥 들었던 것이다. 그녀는 재미있으면서도 자신감이 넘쳤다. 그녀가 하는 농담은 언제나 사실에 근거한 것이라는 점에서 조금 소름 끼치는 구석도 있었다.

나는 지금 조앤이 쓴 글을 읽으며 경악할 수밖에 없었다. 조앤의 남편은 의문스러운 상황에서 죽음을 맞이했을 뿐만 아니라 리처드 기어라는 이름 역시 기이하게도 우연히 일치했기 때문이다. 이런 우연에 너무 큰 의미를 부여하는 것은 아니었지만 조앤이 결국 이름이 리처드인 남자와 결혼했다는 사실을 놓고 보면 으스스한 느낌이 드는 것은 어쩔 수 없었다. 하지만 리처드 기어는 유명하고 잘생긴 배우의 이름이었고, 조앤이 고등학교 졸업반이던 시절에는 특히 이름을 떨치던 사람이었다. 조앤이 자신보다 훨씬 나이가 많은 사람의 이름을 콕 집어 말했다는 점은 조금 이상했지만, 아마 나는 또 과잉 해석을 하고 있는 중일 것이다. 아까 말했듯이 내가 이 과제를 주문했을 때 수업 시간은 10분 정도밖에 남지 않았다. 학생들이 글을 쓰면서 그리 많은 생각을 했을 것 같지는 않다.

　나는 녹색 서류철을 책상 위에 내려놓은 채 소파로 가서 등을 기대고 누워 핸드폰을 바라보았다. 하지만 흐릿하고 안락한 불빛이 비치는 침실에서 팸과 함께 보낸 밤의 기억과 바로 다음 날 주인이 없는 빈 집에서 발견된 그녀의 모습이 번갈아 끊임없이 떠올랐고, 그런 상념을 막을 수 있는 것은 아무것도 없었다.

　나는 핸드폰을 내려놓고 자리에서 일어나 조앤 그리브가 쓴 장래 예측 과제를 들고 소파로 돌아갔다. 그리고 그 글을 여러 차례 읽어보았다. 그런 다음 리처드 웨일런을 따라다닌 이후 일어난 모든 일을 여러 번 반복 검토해 보는 작업에 이틀을 쏟아부었다. 조앤과 나눈 모든 대화, 그녀가 말하는 태도, 행동하는 방식에 대해 곱씹어 보기도 했다. 그리고 팸 오닐과 그녀가 리처드와의 관계에 대해 해준 모든 이야기에 대해서도 생각해 보았다. 〈테이스트 오브 홍콩〉에서 팸을 처음으로 만난 날 밤에 그녀가 해준 이야기에 자꾸만 신경이 쏠렸다. 그녀는 자신의 관계가 둘만의 관계가 아니라 세 사람 사이의 관계에 더 가깝다고 말했다. 그녀는 분명 그렇게 말했고, 그 말에서 느껴지는 의미가 육체적인 '스리섬' 관계를 뜻하는 것은 아닌 것처럼 들렸다. 그렇다면 세 번째 인물은 누구를 지칭하는 걸까? 나는 팸이 결혼한 남자와 그의 아내 조앤과의 사이에 끼어들었기 때문에 세 사람 사이의 관계라고 표현했다고 생각했다. 하지만 여전히 딱 들어맞는 해석은 아니었다. 기혼자와 불륜을 저지르는 사람은 그들의 사이를 '세 사람 사이의 관계'라고 지칭하지 않는 법이었다. 적어도 내가 아는 한에는 그랬다.

또다시 잠 못 이루는 밤이 하루 더 지나자, 나는 위층에 사는 이웃과 파이와켓에게 먹이 주는 일에 대해 의논한 다음 토러스에 올라타 도시 밖으로 나가 서쪽으로 향했다. 구름이 하늘을 온통 뒤덮은 날이었고 바람이 낙엽을 도로 위로 밀어붙이고 있었다. 나는 유료도로에 진입해서 84번 국도를 타고 하트퍼드를 지나 점심을 먹기 위해 잠시 차를 세웠다. 그런 다음 다시 한 시간 정도 농가와 시골 지역을 달려 셰퍽시에 도착했다. 하늘은 여전히 구름이 뒤덮고 있었지만 여기저기서 햇빛이 구름 사이를 뚫고 비치는 중이었다. 나는 기억에만 의존해 천히 차를 몰았다. 한 번은 길을 되짚어 와야만 했지만 결국 몽크스하우스로 통하는 긴 진입로를 찾아냈다. 몽크스하우스는 농가를 개조한 집으로, 현재는 데이비드 킨트너가 전 아내와 딸과 함께 살고 있었다.

나는 한 버드나무 아래에 주차를 하고 차에서 나와 진입로를 밟고 섰다. 공기에서는 썩은 과일과 장작불 냄새가 풍겼다. 정문이 활짝 열리더니 릴리 킨트너가 정문 베란다 밖으로 나왔다. 그녀는 낡은 청바지와 터틀넥 스웨터 차림이었다. 빨강머리는 뒤로 돌려 묶은 채였다.

내가 정문 베란다로 이어지는 계단을 향해 걸음을 옮기자 그녀는 계단을 내려와 나를 맞이했다.

"여기서 보게 되다니, 놀랐네요."

"음. 만나고 싶었는데 그렇다고 미리 전화를 걸고 싶지는 않았습니다. 괜찮다면 좋겠군요."

"물론이에요. 당신을 만나면 언제나 기쁘죠. 아버지도 마찬가지일 테고요. 나는 그저…… 여기 온 이유가 있어요?"

"얼마 전에 사건을 하나 맡았는데, 내가 시체를 두 구 발견하면서 끝나버렸죠."

"알겠어요." 태양이 구름을 밀치며 내리쬐자 그녀는 갑작스러운 햇빛을 받아 눈을 가늘게 떴다.

"나는 계략에 당했다는 생각이 들어요. 증인이 되도록 말이죠."

"누가 당신을 함정에 빠뜨렸다는 거죠?"

"조앤 웨일런이라고 하는 여자가 있어요. 결혼 전 이름은 조앤 그리브라고 하고요. 나는 조앤이 자신의 남편과 남편의 애인을 살해했다고 나름 확신하는 편인데 당신 의견이 듣고 싶군요."

"알겠어요." 그녀는 고개를 끄덕였다.

"그게 아니면 나는 그저 그렇게 생각하고 싶어 하는 것일지도 몰라요. 만약 조앤이 그런 짓을 하지 않았다면 두 사람이 죽은 것은 아마 내 책임일 테니까요. 미안해요. 설명하기 좀 어렵군요. 그냥 다른 사람을 만나서 얘기했어야 했는데, 당신 생각이 떠올라서요."

"들어와요." 릴리는 손을 뻗어 내 어깨를 두드린 다음 몸을 돌려 집으로 향했다. 나는 그녀를 따라 안으로 들어갔다.

17장

리처드

리처드가 조앤 그리브로부터 연락을 받은 지 5년이 지났다. 그는 조앤에 대한 생각을 이전보다는 덜 하는 편이었지만 그럼에도 여전히 종종 그녀를 떠올리곤 했다. 그러던 어느 날 그가 프린스 자재점에서 화요일 오후 교대 근무를 하던 중 계산대에서 고개를 들어 보니 조앤이 배터리 코너를 둘러보고 있는 것이 보였다. 조앤이 그가 있는 곳을 흘끗 바라보다 두 사람의 눈이 서로 마주치자 손에 들고 있던 9볼트 배터리 한 팩을 진열대 위에 도로 내려놓고 가게 밖으로 나갔다.

그날 저녁, 리처드는 자신의 지하방에서 부리또를 하나 먹은 다음 차를 몰고 페어뷰 도서관으로 향했다. 그는 우스터

기술전문대학을 2년만 다니고 중퇴한 이후로 이 소도시에 살고 있었다. 도서관은 독립 교회 건물 맞은편에 위치한 고딕 양식의 벽돌 건물이었다. 그는 혼자 있는 사서에게 목례를 했다. 그 사서는 꼭 남자처럼 생긴 여자로, 예전에 리처드에게 언제나 도서관에 비치된 책 중에서 가장 섬뜩한 것만 빌려간다며 신고하겠다고 농담 삼아 말한 적이 있었다. 그 이후로 리처드는 계속해서 점점 불어나는 자신의 살해 목표 명단에 그녀의 이름을 추가했고, 실제로 어떻게 실행할지 여러 번 상상해 보기도 했다. 심지어 그 사서가 사는 곳과 그녀가 혼자 살고 있다는 사실까지 알아내었다. 그런 정보를 알아내는 것은 타이어를 교체하는 것보다도 덜 번거로운 일이었다.

그는 오른쪽으로 돌아 도서관 본관 안으로 들어가 삼면을 둘러싼 확장 발코니로 이어지는 네 곳의 나선형 계단 중 한 곳으로 올라갔다. 양장본 소설이 비치된 자리였다. 그곳에는 책을 읽을 수 있도록 안쪽으로 움푹 패인 공간이 두 곳 있었는데, 제각기 공중에 툭 튀어나온 이층 공간 양쪽 끝 구석자리에 자리 잡고 있었다. 리처드는 고개를 숙인 채 도서기호가 Se와 Tu 사이에 속하는 서적이 비치된 통로를 지난 다음, 몇 번 읽은 적이 있는 댄 시먼스의 책을 한 권 집어 들고서 덮개를 씌운 의자에 자리를 잡고 앉았다. 그런 다음 리처드는 기다렸다.

페어뷰 도서관은 화요일과 목요일, 토요일에는 저녁 9시까지 문을 열었다. 8시가 되자 리처드는 과연 조앤이 올지 의심스러웠다. 조앤은 그저 근처를 쏘다니다가 실수로 그가 일하는 가게에 들어왔을 수도 있었다. 하지만 정말 그런 상황이었다면 어째서 조앤은 자신이 보고 있던 물건을 내려놓은 다음 가게를 나가버린 걸까? 어째서 그런 표정으로 자신을 바라봤던 걸까?

아래쪽에서 단단한 나무 바닥에 발자국 소리가 울리는 것이 들렸다. 그 소리는 이제 나선형 계단 한 곳을 오르는 것 같았다. 리처드는 지금 있는 자리에서 움직이지 않았다. 만약 그 발자국 소리의 주인이 조앤이라면 자신을 찾아올 터였다. 발자국 소리가 점점 가까이 다가오자 리처드는 이제 정말로 조앤이라고 확신했다. 그러자 그의 심장 박동이 아주 조금 빨리 뛰기 시작했다. 여러 해가 지났지만 윈드워드 리조트 도서실에서 시작해 그 이후 고등학교 시절 내내 다트퍼드 시립 도서관에 이르기까지, 조앤 그리브를 만나는 시간은 그의 인생에서 그 무엇보다 흥분되고 가장 순수한 순간이었다. 리처드는 책을 무릎 위에 올려 두고 있었지만 시선은 난간이 달린 통로 쪽에 못 박혀 있었다.

그러다가 조앤이 갑자기 그곳에 나타났다. 이전보다 나이가 들어 보였지만 육체적으로 늙은 것이 아니라 그녀가 입고 있는 옷과 취하고 있는 자세 때문이었다. 그녀는 짙은 회색 스커트와 흰색 블라우스 차림이었다. 작은 가죽 지갑도 하나 들고 있었다. 그녀는 미소를 지으며 고개를 살짝 저었는데, 리처드가 정말로 여기서 자신을 기다리고 있다는 사실을 믿지 못하겠다는 태도였다. 이쪽 벽감 안에는 그의 직각 방향으로 의자가 하나 더 놓여 있었다. 조앤은 그 의자에 앉아 그를 향해 몸을 돌렸다.

"뭐 읽고 있어?" 조앤이 물었다.

리처드는 댄 시먼스의 《부패한 안락》을 들어 보이며 말했다. "그냥 보고만 있었어. 몇 번 읽었던 거라서."

"당연히 읽어봤겠지."

"어떻게 지내?"

조앤이 잠깐 시선을 돌리자 리처드는 그녀의 새하얀 목덜미를 살펴보았다. 도서관 형광등 불빛에 푸른색 혈관이 비쳐 보였다. 그러다가 조앤은 다시 그에게 고개를 돌렸다. "어쩌면 알고 있을지도 모르겠는데, 나 결혼했어."

"들었어."

"남편 이름도 리처드야."

"그것도 들었어." 리처드는 미소를 지었다. "리치 웨일런 맞지? 같은 고등학교에 다녔던?"

"유감스럽게도 맞아. 지금은 애칭 대신 리처드라는 이름을 쓰지만."

"흠."

조앤이 잠시 동안 아무 말도 하지 않자 리처드는 과거에 지금처럼 있던 때를 떠올렸다. 둘이서 함께 아무런 말도 하지 않은 채, 무슨 이야기라도 해서 이 침묵을 채울 필요는 없다고 느낀 것이었다. 잠시 후, 리처드가 입을 열었다. "그러면 그 이름에 끌렸던 거야? 리처드라는 이름을 가진 남자하고만 결혼하려고?"

조앤의 눈빛이 밝아졌다. 조앤은 입술을 꾹 다물고 있다가 이내 큰 소리로 웃음을 터뜨렸다. 도서관에 깔린 정적 속에서 그 웃음소리는 위험할 정도로 크게 울렸다. "뭐, 내가 그 사람이랑 결혼한 이유는 정확히 기억이 안 나지만 어쨌든 엄청난 실수였어."

"그거 안타깝네."

"다 내 잘못인데 누구 탓을 하겠어? 그 사람은 일중독인데, 그건 괜찮아. 돈은 많이 벌어 오니까. 하지만 일 이야기 말고는 아무것도 하지 않는 건 좀 별로야. 만약 집을 적절한 가격에 내놓는 방법이나 현 부동산 시장 트렌드에 대한 이야기를 한 번만 더 듣는다면 나는 자살해 버릴지도 몰라. 게다가 그 인간은 바람까지 피우고 있어. 그 문제에 대해서는 별로 신경 안 쓰지만, 자신이 잘 숨기고 있다고 생각하는 건 좀 신경이 쓰이는 것 같아. 그 사람은 그냥 이기적이고 지루한 인간이야."

"윽."

"너는 어때? 어떻게 지내고 있어?"

리처드는 사실 조앤이 단지 예의상 혹은 그저 그의 인생에 무슨 끔찍한 일이 일어나지 않았는지 확인해 보려는 의도에서 물어보는 것이라는 것을 알고 있었다. "엄마는 결국 죽었는데, 잘된 일이지. 의붓아버지는 플로리다로 이주했어. 그것도 잘된 일이고. 나는 아직 건축자재점에서 일하고 있지만, 그건 너도 분명히 알고 있을 테니까."

"좀 더 괜찮은 일을 해야 할 텐데." 리처드에게 이런 식으로 말하는 것은 딱 조앤다운 방식이었다. 두 사람은 언제나 서로에게 솔직했기 때문에, 리처드는 그런 말을 들었다고 해서 화가 나지 않았다.

"이 일은 마음에 들어. 나를 귀찮게 하는 사람이 없으니까. 뭐, 가끔 손님이 귀찮게 굴 때가 있지만, 사장은 절대 그러는 법이 없거든. 내가 정시에 출근만 하면 아무것도 신경 쓰지 않는다니까."

"그렇다면 잘됐네, 리처드. 혹시 내가 너무……."

"아니, 신경 쓰지 마. 나는 잘 지내고 있으니까. 가끔은 지루할 때도 있지만, 이제 너를 만나게 되니 전부 다 한결 나아지네. 네가 왜 나를 만나고 싶어 했는지 엄청 궁금한데?"

조앤은 앉아 있던 의자를 리처드를 향해 조금 더 가까이 끌고 가서 몸을 기울였다. "내 남편을 죽이고 싶고, 그렇게 할 수 있는 방법도 알아. 하지만 네 도움이 필요해."

조앤이 결혼했다는 말을 듣자마자 충분히 예상한 말이었다. "내가 너를 대신해서 남편을 죽여줬으면 좋겠어?"

조앤은 한 손을 슬며시 리처드에게 뻗어 그의 허벅지를

움켜쥔 다음 다른 손으로 그의 손을 잡았다. 리처드는 온몸이 전기에 휩싸이는 듯한 느낌을 받았다. 거의 열기가 파도처럼 들이닥치는 것 같은 기분이었다. 조앤이 자신을 만질 때마다 늘 드는 느낌이었다. 조앤은 그의 눈을 바라보며 말했다. "그렇게 해줬으면 좋겠어. 하지만 네가 정말로 도와주고 싶다면 말이지."

"당연하지. 내가 도와줄게. 리치 웨일런이 어떤 인간었는지 기억나는데, 대책 없는 쓰레기였잖아."

조앤은 미소를 지으며 말했다. "그래, 쓰레기였지. 그리고 지금도 마찬가지고."

"이미 물어본 질문이긴 한데, 정확히 무슨 이유에서 그 인간이랑 결혼한 거야?"

조앤은 잠시 생각에 잠겼다가 쥐고 있던 손가락을 풀며 입을 열었다. "우선 그 사람이 나를 계속 따라다녔어. 게다가 그때는 지금과는 사뭇 다른 사람이었거든. 아니, 다른 사람은 아니었지. 하지만 당시에는 다른 사람인 것처럼 굴었으니까. 나를 근사한 레스토랑에 데려가 주기도 하고 어마어마하게 신경을 써주기도 했어. 정말 웃긴 게 뭔지 알아? 그 사람은 자기가 다니던 고등학교에서 최고로 섹시한 여자애랑 데이트한다는 걸 믿을 수 없다는 말을 매번 하곤 했어. 마치 품고 있던 환상이 실현된 것 같다면서. 나는 정작 내가 그런 애일 거라는 생각은 한 번도 해본 적이 없었는데."

"조금은 그렇게 생각했잖아." 리처드는 고등학교 시절 조앤을 떠올리며 말했다. 조앤이 얼마나 자신감이 넘쳤는지, 다른 학생들과 심지어 교사들까지 어떤 눈으로 그녀를 보았는지 떠올린 것이었다. "너는 여왕벌 같은 애였으니까."

"그건 모르겠네. 어쨌든 그런 시절은 오래 전에 지나갔어. 이제 나는 더는 견딜 수 없는 남자랑 결혼한 처지라고. 그것도 내 친구와 바람이나 피우는 사람하고 말이지."

"그거 확실해?"

조앤이 잠시 입을 다물자, 리처드는 조앤이 그 이야기는 안 하는 것이 어떨까 고심하고 있다고 생각했다. 하지만 조앤은 이내 말을 이었다. "내 남편이랑 자고 다니는 여자는 팸이라고 하는데, 남편이 경영하는 회사 사무실 매니저로 일하고 있어. 나는 팸을 잘 알아. 그 애가 처음 거기서 일할 때부터 우리는 친구가 됐는데, 자기가 얼마나 외로운지, 내 남편이 얼마나 멋진 사람인지 넋두리를 계속 늘어놓더라고. 그래서 나는 그 애를 설득해서……."

"네 남편이랑 자라고 설득했다고?"

"사실 맞아. 내 남편이 바람둥이인지 알고 싶으니 내 부탁을 좀 들어달라고 했어. 그러면서 그 애에게도 나쁜 일은 아닐 거라고, 리치 웨일런이 쓰레기라는 사실을 믿든 안 믿든 상관없지만 잠자리 솜씨 하나만큼은 훌륭하다고 말해줬어. 그래서 그렇게 된 거야. 심지어 팸은 남편이 자신에게 무슨 말을 했는지, 둘이서 무슨 짓을 했는지 말해준 적도 있었어. 그런 말을 들으니 기분이 좀 거북하더라. 아니, 엄청나게 거북했어. 팸한테 그 개자식에게서 벗어날 수 있게 되어서 행복하다는 말까지 했지만 말이지. 그런데 지금 당장은 좀 걱정이 돼. 그 애가 이 관계를 끝내고 싶어 한다는 느낌이 드는데 나는 이 기회를 놓치고 싶지 않거든."

"두 사람이 함께 있을 때를 노려 둘 다 죽이고 싶은 거야?"

조앤은 리처드의 다리를 다시 한번 움켜쥐었다. 마치 리처드가 선물을 하나 사왔다고 하는 말을 들은 듯한 모습이었다. "너무 완벽하잖아. 그리고 두 사람이 뭘 할지는 뻔하거든. 엄청 비싼 값을 매겨서 팔리지 않는 집이 하나 있는데, 두 사람은 요즘 금요일마다 그 집에 가 있어. 너는 그곳에서 두 사람을 기다리면 될 거야. 그리고 리처드가 팸을 쏘고 자살한 것처럼 보일 수 있는 방법을 생각해 봤어. 그리고 목격자도 하나 확보했고. 아니, 목격자를 하나 점찍어 놨다고 해야겠네."

"목격자가 왜 필요한데?"

"완벽하게 처리하고 싶으니까. 리처드와 팸이 그 빈 집에 함께 들어가는 모습을 봤다고 말해줄 사람이 있으면 좋겠어. 그리고 총성을 듣고 나서 시체를 발견해 줄 사람 말이야. 그러면 내게는 알리바이가 생길 테고, 당연하지만 우리가 서로 이야기를 나눈 적이 있다는 사실을 아는 사람은 아무도 없어. 완벽할 거야, 리처드. 항상 그랬던 것처럼 말이지. 우리에게는 지켜야 할 업적이 있잖아. 그렇게 생각하지 않아?"

"그래, 맞아." 리처드는 대답하며 조앤에게 그 계획에 대해 물어보는 것에만 집중했다. 계획의 세부 사항을 듣고 싶어 몸이 달았기 때문이다. 리처드는 정말 오랜만에 그런 목적의식을 가져본 것이었다. "굉장히 완벽한 업적이지."

"나는 아직도 메인주에서 있었던 일이 떠올라. 너와 두에인과 함께 그 방파제에 있었던 때가……."

"나도 그 생각을 자주 해. 그때부터 쭉 말이지." 리처드는 자신은 그날 밤에 그 폭풍 속에서 새로 태어나 이 땅에 발을 딛게 되었다는 말을 조앤에게 하고 싶었지만 지나치게 과장하고 싶지는 않았다. 그는 조앤 역시 같은 감정을 느꼈다는 사실을 알고 있었지만 그 감정을 입 밖으로 내는 것은 너무 과할 수도 있었다.

"그래서 나를 도와줄 거야?"

리처드는 곧바로 대답하지 않았다. 그들이 있는 본관에 15분 후에 도서관 문을 닫는다는 사서의 목소리가 울려 퍼지고 있었기 때문이다.

"도와줄게."

"아, 다행이야." 조앤은 이렇게 대답하며 의자에 앉은 채 살짝 뛰어올랐다. 그러자 리처드는 고등학교 시절의 조앤을 다시 볼 수 있었다. 당시 조앤은 여왕벌 같은 애였으니까. 그리고 방금 조앤의 행동은 아마 멍청한 친구 한 명에게 졸업 무도회장 장식을 도와달라고 부탁하면서 취했던 행동과 별반 다르지 않을 터였다. "킴볼 선생님 기억나? 그 영어 교사 말이야."

"그 사람 수업은 들은 적은 없지만, 물론 기억하고 있지. 그 사람 수업 시간에 총격 사건이 일어나지 않았나? 맞지?"

"그래. 완전히 겁을 집어먹어서 옴짝달싹 못 했던 거 알아? 그 일이 벌어지는 내내 그 사람을 바라보고 있었는데 완전히 얼어붙어 있더라. 그때는 이게 무슨 뜻밖의 행운인지 모르겠다고 생각했던 기억이 나네. 아널드 슈워제네거 같은 사람이었다면 책상 서랍에서 총을 꺼냈을 테니, 그런 사람이 아니어서 다행이었지 뭐야. 그 사람이 그 뒤로 교사를 그만뒀다는 건 알고 있어? 그 다음에는 경찰이 됐는데, 무슨 일 때문에 경찰도 그만두게 되었는지 알아?"

"모르겠는데."

"어떤 여자를 스토킹하다가 잘렸어."

"어디서 들어본 이야기 같은데. 여자가 그 사람을 찔렀던가?"

"맞아. 그 사람은 어떤 살인사건의 용의자를 미행하고 있었는데, 그 여자가 편집증이 도져서 그 사람을 찌르고 만 거야."

"그 사건은 기억나지만, 그 사람이 우리가 다니던 고등학교의 킴볼 선생님이라는 건 전혀 몰랐어."

"나도 처음에는 전혀 몰랐어. 하지만 이것저것 알아보니 그 사람이 이제 사설탐정이 되어 있더라고. 그리고 앞으로는 우리의 목격자가 되어줄 거야."

"좋아." 리처드는 고개를 끄덕이며 대답했다. 조앤은 두 눈을 밝게 빛내며 아랫입술로 윗입술을 덮었다. 이는 조앤이 굉장히 흥분했을 때 하는 행동이었다.

도서관 내의 조명이 하나씩 꺼지기 시작했다. "일주일 후에 만날 수 있어?" 조앤이 말했다. "여기서 말이야. 같은 장소, 같은 시간에."

"알았어." 리처드가 대답하자 조앤은 의자에서 일어나 자리를 떴다.

리처드는 잠시 동안 계속 의자에 앉아 있었다. 벽감 안에 갑자기 희미한 조명이 켜졌다. 그는 자리에서 일어나 도서관 밖으로 나갔다. 그는 일단 밖으로 나오고 나니 곧장 차가 있는 곳으로 가고 싶지는 않았다. 9월 말이 되어 차가운 바람이 불었고, 그래서 그는 빠른 걸음으로 교회를 지나쳐 내려가다가 이제 모두 문을 닫은 모든 상점가를 지났다. 그 상점가가 페어뷰 상업 지구의 전체였다. 주유소와 위쪽이 평평하고 가장자리가 경사진 지붕이 얹힌 집 사이에서 누더기 같은 털을 단 개 한 마리가 모습을 드러냈다. 그 개는 자갈이 깔린 진입로에 서 있었다. 리처드는 달빛에 비쳐 반짝거리는 노란색 눈을 보고, 개가 아니라 코요테라는 사실을 알아차렸다. 리처드가 몸집이 좀 더 커 보이려고 조용히 두 팔을 들어 올리자, 코요테는 몸을 돌리더니 종종걸음으로 사라졌다. 리처드는 힘이 끓어오르는 것 같은 기분이 들어서 동물적이거나 미친 것 같은 짓을 하고 싶은 갑작스러운 충동에 시달렸다. 예를 들어 달빛 아래 늑대처럼 울거나 네 발로 기어다니는 것 같은 짓을. 아무도 자신을 보고 있지 않다는 사실을 알고 있었다. 하지만 그런 짓은 여전히 일종의 광기 징후라는 사실을 알고 있었기 때문에 애써 자신을 억눌렀다.

18장

킴볼

릴리의 아버지 데이비드 킨트너는 내게 위스키앤소다를 굉장히 독하게 한 잔 타주었다. 그가 들고 있는 술보다 두 배는 색이 더 짙어 보였다. 그런 다음 우리는 책이 잔뜩 쌓여 있는 커피 테이블을 사이에 두고 서로 마주앉았다.

"그때가 언제였더라…… 헨리, 자네가 마지막으로 여기 왔을 때가……. 그 바로 직후였는데…… 릴리가 어디서 돌아왔는데…… 어디였더라…….."

"병원에서 말이죠." 내가 이 말을 하는 동시에 그도 입을 열었다. "윈슬로에서 말이지."

내가 데이비드를 좋아하는 이유는 여럿이 있지만, 그중 하나는 내가 릴리를 찾아오는 이유를 결코 묻지 않는다는 점이었다. 그가 모든 사연을 파악하고 있는지는 확실하지 않았지만, 릴리가 위협을 느껴 나를 칼로 찔렀다는 사실은 분명히 알고 있을 터였다. 그 사건은 내가 경찰이었던 시절, 릴리가 테드와 미란다 스버슨 부부의 죽음에 자신이 말한 것보다 더 많이 관련되어 있다고 확신했을 때 일어난 일이었다. 내가 보스턴 경찰서에서 정직 처분을 받고 그로 말미암아 경찰을 그만두게 된 후, 한 경찰 소속 변호사가 릴리 킨트너가 나와 경찰에 대한 고발을 모두 취하하기로 합의했다는 사실을 알려주었다. 그 말을 해준 변호사가 몸에 잘 안 맞는 정장을 입고 염소수염을 기르고 있던 모습을 아직도 떠올릴 수 있다. 그가 옆구리에 칼을 맞은 사람은 나라는 사실을 일깨워 주었다는 사실 또한 기억하고 있었다. "그 문제는 말이죠. 당연히 전적으로 당신이 킨트너 씨에게 제기한 고발의 취하 여부에 달려 있습니다." 나는 그의 제안에 동의하며 기꺼이 모든 사건을 과거로 흘려보냈다. 하지만 나는 릴리를 머릿속에서 지워버릴 수가 없었고, 그녀가 입원해 있는 시설에서 근무하는 한 의사에게 연락해 혹시 내가 방문해도 되는지 물어보았다. 더 이상 추가적인 법적 조치는 없을 것이었기에 의사와 릴리 모두 동의했다.

나는 금요일 오후 늦게 릴리를 찾아갔다. 무엇을 기대한 방문인지 알 수 없었지만 어쨌든 나는 이중문을 지나 조명이 밝게 빛나는 응접실로 안내받았다. 정신병동보다는 대학 기숙사 공용공간에 더 가까운 분위기였다. 그 안에는 비닐을 씌운 소파 몇 개와 어느 정도 완성한 직소 퍼즐이 놓여 있는 테이블이 하나 있었고, 환자들 몇몇이 텔레비전을 보는 중이었다. 릴리가 반대편 문을 통해 안으로 들어오며 마치 오랜 친구를 본 듯 방 저편에서 나를 향해 미소를 지었다. 그녀는 트레이닝팬츠와 흰색 스웨터 차림에 빨강머리는 뒤로 돌려 묶은 채였다.

"어디서 이야기를 나누면 좋겠어요?" 그녀는 방 이쪽으로 다가와 나를 맞이하며 물었다.

"어디서 이야기를 할 수 있죠?"

"여기서요. 아니면 내 방으로 가도 되고요. 지금은 제한이 풀린 상태거든요."

우리는 비어 있는 벽감 자리를 찾아 각각 안락한 소파에 서로를 마주보며 앉았다. "내가 찾아와도 좋다고 허락해 줘서 놀랐습니다." 내가 말했다.

"당신이 나를 만나고 싶어 하다니 나도 조금 놀랐어요. 하지만 잘 모르겠네요. 지금은 내 인생의 모든 것이 다 놀라운걸요."

"나도 마찬가지입니다."

"칼에 찔리고도 살아서 이야기를 할 수 있을 거라는 생각은 하지 못했겠죠?"

"칼에 찔리고 난 다음에도 나를 찌른 사람을 만나고 싶어 할 거라는 생각은 절대 하지 못했죠. 당신은 어쩌면 그렇게 행복해 보이죠?"

"당신이 죽지 않아서 기쁜 것 같아요. 내가 당신을 죽이지 않았으니까요. 내 감정이 그리 중요하지 않다는 건 알지만 당신이 죽지 않아서 굉장히 기뻐요." 말은 별로 오가지 않았다. 말보다는 릴리가 나를 바라보는 시선이 더 많은 의미를 담고 있었다. 그 순간 나는 우리가 친구가 되었다고 생각했다. 나는 그녀에게 내 회복 상황에 대해 말해주었고, 그녀 역시 내게 자신의 회복 상황에 대해 말해주었다. 병원을 나서기 전에 나는 이렇게 말했다. "이제 우리는 서로에게 불리한 증언이나 고발을 하지 않기로 합의한 상태이니 서로 자유롭게 진실을 털어놓을 수 있죠. 더 이상 상대를 상처 입힐 수 없어요."

그녀는 잠시 생각에 잠겼다가 입을 열었다. "그런 것 같네요. 당신 먼저 진실을 털어놔 봐요."

"좋습니다. 내가 당신을 미행한 이유는 테드와 미란다 스버슨 부부의 죽음에 당신이 연관되어 있다고 생각했기 때문이에요. 하지만 그건 부분적인 이유일 뿐이었죠. 사실은 당신에게 완전히 반했기 때문이었어요. 경찰이 나를 해고한 것도 당연한 일이었죠."

나는 릴리가 미소를 짓는 모습을 보고 그녀가 재미있어하는 것 같다고 생각하며 말을 이었다. "당신 차례입니다. 진실을 털어놔 봐요."

"나한테 반한 것은 큰 실수예요. 나는 나쁜 사람은 아니지만, 나쁜 짓들을 저질렀으니까요."

나는 병원에 있는 릴리를 세 번 찾아갔는데, 그때가 첫 번째 방문이었다. 마지막으로 찾아갔을 때 그녀는 어린 시절에 살던 집 옆에서 벌어지고 있는 개발 계획에 대한 이야기를 했다. 그렇게 되면 오래된 우물이 파헤쳐져 그곳에 묻힌 시체들이 발견될지도 모른다고 말했다. 나는 그 말을 듣자 무슨 이유 때문인지는 몰라도 그녀가 나를 전적으로 믿기로 결심했다는 사실을 깨달았다. 그녀는 자신을 범죄 행위와 관련지을 수 있는 수단을 내게 건네준 것이었다. 내가 그 수단을 이용하지 않기로 결정한 것은 우리의 유대 관계를 진정으로 굳건하게 만들었다. 내가 병원을 몇 차례 방문한 이후 우리는 서로 전화 통화는 물론이고 문자메시지조차 나누지 않았다. 나는 그녀가 핸드폰을 가지고 있는지조차 몰랐다. 릴리는 병원에서 퇴원한 후 윈슬로대학 도서관 사서직을 그만두고 이혼한 부모님이 여전히 살고 있는 코네티컷주 셰픽시로 돌아갔다. 그녀는 부모님 두 분 사이의 관계를 탐색하는 것이 자신의 정규직이 되었다는 말을 내게 한 적이 있었다. 그의 어머니 샤론 헨더슨은 피츠버그에서 자란 화가였지만 성인이 된 이후로는 평생 동안 코네티컷에서 살아왔고, 아버지 데이비드는 비교적 유명한 영국인 소설가로 셰픽대학에 초빙 교수로 와 있을 당시 샤론과 만났다. 데이비드는 릴리의 어린 시절에는 대부분 미국에 있었고, 이혼을 한 다음에는 런던으로 돌아가 세 번째 결혼을 했다. 하지만 그는 코츠월드에서 음주운전을 하다가 사고를 내 뜻하지 않게 자신의 아내를 죽이고 말았고, 이제는 코네티컷에서 영구적으로 집 안에 갇혀 사는 처지가 되었다. 그의 전 아내는 이 집을 유지하려면 전 남편의 돈이 필요했다. 데이비드는 예전에 살던 집에 돌아오기로 샤론과 합의했다.

"맞습니다." 다시 현재로 돌아와 데이비드에게 대답했다. 우리는 여전히 릴리에 대한 이야기를 나누는 중이었다. "릴리는 아직 윈슬로에 집을 가지고 있나요? 아니면 완전히 여기로 들어온 겁니까?"

"내가 아는 바로 그 애는 아직 윈슬로에 집을 갖고 있어. 세를 놓은 것 같아. 내 생각에는 말이지, 그리고 그 애도 내 생각에 동의할 것 같은데, 이곳에서 멀리 떨어진 곳에 집을 한 채 갖고 있다는 것이 그 애에게 굉장히 중요한 상징적 의미가 있는 것 같아. 그렇지 않으면 그 애는 이곳 몽크스하우스에서 자기 엄마와 나를 상대하면서 영원히 매여 있을지도 모른다는 생각에 빠져버릴지도 몰라. 평생 그렇게 살 수야 없지."

마침 짜 맞춘 것처럼 인접해 있는 주방에서 웃음소리가 흘러나왔다. 거기에서는 릴리가 어머니랑 같이 저녁식사 준비를 하고 있었다. 나는 이곳에서 자고 가라는 권유를 받았다.

"무슨 작업이라도 좀 하고 계십니까?" 그렇지 않다는 사실을 알면서도 던진 질문이었다. 대화 주제를 그의 집필 작업 쪽으로 돌리고 싶었기 때문이다.

"아, 애석하게도 그렇지는 않아. 더 이상 글이 나오지 않아서 말이야. 적어도 제대로 된 글은 나오지 않지. 제대로 된 순서대로 나오지도 않아. 하지만 그거 알고 있나? 릴리와 나는, 뭐, 대부분은 릴리가 하는 일이지만, 내가 죽기 전에 기록물을 조금씩 정리해 두려고 내 원고들을 살펴보고 있지."

"선생님 원고가 다 이곳에 있습니까?"

"대부분 있어요." 릴리가 대신 대답했다. 그녀는 거실 안으로 조용히 들어와, 치즈 플레이트를 커피 테이블 위에 쌓인 책들 가운데 가장 안정적으로 보이는 곳 위에 내려놓았다.

"그래, 대부분 있지." 데이비드가 말했다.

"아빠 생각에는 프랑스에 있는 임대 주택에 오래된 노트 몇 권이 있는 것 같다던데요. 한때 프랑스에 있을 때…… 그때가 언제였지?"

"네가 태어나기 전이었단다, 릴. 그리고 네가 기억하기에는 너무 어렸을 때지. 적어도 두 번의 여름을 그곳에서 보냈지. 하지만 100퍼센트 확신할 수는 없구나. 그리고 내가 말한 그 장소에 그 집이 아직 있을지도 100퍼센트 확신할 수 없고."

"내가 가서 확인해 볼게. 여행을 떠날 수 있는 좋은 구실이잖아. 가서 마실 것 좀 가져올 건데, 뭐라도 좀 가져다 드려요?"

우리 둘 다 사양했다. 데이비드는 몸을 앞으로 굽혀 치즈 플레이트를 장식하고 있는 포도송이에서 포도 알갱이를 한 알따서 입을 열었다. "저 애가 없었다면 어땠을지 모르겠어. 나는 이 집에서 포도나무에 매달린 채 시들어 가고 있지." 그는 금방 자신에게 비유거리를 제공한 손 안의 포도 알갱이를 바라보며 말했다. 마치 한쪽 뺨에 갑자기 눈물이 흐를 것 같은 분위기였다. 그는 무릎까지 내려오는 얇은 코듀로이 바지와 체크 셔츠 위에 카디건 스웨터를 걸치고 있었다. 그에게서 그나마 혈기왕성한 면을 찾을 수 있다면, 숱이 많은 백발을 언제나 한결 같은 방식으로 가르마를 타 넘겨 머리카락이 왼쪽으로 살짝 부풀어 있는 모습뿐이었다. 그는 키가 크고 여위었는데, 나이에 비해서는 어깨가 덜 굽어 있었고 오른팔이 눈에 띨 정도로 떨렸다.

"저런 따님이 있다니 운이 좋으시군요."

그는 눈을 날카롭게 빛내더니 평소보다 살짝 낮은 목소리로 말했다. "릴의 말을 듣고 이렇게 이해했는데, 자네가 그 일이 일어났을 때 뭔가 해줬다면서? 그게 내가 자네를 좋아하는 이유 중 하나일 거야."

"다른 이유는 뭔가요?"

"뭐, 내 기억이 정확하다면, 지난번에 자네가 여기 왔을 때 내 술 상대를 해줬을 뿐만 아니라 내 소설에 대해서도 꼬박꼬박 칭찬을 해줬어. 내가 우리 집을 찾아온 손님을 숭배할 때는 그 두 가지 성품을 갖췄을 때밖에 없지."

"계속해서 술을 대접해 주신다면 기꺼이 선생님 작품을 칭찬해 드리겠습니다."

그는 누런 이를 드러내 보이며 씩 웃다가 레코드판을 하나 골라보라고 권했다. 나는 소파에서 일어나 턴테이블과 바닥에 설치된 대형 스피커가 있는 곳으로 향했다. 주위로 정교하게 장식된 선반이 들어 서 있었다. 그중 한 선반에는 300장 정도 되어 보이는 레코드판이 꽂혀 있었다. 나는 앨범 재킷이 마음에 들어 치코 해밀턴의 음반을 골라 앞면에 턴테이블 바늘을 얹었다.

"고맙네." 내가 거실을 지나 데이비드가 있는 곳으로 돌아와 자리에 앉자 그는 이렇게 말했다. "새 음악을 틀기 위해 30분마다 일어나야 하는 건 소풍처럼 즐거운 일이 아니다만, 그렇다고 지구 반대편에 있는 어떤 중국 통계 업체에서 내가 고른 음악을 목록으로 만들어 기록하는 행위에는 완강히 거부할 거야. 내가 좋아하는 것은 여기 앉아서 밀랍을 압착해 만든 레코드판을 듣고 빌어먹을 진짜 책이나 읽으며 인공위성에 엑스레이까지 탑재되지 않는 한 내가 무엇을 듣고 읽는지 그 누구도 알지 못한다는 사실을 확신하며 안심하고 지내는 거야. 정말 얼마나 신나는지 몰라. 모든 세대의 인류에게 있어 익명성에 대한 관념은 죽음보다 더 나쁘다는 사실을 분명히 알고 있지만 말이야."

릴리가 와인 잔을 하나 들고 거실로 돌아와 아버지 옆에서 나를 마주보고 앉았다. "아빠가 익명성에 대한 연설을 늘어놓는 중이었나 봐요?" 그녀가 내게 말했다.

"맞습니다. 그에 더해 레코드판이 더 낫다는 말씀도 하셨죠." 내가 이 말을 하는 거의 동시에 데이비드가 입을 열었다.

"연설이라니, 정확히 무슨 뜻으로 하는 말이냐?"

그녀는 고개를 돌려 아버지를 바라보았지만 질문에 대답하는 대신 이렇게 말했다. "엄마가 퀴노아 샐러드를 만들고 있어."

"맙소사. 그게 뭔 짓이냐? 이번 주에만 세 번째 같은데?"

릴리는 나를 향해 고개를 돌렸다. "엄마는 크랜베리랑 염소젖 치즈를 곁들인 퀴노아 샐러드를 굉장히 좋아하거든요. 그래서 자주 만들어요."

"무슨 음식을 해도 그딴 거나 만들고."

"원하는 걸 다 가질 수는 없잖아. 안 그래, 아빠?"

"그런 것 같구나. 다른 이야기나 하자. 보아하니 헨리가 나를 칭찬할 준비를 하는 것 같은데."

"당신이 원고를 정리하는 일에 대해 좀 더 듣고 싶어요." 나는 릴리를 바라보며 말했다. 그녀는 여전히 아까 오후에 봤을 때와 마찬가지로 청바지에 스웨터 차림이었다. 그녀는 들고 온 와인을 조금 마신 다음 자신의 발 옆 딱딱한 마룻바닥에 잔을 내려놓았다.

"대부분은 그저 저기 있는 원고들을 죄다 모아서 연대순으로 분류하는 작업이에요. 아빠는 뭐 하나 버리지 않는 사람이라 원고가 굉장히 많거든요."

"그 원고들은 결국 어디로 가게 될지 혹시 알고 있나요?"

"애리조나에 있는 어떤 대학에서 제의를 받았고, 애틀랜타의 에머리대학에서도 아마 제의를 할 것 같아요. 하지만……."
릴리는 고개를 돌려 아버지 쪽을 바라보았다. "그쪽에서는 조금 망설이고 있는 것 같아요."

"나는 천덕꾸러기 취급을 받을 정도로 오래 살았지." 데이비드가 말했다. "그 대부분은 내 행실 탓이고, 일부는 시대의 조류가 변했기 때문이야. 나는 여성을 쫓아다니는 백인 남성에 대한 글을 쓴 백인 남성이니까."

"누군가는 해야 할 일 아니었을까요?" 내가 말했다.

"나는 아니야. 이제 더 이상은 아니지. 신이시여, 감사합니다."

"아빠가《교차점》과《우리는 파티가 끝날 때 만났다》사이에 쓴 완성된 미출간 원고가 있어요."

"정말인가요? 제가 가장 좋아하는 데이비드 킨트너의 두 작품 사이에 집필된 원고라고요."

"세상에, 알랑거리는 것 좀 봐." 릴리가 말했다.

"이 애 말은 무시해 버려, 헨리. 자네가 가장 좋아하는 데이비드 킨트너의 소설에 대해 말해보게. 어떤 점이 마음에 드는지 구체적으로 설명하면서 말이야."

이후 네 시간 동안 우리 셋은 거실의 같은 자리에서 시간을 보냈다. 중간에 잠시 자리에서 일어나 식당으로 가서 퀴노아 샐러드와 양고기 구이를 먹기도 했지만 저녁식사를 마친 후에는 다시 릴리가 하고 있는 작업 이야기에 빠져들었다. 릴리는 아버지의 집필 활동이 녹아 있는 노트 무더기와 함께 오려낸 신문기사, 해외에서 출간된 아버지의 책 판본, 단편소설이 실린 잡지, 심지어 그가 처음 미국을 방문해서 세픽대학에서 한 강의를 녹화한 비디오테이프까지 보여주었다.

릴리는 차를 마시고 있었고, 데이비드는 작은 잔에 싱글몰트 위스키를 따라 물을 타지도 않은 채 홀짝거렸다. 샤론이 레드와인이 담긴 커다란 잔을 들고 잠시 거실에 들어와 방 안의 가장 낡은 소파 뒤에 서 있기도 했다. 그 소파는 세월과 여러 번의 칵테일파티 탓에 천이 얇게 닳아 있었다. 샤론은 천장을 응시하며 우리 세 명 모두에게 이제는 식료품 저장고에 아주 자리 잡은 개미에 대한 이야기를 두 차례 늘어놓았다.

"그 걱정은 내일 하자, 엄마." 릴리가 말했다. "좀 앉아서 다 같이 다른 이야기나 하는 게 어때?"

"아니, 그럴 수는 없지. 만약 내가 앉기라도 하면 다시는 일어나지 않을지도 모르니까. 나는 이만 잠자리에 들어야겠구나. 릴, 헨리는 어디서 자야 할까? 밤색 방은 안 되겠지?"

"3층 방을 치워놨어, 엄마."

샤론이 거실을 떠나자 릴리는 데이비드에게 남은 술을 들고 자신의 방에 가서 마시는 게 어떻겠냐고 권했다. "좋은 충고로구나." 그는 이렇게 대답하며 푹 주저앉은 소파에서 놀라울 정도로 손쉽게 일어났다. 릴리 역시 따라 일어났지만 데이비드는 손을 저어 자신은 괜찮다고 릴리를 만류하며 거실을 나서다가 몸을 돌려 이렇게 말했다. "오늘 밤을 재미있게 보내라. 재미있게 말이지."

"매번 같은 말을 한다니까요." 릴리가 말했다. "어느 날 밤에는 엄마가 세 발 탁자를 아빠한테 집어 던졌는데, 아빠는 탁자에 온통 피칠갑을 하고 나서도 재미있는 밤이었다고 하지 뭐예요."

"아버님 전기의 제목으로 삼으면 되겠군요."

"하." 릴리는 이렇게 말하더니 찻잔을 든 채 입을 다물었다. 그 눈은 어떤 곳도 보고 있지 않았다. 그러다가 이윽고 말을 이었다. "이제 무슨 일이 있었는지 말해줄 준비가 됐어요? 저녁을 준비하면서 핸드폰으로 좀 검색해 봤어요. 언론에는 살인 후 자살 사건이라고 나와 있던데요."

"그 짓을 벌인 자가 누구이건 훌륭한 솜씨였어요. 사건 현장에 가장 먼저 갔던 사람이 나였는데 리처드 웨일런과 팸 오닐은 서로를 마주본 채 앉아 있던 것처럼 보였어요. 지금 우리처럼 말이죠. 리처드는 팸에게 총을 두 발 쏜 다음 같은 총으로 자신을 쐈어요."

"그렇다면 어째서 진상은 다를 거라고 생각하는 거죠?"

나는 심호흡을 하고 말을 이었다. "살인사건이 일어나기 전날 밤에 나는 팸 오닐과 함께 잤어요. 그녀를 미행하고 조사하는 과정에서 서로 아는 사이가 되었거든요. 팸은 정말 좋은 사람이었어요. 정말이지 그 사람과 자는 짓은 절대 하지 말았어야 했는데. 이제 리처드가 팸을 쏜 다음 자살했다는 생각이 머릿속을 떠나지 않아요. 그녀가 리처드와의 관계를 끊으려고 애를 쓰고 있었기 때문이죠."

릴리는 가만히 생각에 잠겨 있다가 입을 열었다. "그렇다면 다른 사람이 그 두 사람을 살해했다고 생각하는 이유는 만약 그렇지 않다면 당신에게 책임이 있기 때문이로군요."

"네, 그 또한 이유가 될 수 있겠죠. 진작부터 내가 한 짓이 마음에 들지 않았어요. 그리고 만약 내가 팸의 죽음을 초래했다면 스스로를 훨씬 더 혐오하게 될 테죠."

나는 릴리가 나를 위로하려고 무슨 말을 할지도 모른다고 생각한 터라 그녀가 계속 침묵을 지키고 있는 모습이 차라리 더 반가웠다.

"하지만 마음속 깊은 곳에 품고 있는 의혹이 하나 있어요. 어쩌면 그저 직감에 불과할지도 모르죠. 바로 리처드는 살인을 저지르지 않았다는 겁니다. 나는 그에 대해 전혀 모르지만 그를 관찰하고 뒤를 밟았어요. 그는 바람이나 피우고 다니는 번듯한 직업의 교외 중산층이지만 살인자라 보기에는 앞뒤가 안 맞아요."

"정말로 어떤 사람인지 모르잖아요."

"알아요. 사실은 이렇습니다. 내가 지난 일주일 동안 살펴본 것만 놓고 보면 어떤 식으로든 내가 계략에 당했다고 보기는 어려워요. 팸이 세 사람 사이의 관계에 대한 이상한 표현을 하기는 했지만 그 이야기는 이따 하도록 하죠. 내가 계략에 당했다고 생각하는 건 15년 전 내가 조앤 그리브를 가르쳤던 수업 시간에 일어난 일 때문이에요. 그에 대한 생각을 떨쳐버릴 수가 없군요."

"그때 무슨 일이 있었죠?"

"그 사건에 대해 모릅니까?"

"조금은 알아요. 당신이 다트퍼드-미들햄 고등학교에서 영어 교사로 일하고 있었는데, 당신 수업 시간 도중에 한 학생이 어떤 여자애를 총으로 쏜 다음 자살했다는 것 정도만요."

"그 학생은 총을 쏘기 전에 얼마 동안 우리를 인질로 잡고 있었어요."

"아, 그건 몰랐네요."

"그리고 조앤도 내 수업을 듣고 있었죠. 살해당한 학생은 조앤의 친구였고요."

"그 조앤이 당신을 고용한 조앤인가요?"

"네, 맞아요."

"그러면 총을 쏜 학생은 어때요? 어떤 사람이었죠?"

"남과 잘 어울리지 못하는 부류였죠. 만약 영화를 찍을 때 교내 총격 사건을 일으키는 진부한 인물이 필요하면 바로 그 아이를 캐스팅하면 됐을 거예요. 친구도 별로 없고 가정환경도 엉망이고 폭력적인 비디오게임과 만화책에 빠져 살던 아이였으니까요."

"하지만 조앤 그리브의 친구는 아니었고요?"

"조앤 그리브는 유명한 체조선수여서 교내에서는 슈퍼스타였죠. 제임스 퍼솔 같은 아이와는 가깝게 지내지 않았어요. 하지만 그 사건이 일어났을 때 조앤도 그 교실에 있었는데, 아무래도 그 애가 그 사건과 무슨 관련이 있을지도 모른다는 생각이 들어요. 그러고 나서 15년이 지나……."

"당신 앞에 다시 나타났고, 또 같은 사건이 일어났다는 거네요."

"바로 그래요. 그리고 또 한 가지가 있지만 부끄러워서 차마 말을 못 하겠군요."

릴리가 어깨를 으쓱하자, 나는 말을 이었다. "사실은 지금 내 차 안에 있어요. 당신이 오늘 밤 자고 가라고 말해줄 거라는 순수한 기대를 품고 여행 가방을 싸 왔는데 그 안에 넣어두었죠."

"가서 가져와요."

나는 진입로를 지나 차를 주차해 둔 곳으로 가서 가방을 꺼냈다. 밤하늘은 칠흑같이 새까맸고 별들이 빽빽하게 들어차 있었다. 근처에 사람이 거주하고 있다는 유일한 표식은 인접한 초원 저 끄트머리에 새로 지은 집 한 채뿐이었다. 그 집 거대한 정문 위에 조명이 켜져 있었다. 나는 몽크스하우스 안으로 돌아가기 전 잠시 정문 현관 앞에 멈춰 내 입김이 퍼지는 모습을 바라보며 어째서 여기 있는 것이 이토록 행복한지 알아내려 애를 썼다.

나는 집으로 돌아가 릴리에게 내가 가져온 석 장의 종이를 보여주었다. 10년 후에 자신은 어떤 모습일까 묻는 질문에 대해 매디슨 브라운, 제임스 퍼솔, 조앤 그리브가 각각 제출한 과제물이었다. 릴리는 석 장의 과제물을 모두 읽은 다음 나를 바라보았다. 그녀의 눈썹은 엷은 빨강색이었는데 우윳빛 피부 탓에 거의 알아보기 어려웠다. 하지만 나는 그녀가 눈썹을 살짝 치켜드는 것을 알아볼 수 있었다.

19장

리처드

　　　　리처드는 자신이 기억 가능한 오래 전부
터 자신의 삶에 대해 이야기하곤 했다. 계속 이어지는 내부 독
백 속에서 가끔씩 그저 자신의 일상생활을 늘어놓을 뿐이었다.
때로는 자신이 광범위한 실험 대상이 되었다고 상상하기도 했
다. 외계 종족이 이 행성의 모든 인간들 중에서 자신을 선택해
서 분석 대상으로 삼아 자신의 인생이 매 순간 감시하에 놓여
있다는 식이었다. 그는 자신의 삶이 극도로 지루할 때마다, 가
게에 들른 손님이 던진 지극히 엘리트적인 논평에 지나지 않
는 말에 자신의 하루가 정의될 때마다, 저녁과 밤 내내 두 눈이
따끔거릴 때까지 〈어쌔신 크리드〉를 하면서 지낼 때마다, 종
종 이런 외계인 이야기 같은 환상 속에 빠지곤 했다. 그의 삶이

흥미로운 경우는 좀처럼 없었지만 어쨌든 그의 삶이 흥미로울 때가 되면 그의 이야기는 미래의 베스트셀러가 될 책의 형태, 바로 이 세상에 커다란 혼란을 일으킨 다음 그 모든 것을 뒤로하고 떠난 자신을 그린 이야기로 모습을 드러낼 터였다.

조앤이 가게 안으로 들어와 도서관에서 그를 만나 자신의 남편을 죽여 달라고 부탁한 지 몇 주가 지나자, 그는 자신의 인생을 다룬 책의 다른 버전을 상상하기 시작했다. 물론 그 책의 저자는 사실 관계의 뼈대를 세우고 세부적인 내용을 채워야 할 것이었다.

우리는 결코 확실히 알 수 없을 테지만 어느 시점에서 리처드 시든과 이제는 조앤 웨일런으로 알려진 조앤 그리브가 서로 재회했다는 사실은 분명하다. 어쩌면 우연이었을 수도, 어쩌면 약속된 만남이었을 수도 있지만 어느 쪽이든 상관없이 그들이 조앤의 남편에게 사형 선고를 내렸다는 사실은 명확해진 상태이다.

리처드는 다음 주 화요일 밤 늦게 도서관에서 조앤을 두 번째로 만났다. 조앤은 그가 어떤 일을 해주기를 바라고 있는지 명확하게 설명했다. 그녀는 자신의 남편이 애인과 금요일 점심에 밀회를 즐기러 가는 집을 알고 있었다. 조앤은 그 주변을 미리 돌아봐서 리처드가 이웃집 놀이터에 딸린 작은 주차장과 이어지는 인접 도로에 차를 주차해도 된다는 사실을 알고 있었다. 근처에는 등산로가 여럿 나 있었으니 리처드는 등산객처럼 차려 입는 것이 좋을 것이었다. 그러면 숲을 지나 매물로 나온 데크가 깔린 집 뒤편으로 접근할 수 있다. 조앤의 말에 따르면, 뒤쪽 베란다로 통하는 문은 신용카드를 이용하면 손쉽게 열 수 있고, 베란다에서 집 내부로 통하는 문은 잠겨 있지 않았다. 리처드는 그 두 사람이 그곳에 도착하기 전에 먼저 가 있어야 했고, 리처드가 팸을 쏜 다음 자신마저 쏜 것처럼 보이도록 해야 했다.

"쉬운 일은 아니네." 리처드가 말했다.

"두 사람을 쏴 죽이는 거 말이야, 아니면 내 남편이 자살한 것처럼 보이게 하는 거 말이야?"

"두 사람을 쏴 죽이는 건 어렵지 않을 거야. 다른 일이 문제지."

"알아. 하지만 네가 잘 해낼 수만 있다면 우리는 완전범죄를 저지르게 되는 거야. 얼마나 놀라운 일일까? 하지만 네가 성공하지 못해서 경찰이 그 집 안에 다른 사람이 있었다고 의심하게 되더라도, 100만 년이 걸려도 네가 의심받는 일은 일어나지 않을 거야. 경찰은 아마 내가 두 사람을 죽였다고 의심하겠지만 그 시간에 나는 고객과 커피를 마시고 있을 테니 내게는 알리바이가 있는 셈이지. 그리고 이 세상에 우리 두 사람을 엮을 수 있는 건 아무것도 없어. 오직 우리 기억뿐인걸. 나를 믿어. 설사 그들을 죽이는 일이 계획한 대로 정확히 이루어지지 않더라도 완전범죄가 될 거라는 사실에는 변함이 없어."

"알았어." 리처드는 조앤이 자신이 완벽하게 행동하기를 기대하는 게 아니라는 사실을 알게 되자 마음이 놓였다. 놀랄일은 아니었다. 조앤이 행동하는 방식 그대로였던 것이다. 조앤은 리처드의 사촌형 두에인을 죽이는 일을 도와줄 때에도 일이 잘못 풀릴 수도 있다는 사실을 알고 있었다. 그리고 고등학교 졸업반 시절에 리처드가 제임스 퍼솔로 하여금 매디슨브라운을 죽이도록 했을 때도 일이 계획대로 진행되리라는 보장은 없었다. 하지만 가장 중요한 요점은 바로 조앤과 리처드가 서로 모르는 사이라는 것이었다. 두 사람이 서로 가까운 사이라는 사실을 아는 사람은 아무도 없었고, 그 점이야말로 그들을 보호해 주는 초능력이었다.

두 사람은 다음 주에 다시 만나기로 합의했다. 조앤은 다트퍼드에서 교사로 재직했던 전직 경찰 헨리 킴볼을 만나러 가서 리처드와 팸을 조사해 달라고 의뢰할 예정이었다.

"만약 그 사람이 나를 보면 어쩌지?" 리처드가 물었다.

"그런 일은 없을 거야. 네가 리처드와 팸이 그 집 안에 들어오자마자 두 사람을 죽여버린 다음 곧바로 뒷문으로 빠져나간다면 말이지. 그 사람은 절대 너를 보지 못할 거야. 내 말 믿어. 그리고 혹시 모르니까 그 집에 들어갈 때 변장 같은 걸 하든지 아니면 마스크라도 쓰고 있어. 그러면 만약 그 사람이 너를 보더라도 네가 누구인지 알아볼 수는 없을 거야."

"알았어."

그 후 리처드는 조앤을 다시 만나 최종 계획을 확정하기 위해 일주일을 더 기다려야 했다. 흥분감이 걷잡을 수 없을 정도로 커져갔다. 가게에서 보내는 시간은 마치 기어가는 것처럼 느리게 흘렀다. 집에서 보내는 밤 시간도 별반 나을 것이 없었다. 그는 위성 지도에서 그 데크가 깔린 집과 근처 부지 경계선을 살펴보며 어디에 주차를 할 것인지, 어떤 경로를 따라 그 집에 접근할 것인지 계획을 세웠다. 그 지역에 한번 가서 살펴보고도 싶었지만 불필요한 위험을 감수하고 싶은 생각은 없었다. 만약 누가 자신을 한 번 이상 보게 된다면 얼굴을 기억할지도 모르는 일이었다.

기다림을 참을 수 없는 이유는 딱 하나, 바로 조앤이 자신의 삶 속으로 다시 돌아오게 되어 너무나 기쁘기 때문이었다. 그리고 목표도 생겼다. 아니, 목표가 생긴 게 다는 아니었다. 비록 조앤과 함께 하지 않더라도 그에게는 인생의 목표가 있었다. 리처드는 지난 2년에 걸쳐 윈슬로 오크 컨벤션 센터에 네 개의 비료 폭탄을 신중하게 설치해서 세 개 층 전부를 무너뜨려 사람들로 가득 찬 가장 큰 행사장에 잔해를 떨어뜨리려는 치밀한 계획을 세우고 있었다. 그러면서 이 계획을 실행할 최적의 시기에 대해서도 고심했는데, 한때는 그의 의붓아버지가 은퇴해서 플로리다로 이주하기 전까지 매년 참석했던 뉴잉

글랜드 콘트리트 전문가 회합이 열리는 시점에 이 계획을 실행하는 게 어떨까 하는 생각을 재미삼아 해보기도 했다. 비록 리처드가 건물을 무너뜨렸을 때 의붓아버지 돈 시든이 자신이 직접 만든 콘크리트 잔해에 짓눌려 죽는 것이 아니라는 사실만 제외하면 그 발상은 꽤 만족스러웠다. 아니, 진짜 문제는 다른 곳에 있었다. 우쭐거리기만 하는 우둔한 콘크리트 전문가들을 한가득 죽인다 한들 누가 신경이나 쓰겠는가? 리처드에게는 좀 더 나은 계획이 있었다. 윈슬로 오크 컨벤션 센터는 매년 봄마다 적어도 두 번의 대규모의 졸업 무도회를 개최했다. 하나는 지역 기술고등학교를 위한 것이었고, 다른 하나는 495번 국도 서쪽에서 가장 화려한 학교인 칠튼 고등학교를 위한 것이었다. 그런 고등학교에 다니는 아이들은 아마 다트퍼드-미들햄 고등학교에 다니는 학생들과 비슷한 부류일 테니, 리처드는 그 특정 지역의 졸업반 학생들을 모조리 죽여버렸을 때 뉴스 헤드라인이 과연 어떻게 될지 상상하지 않고 버틸 수가 없었다. 끔찍한 턱시도 차림의 남학생들과 요란한 드레스를 걸친 여자애들은 고등학교를 졸업하는 게 무슨 대단한 것을 이룬 일인 양 행동하며 섹스를 할 사람을 찾아다니는 놈들일 뿐이었다.

만약 리처드가 그 일을 성공적으로 해낸다면 어떻게 될까? 그는 자신이 그럴 수 있다고 철석같이 믿고 있었는데, 만약 그럴 수 있다면 그의 이름은 영원히 기억될 터였다.

하지만 지금 당장은 이제 조앤이 돌아왔으니 졸업 무도회 계획은 잠시 제쳐두어야 했다. 조앤은 그가 할 일을 가지고 왔고, 리처드에게는 조앤이 언제나 첫 번째였다. 열다섯 살 시절 메인주 케너웍에서 리처드를 만나 그에게 진정한 세계를 보여준 사람이 조앤이었다. 조앤은 현실을 꼭 받아들일 필요가 없다는 사실을, 그리고 그 현실을 바꿀 수 있다는 사실을 그에게 보여준 사람이었다. 조앤은 존재한다는 사실을 결코 모르고 있던 색채를 그에게 보여준 사람이었던 것이다.

페어뷰 도서관에서 세 번째로 만난 자리에서 조앤은 이제는 사설탐정으로 일하는 전직 교사 헨리 킴볼을 고용해서 일주일 내내 자신의 남편과 그의 애인을 따라다니게 했다는 사실을 알려주었다. 리처드는 사설탐정을 끌어들인다는 생각이 그리 썩 내키지 않았다. 그의 생각에는 일을 불필요하게 복잡하게 만들 뿐이었지만 조앤은 목격자가 필요하다고 진심으로 믿고 있었다. 불륜 행위가 실제로 일어나고 있다는 사실을 확인해줄 사람이, 그리고 시체를 발견할 가능성이 있는 사람이 있어야 신빙성이 더해진다고 믿었던 것이다. 리처드는 조앤이 그저 자신의 과거 속에서 이 남자를 끄집어내고 싶은 것은 아닌지 의심스러웠다. 그 남자는 두 사람의 계획이 성공을 거두어 매디슨 브라운이 마땅한 처분을 당했을 때 그 교실에 있었던 사람이었다. 조앤에게는 연극적인 면이 있었다. 어쩌면 한때 체조선수 경험에서 비롯된 것일지도 몰랐다. 그녀는 모든 것이 아름답기를, 그리고 완벽하기를 바랐다.

이날은 두 사람이 도서관에서의 마지막으로 만난 날이었다. 조앤은 남편 소유로 되어 있는 스미스앤웨슨 권총을 가져왔다. 그리고 자신의 가죽 지갑에서 총알이 가득 장전된 총을 꺼내 아무렇지도 않게 리처드에게 건네주었다.

"네 남편이 이번 주에 이 총을 찾지는 않겠지?"

"그럴 가능성은 거의 없어. 우리는 총을 집 금고 안에 넣어 두는데 그 사람이 금고에 갈 이유는 없으니까. 만약에라도 찾으면 내가 총을 처분해 버렸다고 할게. 나는 그런 물건을 집 안에 두는 게 정말 싫다고 몇 번이나 말했거든. 총 쏘는 법은 알아?"

"조준하고 방아쇠를 당기면 되지."

조앤은 입술을 꾹 다물고 어깨를 살짝 으쓱했다. 리처드가 메인주에서 조앤과 처음 이야기를 주고받은 후 조앤은 그리 많이 변하지 않았다. 그녀는 여전히 같은 방식으로 행동했고, 매사에 절반 정도만 즐거워했으며, 모든 일에 자신감 있게 굴었다. 리처드는 조앤의 몸짓과 얼굴 표정이 한결같아 보였기 때문에 정말로 조앤이 변하지 않은 것인지, 아니면 조앤이 자신과 함께 있을 때는 다르게 행동하는 것인지, 그것도 아니라면 어째서인지 조앤은 그와 함께 있기만 해도 두 사람이 윈드워드 리조트에서 처음으로 믿을 수 없는 경험을 했던 시절로 돌아가 버리는 것은 아닌지 궁금히 여겼다.

"이 일에 대해 어떻게 생각해?" 조앤은 살짝 속삭이는 듯한 목소리로 물었다. 도서관을 찾은 사람들 몇 명이 1층에 있었는데, 그중 10대 소녀 두 명이 계속해서 발작하듯 키득거리는 중이었다.

"내가 어떻게 생각하는지 알고 있잖아."

"알고 있다고?"

"그런 것 같은데."

"기분이 좋아 보여. 조금 흥분하기도 했는데, 무엇보다 중요한 것은 바로 내가 네 삶 속에 다시 돌아와서 기쁘다는 사실이잖아." 조앤은 리처드를 향해 턱을 살짝 기울이며 살짝 우스꽝스러운 표정을 지어 보였다.

"너는 이 모든 일을 어떻게 생각해?" 리처드가 물었다.

"내 인생을 되찾게 될 것 같아. 별 볼 일 없는 두 사람의 세상을 지워버리는 것 같기도 하고. 그리고 가끔은 내가 그날 밤 방파제 위로 돌아간 것 같다는 느낌이 들어. 그날 일 기억나? 그런 느낌이 들지 않아?"

리처드는 그저 고개를 끄덕일 뿐이었다. 그러자 조앤은 그를 물끄러미 바라보았다. 리처드가 조앤을 마주 응시하자 조앤의 강인한 파란색 눈동자가 그를 정면으로 마주보았다.

금요일에 리처드는 병가를 냈다. 금요일은 보통 바쁜 날이었기 때문에 휴가를 내기 적당한 때는 아니었지만 리처드는 사장인 조지 케스틀러가 혹시 필요하다면 긴 주말을 맞아 대학에서 돌아온 아들에게 도와달라고 부탁할 수도 있다는 사실을 알고 있었다. 리처드는 핸드폰을 놓아둔 채 집을 나섰다. 등산화와 갖고 있는 것 중 가장 낡은 청바지, 그리고 톱 전문 업체에서 상점에 보내준 플리스 재킷을 입었다. 그 업체 로고가 플리스 재킷 정면 우측에 박혀 있었지만 글씨가 꽤 작아서 2, 3미터만 떨어져도 읽을 수가 없었다. 스미스앤웨슨 권총은 장갑과 얼굴까지 다 덮을 수 있는 나일론 방한모, 신발을 싸맬 비닐봉지와 고무장갑과 함께 배낭 안에 넣어두었다.

그는 이웃 주민의 차를 한 대 훔쳤다가 그들이 눈치채지 못하는 사이에 도로 가져다 놓을까 하는 생각도 해봤지만 지나치게 조심스럽게 구는 것 같다는 결론을 내렸다. 조앤이 여러 번 말했던 것처럼 조앤이나 그의 남편을 그와 연결시킬 수 있는 것은 결코 아무것도 없었다. 그래서 그는 자신의 차를 몰고 빙햄으로 가서 숲이 우거진 길을 따라 놀이터가 있는 곳에서 속도를 낮춰 주차장 안으로 들어갔다. 하지만 그 안에 이미 다른 차가 주차되어 있었기 때문에 그곳을 지나쳐 가다가 한 어머니가 아이를 그네에 태우고 밀어주는 모습을 언뜻 보았다. 그는 등산로가 시작되는 곳 근처에 있는 갓길을 따라 자신의 닛산 알티마를 세워두기로 마음먹었다. 차가 길 위로 살짝 튀어나왔지만 그 아이 어머니가 놀이터 주차장에 혼자 차를 주차하는 남자를 보고 불안해진 나머지 차 번호를 외워두는 것보다는 나았다.

그는 위성 지도를 족히 100번은 살펴보았지만 소나무 숲을 관통하는 풀이 우거진 오솔길에서 방향을 잡기란 여전히 조금 어려웠다. 하지만 그는 결국 데크가 깔린 집을 발견했다. 그 집은 외부에 칠한 도료 때문에 숲의 어둠에 가려 잘 보이지 않았다. 코나 브라운이로군. 리처드는 이렇게 생각했다. 그 색은 가게에서 잘 팔리는 페인트였다. 시간은 오전 11시를 향해 가고 있었다. 리처드는 아직 이르지만 집 안에서 기다리자고 결정했다. 그는 문을 따기 위해 비닐 코팅이 된 만든 카드를 꺼냈지만, 뒷문 베란다로 통하는 문은 열려 있었다. 그는 플라스틱제 야외용 안락의자에 앉아 양쪽 발에 비닐봉지를 씌우고 고무밴드로 단단히 고정한 다음 어둑어둑한 실내로 들어가 두 눈이 어둠에 적응하도록 잠시 서 있었다.

리처드는 이 집과 유사한 데크가 깔린 집에서 자랐는데, 외관을 비롯해 현관과 거실, 그리고 별개의 지하실로 이어지는 짧은 계단 같은 것도 비슷했다. 하지만 그 외에는 별로 닮은 점이 없었다. 그가 살던 집은 돈이 등장하면서, 그리고 돈이 그의 어머니를 변화시킨 대로 더럽혀지고 말았다. 그 집은 쓰레기와 섹스 냄새로 가득 차서, 리처드는 지금도 그 생각만 하면 분노로 가슴이 터질 것만 같았다. 이 집은 아무도 살았던 적이 없는 것 같은 분위기를 풍겼다. 개성도 느껴지지 않았고, 삶의 흔적도 찾아볼 수 없었다. 벽에 걸려 있는 그림들은 평범한 기성품이었고, 거실에 오트밀 색의 소파 두 대가 서로 마주보고 있는 것을 제외하면 아무것도 없었다. 거실에서 바라본 부부용 침실 안에는 킹 사이즈의 침대가 하나 놓여 있었다. 창문에는 블라인드가 쳐져 있었고 실내는 한낮의 어두운 방이 으레 그렇듯 흐릿하고 비현실적인 모습이었다.

리처드는 집 안을 조금 더 탐색한 다음, 집 북쪽에 있는 작은 침실에서 기다리자고 마음을 먹었다. 그 침실에는 가구가 하나도 없었다. 그들이 이 방에 들어올 이유가 하등 없었으니 그는 굳이 귀찮게 문을 닫으려 하지도 않았다. 리처드는 그 두 사람이 곧장 부부용 침실로 향할 것이라고 생각했다. 그래서 그들을 따라 침실 안으로 들어가 먼저 남자 옆에 자리를 잡고 있는 여자를 쏜 다음 남자의 관자놀이를 노려 쏠 생각이었다. 재빨리 움직이기만 한다면 둘 중 누구도 자신의 공격에 반응하거나 맞서 싸울 여유는 없을 것 같았다. 그렇지만 그는 여전히 가슴 한구석이 뻐근했다. 한편으로는 거북하면서도 다른 한편으로는 즐거운 느낌이었다. 그가 폭력을 목전에 두고 있을 때마다 느끼는 감정이었다.

리처드는 배낭을 열어 얼굴까지 다 덮을 수 있는 방한모를 꺼내 머리에 쓰고 총을 꺼내 안전장치를 풀었다. 그리고 기다렸다.

12시가 조금 지났을 때 멀리서 차가 자갈이 깔린 진입로를 지나는 소리가 들리더니 이윽고 정문 현관이 열리는 소리가 뒤를 이었다. 그리고 소리를 낮춘 목소리도 들렸다. 리처드는 벽에 뻣뻣하게 기대고 선 채 집중해서 귀를 기울였다.

가장 처음 명확하게 알아들을 수 있었던 것은 여자의 목소리였다. 그 여자는 이렇게 말하는 중이었다. "아니, 싫어. 잠깐 앉아서 이야기 좀 해. 당신이랑 할 얘기가 있어."

그러자 조앤의 남편의 목소리가 들렸다. "얘기야 침실에서 하면 되는데, 안 그래?" 리처드는 벽을 사이에 두고도 그가 마치 세상에서 가장 독창적인 농담을 하는 것처럼 능글맞은 표정을 지으며 말하고 있다는 사실을 알 수 있었다.

"농담하는 게 아니야." 여자가 말했다.

"알았어. 들어볼 테니 큰 소리로 또박또박 말해봐." 이윽고 짧은 침묵이 흐르자 리처드는 두 사람이 아마 소파에 함께, 혹은 따로 앉아 있을 거라고 생각했다. 그는 크게 심호흡을 하고 총을 쥔 손에 긴장을 풀며 숨어 있던 방에서 모습을 드러냈다. 그런 다음 짧은 복도를 지나 거실 안으로 들어갔다. 두 사람은 각자 소파에 서로를 마주보며 앉아 있었다. 여자는 남자를 바라보고, 남자는 여자를 바라본 채. 그래서 리처드가 있는 곳에서는 남자 뒤통수만 보였다. 여자가 고개를 들자 그녀의 얼굴에 순식간에 핏기가 사라졌다. 입은 소리를 채 내지 못한 채 뻐끔거리기만 했다.

리처드는 여자의 몸 정중앙을 겨냥하고 방아쇠를 당겼다. 총알은 가슴과 배 사이 어딘가를 강타했다. 그런 다음 그는 총구를 약간 위로 들어 조준을 새로 한 다음 여자의 이마를 쐈다.

여자의 머리가 뒤로 휙 젖혀지면서 여자 뒤쪽에 걸린 그림 위로 피보라가 맺혔다.

리처드는 재빨리 몸을 움직여 두 걸음 앞으로 나아가 리치 웨일런의 관자놀이에 총구를 밀착시켰다. 그가 막 방아쇠를 당기려는 순간에도 리치는 거의 들리지 않는 목소리로 "제발"이라는 말을 계속 반복하고 있었다. 리처드가 몸을 숙이자 그 남자는 두 눈을 질끈 감았다. 마치 눈을 감고 있으면 남의 눈에도 띄지 않을 거라고 생각하는 어린아이 같은 행동이었다.

리처드는 이미 이런 시나리오대로 흘러가는 상상을 해본 적이 있었기 때문에 이렇게 말했다. "리치, 네놈은 살려주지. 하지만 나를 위해 뭔가 해줬으면 좋겠는데. 알겠어?"

"네, 뭐든지 말씀만 하시죠."

"그냥 이 총에 네 지문만 찍으면 돼. 좋아. 그러니까 네놈이 손을 내밀면 내가 네 손에 총을 쥐어줄 거야, 알겠어?"

리치는 떨리는 손을 내밀며 리처드에게 알겠다고 하는 것처럼 들리는 말을 중얼거렸다.

"갑자기 움직일 생각은 하지 마. 알겠지, 리치? 이상한 생각을 하면 죽여버리겠어. 그냥 총 손잡이에 네 지문을 찍으려는 거야……. 좋아, 그리고 방아쇠에도. 잘하고 있어."

시간이 지난 후 리처드는 그냥 총을 쥐고 있는 리치의 손을 들어 그의 관자놀이에 밀착시킨 다음 그의 손가락에 자신의 손가락을 대고 방아쇠를 당기는 게 더 쉬운 일이 아니었을

지 곰곰이 생각해 보았다. 그 남자는 어쩌면 그저 최악의 순간이 어서 지나가기만 바라면서, 또 시키는 대로만 하면 살 수 있기를 바라면서, 저항 따위는 하지 않았을지도 몰랐다.

리치가 손에 총을 든 채 소파 위에서 죽어 늘어져 있는 사이 리처드는 재빨리 움직여 들어온 경로를 되짚어 집 밖으로 나가 숲 속을 지나 자신의 차가 있는 곳으로 향했다. 집으로 차를 몰고 가는 도중에 가벼운 비가 내리기 시작해서 차 위에 빗방울을 뿌렸다. 리처드는 라디오 채널을 넘겨보다가 U2의 〈아름다운 날〉이 흘러나오자 비로소 탐색을 멈췄다. 지금까지는 그에게 아무런 의미도 없던 곡이었다. 멍청한 놈들이 자기들 팀이 우승했다며 부르던 노래. 리처드가 자기 집으로 통하는 진입로에 접어들었을 때에도 그 노래는 아직 끝나지 않았다. 그는 자리에 앉아서 귀를 기울였다. 심지어 입으로 가사를 따라 부르기까지 했다.

20장

킴볼

　　나는 릴리에게 교실에서 일어났던 충격 사건에 대해 관련이 없어 보이는 세세한 부분까지 모두 말해 주었다. 그 일이 일어나는 동안 내가 얼마나 얼어붙어 있었는지, 공포로 인해 어느 정도까지 몸이 마비된 채였는지, 그리고 그 일에 대해 나 자신을 절대로 용서할 수 없다는 사실까지 전부 다 털어놓았다.

　　"섣불리 행동했다가 사태가 더 악화될 수도 있었어요." 릴리가 말했다. "만약 몸싸움이라도 벌여서 총을 뺏으려 했다면, 그 학생은 그 교실 안에 있는 모든 사람들을 쏴버렸을지도 모르잖아요."

　　"맞습니다. 그럴 가능성도 있었죠."

"아니면 당신이 총에 맞았을지도요."

"그랬을 가능성이 훨씬 더 컸죠."

"아마 엄청나게 많은 생각을 했겠지만, 만약 당신이 그에게 달려들었다면 어떤 일이 일어났을지 알 수 있는 방법은 결국 없을 거예요. 사태가 더 나아졌을 수도 있고, 또 악화되었을 수도 있어요. 내가 당신도 이미 다 알고 있는 말을 하고 있죠?"

"그래요. 오랫동안 머릿속으로 그 생각을 몇 번이나 했는지 모르겠네요." 나는 미소를 지었다.

"분명 그랬을 테죠. 미안해요. 무서운 말처럼 들리네요." 릴리는 소파에 더욱 깊숙이 몸을 기대며 말했다. 근처에 있는 램프 불빛으로는 그녀의 얼굴이 절반만 보일 뿐이었다.

"내가 여러 해 동안 계속 곱씹은 건 사실 내가 무슨 선택을 했어야 하는가에 대한 것이 아니었어요. 내가 얼어버렸다는 사실에 대한 것이었죠. 당시에는 설사 제임스 퍼솔에게 달려드는 것이 옳은 행동이라고 생각했다 할지라도 그렇게 할 수가 없었을 겁니다. 사실 나는 아무것도 할 수 없었죠."

"그래서 경찰이 되었고요." 릴리의 말은 질문이 아니었다.

"그래요. 나는 교단으로 돌아갈 수가 없었어요. 게다가 시를 쓰는 일로는 생계를 꾸려 나갈 수가 없었죠. 그에 더해 치료 요법이 끔찍하게 싫었으니까."

"그리고 남몰래 환상을 품고 있었을 테죠. 만약 경찰이 되어 남을 구할 수 있다면 자신의 실책이 만회가 될 거라고 말이죠."

"아마 그랬을지도 몰라요. 정확히 그런 생각을 품고 있었는지는 잘 모르겠어요. 하지만 맞는 말이에요."

"그러다가 내가 와서 당신 경찰 인생을 망치고 말았군요."

"오늘 밤에는 그런 이야기를 할 필요 없어요. 밤이 깊었잖아요."

"아직 밤이 지나지도 않았죠."

"잠자리에 들기 전에 내가 해준 이야기를 어떻게 생각하는지 말해줘요. 조앤 그리브에 대해서요."

릴리는 한쪽 귓불을 어루만지며 잠시 침묵을 지키다가 입을 열었다. "내 생각에는 조앤 그리브가 자신의 남편과 남편의 애인을 죽인 진범이 확실해요. 마찬가지로 제임스 퍼솔로 하여금 매디슨 브라운을 죽이도록 몰아간 진범도 확실하고요. 어떻게 그런 짓을 했는지는 모르겠지만 그 여자가 저지른 일이에요. 그녀가 당신을 다시 만나 자신의 남편을 미행하라고 요청한 데에는 이유가 있어요. 내가 볼 때는 향수였던 것 같아요. 당신 교실에서 일어난 일에 좋은 추억이 있어서, 그 경험을 재현하고 싶었던 거죠."

"조앤은 확실히 그 경험을 재현했죠. 적어도 내게는 말입니다. 두 사람이 총상을 입고 죽었으니까요. 내가 다시 볼 거라고 결코 생각하지 못했던 일이었어요."

"그러니 조앤에 대해 파헤쳐 볼 문제가 있어요." 릴리는 자리에서 일어나 침실로 갈 태세를 갖추려는 듯 소파에 앉은 채 몸을 앞으로 옮겼다. "그 여자는 직접 그런 짓을 저지른 게 아니에요. 고등학교 시절에도 어떻게든 제임스 퍼솔을 움직여 자기 대신 더러운 일을 하도록 만들었죠. 지난주에도 다른 사람을 시켜 자신의 남편을 살해했어요. 우리가 할 일은 딱 하나, 바로 그 사람을 찾는 거예요."

"좋아요. 어떻게 하면 되죠?"

"내가 도와줄 수 있어요. 먼저 조앤의 인생에 대해 모든 것을 알아낼 필요가 있어요. 내 추측이지만 그녀의 궤도 안에 속한 사람들 일부는 좋지 않은 결말을 맞이했을 거예요. 뭔가 찾아내야 해요. 어떻게 해야 할지는 모르겠지만 그렇게 해야만 해요."

"그러면 당신이 도와줄 건가요?"

이제는 램프 불빛이 그녀의 얼굴 전체를 비추고 있어서, 나는 그녀의 두 눈을 전부 바라볼 수 있었다. 옅은 초록색 눈동자였다. "물론이죠. 무슨 일이든 상관없이 언제나 당신을 도울 거예요."

나는 잠에서 깨어나 잠시 동안 여기가 어디인지 혼란스러워하다가 어젯밤 세픽에서 잤다는 사실을 떠올렸다. 집 안은 조용했다. 나는 조심스럽게 걸음을 옮겨 복도를 지나 화장실에 간 다음 다락방으로 돌아와 내 노트북을 꺼내 온라인에서 조앤 그리브를 검색해 보았다.

　이상했다. 수업 시간에 일어난 총격 사건을 다루고 있는 그 어떤 기사에서도 조앤의 이름은 등장하지 않았다. 내 이름은 사망자들의 이름과 함께 분명히 언급되어 있었다. 그리고 그 수업을 듣던 몇몇 학생들의 이름을 언급한 신문사들도 있었다. 하지만 결국 그 사건 소식은 널리 퍼지지 않았다. 아마도 제임스 퍼솔이 자살하기 전에 고작 한 명만 살해했기 때문일 터였다. 우리는 대량학살의 시대에 살고 있으니 미성년자라 할지라도 고작 두 명의 죽음만으로는 충분하지 못한 것이었다.

　나는 몇 분 정도 컴퓨터 화면 너머를 가만히 응시했다. 내 정신은 여전히, 특히 어젯밤 릴리에게 모든 이야기를 털어놓은 이후에는 그날의 교실로 돌아가 있었다. 미래의 어느 날 당시 그곳에 있던 사람들이 모두 죽고 나면 그 사건에 대한 기억은 전혀 남지 않을 터였다. 심지어 지금 당장에도 내 기억은 시간의 흐름에 의해 흐려지고 변조되고 있다는 사실을 알고 있었다. 나는 워드를 켜 새 문서를 연 다음 잠시 동안 시를 한 편 구상했다. 내 손이 닿지 않는 곳에서 시상이 흘러들어오고 있었다. 나는 한동안 모든 시는 '나는 여기에 존재한다' 같은 말을 하고 있다고 믿은 적이 있었다. 하지만 시인이 정말로 하고 싶은 말은 '나는 거기에 존재했다'일 것이다. 모든 시는 그저 미래의 독자들에게 보내는 편지일 뿐이기 때문이다. 모든 것은 '나는 거기에 존재했다'라는 하나의 뜻으로 수렴되고 만다. 나는 거기에 존재했고, 이런저런 것들을 느끼고 이런저런 것들을 보았으며, 때로는 이런저런 것들을 이해했지만 대부분의 경우에는 그러지 못했다. 나는 그 표현을 이어서 몇 줄을 써 내려갔다가 이내 지워버리고 다시 이렇게 적었다.

영원한 공포에 빠진 시인
결국 우리는 모두 죽는다는 사실을 자인
그것이 바로 시인이 시를 쓰는 목적
하지만 상황이 더욱 나빠지자 훌쩍
그래서 차라리 선택한 침대 위의 수인

그런 다음 나는 그 리머릭 역시 지워버리고, 온라인 검색으로 조앤에 대해 무엇을 알아낼 수 있을지 다시 고심하기 시작했다. 조앤 그리브 웨일런은 교내 총격 사건의 생존자 명단에는 올라 있지 않았지만 인테리어 디자이너라는 직업 때문에 온라인에서 그 존재를 찾을 수 있었다. 조앤은 홈페이지가 있었다. 링크드인과 트위터, 인스타그램에도 계정이 존재했다. 인스타그램에 올라와 있는 것들은 죄다 주택 인테리어, 직접 디자인한 작품, 혹은 조앤이 존경하는 디자이너의 작품들의 사진밖에 없었다. 페이스북 계정도 있었는데, 이것은 더 이상 이용하지 않는 것 같았다. 나는 페이스북에서 조앤의 친구 목록을 살펴보며 내가 교사로 재직하던 시절에 친숙했던 이름이 있는지 찾아보았다. 한 명 있었다. 크리스틴 헌터라는 여학생이었는데, 내 기억에 따르면 제출한 작문 과제와 시험 성적으로 판단했을 때 상급반 영어 수업을 들었던 가장 뛰어난 학생 중 한 명이었다. 그 아이와 대화를 나눈 적은 크리스틴이 내게 다가와 자신이 불안 장애가 있다면서 교실 앞으로 나가 모의 졸업생 대표 연설 하는 과제를 면제해 줄 수 있을지 물어봤을 때뿐이었다. 나는 대중 연설의 몇 가지 전략을 검토하는 일에 있어 사전에 그녀를 연구 사례로 삼을 수 있어 다행이라고 대답했다. 그로부터 불과 며칠 후에 제임스 퍼솔이 저지른 일 탓에 연설 과제는 흐지부지되고 말았는데, 나는 크리스틴이 연설 과제를 할 필요가 없다는 사실에 조금이나마 안도했을지 궁금했다. 나 역시 대중 앞에서 말을 하는 것에 어느 정도 공포심을 갖고 있었기 때문에 대중 앞에서 시를 낭독하느니 차라리 대량 총격 사건이 일어나기를 바랄 때가 있으리라는 사실을 알고 있었다.

크리스틴의 페이스북 페이지에는 흥미로운 내용이 있을 것 같았지만 비공개로 되어 있어서 아무것도 알아낼 수 없었다. 크리스틴과 조앤은 아마 실제 친구 사이는 아니었을 것이다. 오랜 동기들이 그렇듯 그저 소셜미디어에서 서로의 이름을 발견해서 친구를 맺었을 것이다. 나는 조앤의 친구 목록에서 그리브라는 성을 쓰는 사람을 두 명 발견했다. 한 명은 도로시 그리브, 알고 보니 조앤의 어머니로, 기르는 고양이 사진이나 캔디크러시 사가에서 획득한 점수를 올리곤 했다. 그리고 엘리자베스 그리브는 조앤의 언니가 분명해 보였다. 엘리자베스는 에머슨대학에서 문예창작학과 교수로 재직하고 있었고, 그에 더해 시집을 출간한 시인이기도 했다. 자신의 개인 홈페이지도 있어 그곳에 자신의 사진을 올려놓았다. 그 얼굴은 마치 조앤의 얼굴에서 이목구비를 모조리 뽑아내 덜 성공적인 방식으로 재배치한 것 같았다. 똑같은 눈이었지만 지나치게 서로 가까이 붙어 있었고, 똑같이 아름다운 입매였지만 각진 턱 탓에 동떨어져 보였다. 윤기 나는 머리카락은 짧게 잘랐는데 군데군데 희끗희끗한 부분이 보였다. 나는 홈페이지에 게재된 시 몇 편을 읽어보았다. 대부분은 자유시의 형식이었고, 또 그 내용은 자기 고백적이었다. 어린 시절 백혈병을 이겨냈던 내용의 시가 여러 편 있었고, 아버지의 장례식에 대한 시도 한 편, 그리고 어렸을 적 침실에서 낸시 드루 소설의 표지를 보면서 낸시의 친구이자 조수인 베스 마빈을 상상하며 자위를 했던 심경을 담은 시도 있었다. 여동생을 언급한 시는 한 편도 없었다. 나는 충동적으로 아마존에서 엘리자베스 그리브를 검색해서 책을 두 권 찾아냈다. 첫 번째 책은 《한 주제에 대한 변주》였고, 다른 한 권은 《바닷가 오트밀》이었다. 나는 다음 날 배송되도록 두 권 다 주문했다.

나는 가져온 배낭 안에 노트북을 집어넣었다. 아침 7시였다. 릴리 킨트너와 과거와 근래에 일어났던 일들에 대해 이야기하면서 밤늦게까지 깨어 있었는데도 불구하고 더 이상 잠을 이룰 수가 없었다.

　나는 천장이 한쪽으로 비스듬하게 기울어진 침실에 있었다. 안개 낀 들판 너머로 나무들이 줄지어 서 있는 풍경이 보였다. 벽은 기괴한 노란색 페인트칠이 되어 있었고, 유리창 하나는 금이 가 있었다. 어젯밤에는 간이침대 위에 얇은 매트리스를 깔고 잠을 잤고, 이제는 침대에서 일어나 어린아이 몸집에 맞는 책상 앞에 앉아서 아래층으로 내려가 누가 커피를 내려놓지 않았는지 확인해 보기에는 너무 이른 시간이 아닐까 고심하고 있었다. 나는 무엇인가가 문을 긁는 소리를 듣고 문을 열어 청회색 털의 고양이를 안으로 들이려 했다. 고양이는 멈춰 서서 마치 내가 자신이 낳은 새끼들을 익사시킨 남자의 유령이라는 듯한 태도로 나를 바라보았다. 한동안 서로 마주보다가 고양이는 내가 한낱 필멸자라는 결론을 내리고 방 안을 빙빙 돌다가 마침내 내게 다가와 발목에 몸을 문질렀다. 나는 파이와켓 생각이 났다. 그 녀석은 밤새 집에 혼자 있는 것을 굉장히 싫어했다. 나는 불현듯 어서 빨리 케임브리지로 돌아가고 싶다는 생각이 들었다. 날이 밝자 애초에 내가 여기 왔다는 사실이 이상하게 느껴졌다. 어쩌면 리처드 웨일런은 정말로 팸 오닐에게 너무 깊이 빠진 나머지 팸이 자신과 헤어질 거라는 사실을 알게 되자 떠올릴 수 있는 가장 논리적인 행동을 한 것이 아니었을까? 그는 팸을 쏜 다음 자살함으로써 두 사람 중 그 누구도 다시는 다른 사람을 사랑할 수 없도록 자유를 박탈하고 만 것일지도 몰랐다. 겉보기에는 확실히 그랬다. 나는 어째서 조앤 그리브 웨일런을 그토록 의심하는 걸까? 그녀가 저지른 짓이 아니라면 내게 일정 정도 책임이 있기 때문일까? 동침하지 말아야 할 여자와 잠을 자면서 그녀를 참혹한 죽음에 이르게 한 것 때문일까? 나는 그런 생각을 애써 내 머릿속에서 밀어냈다.

목걸이를 하지 않은 고양이가 조그만 금색 나무 책상 위로 뛰어오르자 나는 놀라서 살짝 움찔하고 말았다. 그러고는 고양이의 턱 아래를 긁어준 다음 배낭을 들고 뒤쪽에 난 계단을 내려가 몽크스하우스 1층으로 향했다.

주방에는 릴리의 어머니, 샤론이 헐렁한 연보라색 드레스 차림으로 스토브에서 베이컨을 굽고 있었다. 릴리는 어젯밤에 음식을 먹은 접시를 치우는 중이었다. 두 사람 모두 고개를 돌려 나를 바라보더니 릴리가 입을 열었다. "냉장고 옆에 커피가 있어요. 알아서 따라 마셔요."

"고마워요. 오래 있을 생각은 없지만 그래도 커피는 한 잔 마셔야겠네요."

"아침 식사도 하지 않고 갈 생각이에요?"

"당연히 먹고 가야지." 샤론이 말했다. "이미 2인분을 만들었단다."

나는 아침 식사를 하고 가기로 하면서 주방에 놓인 목제

테이블 앞에 앉았다. "기르고 계신 고양이를 봤습니다." 나는 거실을 향해 말했다.

"우리가 기르기는!" 샤론은 큰 소리로 말했다. 릴리는 나를 향해 그저 고개만 끄덕이다가 이내 입을 열었다. "에이프릴이에요. 사실은 우리가 키우는 건 아닌데, 우리 집에 들어오는 걸 좋아해서요."

"나는 고양이 알러지가 심해서 말이지." 샤론이 말했다. "릴리는 그 사실을 누구보다 잘 알고 있는데 말이야. 그래서 자꾸만 고양이를 안에 들이는지도 모르겠네."

릴리가 항변했다. "그 애는 당신이 어제 잔 방을 좋아해요. 뒤쪽 온실을 통해서 안에 들어오는 것 같은데 정확히 어떻게 들어오는지 아직 알아내지 못했어요. 이곳에는 언제나 고양이가 한 마리는 있었어요. 왜인지 그냥 와서 사는 거예요."

샤론은 계속해서 테이블 위에 음식 접시를 내려놓았다. 베이컨 접시가 하나, 스크램블드에그 접시가 하나, 그리고 과일 접시가 하나였다. 데이비드 킨트너가 아래로 내려왔다. 어젯밤에 입고 있었던 옷을 그대로 걸쳤지만, 이번에는 단추를 끝까지 채운 카디건 안에 넥타이를 매고 있었다. 그가 아무 말도 하지 않고 내 옆에 앉자 릴리는 삶은 계란 하나를 컵에 담아 그의 앞에 내려놓고 뒤이어 그릇에 커피를 따라 가져왔다. 그는 숟가락 가장자리로 계란 껍질을 깨기 시작했다.

아침식사를 마친 후, 데이비드는 이날 처음으로 입을 열었다. 내게 하는 말이었다. "여기 얼마나 있을 거지? 시골을 배회하거나 술을 마시는 건 어때? 아니면 둘 다 조금씩 다 해볼텐가?" 그의 말투는 사전에 살짝 연습한 것처럼 들렸다.

"안타깝지만 아침 식사를 마치면 바로 가보겠습니다."

"또 올 거야, 아빠." 릴리가 말했다. "또 오겠다고 약속했으니까."

"아, 잘 됐구나." 데이비드는 넥타이에 묻은 얼룩을 비비며 말했다.

릴리는 내가 차에 타기 전에 자신의 정원을 보여주었다. 물론 지금은 죽어가고 있었지만, 아직도 군데군데 다채로운 색이 보였다. 화분에 심은 청동색 국화, 시들어가는 해바라기, 다양한 톤의 보라색으로 변해버린 작은 잎들이 달린 관목 같은 것들이 있었다. 고양이 에이프릴이 조용히 낡은 돌담을 둘러 모습을 드러냈다. 에이프릴은 나를 돌아보면서 과연 내가 그 방에서 봤던 유령과 같은 존재인지 판단하려 애를 썼다.

"오늘 아침에 조앤에 대해 조사를 좀 해봤어요. 그냥 구글에 검색 좀 하고 소셜미디어를 뒤져보는 것 정도였지만요." 내가 말했다.

"그래서요?"

"내가 멍청한 것 같은 기분이 들기 시작했죠. 어쩌면 그냥 조앤의 남편이 갑자기 폭발해 버린 걸 수도 있어요. 사람들은 각자 다른 인생의 시기에 폭력적인 죽음과 직면하게 되죠. 팸 역시 그런 불행한 사람들 중 한 명에 불과할지도 모른다는 생각이 드는군요."

"가능성 있는 일이죠."

"하지만 당신은 그렇게 생각하지 않는군요."

"좀 더 알아보기 전까지는 무슨 생각을 하는지 모르겠지만 당신 느낌이 맞을 거라는 느낌은 있어요. 조앤은 똑똑한 사람이라 그런 일이 일어나도록 조종하는 거예요."

나는 고개를 끄덕였다. 날씨는 점점 화창해졌다. 어두운 구름이 동쪽으로 밀려났고, 이른 아침 햇살이 모든 것을 따스하게 비추고 있었다. "그러면 우리 둘이서 무엇을 알아낼 수 있을지 한번 해볼까요?"

"계획한 대로 하자고요. 만약 아무것도 아니라 해도 당신이 여기 찾아와 줘서 좋았어요. 아빠가 기운이 났으니까요.

"손님이 별로 찾아오지 않나 보죠?"

"아빠가 좋아하는 사람은 없어요. 대부분 엄마의 친구들이니까요. 아빠 친구들은 죽었거나, 이제 더 이상 여행을 하지 않는 것 같아요."

"아니면 둘 다일 수도." 나는 릴리가 미소를 짓기를 말하며 이렇게 말했다.

"아니면 둘 다일 수도."

"부모님과 함께 여기 머무를 생각인가요?"

"반드시 그래야 해요. 아니, 이건 사실과 좀 다르죠. 그럴 필요가 있다고 해야겠네요. 윈슬로대학에서 나를 받아줬더라도 다시 그곳에서 일할 수는 없었을 거예요. 관심 어린 시선이 너무 많은걸요."

그녀가 몸을 굽혀 축축한 흙에서 잡초를 하나 뽑는 바람에 머리카락이 어깨에서 흘러내렸다. 릴리 킨트너는 나를 죽이려 했고 거의 성공할 뻔했다. 나는 그녀가 두 명의 사람을 살해하고 무사히 빠져나갔다고 의심했다. 그럼에도 불구하고 나는 그녀와 함께 시간을 보내면서 이전에는 결코 느껴보지 못한 수준의 평화를 느끼게 되었다. 마치 위험한 동물과 함께 지내지만 그 동물이 결코 자신에게 해를 끼치지 않을 거라는 사실을 알고 있는 기분이었다. 도발하지 않는 한 결코 그런 일은 없을 터였다. 내가 느낀 것은 단지 평온한 감정 이상의 특별한 느낌이었다. 릴리는 나를 자신의 안으로 들여보내준 것이었다.

그리고 내가 릴리에게 느끼고 있는 또 다른 감정이 있었는데, 그 감정은 이해하기 좀 더 어려웠다. 나는 그녀에게 일종의 무조건적인 사랑을 느꼈지만 그보다 더 중요한 것은 그녀에게 사랑에 대한 보답을 요구하지 않는다는 점이었다. 그저 그녀를 사랑하는 사람이 된다는 것만으로 충분했다. 그 사랑을 지나치게 오래 생각하다 보면 단순히 헌신하기 두려운 동시에 그저 상대를 손에 넣을 수 없어서, 릴리에게 끌리는 것이라는 결론을 내리게 될지도 몰랐다. 하지만 왠지 그 이상의 감정이라는 생각이 들었다. 이는 보호 본능을 자극하고 본질적인 더

욱 깊은 사랑이었다. 어쩌면 이 사랑은 그 묘지에서 우리 둘 사이에 일어난 일 때문에 존재하는 것일지도 몰랐다. 아니면 이 세상 사람 절반처럼 그저 강박적인 관계에 눈이 멀어버린 것일 수도 있었다.

"서로 어떻게 연락하면 좋을까요?" 내가 물었다.

"일주일 후에 이곳에 와서 의견을 나눠보는 게 어때요? 서로 전화를 걸어도 될 것 같긴 한데, 그러면 통화 기록이 남을 테니까요."

"내가 오도록 하지요. 일주일 후에."

21장

리처드

리치 웨일런과 팸 오닐을 살해한 후 리처드가 느낀 희열은 오래 가지 못했다. 죄책감이나 붙잡힐지 모른다는 걱정 때문이 아니라, 다시 건축자재점에 출근해서 사장 조지나 점포 매니저 마리의 지시를 받는 것이 거의 참을 수 없었기 때문이다. 그들은 그가 어떤 사람인지, 어떤 일을 해낼 수 있는지 전혀 모르고 있었다. 리처드는 언제나 그랬던 것처럼 살인을 저지른 이후 한 번 더 변해버렸고 그런 변화를 한 번도 겪어보지 못한 사람들은 절대 알지 못할 터였다. 그들은 그저 리처드를 크래프츠맨에서 보낸 화물을 풀어 전시하거나 콘로이 부인이 강력 접착제를 찾는 일을 것을 도와주는 데 써먹을 뿐이었다.

그들은 언젠가 모든 사람이 리처드 시든이라는 이름을 알게 될 것이라는 사실을 모르고 있었다.

그들은 인터뷰 요청을 받게 될 것이라는 사실을 모르고 있던 것이다. 그리고 이런 말을 하리라는 사실 역시 모르고 있었다. 정말 하나도 몰랐어요. 그는 훌륭한 직원이었습니다. 말이 없긴 했지만 그렇게 똑똑한 사람일 줄은 꿈에도 생각하지 못했습니다. 그러니까 제 말은, 그가 머릿속에서 무슨 생각을 하고 있었는지 알았더라면 얼마나 좋았을지.

그래서 정문 현관 위에 달아 놓은 벨이 울릴 때마다 리처드는 혹시 조앤이 자신을 만나러 온 것은 아닌지 확인해 보았다. 오지 않으리라는 사실은 알고 있었다. 두 사람의 계획이 그렇게 순조롭게 풀린 상황에서 그녀가 이곳에 오는 것은 멍청한 행동이었다. 하지만 리처드는 여전히 조앤이 가게 안으로 들어와 배터리를 집어 들며 그를 바라본 다음 가게를 나설 것 같다는 생각을 멈출 수가 없었다.

그러면 리처드는 도서관에서 조앤을 만날 것이었다. 조앤은 단순히 일이 어떻게 진행되었는지, 리치는 팸이 총에 맞은 후 삶의 끝이 임박한 순간이 다가오자 어떻게 행동했는지 알고 싶어 할 것이다. 내 이름을 말했어? 살려 달라고 빌었어?

리처드는 조앤에게 언제나 그랬던 것처럼 사실대로 말해 줄 것이었다. 어떻게 조앤의 남편의 손에 총을 쥐어준 다음 자신의 손가락을 리치의 손가락 위에 얹고 그가 손가락을 당기게 하면서 그의 삶을 끝장내 버렸는지에 대해, 리치가 자신의 손에 놀아나 어른을 철석같이 믿고 있는 어린아이처럼 고분고분하게 굴었는지에 대해 말해줄 터였다. 리처드는 정말로 그 모든 이야기를 조앤에게 말하고 싶었지만 조앤이 모르는 편이 더 낫다는 사실은 알고 있었다. 둘은 함께 완전범죄를 한 번도 아니고 세 번이나 저질렀으니 조앤은 세부 사항에 대해 모르면 모를수록 더 좋았다.

조앤이 리처드의 삶 속으로 돌아온 이후 리처드는 윈드워드 리조트에서 있었던 일에 대해 많은 생각을 했다. 두 사람이 그 방파제에서 두에인을 해치운 일에 대한 생각과 헤어지기 전에 마지막으로 도서관에서 만났던 일에 대해서도 생각했다. 당시 리처드는 조앤을 기다리고 있었다. 조앤은 두에인을 바다 속으로 밀어버린 직후에는 괜찮아 보였다. 하지만 리처드는 조앤이 신문을 받는 중에 혹시 무너지지는 않을지 걱정이었다.

케너윅에서의 다음 날은 스릴과 공포를 동시에 느낄 수 있었다. 리처드의 이모와 이모부는 밤새 정신이 나가 있다가 아침 일찍 두에인의 시체가 발견되자 그 사실을 차마 믿지 못했다. 두에인의 어머니가 히스테리를 일으키자 리처드는 이모가 진짜 비통해서 그러는 것인지, 아니면 그저 자신의 인생에 나쁜 일이 일어났다는 사실에 충격을 받아서 그러는 것인지 궁금했다. 리처드의 어머니에 따르면 에블린 이모는 애초에 문제 있는 집안에서 태어난 아이였고, 언제나 다른 사람이 모든 일을 대신 처리해 주고 모든 것을 은쟁반에 담아 가져와 주기를 바라는 구제불능의 버르장머리 없는 동생이었다. 에블린은 팻 워즈니악이라는 완벽한 짝을 찾았다. 그는 뚱뚱한 불량배였지만 자신의 아내를 숭배했고, 성공한 도급업자였던 아버지의 유산을 물려받은 사람이었다. 팻은 에블린이 원하는 모든 것을 사다 바쳤고, 두 사람은 그들의 최악의 면을 모조리 물려받은 아들을 하나 낳았다. 게으름, 오만함, 잔인함 같은 성품이 고스란히 유전된 것이었다. 그들의 아들이 더 이상 가망이 없는 모습으로 케너윅 해변에서 발견된 다음 날, 에블린 워즈니악은 진정제를 투여 받고 리조트에 있는 자신의 방으로 돌아가 침대에 누웠고, 팻은 수사관이나 리조트 직원들을 향해 하루 종일 분노를 터뜨렸다. 팻은 아들의 익사에 대해 그 누구를 비난할 수도, 심지어 고소할 수도 없다는 사실이 믿기지 않았던 것이었다.

리처드는 그날 오후 리조트를 떠나거나 또는 부모님 중 한 명이 자신을 데리러 올 것이라 생각해서 자신의 방 안에서 대부분의 시간을 보냈지만, 밤이 되어 도서실에 갈 수 있을 때까지는 이곳에 머무르고 싶다는 소망을 품고 있었다. 그곳에서 조앤이 자신을 보러 올 것인지 확인할 수 있을 터였다. 조앤과 함께 전날 밤의 기억을 다시 되새겨 보고 싶었고, 그녀가 어떻게 지내고 있는지, 경찰의 신문을 받는 것에서 오는 압박감을 어떻게 견디고 있는지 확인해 보고 싶기도 했다. 리처드는 조앤이 잘 견딜 것이라고 생각했지만 100퍼센트 확신할 수는 없었다.

그날 늦게 리처드의 이모부는 그를 한쪽으로 불러내 다음 날 아침에 떠날 예정이라고 말했다. 팻은 할인 요금을 내고 숙박한 이 빌어먹을 호텔에서 어서 나가고 싶었지만 에블린이 아직 여행을 할 정도의 기력을 차리지 못했기 때문이었다. 팻은 또한 리처드에게 두에인과 어울리던 조앤이라는 여자애에 대해 아는지 물어보았다. 리처드는 전혀 모르겠다고 대답했다.

저녁식사를 마친 후, 리처드는 도서실로 올라가 다시 읽을 책을 한 권 고른 다음 기다렸다. 그가 손에 쥔 책은 T. H. 화이트의 오래되어 다 해진 《바위에 꽂힌 검》이었는데, 몇 년 전에 재미있게 읽었던 책이었다. 리처드는 책을 훑어보았지만 머릿속은 여전히 조앤에 대한 생각으로 가득 차 있었다. 그러다가 조앤이 다른 사람에게 두 사람이 무슨 짓을 했는지 다 털어놓을지도 모른다는 불안한 심정이 점점 커져만 갔다. 어느 순간 누군가 도서실 안으로 들어왔다. 한 걸음 내디딜 때마다 작게 끙 하는 소리를 내며 힘겹게 숨을 몰아쉬는 노인이었다. 누구인지는 몰라도 그 사람은 5분 만에 밖으로 나가며 조명 스위치를 꺼버렸다. 리처드는 자리를 옮기지 않고 어둠 속에서 계속 기다렸다.

한 시간은 족히 지났을 무렵 문이 열리는 소리가 들리더니 조명이 켜졌다. 조앤이 숨을 조금 헐떡거리며 한 손으로 가슴을 누른 채 도서실 한가운데에 놓인 책장을 돌아 다가왔다. 리처드는 조앤이 미소를 짓고 있는 모습을 보고 마주 미소를 지었다. 온 세상이 다 괜찮다는 사실을 알았던 것이다. 조앤이 리처드를 향해 다가와 그의 두 손을 잡고 끌어당기자 두 사람은 서로를 꼭 끌어안았다. 리처드의 손이 조앤의 잘록한 허리를 감쌌고 조앤은 리처드의 목에 자신의 얼굴을 묻었다. 두 사람은 잠시 동안 그런 모습으로 서 있었다.

그날 밤 두 사람은 헤어지기 전에 한 가지 합의를 했다. 고등학교로 돌아가게 되면 지금까지 그랬던 것보다 훨씬 더 서로 모르는 척 굴자고 약속한 것이었다. 그들은 서로에게 낯선 타인이 될 것이었다. 그것이 가장 중요한 규칙이었다.

하지만 혹시 무언가 필요하거나 단순히 이야기를 나눌 필요가 있을 때면, 그저 복도나 학생식당에서 서로 눈을 마주치자고 합의했다. 그 행위가 신호가 될 터였다. 그리고 그런 신호를 주고받고 나면 그날 밤에 마을 도서관에서 문 닫기 한 시간 전에 만나는 것이었다. 리처드는 학교로 돌아가고 나면 자신이 먼저 조앤과 눈을 마주치는 일은 절대로 없을 것이라는 사실을 알고 있었지만, 조앤 쪽에서 그와 접촉을 시도할지도 모른다고 생각했다. 그리고 그런 생각을 하는 것만으로도 3년간의 남은 고등학교 생활을 충분히 견딜 수 있을 것이라는 사실을 알았다.

한 달여 남짓 지나자 리처드는 고등학교 2학년 생활을 시작했다. 게임 클럽에도 가입했다. 학교가 끝나자마자 곧바로 집에 가는 것보다는 낫기 때문이었다. 이 클럽에 가입한 학생들은 카우프먼 선생님의 과학실에 모여 〈던전 앤 드래곤〉이나 〈월드 오브 다크니스〉 같은 테이블톱 롤플레잉 게임을 즐겼는데, 그러던 와중에 제임스 퍼솔이라는 학생이 〈바이올런스〉라는 게임을 알려주었다. 썩 좋은 게임이라고 할 수는 없었지만 꽤 재미있기는 했다. 리처드는 자신보다 더 외톨이였던 제임스와 친구가 되었고 계속해서 다른 게임 친구들도 사귀게 되었다. 고등학교에는 으레 불량배들이 있기 마련이었지만 리처드는 계속해서 키가 커서 어느덧 180센티미터를 훌쩍 넘었기 때문에 불량배들은 대개 그를 내버려 두는 쪽을 택했다.

리처드는 항상 조앤을 보고 있었다. 복도에서도 마찬가지였고, 두 사람은 반년 정도 점심식사 시간이 딱 맞아 떨어져서 리처드는 줄곧 조앤이 체조부 친구들과 함께 학생식당에 앉아 있는 모습을 바라보곤 했다. 둘은 절대 눈을 마주치지 않았고, 서로의 존재를 전혀 인정하지 않았다. 리처드는 그 일이 꿈이 아니었다는 사실을 알고 있었음에도 여름 동안 일어났던 현실이 점점 꿈처럼 변해버리기 시작해서 사라져 버리는 것을 느낄 수 있었다.

3학년이 되자 리처드는 게임 클럽의 회장으로 선출되었고, 그와 제임스는 가장 친한 친구 사이가 되었다. 최소한 제임스는 리처드가 가장 친한 친구라고 생각하는 것 같았다. 제임스는 리처드에게 학교에서 가장 덩치가 큰 멍청이들을 죽여버리는 상상에 대해, 그리고 총기를 수집하던 삼촌이 자신에게 총기보관함 열쇠를 주었기 때문에 삼촌의 권총을 하나 손에 넣을 수 있었다는 사실에 대해 모조리 말해주었다. 리처드는 제임스의 멍청한 화풀이 같은 말을 듣기만 하면서, 자신은 실제로 사람을 죽여본 적이 있다는 말은 결코 하지 않았다. 리처드는 만약 메인주에서 있었던 그날 밤에 대한 세세한 이야기를, 즉 그가 같은 학년에서 가장 인기 있는 여학생인 조앤 그리브와 공모해서 무식한 운동선수 사촌형을 죽여버렸다는 이야기를 제임스에게 해준다면 제임스의 못생긴 얼굴에 어떤 표정이 떠오를지 상상할 수 있었다. 리처드는 제임스가 과연 자신의 말을 믿기나 할까 의심스러웠지만, 이는 아무런 문제가 되지 않았다. 어쨌든 그에게 그 이야기를 해줄 생각이 없었으니까. 아무에게도 그 이야기를 해줄 생각이 없었다.

졸업반이 되자 조앤은 리처드가 듣는 유럽 역사 수업을 수강했다. 조앤은 맨 앞줄에 앉았기 때문에 리처드는 수업 중에 조앤의 뒤통수와 윤기 나는 검정색 머리카락, 연보라색 잉크로 공책 위에 빠르게 필기하는 모습을 바라볼 수 있었다. 어떤 날에는 조앤이 트레이닝팬츠나 타이츠를 입고 올 때가 있었는데, 조앤이 머리카락을 뒤로 묶으면 리처드는 그의 새하얀 목덜미와 곡선을 그리는 귀를 바라볼 수 있었다.

두 사람은 절대 말을 나누지 않았다. 눈을 마주치는 일조차 없었다.

그러다 12월 중순에 작문 시험이 있던 날, 리처드는 마서 선생님에게 시험지를 제출하기 위해 교실 앞쪽으로 향했다. 그가 다시 자신의 자리로 돌아오는 길에 갑자기 조앤이 눈을 깜빡거리더니 그와 눈을 마주쳤다. 자신의 자리에 도착하고 나니 리처드의 심장이 거세게 뛰고 있었다. 그는 시험지 위로 몸을 굽힌 채 맹렬하게 글을 쓰는 조앤에게서 시선을 떼지 않았다. 가끔 조앤이 고개를 한쪽으로 젖히는 바람에 그녀의 옆모습을 볼 수 있었다. 조앤은 시험지에 집중하면서 치아 사이로 혀끝을 내밀고 있었다. 그러다가 답안 작성을 다 마치자 자리에서 일어나 선생님에게 시험지를 제출했다. 그런 다음 잠시 몸을 돌려 이번에는 리처드의 눈을 정면으로 응시했다. 리처드 역시 조앤의 눈을 마주 바라보았다.

그날 밤 두 사람은 미들햄 도서관에서 폐관하기 한 시간 전에 만났다. 조앤이 먼저 나와 있었고, 리처드는 지하층의 좁은 통로 중 한 곳 논픽션 코너에서 조앤을 발견했다. 두 사람이 서로 마주보자 조앤은 한 손가락을 입술에 대며 재빨리 그들 양쪽에 나란히 이어진 통로를 살펴보았다.

"여기는 아무도 없는 것 같아." 리처드가 말했다.

"보고 싶었어."

리처드는 미소를 지으며 무슨 말을 하려고 했지만 입 밖으로 말이 나오지 않았다. 조앤은 웃음을 터뜨렸다. 과거 리처드가 기억하던 바로 그 모습이었다. 복도나 학생식당에서 100번이나 보았던, 입을 크게 벌리고 고개를 뒤로 젖히고 웃는 모습과도 판박이였다.

"저기, 빨리 끝내고 싶지만, 먼저 물어볼 게 있어." 조앤이 말했다.

"그래."

"그때 기억나? 메인주에서 네가 죽일 사람들 명단에······ 누구를 넣을지 이야기하던 거······." 리처드가 고개를 끄덕이자 조앤은 말을 이었다. "그러면 그 명단에 매디슨 브라운을 넣겠다고 했던 것도 기억나고?"

"사실 잘 기억은 안 나. 하지만 그 애를 넣겠다고 했어도 그리 놀랄 일은 아니지. 아직도 그 애랑 가장 친한 친구 사이야?"

"아, 아니야." 조앤은 고개를 살짝 저으며 말했다. "여름부터는 그렇지 않아. 전혀 놀랄 일도 아니지만, 그 애가 정말 끔찍한 인간이라는 걸 알았거든."

리처드는 어깨를 으쓱하며 눈썹을 치켜 올렸다.

"자, 어서 이렇게 말해봐. 그걸 모르는 사람도 있어?"

"내가 아니라 네가 말해버렸네." 리처드는 두 사람이 다른 주에 있는 다른 도서실에서 마지막으로 이야기를 나눈 이후로 시간이 조금도 흐르지 않은 것 같다고 생각했다. "그 애가 너한테 무슨 짓을 했는데?"

"나는 그 애가 내 가장 친한 친구인 줄만 알았는데, 이제 보니 자기 인기 외에는 아무 관심이 없더라고. 계속 내 험담을 하고 다닌다니까." 리처드는 적절한 대답을 할 수 없었다. 조앤이 이렇게 덧붙였기 때문이다. "아니, 정말이야. 정말 끔찍한 애라고. 이제야 깨달았지 뭐야."

리처드는 고개를 끄덕이다가 입을 열었다. "그걸 모르는 사람도 있어?"

조앤은 미소를 지었다. "그래서 내 생각에는 말이야. 너랑 내가 다시 팀을 짜서 무슨 일 좀 해야겠어."

22장
킴볼

       케임브리지로 돌아온 다음 날, 나는 엘리자베스 그리브의 시집을 두 권 수령했다. 첫 시집 제목은 《한 주제에 대한 변주》였다. 엘리자베스는 한 작은 대학 출판부에서 주최한 신인공모전에서 수상해서 데뷔했기 때문에 그 시집 뒤편에는 이 책을 극찬하는 심사위원의 심사평이 실려 있었다. "이 충격적인 새로운 목소리의 등장은 시가 특정 방식으로 창작된다고 생각하는 독자들의 고정관념을 향한 도전이 될 것이다."

    나는 내 머릿속에서 그 심사평을 기를 쓰고 지우려고 하면서 그 시집에 실린 시들을 읽어보았다. 일부는 꽤 마음에 들었고, 일부는 자유로운 형식에 현재 시제를 사용하고 화자가 시인 본인이 분명해 보이는 것으로 보아 시 작법 워크숍에서 나온 결과물처럼 느껴졌다. 이런 평가가 시집 하나 내지 못한 시인 주제에 신랄한 비평이나 하는 것처럼 보인다면, 아마 그 느낌이 맞을 것이다. 이 시집에서 가장 마음에 드는 시는 표제작이었는데, '남자는 안경 쓴 여자에게 추파를 던지지 않는다'라는 유명한 관용어를 조롱하는 표현이 길게 반복되는 형식이 꽤 재미있었다. 자신의 암 투병 생활에 대해 쓴 〈병원의 격렬한 밤〉이라는 사뭇 감정을 울리는 시도 있었다. 한 간호사가 화자에게 에밀리 디킨슨의 시집을 한 권 건네주는 이야기였다.

《바닷가 오트밀》은 활판인쇄로 찍은 소책자로, 표지 그림은 선화로 표현한 투구게의 해부도였다. 이 시집에 실려 있는 시들은 엘리자베스의 데뷔작에 실린 작품들과는 조금 달랐다. 좀 더 초현실적이었고, 암에 대해 다루는 작품이 하나도 없었다. 내가 알 수 있는 것은 피상적인 수준에 불과했지만 이 시집에 수록된 모든 작품은 바다와 풍부한 성적인 이미지 사이의 교차점이라는 주제 하나로 수렴하는 것 같았다. 나는 끝에서 두 번째 시가 가장 흥미로워서 연달아 세 번 읽어보았다.

조류

1999년, 케너윅

같이 가자고 하니 왔지

바람이 빗질한 언덕과 습지가 보이는 곳으로
인형 부속처럼 부서지기 쉬운
게가 가득한 바닷가 웅덩이로

머릿속에 선명하게 떠올라
당신도 이곳에 오다니……
나는 얼마나, 얼마나 운이 좋은가……
입술이 파랗게 변한 남자의 입술이 파랗게 변한 딸

아빠는 내 손을 잡아
짜디짠 악취 속으로
조류가 멈춘 바다의 소금 속으로 데려가
나는 손가락 뼈를 몇 개

남기네 지금쯤 그 뼈들은 가리비 껍질처럼
새하얘졌겠지 내 부모님은
배란기에 접어든 딸을 두고 떠났지
나무에는 온통 썩은 자두뿐인데

그리고 내 어린 여동생은 이제 막
살인을 저지를 나이가 되어
소년과 차단선을 넘어 헤엄치다가

홀로 돌아왔어

바닷새가 머리 위를 선회하네
살해당한 이를 위해
그리고 바다와 그 끝자락 사이에
남겨진 것을 위해

케너윅은 메인주 남부 지역으로, 휴양지가 여러 지점에
고루 쪼개져 분포해 있었다. 케너윅 항구, 케너윅 해변, 케너
윅 종합 시설 등등. 나는 어린 시절 가족들끼리 메인주 웰스시
근처에서 휴가를 보내곤 해서 그 지역에 대해서는 잘 알고 있
었다. 그 외에도 케너윅에 대해 잘 아는 이유가 더 있었다. 보
스턴 사우스엔드에서 테드 스버슨이 살해당할 당시 그와 그
의 아내 미란다가 케너윅에서 여름 별장을 짓고 있었기 때문
이었다.

그런데 이 시에서 정말로 흥미로운 부분은 화자의 여동생
에게 바친 대목이었다. 그리고 이 시는 실제 사건을 재구성한
자기 고백적인 시가 분명해 보였으니, 화자는 엘리자베스 그
리브라고 봐도 좋을 터였다. 심지어 그 일이 일어난 해도 표기
되어 있었다. 엘리자베스가 자신의 여동생을 살인자라고 부르
고 익사한 소년에 대해 언급한 것은 모두 은유적 표현인 것 같
았지만, 어쨌든 나는 컴퓨터에 달려들어 1999년에 케너윅에

서 발생한 익사 사고에 대해 조사하기 시작했다. 그해에 일어난 사건은 전혀 찾을 수 없었지만, 2000년에 일어난 익사 사건은 하나 찾아내고 말았다. 두에인 워즈니악이라는 10대 소년이 늦은 밤에 케너윅 해변 방파제에서 바다에 뛰어들어 수영을 하다가 익사한 사건이었다. 기사 내용에 따르면, 그 소년과 함께 수영을 하던 소녀가 그가 묵고 있던 윈드워드 리조트 직원에게 신고했다고 했다. 그 소녀의 이름은 나와 있지 않았다. 그 시의 시간적 배경이 1999년이라고 명시되어 있어서 그 익사 사고가 2000년에 일어났다는 사실이 조금 마음에 걸렸다. 하지만 나도 시를 쓰는 사람이었으니 엘리자베스 그리브가 지면에서 보면 2000보다는 1999라는 숫자가 더 괜찮아 보여서 날짜를 바꾸었을 거라는 추측이 가능했다. 내게 2000년은 마치 SF소설 속 시간 배경처럼 느껴졌으니 아마 엘리자베스에게도 마찬가지였으리라.

나는 그 익사 사건에 대한 후속기사를 하나 찾아냈다. 두에인은 부모님 및 사촌동생과 함께 그 리조트에 한 달 정도 머무르는 중이었다. 부모님은 코네티컷주 웨스트 하트퍼드에 거주하는 펫과 에블린 워즈니악이었고, 사촌동생은 매사추세츠주 미들햄에 사는 리처드 시든이었다. 나는 미들햄에 사는 리처드 시든이라는 사람에 대해 검색해 보았지만 그 기사에서 이름이 한 번 언급된 것 외에는 아무것도 찾을 수 없었다. 하지만 그 이름은 내게 친숙하게 들렸다. 나는 충동적으로 벽장으로 향해 내 인생의 일부를 처박아 두었던 판지 상자를 다시 꺼냈다. 그 안에는 영어 교과 부장이었던 모린이 보내준 다트퍼드-미들햄 고등학교 2003년 연감이 새것과 다름없는 상태로 들어 있었다. 나는 졸업생 명단이 실린 페이지를 넘겨보다가 살짝 옆을 보고 찍은 리처드 시든의 사진을 발견했다. 풍성한 흑발에 얼굴에서는 칼날 같은 분위기가 풍겼다. 외모는 그럭저럭 나쁘지 않았지만 나는 그를 따돌림을 당하는 좀 이상한 구석이 있는 아이로, 언제나 혼자 다니던 키가 크고 빼빼 마른 학생으로 기억하고 있었다.

리처드가 내 수업을 들은 적이 없다는 사실을 알고 있었기에 내가 어째서 그를 알고 있는지 기억해 내려고 애를 썼다. 리처드는 제임스 퍼솔, 내 수업 시간에 매디슨 브라운을 죽이고 사살했던 학생과 친구 사이였다. 실상 내 기억에 따르면 리처드 시든은 제임스 퍼솔의 유일한 친구라고 할 수 있었다.

나는 리처드 시든의 사진에 시선을 고정한 채 윤이 나는 연감 페이지를 손가락으로 두드리면서, 그는 지금 어디에 있을지, 어떻게 하면 그를 찾아낼 수 있을지 고심했다.

23장

리처드

리처드는 조앤을 처음 만나 둘이 함께 두 에인을 방파제 끝으로 유인했던 2000년 여름에 대해 생각하기를 좋아했다. 그 주에 일어난 모든 일을 손쉽게 세세하게 떠올릴 수 있었다. 하지만 어떤 이유에서인지 제임스 퍼솔에게 학교에서 매디슨 브라운을 총으로 쏜 다음 자살하라고 말했던 고등학교 졸업반 시절은 거의 생각하지 않았다. 지금 와서 생각해 보니 그의 기억에는 텅 빈 공간이 많았다. 어떤 의미에서는 이제 그의 어린 시절을 구성하고 있는 것은 어떤 맥락으로도 이어지지 않는 생생하고 선명한 순간 몇 개뿐이었다.

졸업반 시절의 최고의 기억은 미들햄 시립 도서관에서 조앤을 만난 것이었다. 두 사람은 그곳에서 총 일곱 번 만났고,

매번 도서관이 문을 닫기 한 시간 전이었다. 그리고 두 사람은 함께 조앤이 종종 매디슨 브라운 문제라고 부르는 일과, 어째서 제임스 퍼솔이 그 문제를 해결할 수 있는 적임자인지에 대해 이야기를 나누었다. 리처드가 제임스에게 미란다를 총으로 쏘라고 부추기는 방법을 처음 떠올린 사람은 조앤이었다. 그 발상은 제임스가 총기 박람회에서 가짜 신분증을 이용해서 구입한 자동권총을 두 자루 가지고 있으며, 총기난사를 벌인 후 자살하겠다는 말을 수없이 떠들었다는 이야기를 리처드가 조앤에게 하자 떠오른 것이었다. 이는 제임스에게 있어 집요하게 고개를 드는 갈망이었고, 리처드는 자신 역시 똑같은 갈망을 품고 있다는 이야기를 제임스에게 해주었다. 리처드의 진짜 생각은 달랐지만, 그는 제임스에게 자신은 이미 사람을, 그것도 자신의 사촌형을 죽여봤으며 그 기분이 어땠는지 말해줄 수는 없었다.

"그 애가 매디슨 브라운을 죽인 다음 자살하도록 만들 수 있어?"

"모르겠어." 리처드는 이렇게 대답했다. 리처드는 지금은 거의 잊어버렸지만 당시만 해도 어느 정도는 이런 생각을 하고 있었다. 내가 살인자일까? 두에인을 바닷속으로 떠밀어 버린 것은 일종의 살인 행위라 할 수 있겠지만 조앤은 총에 대한 이야기를 하는 것이었다. 리처드는 이내 그 생각을 흘려보냈다. 조앤이 괜찮다면 자신 역시 괜찮았기 때문이다.

"네가 그 애랑 협정을 맺을 수도 있어. 총을 두 정 갖고 있다면서. 학교에서 너희 둘이 각자 같은 시간에 다른 교실에서 총을 쏘는 계획을 세울 수도 있잖아. 너는 아무도 죽이지 않을 테지만, 그 애는 모를 거야."

"그러면 그냥 그 애한테 가서 나한테 계획이 하나 있다고 말하라는 거야? 그 애는 매디슨을 죽이고 자살해야 하고 나는 같은 시간에……."

"아니, 아니, 그게 아니야. 이런 식으로 말하라는 거야. 정말 멋진 생각이 떠올랐다고 말해. 학교에 몰래 총을 가져와서 두 사람 모두 각자 사냥을 하는 거라고. 그 애가 네 사냥감을 골라주고, 너는 그 애 사냥감을 골라주겠다고 말해. 그러면 너는 총을 쏴서 그 사람을 죽이고 자살하겠다고 하는 거지. 진짜 그런 계획을 실행할 것처럼 말하지 말고, 그저 생각하는 것만으로도 얼마나 멋진 일인지 말하는 것으로 충분해. 생존자가 없는 교내 총격 사건이 두 건 일어나는 거잖아. 네가 먼저 진짜로 하자고 해서는 안 돼. 제안은 그 애가 하도록 내버려 둬."

"만약 제임스가 그런 제안을 하지 않으면?"

"그러면 매디슨 브라운 문제를 풀 다른 방법을 찾으면 되지."

리처드는 조앤이 제안한 계획대로 정확히 이행했다. 제임스가 리처드의 집에 찾아오자 두 사람은 지하실에서 〈바이올런스〉 게임을 했지만, 대부분의 시간은 가장 좋아하는 밴드인

'애즈 아이 레이 다잉As I Lay Dying'에 대한 이야기를 하면서 보냈다. 리처드가 그 제안을 건네자 제임스가 조앤의 예상 그대로 반응한 것이 그리 놀랄 일은 아니었다. 제임스는 그 계획을 마음에 들어 했고 리처드가 죽여야 하는 사람을 고르는 데 열광적이었다. 그는 계속 마음을 바꾸다가 마침내 졸업반 학생인 대니 이튼과 특히 끔찍한 과학 교사 바버, 두 사람으로 범위를 좁혔다. "너는 누구를 쏘고 싶어?" 제임스가 물었다.

"생각을 진짜 많이 해봤는데, 아무리 생각해도 매디슨 브라운을 죽이고 싶어."

"와, 세상에. 바로 그거야. 진짜 쌍년이잖아. 나랑 같은 수업을 듣거든. 상급반 영어 수업 말이야. 그러니까 쉽게 해치울 수 있어." 제임스는 마치 상상 속에서 총을 쏘는 듯 손가락을 들어 허공을 겨누며 엄지로 공이를 당기는 시늉을 했다.

고등학교의 마지막 반년이 시작되는 1월의 어느 추운 밤에, 리처드는 도서관에서 조앤을 만나 이렇게 말했다 "일이 잘못 풀리게 될 경우의 수가 너무 많아. 두에인 때와는 다르다고."

"알아." 조앤이 대답했다. 두 사람은 언제나 대화를 나누던 발코니 층의 벽감 안에 있었다. 두 사람이 이곳에서 만나던 도중에 누가 위층으로 올라왔던 적은 딱 한 번이었다. 한 노인이 쌕쌕거리며 다가와 두 사람이 있는 곳을 지나쳐 걸어간 적이 있었다. 그 사이에 조앤은 다른 통로에서 몸을 숙이고 있었다.

그 노인은 의자에 앉아 있는 리처드 쪽에 눈길도 주지 않았다. 물론 같은 고등학생 두 명이 똑같이 늦은 시간에 도서관에 있다는 사실을 눈치챈 사서가 있을지도 몰랐다. 하지만 리처드의 생각에 그랬을 것 같지는 않았다.

"그러니 일이 잘못 풀릴 경우의 수를 따져 보기나 하자." 조앤이 말했다.

"제임스가 겁을 먹고 내뺄 수도 있어. 우리 계획을 다른 사람한테 흘릴 수도 있고. 매디슨을 죽였는데 자살은 하지 못해서 나중에 내가 그렇게 하라고 했다고 사람들에게 말해버릴 수도 있어."

"알았어. 전부 다 안 좋은 상황이지만, 그렇다고 세상이 끝나는 건 아니야. 네가 그 애가 하는 말을 반박하면 되잖아. 그 애한테 한 말은 전부 망상이었다고, 그 애가 진지하게 받아들일 거라고는 전혀 생각하지 못했다고만 하면 돼."

"하지만 나는 총을 가지고 있을 텐데."

"아니, 그러지 않을 거야. 너는 아무도 쏘지 않을 테니 아예 학교에 총을 가지고 오지도 마. 네가 갖고 있는 총을 아무도 찾지 못하는 곳에 숨겨버리면 되잖아. 그러면 네게 총이 없다는 사실은 그 계획을 진지하게 받아들이지 않았다는 네 주장을 뒷받침하는 근거가 될 거야. 그러니까 사람들은 네 말을 믿지 않을 수는 있지만 아무것도 증명하지 못할 거야. 안 그래?"

"그래, 네 말이 맞아."

"내 말은 언제나 맞아, 리처드. 언제쯤 날 제대로 알게 될까?" 조앤의 미소, 다리 위에 얹은 손, 청회색 눈동자에 비치는 강렬한 기운. 리처드는 그의 그런 모습을 보는 게 좋았다.

"좀 더 큰 문제가 생각났어. 훨씬 심각한 문제야."

"그게 뭔데?"

"만약 제임스가 매디슨만 죽이고 자살하는 게 아니라, 교실 안에 있는 모든 사람들을 쏴 버리면 어떻게 하지? 그 애는 너도 듣고 있는 수업 시간에 그 짓을 벌이고 싶어 하잖아."

"그래, 그 생각도 해봤어. 그러니까 그 수업을 빼먹을까 생각 중이야. 하지만 그렇게 되면……."

조앤은 리처드의 뒤쪽 어둠 속으로 들어가 성에가 낀 창문을 바라보며 생각에 잠겼다. "그렇게 되면 뭐?" 리처드가 물었다.

"그렇게 되면 아쉬울 거야." 조앤은 입을 살짝 열어 대답했다. 리처드는 그녀가 머뭇거리는 것 같다고 생각했다. 그게 아니면 리처드가 무슨 생각을 할지 걱정하며 쑥스러워하고 있는 것 같기도 했다. 그녀의 얼굴에 떠오른 표정은 리처드가 자주 보던 모습이 아니었다.

"위험 부담이 클 것 같은데." 리처드가 말했다. "혹시 모르니까 제임스가 너를 어떻게 생각하는지 알아볼 수도 있어."

"아니, 그렇게 하지 마. 절대 그 애 앞에서 내 이름을 입에 올려서는 안 돼. 똑똑히 기억해 둬. 우리가 서로 아는 사이라는 사실조차 다른 사람이 알아서는 안 돼. 네가 반드시 지켜야 하는 일이야. 제임스는 규칙대로 움직이는 걸 좋아하지? 너처럼 게임을 좋아하잖아. 너희들이 하려는 일에는 규칙이 있으니 절대로 그 규칙을 어겨서는 안 된다고 못 박아두기만 하면 돼. 각자 한 명씩 죽이고 자살한다. 그런 게임이라고."

결국 정말로 조앤이 그렇게 되리라 예상했던 대로 일이 진행되었다. 늦겨울과 초봄에 걸쳐 리처드와 제임스는 학교에 대한 합동 공격 계획 이외의 다른 대화는 거의 나누지 않았다. 제임스는 리처드가 죽일 사람으로 대니 이튼을 정했다. 그 주된 이유는 대니는 학교에서 최악의 아이 중 한 명이었고, 모든 상황을 모면할 수 있을 정도로 인기 있는 끔찍한 불량배였기 때문이었다. 또 대니는 애슐리 핀리에게 작업을 걸고 있었는데, 애슐리는 굉장히 아름다운 여학생이어서 대니 이튼보다는 더 나은 운명의 상대를 만날 자격이 있었다. 또 제임스가 대니를 고른 이유에는 제임스가 매디슨과 함께 듣는 영어 수업이 진행되는 시각에 리처드가 대니와 함께 미술 수업을 듣는다는 점도 있었다. 그래서 일이 더 수월해졌다. 두 사람은 결행 시간을 정했다. 정확히 금요일 오후 1시 35분이었다. 두 사람 모두 총을 뽑아 사냥감을 쏜 다음 자기 자신도 쏠 것이었다. 리처드는 제임스가 겁을 집어먹고 그 일을 하고 싶지 않다는 기색을 보이기를 계속 기다렸지만 실제는 그 반대였다. 제임스는 마치 크리스마스이브를 맞은 어린아이처럼 그날이 오기를 기다리며 거의 미치광이처럼 굴었다. 두 사람이 살인 계획을 실행하기로 한 날이 오기 전 마지막 일요일에 제임스와 리처드는 차를 몰아 앤곳에 있는 폐쇄된 채석장으로 가서 자동권총으로 깡통 쏘는 연습을 했다. 리처드가 대니를 정말로 쏴 버리고 싶다는 감정을 느낀 것은 이때가 유일했다. 총이 발사되는 감각, 튀어오르는 깡통, 열광하는 제임스 같은 것들이 모두 리처드로 하여금 브라이언트 선생님의 미술 수업 시간에 배낭에 넣어둔 권총을 꺼내 다른 학생들의 얼굴에 떠오른 공포와 경악을 즐기며, 그들의 목숨 전부를 손아귀에 쥐는 순간을 경험하고 싶다는 생각을 하게 만들었다. 하지만 리처드에게는 교내 총격범이 되는 것보다 더 큰 계획이 있었다. 그리고 가장 중요한 것은 그에게는 조앤이 있다는 사실이었다. 이제 조앤이 리처드의 삶 속으로 돌아왔다. 그는 조앤을 잃을 생각이 없었다. 어쨌든 아직은 아니었다.

총격 사건을 일으키기 전날 저녁, 리처드와 제임스는 마지막으로 만나서 텅 빈 고등학교 풋볼 경기장 관중석에 앉아 세부 사항을 점검하고 서로 시계의 시간을 맞췄다.

"그 수업에 내가 죽여줬으면 하는 사람이 또 있어?" 제임스가 이렇게 묻자, 리처드는 불안한 심정을 숨기려 애를 썼다. 이전에는 제임스가 계획에서 벗어난 짓을 하겠다는 이야기를 단 한 번도 한 적이 없었다. 리처드가 채 대답하기도 전에 제임스가 말을 이었다. "그러니까 내 말은, 그 수업 시간에는 개새끼들이랑 사기꾼 같은 놈들이 엄청 많잖아."

리처드는 차분한 목소리를 내려 애쓰며 입을 열었다. "계획에 집중하자. 가장 중요한 것은 대칭이야. 네가 매디슨 브라운을 죽인 다음 자살하는 바로 그 순간에 나는 대니를 죽인 다음 자살하는 거야. 대충 하거나 아무렇게나 해서는 안 돼. 다들 남은 평생 동안 우리에 대한 의문을 품고 살 테니까. 그 수업을 듣는 애들은 그 한순간에 자신들이 얼마나 무력한지 깨닫게 될걸. 그 애들은 지금 자기들이 대단하다고 생각하겠지. 하지만 내일이 되면 자기들이 얼마나 하찮은 존재인지 알게 될 거야."

"그래, 알았어." 제임스가 이렇게 대답하자, 리처드는 제임스가 그 교실에서 다른 사람은 아무도 쏘지 않도록 하기 위해 너무 필사적으로 굴었다는 인상을 주지는 않았는지 걱정스러웠다. 물론 그가 걱정하는 사람은 조앤이었다. 만약 조앤이 죽기라도 한다면 제임스가 살아남은 채 체포되어 자신을 고발하는 것보다 더 나쁜 상황이었다.

리처드는 그날 밤, 잠을 이루지 못하고 열이 오른 채 머릿속으로 모든 변수를 검토해 보았다. 유일하게 리처드를 안심시켜 주는 것은 조앤의 목소리와 웃음소리, 그리고 모든 게 잘될 것이라고 해준 말밖에 없었다. 조앤이 그의 머릿속에서 말했다. 전에도 해본 일이잖아. 조금이라도 의심하는 사람은 없을 거야. 우리 둘이 뭉치면 천하무적이라고. 절대 눈에 띄지 않는

데다 천하무적이기까지 하다니까.

결행하기로 한 금요일은 아름다운 봄날이었다. 하늘은 짙은 파란색이었고 공기는 아늑했다. 나무에는 이제 막 꽃이 피기 시작했다. 리처드는 아침 일찍 일어나 브라우닝 자동권총을 배낭에 넣은 다음 고등학교에서 500미터 정도 떨어진 등산로 입구까지 차를 몰았다. 그곳 주차장에는 아무도 없었다. 리처드는 주 산책로를 따라 300미터 정도 내려간 다음 마침내 순백의 석영 광맥 덕분에 식별이 용이한 중간 크기 정도의 바위를 발견했다. 그가 바위 한쪽 끝을 들어 올리자 부드럽고 축축한 땅 위에 벌레와 풍뎅이들이 마구 얽혀 있는 것이 보였다. 리처드는 권총을 깨끗이 닦은 다음 땅에 살짝 묻고 바위를 도로 내려놓았다. 그는 누가 바위를 움직인 듯한 모습이 마음에 들지 않아서, 자연스럽게 보이려 조금 더 시간을 써가며 썩은 낙엽과 초목을 다시 배치했다. 리처드는 만족하며 차가 있는 곳으로 돌아가 차를 몰고 고등학교 학생 주차장에 주차했다.

리처드는 그날 처음이자 마지막으로 제임스를 보았다. 제임스는 커다란 배낭을 한쪽 어깨에 멘 채 학생식당에서 나오는 중이었다. 리처드는 제임스가 정상적으로 보인다고 생각했다. 적어도 제임스 퍼솔의 평소 모습대로라는 점에서 정상적인 것 같았다.

오후 1시 35분에 리처드는 미술 수업에 들어갔다. 이날 수업 내용은 모노프린트 만드는 법을 배우는 것이었다. 리처드는 몸속에 벌이 가득 들어찬 것 같은 기분이었고, 피부에 전기가 흐르는 것 같았으며, 시선을 한 곳에 고정할 수가 없었다. 브라이언트 선생은 날카로운 성격에 문신을 했으며 가르치는 학생들보다 나이가 그리 많지 않은 교사였다. 그녀는 리처드가 만든 추상적인 형태를 주의 깊게 살펴보다가 물었다. "해변을 표현한 거니?"

"아뇨, 그냥 아무 모양이나 그린 거예요. 어떻게 이게 해변으로 보여요?"

브라이언트 선생은 커다란 원을 가리키며 태양처럼 보인다고 했고, 이어서 파란색 직사각형은 바다라고 생각했다고 말했다.

리처드는 첫 번째 총성을 들었다. 그 작게 터지는 소리는 무엇으로도 들릴 수 있는 소리였기 때문에 수업을 듣던 학생들 대부분은 모노프린트 작업을 계속했다. 하지만 브라이언트 선생은 두 번의 총성이 더 들리자 귀를 쫑긋 세우더니 마치 좀 더 잘 들을 수 있는 각도를 찾는 듯 천장을 향해 고개를 들었다. 리처드는 그런 모습이 마치 지평선 너머의 위험을 감지하는 미어캣 같다고 생각했다.

그러다가 안내 스피커가 작동하더니 모든 교사들은 안전한 위치에서 대기하라는 교장의 목소리가 흘러나왔다. 그러자 모든 학생들이 하던 일을 멈췄고, 그중 한 여학생은 바닥에 털썩 주저앉아 신음 소리를 내기 시작했다. 리처드는 총성이 더 들리기를 기다렸지만 더 이상 총성은 들리지 않았다. 리처드는 자신들이 또 한 번 해냈음을 알게 되었다. 조앤과 리처드가 해 낸 것이었다. 왜 조앤의 말을 의심했던 걸까?

24장

킴볼

          온라인에서 리처드 시든에 대한 정보는 아무것도 찾을 수 없었다. 〈서던 포캐스터〉지에서 두에인이 케너윅 해변 방파제 밖에서 수영을 하다가 익사했을 때 리처드는 두에인 워즈니악과 그의 가족들과 함께 머무르고 있었다고 딱 한 번 언급한 것만 제외하면 하나도 없었다. 물론 세상에는 리처드 시든이란 사람이 여러 명 있었지만 그들 중 누구도 내가 찾는 사람과 일치하는 것 같지 않았다. 내가 발굴한 것 중 가능성이 보이는 유일한 단서는 매사추세츠주 미들햄시에 살았던 도널드와 줄리 시든의 주소뿐이었다. 그리고 몇 년 전 날짜로 된 줄리 시든의 부고 기사를 하나 찾았는데 유족 명단은 실려 있지 않았다. 그리 대단한 것은 아닐지라도 뭔가 있는 것 같았다.

　다음 날 나는 여러 해 전 교사로 일할 당시 익숙해진 2번 국도를 타고 미들햄으로 차를 몰았다. 온라인에서 찾은 주소지로 가기 위해서는 다트퍼드에 위치한 그 고등학교를 지나쳐야 했다. 고등학교의 1층짜리 벽돌 건물은 도로에서 이어진 경사진 언덕에 자리 잡고 있었다. 낡은 교사 옆에 3층짜리 건물을 새로 짓고 있었는데, 어느 기사에서 새 학교 건물을 짓고 있으며 그 비용은 대략 2억 달러에 달할 거라는 내용을 읽은 기억이 났다. 다트퍼드시 경계를 넘어 미들햄에 진입하자 무수히 난 구멍을 수리하지 않아서 도로 상태가 울퉁불퉁해졌다. 대지는 좀 더 탁 트여 있었는데, 이는 미들햄이 대부분 농업 공동체였던 시절의 흔적이었다. 미들햄의 작고 고풍스러운 중심가를 지나자 애덤스 스트리트가 보였다. 이 거리에는 구불구불한 길을 따라 가로수가 늘어서 있었고 소박한 집들이 대다수였다. 나는 29번지에 위치한 집의 짧은 진입로 위로 차를 몰았다. 그 집은 외벽에 옅은 파란색 페인트칠을 한 길쭉한 단층 주택이었다. 나는 크라이슬러 PT 크루저 옆에 차를 세운 다음 밖으로 나왔다. 한 여자가 갈퀴를 든 채 집 뒤쪽에서 돌아 나와 프레임 끝이 치켜 올라간 안경테 너머로 나를 유심히 바라보았다. 나는 위협적으로 보이지 않도록 애써 표정을 관리하며 그 여자에게 다가가 이야기를 나눌 수 있을 정도에서 도널드 시든이라는 사람을 찾고 있다고 말했다.

여자는 얼굴을 찌푸리며 말했다. "여기서 이사한 지 10년은 됐는데요. 우리가 그 부부한테서 이 집을 샀어요."

"아, 그렇습니까?" 나는 지갑을 꺼내 모든 자격 조건을 완비한 사설탐정이라는 신분을 나타내는 자격증을 내밀었다. 그 여자는 벚나무 한쪽에 갈퀴를 기대놓은 채 내 자격증을 받으려 앞으로 나왔다. "그분들의 아드님을 찾고 있습니다. 리처드 시든 말이죠."

여자는 다시 한번 얼굴을 찌푸렸다. 그녀는 라임 빛이 도는 녹색 7부 바지와 옷깃이 반짝반짝 빛나는 빈티지스러운 스웨터 차림이었다. 멀리서 봤을 때는 의도치 않게 복고풍 옷차림이 되고 만 것이라고 생각했지만 가까이서 보니 전문가의 식견을 발휘해서 세심하게 엄선한 것이었다. 게다가 갈퀴질을 할 때도 부족함이 없는 복장이었다. 여자가 내 자격증을 바라보는 사이 나는 그녀의 왼쪽 발목에 나 있는 찻주전자 모양의 문신을 발견했다. "내가 도움이 될지 모르겠네요." 그녀가 말했다. "내가 시든 가족들을 실제로 만난 적이 있었는지도 확실하지 않거든요."

"그 가족이 이 집을 판 다음 어디로 이사했는지 알고 계십니까?"

나는 잘 모르겠다는 대답을 들으리라 예상했지만 여자는 잠시 생각에 잠긴 다음 손가락을 하나 들어 올리며 말했다. "저기, 어쩌면 알고 있을지도 모르겠네요. 그 사람들 앞으로 된 우편물이 계속해서 오는 바람에 그들에게 전해주려고 부동산 중개업자한테 주소를 받아 놓은 기억이 나거든요. 주소록에 적어 둔 것 같아요."

"알려주신다면 엄청난 도움이 될 겁니다."

"그 아들은 왜 찾는데요?" 태양이 하늘에 낮게 떠 있어서 그녀는 한 손을 들어 두 눈을 가렸다.

"믿기 어려우시겠지만 그 사람이 먼 친척에게서 빚을 좀 졌습니다. 참 대단하죠? 그런데 그와 연락이 안 된다고 하더라고요."

"그 친척이라는 사람, 운도 좋네요." 여자는 이렇게 말한 후, 주소록을 찾으러 집 안으로 들어갔다. 나는 그 자리에 선 채 그 집의 바닥부터 천장까지 이어지는 커다란 창문들 중 한 곳을 통해 갈색 푸들 한 마리와 눈싸움을 벌이면서 기다렸다. 여자는 스프링 제본이 된 낡은 주소록을 하나 손에 든 채 밖으로 나왔다. 그 주소록은 특정 페이지가 접혀 있었다.

"돈과 줄리 시든." 여자가 말했다. "이 주소록을 버리지 말아야 할 이유가 있을 것 같았죠."

그가 그들의 이름이 적힌 항목을 내게 보여주자, 나는 그 주소가 적힌 페이지의 사진을 찍었다. 매사추세츠주 페어뷰시 와그너 로드 42번지였다. 나는 여자에게 감사 인사를 했다.

"빌린 돈이 얼마나 되는데요?" 내가 다시 차에 타는 사이 그녀가 물었다.

"저도 구체적인 액수는 듣지 못했습니다. 그저 용건만 전달할 뿐이라서요."

페어뷰는 미들햄의 북쪽 방향으로 소도시 네 개 정도 지나친 지점에 위치한 곳이었다. 실제로 그곳에 가본 적은 없었지만 도로 출구 표지판에서 그 도시 이름을 본 적은 있었다. 나는 이제 운영하지 않는 제지공장을 지나 강을 따라 이어진 작은 도로를 타고 페어뷰로 넘어갔다. 지금까지 눈에 띈 집들은 판잣집을 간신히 면한 수준처럼 보였다. 한때는 공장 노동자들이 이용하던 기숙사였을 것 같은 훨씬 큰 건물도 여러 채 있었다. 나는 구 시가지 중심가를 통과했다. 하얀 첨탑이 딸린 커다란 독립 교회가 드리우는 그림자 속에 상가 건물들이 밀집해 있는 곳이었다. 빨간 벽돌로 지어진 아름다운 건물은 알고 보니 지역 도서관이었다. '서비스 일체 제공'이라고 광고하고 있는 주유소도 하나 있었다.

나는 시내 중심가에서 1.5킬로미터 정도 떨어진 곳에서 와그너 로드를 발견했다. 길 한쪽에 소나무 숲이 들어서 있었고 다른 한쪽은 돌담으로 구획이 나눠진 오래된 농지로 구성되어 있었다. 나는 차를 몰고 42번지를 지나쳤다가 다시 되돌아와 버려진 농가처럼 보이는 집 앞에 난 길 맞은편에 주차를 했다. 그 집은 창문에 모조리 덧문이 쳐져 있었고, 지붕은 절반 정도가 안으로 무너져 있었다. 수풀이 지나치게 자란 진입로에 쉐보레 혹은 닛산 세단으로 보이는 새 흰색 차 한 대가 주차되어 있었는데 아무래도 이상하게 보였다. 잠시 운전석에 앉아 있던 나는 남의 눈에 잘 띌 것 같다는 기분이 들어 어떻게 해야 할지 고심했다. 설사 리처드 시든을 찾아낸다 할지라도 그에게 어떻게 접근해야 할지 아직 결정을 내리지 못한 상태였다.

내가 계속 그 자리에 앉아서 생각에 잠겨 있는 사이 집 뒤쪽에서 사람 모양의 형체가 모습을 드러냈다. 청바지에 플란넬 셔츠 밑단을 밖으로 빼서 입은 키가 큰 흑발 남자였다. 나는 차보닛 스위치를 당기고 차에서 내려 차 앞쪽으로 걸어가 보닛을 활짝 들어 올린 채 엔진을 응시했다. 그 농가에서 나온 남자는 흰색 차에 타더니 짧은 진입로를 내려가기 시작했다. 나는 그가 창문 밖으로 고개를 내밀어 돌아보며 자신이 뭔가 도와줄 수 일이 있는지 물어볼 거라고 확신했지만, 그는 진입로 밖으로 나가더니 속도를 높여 내가 왔던 방향, 즉 페어뷰 중심가 쪽으로 향했다. 나는 그 차가 멀어지는 모습을 보며 차 번호를 외웠다.

그를 따라가 볼까 생각도 해봤지만 그러지 않기로 했다. 나이를 봐서 맞는 것 같기는 했다. 만약 그 사람이 리처드라면 나는 목표한 바를 달성한 셈이었다. 그를 찾아내었다. 나는 차보닛을 닫고 충동적으로 걸음을 옮겨 활기찬 동작으로 진입로를 지나 그 집 주변을 돌아보았다. 한때는 조금씩 침범해 들어오는 숲으로부터 집을 분리시켜 주는 뒤뜰이 있던 것처럼 보였지만, 지금은 빽빽하게 얽힌 관목들이 그 공간을 가득 메우고 있었다. 그 위를 노박덩굴이 온통 뒤덮고 있었다. 집 뒤편에는 지하실로 통하는 금속제 문과 나무 계단을 세 단 올라간 곳에 난 뒷문이 하나 있었다. 나는 계단 위로 올라가 유리창을 통해 안쪽을 살펴보았지만 창문 안쪽에 천 조각이 걸려 있어 유리창에 비친 내 모습만 보일 뿐이었다. 문은 잠겨 있었다.

지하실 문도 살펴보았는데 마찬가지로 잠겨 있었다. 혹시 배달된 우편물이 방치되어 있지는 않을까 싶어서 주변을 두리번거렸지만 아무것도 보이지 않았다. 그렇다고 해서 아무도 여기 살지 않는다는 뜻은 아니었다. 집 상태가 이 모양이라 해도 만약 이곳에 사람이 살고 있다면 이 집의 거주자는 우체국 사서함을 통해 우편물을 수령하고 있을 수도 있었다. 나는 진입로를 되짚어 차로 돌아가 잠시 운전석에 앉아 앞으로 어떻게 해야 할지 결정하려 애를 썼다. 아무래도 리처드 시든을 찾아낸 것은 분명해 보였지만 좀 더 확실히 확인할 필요가 있었다.

나는 차를 몰아 왔던 길을 돌아가 다시 한번 시내 중심가를 지나쳤다. 그리고 차를 후진해서 도서관 진입로에 차를 댄 다음 핸드폰을 꺼내 경찰 시절 파트너였던 로버타 제임스에게 전화를 걸었다. 로버타는 아직 보스턴 경찰서에서 근무하고 있었다.

"헨리구나."

"안녕, 제임스. 어떻게 지내?"

잠시 대화가 끊기더니, 그녀가 목소리를 죽이며 다른 사람과 무슨 이야기를 나누는 소리가 들렸다. "나야 잘 지내지."

"통화 괜찮아?"

"괜찮고말고. 네게 전화나 한번 걸어볼까 생각하던 중이었어. 빙햄에서 발생한 살인 후 자살 사건에서 네 이름이 튀어나왔잖아."

"아, 기사에서 봤어?"

"어, 그래. 시체를 발견한 사람이 너라는 기사도 읽었어."

"나 맞아."

"세상에, 무슨 난장판이래. 그쪽 경찰은 수사를 종결하지 않았었나?"

"나도 그렇다고 들었지만, 확인해 본 건 아니야. 무슨 사건인지 나름 뻔하잖아." 내가 품고 있는 의혹에 대해 제임스에게 말하지 않기로 이미 결정했다. 끝까지 입을 다물고 있을 생각은 아니었지만 꼭 그래야 하는 상황이 아닌 한 로버타를 말려들게 하는 것은 이치에 맞지 않았다.

"너는 실제 사건에 대해 터무니없는 소리나 하려고 전화를 거는 사람이 아니잖아." 로버타가 내 속내를 읽고 이렇게 말하자, 나는 로버타가 반쯤 미소를 짓고 있는 얼굴을 그려볼 수 있었다. 알고 보니 나는 보스턴 경찰서 소속 경찰이었던 시절보다 로버타 제임스를 훨씬 더 그리워했던 것이다.

"그 이야기는 나중에 해줄게. 그런데 부탁이 하나 있어."

"말해봐."

"차 번호랑 집 주소가 하나씩 있는데, 양쪽 다 어떤 사람 명의인지 확인해 주면 좋겠어."

"그건 공문서를 열람해야 하는 일이잖아, 킴볼, 그런 짓은 ……."

"나는 지금 차에서 게으름을 피우는 중이거든. 미안. 내가 전화하지 말았어야 했나?"

"아니, 차 번호랑 주소나 말해. 다시 전화 걸게."

로버타가 다시 전화를 걸기를 기다리는 동안 나는 차 밖으로 나가 작은 도시를 짧게 거닐었다. 이곳에 있는 집들은 강을 따라 늘어선 집보다 더 예뻤다. 조경 회사 소속 밴 한 대가 박공지붕이 얹힌 빅토리아 스타일의 집 앞에 주차되어 있었고, 직원 한 명이 차에 기댄 채 담배를 피우며 휴식을 취하는 중이었다. 길 건너편에서도 담배 연기 냄새를 맡을 수 있었다. 담배가 그리울 때마다 주기적으로 발생하는 격렬한 고통이 엄습했다. 청명한 가을 날씨여서 공기에서도 깨끗한 맛이 나는 것 같아서 그런 공기 속으로 담배 연기를 내뿜고 싶다는 생각이 간절했다.

차로 돌아오는 길에 핸드폰 진동이 울렸다.

"차 명의는 리처드 보이어스 시든이라는 사람 앞으로 되어 있고, 집은 도널드 키저 시든의 소유로 등록되어 있어. 도움이 됐어?"

"당연하지."

"그리고 그저 시간을 아끼고 싶어서 한 일인데, 두 사람 모두 전과가 있는지 찾아봤어."

"아, 고마워."

"도널드 키저 시든은 1972년에 매사추세츠주 홀리요크시에서 직장 동료에게 공갈 및 폭행을 가한 혐의로 기소된 적이 있어. 그리고 리처드 보이어스 시든은 전과 기록이 없어."

"고마워. 정말 고마워. 하나 빚졌네."

"별 거 아냐."

"그래도 스카치 위스키 한 병 살게."

"언제라도 좋아."

나는 차를 몰아 케임브리지로 돌아가며 리처드 시든에 대한 생각에 잠겼다. 2000년에 그의 사촌형은 윈드워드 리조트에서 그와 함께 휴가를 보내던 중에 익사 사고로 사망했다. 그리고 확인해 봐야 할 문제였지만 조앤 그리브 역시 그곳에 있었을 가능성이 있었다. 그 후 리처드 시든의 친구 제임스 퍼솔은 총을 쏴서 매디슨 브라운을 죽인 다음 자살했다. 조앤 그리브는 당시 그들과 같은 교실에 있었고, 내 기억이 정확하다면 조앤은 매디슨 브라운과 다투던 중이었다. 그리 대단한 것은 아닐지라도 뭔가 있는 것 같았다.

나는 그 사건에 대한 생각에 빠진 나머지 어디로 차를 몰고 있는지 신경도 쓰지 않고 있다가, 다시 2번 국도를 타기 위해 웨스트 콩코드 쪽으로 방향을 잡았다는 사실을 불현듯 깨달았다. 가다 보면 〈테이스트 오브 홍콩〉을 지나칠 것이었다. 그 레스토랑에 대해 생각하니 두 개의 상반된 감정이 부딪쳤다. 팸 오닐에게 닥친 참상과 피트 리우가 만든 마이 타이 칵테일의 맛. 나는 레스토랑이 있는 곳에 다다르자 두 가지 모두 머릿속에 떠올리지 않으려 애를 쓰며 곧장 지나쳤다.

25장
리처드

       리처드는 건축자재점에서 교대 근무를 하는 내내 자신이 살고 있는 다세대주택 앞쪽 거리에 서 있던 차와, 그 차의 보닛을 열어보던 남자에 대한 생각이 머릿속을 떠나지 않았다. 그 남자는 짙은 청바지와 트위드재킷 차림이었다. 어딘지 모르게 낯이 익지 않나? 나는 감시당하고 있는 걸까? 그렇다면 누구에게? 그러다가 리처드는 자신은 지금 편집증이 도지고 있는 것이라고, 그리고 편집증은 나약함의 신호라고 스스로에게 되뇌었다. 다시 한번 그 남자를 보게 된다면 그때야말로 뭔가 문제가 생겼다는 뜻으로 받아들이자고 다짐했다. 최악이라는 느낌은 들지 않았다. 그렇다면 조앤에게 연락해야 한다는 사실을, 그녀를 찾아서 도서관에서 만나야 한다고 알려줘야 한다는 사실을 의미했기 때문이다. 그리고 두 사람은 함께 이 문제에 대처할 터였다.

　가게에 손님이 뜸한 날이었기 때문에 리처드는 조지가 그러고 싶으면 일찍 퇴근해도 좋다는 말을 하기를 계속 기다리고 있었다. 조지는 언제나 같은 방식으로 그런 말을 건네곤 했다. 일반적인 청바지를 입기에는 배가 너무 튀어나와 대신해서 걸친 작업복 안에 손을 집어넣은 채 어슬렁거리며 리처드에게 다가와 "아, 저기 있잖아, 리치, 오늘은 좀 한가하니까, 일찍 가서 뭐라도 좀 하면서 재미 보고 싶으면 지금 퇴근해도 좋아. 나는 상관없으니까. 자네가 없어도 괜찮을 것 같은데"라고 말하는 식이었다. 그런 다음 조지는 치석이 잔뜩 낀 치아를 드러내며 당나귀 같은 얼굴로 웃음을 터뜨리곤 했다. 물론 이는 그저 인건비를 아끼려는 수작이었다. 인색한 개새끼가 되는 것이 그의 지상 목표였기 때문이다. 리처드가 정립한 이론에 따르면 모든 사람은 저마다 자신의 인생을 지배하는 지상 목표를 가지고 있었다. 조지의 아들 녀석의 지상 목표는 가게 안에 들어오는 모든 여자들에게 욕정을 발산하는 것이어서 그들을 빤히 쳐다보며 불편하게 만들기 일쑤였다. 리처드의 지상 목표는 언젠가 온 세상에 자신을 드러내는 것이었다.

　리처드는 점심식사를 마친 후 금전등록기 앞 자신의 자리로 돌아와 생각이 조금은 자유롭게 흘러가도록 내버려 두었다. 직장에서는 그리 자주 하는 짓이 아니었다. 그렇게 자신만의 생각에 지나치게 빠져 있다가 다른 사람이 말을 걸어도 미처 깨닫지 못할 수도 있기 때문이었다. 하지만 오늘은 손님이 별로 없었기에 그는 마음 놓고 미래에 자신의 행적을 기록할 책에 관한 상상 속으로 빠져들었다. 그 책에서 그가 조앤과 함께 저지른 살인 행위들에 대해 어느 정도 분량을 할애할까 궁금했다. 그 책의 저자들이 그 사실에 대해 알기나 할까? 물론 그들은 아직 닥치지 않은 큰 사건들은 알 터였다. 윈슬로 오크 컨벤션 센터의 맨 꼭대기 층에서 졸업반 학생 전원이 참석하는 졸업 무도회가 열리는 그때 지붕이 무너지는 사건은 리처드의 최고 걸작이 될 터였다. 하지만 리처드는 예행 연습 삼아 다른 일을 먼저 해야 하는 것은 아닐까 종종 고민했다. 그는 이미 대략 100미터 밖에서도 작동하는 무선 스위치를 이용해서 폭발시킬 수 있는 수제 폭탄을 성공적으로 만들어냈다. 차 잠금 장치에 적용된 것과 똑같은 기술이어서 이런 기구를 고안하는 것은 굉장히 쉬웠다. 그래서 리처드는 어째서 다른 사람들은 종종 이런 짓을 벌이지 않는지 궁금했다. 언젠가 아틀시에 있는 쉐보레 대리점에서 이 폭탄을 시험해 보는 것이 그의 꿈이었다. 그곳은 대니 이튼의 직장이었기 때문이다. 리처드는 2년 전에 차를 보러 그곳에 갔다가 대니를 보고 굉장히 충격받고 말았다. 다트퍼드-미들햄 지옥학교에서 그 누구보다도 덩치만 큰 멍청한 놈이었던 대니가 폼을 재며 쇼룸을 돌아다니고 있었던 것이다. 대니가 곧장 리처드에게 다가와 도움이 필요한

지 묻는 모습으로 보아, 적어도 3년 동안 같은 학교를 다녔음에도 불구하고 그는 리처드를 기억하지 못하는 게 분명했다. 리처드는 대니에게 그냥 한번 둘러보러 왔다고 대답하며 대니가 재빨리 자신을 머리끝에서 발끝까지 훑어보는 광경을 지켜보았다. 마치 입은 옷을 보고 그가 어떤 부류의 사람인지 분석하는 듯했다. "편히 둘러보시죠. 그러다가 상담을 받고 싶으시다면 저를 찾아주세요." 대니가 말했다.

그 일이 있은 이후 리처드는 그날의 만남에 대해 여러 번 생각했다. 대니는 제임스 퍼솔이 매디슨 브라운을 쏴 죽인 날에 자신이 죽이기로 합의했던 학생이었다. 물론 리처드는 그러지 않았고 그럴 계획조차 전혀 없었다. 하지만 리처드는 그를 죽일 수도 있었다. 그런데 대니는 리처드가 그의 뇌수를 미술실 전체에 흩뿌릴 수도 있었던 사람이라는 사실은커녕 자신의 손님이 예전에 같은 고등학교, 같은 학년이었다는 사실을 씨발 조금도 모르고 있던 것이었다.

리처드는 몇 차례 그 대리점이 문을 닫을 시간을 골라 그곳에 가서 대니 이튼이 매장을 나서 바로 앞에 주차되어 있던 그의 C6 콜벳에 타는 모습을 지켜보았다. 리처드는 대니를 몇 번 미행했다. 한 번은 시내 아파트에 있는 자신의 집으로 곧장 향했고, 또 한 번은 23번 국도 옆 상점가에 있는 〈페어 볼〉이라고 하는 스포츠 펍으로 차를 몰았다. 리처드의 계획은 폐점 시간이 임박했을 때 차를 몰고 그 차 대리점으로 가서 대니가 타는 콜벳의 조수석 문 아래쪽에 자신이 만든 폭탄을 하나 밀어 넣는 것이었다. 그런 다음 옆 가게인 스시 레스토랑 앞에 차를 세우고 대니가 차에 타서 운전대를 잡는 순간 스위치를 작동 시킬 생각이었다. 리처드가 그 일을 실행하지 않은 유일한 이유는 진정으로 중대한 일을 시도하기도 전에 붙잡힐 가능성이 있다는 점 때문이었다. 대니 이튼의 죽음은 그의 삶과 마찬가지로 시시할 뿐이었다.

"안녕, 리처드." 친숙한 여자의 목소리가 들리자 리처드는 생각 속에서 빠져나왔다. 그러자 눈을 크게 뜬 채 불안한 표정을 짓고 있는 카렌 버질리오의 얼굴과 마주쳤다.

"안녕, 카렌." 리처드는 머릿속에서 울리는 자신의 목소리가 대략 정상적으로 들리자 놀라고 말았다. 그는 카렌을 1년 넘게 보지 못했고, 솔직히 말해서 다시 보게 될 것이라고 기대하지도 않은 터였다.

"일하는데 방해해서 미안해. 하지만 당신이 전화번호를 바꾼 것 같아서."

"아, 그랬지." 리처드는 카렌이 종종 자신의 집 전화로 전화를 걸곤 했다는 기억이 떠올랐다. 이제 그 집 전화는 해지한 상태였다.

"싫으면 싫다고 말해도 돼, 리처드." 카렌은 엄지와 검지로 한쪽 귓불을 비틀며 용건을 말했다. "하지만 이야기 좀 했으면 좋겠어. 한잔하거나 뭐라도 좀 먹으면서 해도 좋고."

"어." 리처드는 무슨 말을 해야 할지 몰라 외마디 대답을 내뱉었지만, 카렌과 이야기를 하고 싶지 않다는 것만은 확실했다. 지금은 물론 앞으로도 결코. 그러던 중 조지가 곧바로 리처드를 구해주었다. 그는 리놀륨이 깔린 바닥 위를 뒤뚱거리며 걸어오다가 카렌을 발견해서 말을 걸었다. "아, 이게 얼마만이야?" 그녀의 이름을 기억하지 못하는 게 분명했다.

"안녕하세요, 케스틀러 씨."

"염색 새로 했네." 조지는 지나치게 큰 소리로 말했다. "지난번에 봤을 때는 핫핑크 아니었나?"

카렌이 자신의 머리카락을 어루만지자, 리처드는 카렌이 다양한 색으로 염색하곤 했다는 사실을 떠올렸다. 이번에는 서늘한 느낌의 파란색이었다. 그리고 고작 1년 전에 카렌이 이 건축자재점에서 일하고 있었을 때, 조지는 카렌에게 말을 걸 때마다 거의 매번 그녀의 머리카락에 대한 언급을 빼먹지 않았다는 사실 역시 떠올렸다. 리처드는 조지의 그런 말버릇 때문에 카렌이 6개월도 채 일하지 않고 불쑥 가게를 그만둔 게 아닐까 가끔씩 생각했지만, 그녀가 진짜 그만둔 것은 리처드 자신과 관련된 일 때문이라는 사실을 알고 있었다.

"아, 예. 종종 핑크색으로 염색해요."

조지는 잠시 미소를 지으며 또 무슨 말을 해야 할까 머리를 짜내다가, 혼자 고개를 끄덕이면서 뒤뚱거리며 사라졌다.

"난 그냥……." 리처드가 입을 열려는 찰나, 카렌이 그를 돌아보며 그의 말을 끊었다. "네가 이야기하고 싶지 않다는 건 알지만 내 얼굴을 봐서라도 좀 부탁해. 그냥 대화 말고는 아무것도 바라지 않겠다고 약속할게."

두 사람은 그날 밤에 건축자재점에서 고작 500미터 정도 떨어진 곳에 있는 피자 프랜차이즈 레스토랑 〈파파 지노스〉에서 만나 각각 탄산음료를 큰 잔으로 하나씩 주문한 다음 칸막이로 나눠진 자리에 앉았다. 제대로 작동할지 상당히 의심스럽기는 했어도 아직도 개별 테이블마다 벽에 주크박스가 달려 있는 곳이었다.

"만나줘서 고마워." 카렌이 말했다 그녀는 아까 가게에서 리처드를 급습했을 때 입고 있던 헐렁한 플란넬 셔츠와 물 빠진 하이 웨이스트 청바지 차림 그대로였다. 머리카락 색은 항상 바뀔지라도 옷차림은 언제나 한결같았다. 카렌은 고등학교 시절 자해를 일삼았던 터라 양쪽 팔뚝에는 가느다란 흰색 흉터가 줄지어 자리 잡고 있었는데, 그 흉터들은 그녀의 창백한 피부보다 훨씬 하얗게 보였다. 리처드는 카렌이 옷을 벗은 모습을 머릿속에 그려보았다. 당시 딱 한 번 있었던 일이었다. 카렌은 두 사람이 데이트를 마치고 리처드의 집으로 다시 찾아왔다. 카렌은 빼빼 말랐다. 브라와 팬티를 벗고 나니 그 자리에 빨간색 자국이 남아 있었다. 비키니 라인을 따라 음모를 다듬었는데, 마치 면도기 독이 오른 것처럼 군데군데 빨갛게 발진이 나 있었다. 카렌은 리처드의 소파형 침대에 몸을 쭉 펴고 누운 다음 리처드가 자신을 바라보는 시선에서 뭔가 알아차렸는지 이렇게 말했다. "특별히 뭐 안 해도 괜찮은데, 당신이 침대로 들어오면 좋을 것 같아."

이날은 세 번째 데이트를 마친 후였고, 세 번 모두 카렌이 요청한 것이었다. 첫 번째 데이트에서 두 사람은 현재 앉아 있는 〈파파 치노스〉에서 저녁식사를 했지만, 두 번째와 세 번째 데이트에서는 차를 몰고 메이너드시에 있는 〈파인 아트〉 극장으로 가서 처음에는 〈셰이프 오브 워터〉, 그 다음에는 크리스틴 스튜어트가 나오는 〈퍼스널 쇼퍼〉라는 영화를 보았다. 두 번째로 영화를 보는 동안 두 사람은 영화관 안에서 서로 손을 잡았고, 리처드는 아직 섹스를 해본 경험이 없었기 때문에 카렌은 동정을 떼기에 좋은 상대가 될 거라고 되뇌었다.

그날 밤 리처드는 카렌과 함께 침대에 들어가, 사각팬티만 빼고 먼저 옷을 벗었다. "나 엄청 못해." 카렌은 이렇게 말하며 웃음을 터뜨렸다.

리처드는 자신은 한 번도 해본 적이 없다고 말하려다 그만두었다. 그는 마치 심장이 흉강에서 빠져나간 듯 이상한 기분이 들었지만 그럼에도 발기를 하자 사각팬티가 팽팽해졌다.

"괜찮아?"

"그럼. 오랜만이라서 그래."

카렌이 리처드의 손을 잡고 자신의 두 다리 사이로 내리자 리처드는 그녀를 애무하면서 두 눈을 감은 채 어머니가 돈과 결혼한 이후 침실에서 흘러나오던 그 모든 소리를 떠올리지 않으려 애를 썼다.

"이거 덮고 하자, 괜찮지?" 카렌이 이렇게 말하자, 두 사람은 침대 시트 아래로 몸을 움직였다. 그러는 사이 리처드는 언제 마지막으로 시트를 세탁했는지 떠올리려 애썼다. 리처드가 몸을 돌려 카렌의 위로 올라가자, 카렌은 리처드를 이끌어 그의 성기를 자신의 몸 안에 받아들였다. 리처드는 그 즉시 사정하고 말았다. 그가 카렌의 목에 고개를 파묻은 채 소리 하나 내지 않는 바람에 카렌은 방금 무슨 일이 일어났는지 알지 못했다. 카렌이 몸을 움직이며 신음 소리를 내기 시작하자 리처드는 어떻게 해야 할지 모른 채 얼어붙고 말았다. 카렌이 움직임을 멈추고 리처드에게 이만 괜찮은지 묻자 그는 방금 사정했다고 대답했다. 그러자 카렌은 웃으며 행복하다고 말했다.

그날 밤이 지난 후 두 사람은 한 번 더 영화를 보러 갔다. 이번에는 〈레이디 맥베스〉라는 영화였는데, 셰익스피어 연극과는 전혀 상관없는 작품이었다. 영화가 끝나고 리처드는 카렌에게 자신은 연애를 하기에 시기가 좋지 않다고 말했다. 한 달후, 카렌은 건축자재점을 그만두고 말았다.

"저기, 리처드, 불편하다면 미안해. 나도 불편하긴 마찬가지야. 정말이라고." 카렌은 피자 레스토랑의 강한 조명을 받아 지나칠 정도로 창백해 보였다. 코에는 링 모양의 피어싱을 하고 있었는데, 최근에 뚫은 듯 그 주변 피부는 선홍색으로 충혈

되어 있었다.

"나는 괜찮아."

"저기, 마음에 걸리는 게 있어. 정확히 어떻게 설명해야 할지 모르겠는데, 그냥 우리에게 무슨 일이 있었는지 알고 싶을 뿐이야. 우리는 고작 잠깐 동안 만났으니 그리 대단한 사이도 아니라는 건 알지만 그래도 그 생각이 계속해서 머릿속에 떠올라. 어째서 네가 더 이상 나를 보고 싶지 않다는 생각이 들었는지 알고 싶어."

리처드는 테이블 위에 놓인 자신의 콜라 잔을 빙빙 돌리며 당장은 아무 말도 하지 않았다.

"무슨 대답을 해도 절대 틀린 게 아냐, 리처드. 만약 내가 역겨운 사람이라는 사실을 뒤늦게 눈치챘던 거라면, 제발 그렇다고 해줘. 혹시 지루해졌다거나, 네가 게이라거나, 내가 섹스를 지지리도 못했다거나, 내가 함께 보자고 한 영화가 끔찍하게 싫었다거나, 아무 대답이라도 좋아. 그저…… 모르고 지내는 게 견딜 수가 없어서 그런 것 같아. 진실을 알고 싶어."

리처드는 입술을 꾹 다물었다가, 콜라 잔에서 고개를 들고 입을 열었다.

"그러니까, 너와 전혀 상관없는 문제야. 정말이야. 그저……."

"제발 그냥 말해달라고." 카렌은 앉은 자리에서 살짝 몸을 일으키며 말했다. "끼어들어서 미안한데, 이런 일은 절대로 한 사람만의 문제는 아니잖아? 그러니까 만약 내가 온 우주에서 딱 한 명뿐인 당신의 완벽한 짝이었다면 당신은 잘 해보려고 애를 썼을 거 아냐? 나한테 당신이 마음에 안 드는 점이 있는 게 틀림없어."

리처드는 이제 고개를 흔들고 있었다. 일순간 끔찍한 기분이 들어 목구멍이 따가워졌고 울음이 터져 나올지도 모른다는 생각이 들었다. 머릿속에서 온갖 말들이 넘쳐흐를 지경이었다. 카렌에게 그저 모든 것을 털어놓아 그녀를 자신의 내면에 손쉽게 받아들일 수도 있을 것 같다는 생각이 스치고 지나갔다. 하지만 리처드는 그런 생각이 떠오르자마자 머릿속에서 지워버렸다. 우선 털어놓아야 할 이야기가 너무 많았고, 지나치게 많은 이야기를 하면 카렌은 겁을 집어먹고 도망칠 게 분명했다. 카렌이 리처드가 정말로 어떤 사람인지 이해하는 일은 일어나지 않을 터였다.

리처드는 가끔 힘들거나 불편한 순간이 찾아오면 이런 생각을 하곤 했다. 조앤이라면 어떻게 할까? 조앤은 세상이 돌아가는 이치와 사회적인 관계에 대해 리처드는 결코 이해하지 못하는 방식으로 이해하고 있었다. 그래서 리처드는 이제 그 생각을 머릿속에 떠올리면서 한쪽 귓불을 문지르며 카렌에게 말했다. "사실 나는 다른 사람을 좋아해. 고등학교 시절부터 알던 여자인데 이제 다시 연락이 닿았거든. 그러니…… 내 생각에는 사실…… 그러니까 사실대로 말하면, 나는 그녀를 사랑하기 때문에 다른 사람과는 함께 할 수 없어."

카렌이 고개를 끄덕이자 리처드는 자신이 한 이야기가 효과가 있었다는 사실을 깨달았다. "혹시…… 우리가 만나고 있을 때에도 그 여자랑 사귀고 있었어?"

"아, 그건 아니야." 리처드는 입을 채 다물기도 전에 말이 튀어나오고 말았다. "하지만 그 사람에 대한 생각은 쭉 하고 있었어. 다른 사람이랑 결혼했는데, 지금은 다 끝난 관계야. 그건 아니야. 우리는 사귀는 사이가 아니라, 그저……."

"그 사람은 당신을 위한 사람이구나." 카렌은 이렇게 말하며 자신의 음료수 잔을 빙빙 돌리다가 빨대로 크게 한 모금 마셨다.

그날 밤에 좀 더 시간이 흐른 후 리처드는 침대에 누운 채 카렌과 나눈 나머지 대화 내용을 돌이켜보며 자신이 조앤 사이의 관계에 대해 어떻게 말했는지 곱씹었다. 대부분은 지어낸 이야기였지만 전부 그런 것은 아니었다. 그리고 무슨 이유에서인지 리처드는 이제 조앤이 아니라 다시 카렌을 떠올리며, 그녀에게 이미 말한 것보다 훨씬 많은 이야기를 해주는 시나리오를 상상했다. 심지어는 그녀와의 섹스가 처음이었다고 털어놓는 내용도 있었다. 리처드는 두 사람이 다시 섹스를 하는 상상을 했다. 이번만큼은 그가 끝까지 버텨서 카렌이 계속 해달라고 애걸하는 내용이었다.

리처드는 다음날 건축자재점에서 배관 용품 코너에 물품

을 채우는 와중에도 여전히 카렌 생각을 하고 있었다. 어쩌면 카렌은 다시 그를 만나러 올지도 몰랐지만 리처드는 회의적이었다. 어젯밤에 두 사람이 작별 인사를 나눴을 때 카렌은 마치 찾아온 목적을 이룬 사람처럼 행복해 보였던 것이다.

리처드가 어떤 상자 앞에 쭈그리고 앉아 있는데, 누군가 그의 어깨를 두드렸다. "실례합니다."

26장
킴볼

에머슨대학 홈페이지에는 엘리자베스 그리브의 전화번호뿐만 아니라 재학생 대상의 상담 시간표까지 기재되어 있었다. 나는 엘리자베스의 상담 시간에 그녀의 핸드폰으로 직접 전화를 건다면 그녀가 전화를 받을 가능성이 높다고 생각했다.

나는 아직 무슨 말을 해야 할지 정하지 못했다. 내가 정말로 확실히 확인하고 싶은 것은 두에인 워즈니악이 익사했을 당시 엘리자베스는 동생 조앤과 함께 윈드워드 리조트에 숙박한 적이 있냐는 사실이었다. 만약 그가 그 사실을 확인해 준다면 조앤 그리브와 리처드 시든을 연결하는 우연의 일치가 지나치게 많은 셈이었다.

나는 엘리자베스에게 전화를 걸어 그의 시집《바닷가 오트밀》에 실린 〈조류〉라는 시에 대한 심도 있는 분석을 하는 중이라고 말하며, 그 시와 관련한 인터뷰를 할 수 있을지 물어보는 게 어떨까 생각했다. 하지만 그렇게 말하는 것은 비약에 가까웠다. 설사 엘리자베스 그리브가 과대망상에 빠진 사람이라 할지라도, 무슨 문학 비평가라고 자처하는 사람이 느닷없이 전화를 걸어 고작 200부만 인쇄된 시집에 실려 있는 시를 분석하겠다고 말하는 수작을 받아들일 리가 없었다.

그래서 나는 그녀에게 질문을 할 수 있는 다른 방법을 생각해 내려 애를 썼다. 그런 생각을 하는 와중에 그 시집에 실린 시들을 다시 한번 꼼꼼하게 읽어보았다. 메인주에서(그리고 케너웍도 두 번 언급되었다) 휴가를 보내던 중에 엘리자베스가 자신은 레즈비언이라는 사실을 깨달았다는 것은 분명해 보였다. 실제로 이 시집에는 자신의 동생에 대한 내용이 두 번 등장하는데, 한 번은 조앤에 대해 '내 어린 여동생은 이제 막 살인을 저지를 나이가 되어' 돌아오지 못한 소년과 함께 수영을 하러 갔다고 언급해 놓았다. 다른 한 번은 좀 더 모호했다. 〈우렁이〉라는 시에 '내 여동생은 비늘이 잔뜩 돋아나/그들은 얼이 빠진 채 그 애를 구경했지'라는 행이 있었다. 하지만 그 대목은 가볍게 쓰고 지나간 부분에 불과했고, 전체적인 시 내용은 엘리자베스가 그 휴가 중에 만난 '그대'라는 활동적인 소녀에게 바치는 것처럼 보였다. 나는 주의가 산만해진 나머지《바닷가 오트

325

밀》의 뒤쪽 속표지에 리머릭을 한 편 적었다.

> 그리브라는 이름의 시인
>
> 실제 일어난 일처럼 보이는 시를 쓴 장본인
>
> 여름 휴가를 보내던 리조트
>
> 그곳에서 만난 소녀의 바지 스커트
>
> 그리고 되찾을 수 없는 것을 잃어버렸다고 시인

10분 후 엘리자베스의 상담 시간이 되자 나는 그녀의 전화번호로 전화를 걸었다.

"그리브 교수입니다." 그녀의 목소리는 깊게 잠겨 있었다. 조앤과는 전혀 비슷한 구석이 없는 목소리였다.

"아, 안녕하십니까, 교수님. 저를 모르실 텐데, 저는 사설탐정으로 일하는 사람입니다. 혹시 5분 정도만 시간을 내주셔서 질문 두어 개만 받아주신다면 감사하겠습니다."

"알겠어요." 엘리자베스는 말을 길게 늘이며 대답했다.

"아, 다행입니다. 정말 다행이에요. 상담 시간을 뺏게 되어 죄송하지만 이 시간에 전화를 드려야 통화를 할 수 있을 거라고 생각했습니다. 아까 말씀을 드렸지만 저는 사설탐정입니다. 과거 2000년에 일어났던 어떤 사건 조사를 위해 고용된 사람인데……." 나는 자료를 찾아보는 것처럼 보이려 잠깐 말을 끊었다가 다시 이었다. "메인주 윈드워드 리조트에서 일어난 사건 말입니다."

"아, 그 일이요."

"그러면 그곳에 계셨습니까?"

"그 익사한 아이에 대한 일인가요?"

"사실 그렇습니다. 두에인 워즈니악 말입니다. 리조트에 남아 있는 기록에 따르면 사고가 났던 당시 교수님께서 그 리조트에 묵고 계셨더군요."

"맞아요. 가족들이랑 함께 있었죠. 하지만 제 동생 조앤이랑 이야기를 더 나누고 싶으실 것 같은데요."

"동생 분이 두에인과 알고 지내던 사이라서요?" 나는 이미 알고 있는 이야기를 하는 것처럼 들리기를 바랐다.

"예, 맞아요. 어쨌든 무슨 일로 전화 주신 거죠? 좀 혼란스럽네요. 사고사가 아니라고 주장하는 사람이라도 있나요?"

"그런 건 아닙니다. 당연히 저는 의뢰인의 신분을 누설할 권리가 없습니다만, 저희는 그저 그를 죽음으로 이끈 일들을 조사하는 업무를 수행하고 있습니다. 누군가 범법 행위를 저질렀다는 문제 제기가 있던 것 같지는 않습니다."

"뭐, 이미 말씀 드린 것 같은데요. 저는 그 애와 아는 사이가 아니었고, 제 동생이 말해준 이야기만 빼면 무슨 일이 있었는지 전혀 몰라요. 그러니 제 동생과 이야기를 나눠보시라는 말씀을 드린 거예요."

"그렇게 하겠습니다, 엘리자베스. 그러면 그 리조트에 계실 때 그 아이를 만나신 적이 한 번도 없었습니까?"

"그 애를 본 기억은 나는 것 같아요. 하지만 저랑 제 동생은 그때나 지금이나 그리 친밀한 사이는 아니라서요. 저는 저쪽에서 제 할 일을 하고 있으면, 동생은 다른 쪽에서 자기 할 일을 하는 식이었죠. 그 애는 동생에게 한밤중에 해변에 있는 그 방파제까지 가보자고 부추겼고, 거기서 허세를 부리다가 발이 미끄러져 물에 빠진 거예요."

나는 지나치게 밀어붙이기 시작했다는 사실을 알고 있었지만 그래도 이렇게 물었다. "그러면 교수님께서는 두에인 워즈니악이나 리처드 시든과 아무 교류가 없었습니까?"

"리처드 시든이 누구죠?"

"아, 두에인의 사촌동생이었습니다. 두 사람은 같은 방에 묵고 있었습니다."

"아니, 모르는 사람이에요. 말씀드렸듯이 두 자매 중 잘못된 쪽과 통화를 하고 계신 거라고요."

"알겠습니다. 감사합니다. 정말 도움이 되었습니다. 사실은 이렇게 통화를 해야 제가 말씀을 나눠야 하는 분들의 목록에서 교수님의 성함을 지울 수 있으니까요."

"뭐, 그렇게 해주신다니 기쁘군요." 엘리자베스는 자신의 목소리가 가혹하게 들렸다고 생각한 듯 말을 마치자 웃음을 터뜨렸다. "어떻게 제 이름을 찾아내셨어요?"

"음, 그 사건이 일어났을 당시의 숙박객 명부를 가지고 있어서, 그걸 보고 사람들에게 연락을 취하고 있습니다."

"당시 윈드워드 리조트에 묵고 있던 사람들 전부와 연락을 취하고 계신 건가요?"

"뭐, 물론 전부는 아니고, 두에인 워즈니악과 접점이 있을 것 같은 사람들만 추렸습니다."

잠시 침묵이 흐르다가, 엘리자베스가 말을 이었다. "이상한 질문일 수도 있는데, 혹시 데니즈 스미스라는 사람에게 연락을 해보셨나요?"

"낯이 익은 이름은 아닌데요. 제가 갖고 있는 숙박객 명부에는 실려 있지 않습니다."

"신경 쓰지 마세요. 그냥 여쭤본 거예요."

"그분에게 연락을 취해봐야 할까요?"

"아, 아니에요. 솔직히 그냥 근황이 궁금해서요. 그녀가 두에인 워즈니악이랑 무슨 관계가 있을 가능성은 전혀 없어요."

전화를 끊고 의자를 돌려 옥스퍼드 스트리트를 내다보니, 서쪽에서 커다란 구름이 다가오고 있었지만 거리에는 여전히 햇빛이 내리쬐고 있었다. 나는 혹시 엘리자베스에게 전화를 건 일이 큰 실수는 아니었나 생각했다. 만약 엘리자베스가 통화를 마치자마자 동생에게 전화를 걸어 사설탐정이 두에인 워즈니악과 윈드워드 리조트에서 있었던 일에 대해 캐묻고 다닌다고 주의를 준다면? 하지만 왠지 그럴 것 같지는 않았다. 엘리자베스가 말한 대로 두 사람은 그렇게 친밀한 사이가 아니었다. 설사 엘리자베스가 조앤에게 연락을 한다고 해도 전화를 건 것은 옳은 행동이었을 것이었다. 결정적인 정보를 얻었으니까. 조앤 그리브와 리처드 시든은 같은 시기에 윈드워드 리조트에 묵고 있었을 뿐만 아니라 조앤은 리처드의 사촌형 두에인이 익사할 때 그와 함께 있었던 것이다.

이제 나는 조앤 그리브는 한 명, 또는 여러 명이 사망한 세 건의 독립된 사건에 개인적으로 연루되어 있다는 관점을 견지하게 되었다. 첫 번째, 2000년에 두에인 워즈니악이 바다에서 익사했을 당시 조앤이 그와 함께 있었다. 두 번째, 매디슨 브라운과 제임스 퍼솔이 사망한 사건은 조앤이 듣고 있던 상급반 영어 수업 시간에 일어난 일이었다. 그리고 이제 조앤은 살해 후 자살 사건으로 인하여 남편을 잃었다. 리처드 시든은 이 세 건의 사건 중 처음 두 건에 어느 정도 접점이 있었다. 그는 윈드워드 리조트에서 사촌형 두에인 워즈니악과 같은 방을 쓰고 있었다. 그리고 제임스 퍼솔의 가장 친한 친구였다. 따라서 그가 리처드 웨일런과 팸 오닐의 죽음에도 역시 무슨 관련이 있었을 거라고 생각하지 않을 도리가 없었다.

만약 리처드 시든과 조앤 그리브가 오래 전 윈드워드 리조트에서 만나 두에인 웨이드를 살해할 계획을 짰다면? 만약 두 사람이 첫 번째 살인사건을 무사히 해치워 신이 난 나머지 계획 살인을 계속하기로 결정했다면? 하지만 나는 터무니없는 생각이라는 사실을 깨달았다. 내 교실 안에서 방아쇠를 당긴 사람은 제임스 퍼솔이었지, 리처드 시든이 아니었다는 이유에서였다. 나는 정말로 리처드나 조앤이 어떻게든 총격 사건을 일으켰다고 생각하는 걸까? 두 사람이 그를 설득했을까?

그렇다면 리처드 웨일런과 팸 오닐의 죽음은 어떻게 된 걸까? 만약 리처드 시든이 그 사건에 연루되어 있다면 어떻게 그런 일이 일어나도록 만든 걸까? 만약 그가 직접 저지른 일이라면 그가 타고 온 차는 어디에 있었을까?

대부분의 오후와 마찬가지로 이날 오후 역시 한가했다. 나는 차를 몰고 다시 북서부 교외 지역으로 향했다. 그 경로는 이제 굉장히 익숙해지고 있었다. 나는 빙햄에 있는 그 데크가 깔린 집에 도착했다. 〈매물〉 표지판이 아직 붙어 있었다. 케임브리지에서 처음 알아보았던 먹구름이 하늘을 잔뜩 뒤덮고 있었고 가벼운 비가 내리기 시작했다. 나는 다른 사람의 눈에 띌 거라는 걱정은 하지도 않은 채 그 집의 진입로 안으로 곧장 들어가 차에서 내려 집 쪽을 살펴보았다. 주변을 둘러싸고 있는 숲과 어우러진 갈색 데크가 깔린 집은 내가 기억하는 모습 그대로였다. 지난번에 여기 왔을 때, 나는 집 안에서 흘러나온 총성 세 발을 듣고 안으로 들어가 살펴볼 수밖에 없었다. 당시 발견했던 모든 것들을 하나하나 상세히 기억해낼 수 있었다.

나는 정문 대신 집 옆쪽으로 돌아 건물 뒤편으로 이어지는 좁은 잔디밭을 지났다. 뒤쪽에는 발이 쳐진 베란다와 울창한 숲의 경계를 이루는 또 하나의 좁은 잔디밭이 있었다. 비가 돌풍까지 동반하며 점점 거세지는 탓에 해리스 트위드재킷의 옷깃을 세웠다. 나는 걸음을 옮겨 베란다로 이어진 문을 살펴보면서 열어보려고 했지만 자물쇠가 잠겨 있었다. 자물쇠는 스프링 걸쇠 구조였기 때문에 신용카드를 한 장 꺼내 얼마나 쉽게 열리는지 알아볼까 하다가 그러지 않기로 했다. 대신 부지 가장자리를 빙 둘러보며 혹시 사람의 발길이 거의 닿지 않은 길이 숲속으로 뻗어 있는지 살펴보았다.

가장자리를 따라 50미터 정도 걷다 보니 등산로가 분명해 보이는 길이 하나 모습을 드러냈다. 바닥은 토양이 단단하게 다져져 있었고 나무들은 잘려 나가 있었다. 나는 오른쪽으로 방향을 틀어 천천히 걸음을 옮겼다. 숲속은 어두웠지만 비는 일시적으로 그친 것 같았다. 그게 아니라면 빽빽하게 밀집한 소나무 숲을 뚫고 들어오지 못하는 것 같기도 했다. 나는 불타는 듯한 노란색 페인트가 칠해져 있는 나무 한 그루를 지나쳤기에 일종의 정규 등산로를 지나고 있다는 사실을 알 수 있었다. 어느 공터를 지나자 방해를 받은 까마귀 세 마리가 땅에서 낮은 가지 위로 황급히 흩어지며 서로를 향해, 그리고 아마도 나를 향해 까악 소리를 내며 울어댔다. 이윽고 한 도로에 도착했다. 나무에 못 박혀 있는 작은 표지판에 따르면 나는 빙햄 시유림을 걸어온 것이었다. 등산로 입구에는 주차장이 없었지만 도로가 다소 넓어져 길 가장자리에 타이어 자국이 나 있었다. 나는 쭈그리고 앉아 그 타이어 자국을 잠시 살펴보며, 타이어 홈 모양만 보고도 어떤 종류의 타이어가 낸 자국인지 알아낼 수 있는 형사인 척 굴었다.

나는 경로를 되짚어 숲을 지나 데크가 깔린 집으로 이어지는 길을 간신히 찾아냈다. 나는 이제 리처드와 팸이 총에 맞았던 날에 그 집에 다른 사람이 있었을 가능성이 충분히 있다는 사실을 확인하고 차 안에 히터를 틀고 앉아 있었다. 살인범은 저쪽에 나란히 뻗은 도로 가장자리에 차를 세운 다음 숲속을 지났을 가능성이 있었다. 집 앞에서는 세 번째 인물이나 그가 타고 온 차를 전혀 보지 못했기 때문이다. 이런 일이 일어났을 거라는 완벽한 증거는 아니었지만 그럴 가능성이 있다는 사실은 알게 된 것이었다.

나는 잠시 그 자리에 앉은 채 하루 종일 그랬던 것처럼 몇 가지 가정을 해보았다.

조앤의 남편은 바람을 피우고 있었고, 조앤은 남편과 그에 더해 같이 바람을 피우는 여자까지 죽이고 싶어 했다. 조앤이 범행을 직접 저지를 수 없다는 사실은 분명했지만 그에게는 공범이 있었다. 공범은 과거 왕따였던 리처드 시든이었고, 두 사람은 이전에도 함께 살인을 저지른 적이, 최소한 살인을 교사한 적이 있었다. 그래서 조앤은 리처드와 접촉해서 자신의 남편이 오후의 밀회를 즐기는 장소를 그에게 알려주었고, 리처드는 근처 길에 차를 세워 두고 잠복한 채 기다렸다. 하지만 그러한 계획조차 충분하지 않았기에 조앤은 시체를 발견하고 이

사건이 살인 후 자살 사건처럼 보인다는 사실을 확인해 줄 수 있는 사설탐정을 한 명 목격자로 세우기로 결심했다.

나는 리처드 시든과 이야기를 나눌 때가 왔다고 생각했다. 만약 내가 생각하고 있는 것들이 모두 사실이라면, 만약 그가 세 번째 인물이었다면, 그에게 질문을 하는 행위는 그를 자극해 조앤에게 연락을 취하도록 만들지도 몰랐다. 내가 진정하고 싶은 일은 바로 릴리와 이야기를 나누는 것이었다. 어쩌면 로버타 제임스와 이야기를 할 시간일지도 몰랐다. 로버타에게 내가 알아낸 것을 알려주고 이 사건을 그녀에게 맡기는 것이었다. 하지만 그 대신 나는 계획을 하나 세웠다. 내일 아침에 나는 페어뷰로 가서 리처드 시든이 사는 집을 지나는 길 아래쪽에 차를 세우고 운전석에 앉아 그가 지나가기를 기다릴 것이었다. 그의 직장 위치와, 만약 그에게 접근한다면 직장이 괜찮을지 집이 괜찮을지 알아낼 필요가 있었다.

나는 그에게 무슨 질문을 해야 할지 이미 알고 있었다. 엘리자베스 그리브를 상대할 때와 같은 계략을 써서 두에인 워즈니악의 익사 사고를 조사하기 위해 고용된 조사원이라고 말할 생각이었다. 이는 꽤 그럴듯해 보일 뿐만 아니라 리처드가 조앤에게 연락을 취할 정도로 충분히 의심스럽기까지 했다. 그리고 만약 그렇게 된다면 나는 진상을 확실히 알게 될 것이었다. 그러면 모든 일을 로버타 제임스와 빙햄 경찰서에 넘길 수 있겠지. 간편한 해결책이었다.

27장

리처드

리처드가 고개를 들어 위쪽을 바라보니 어제 자신의 집 앞에서 봤던 청바지와 트위드재킷 차림의 남자가 있었다. "당신이 리처드 시든입니까?" 그 남자가 물었다. 리처드가 재빨리 자리에서 일어서자 곧바로 얼굴에 피가 확 쏠리는 느낌이 들었다. 혹시 기절하는 것은 아닐까 하는 생각이 일순 들었다.

그 남자가 말했다. "워워, 괜찮습니까?"

"예, 괜찮습니다."

"지금 근무 시간이라는 건 알지만, 혹시 짧게 이야기 좀 나눌 수 있을까요? 몇 가지 물어볼 게 있습니다. 오래 걸리지 않을 겁니다."

"물론 괜찮습니다." 리처드는 말을 입 밖으로 내자마자 후회하고 말았다. 어쨌든 근무 시간이었으니 이 남자에게 나중에 이야기하자고 말할 수도 있었을 터였다.

그러나 결국 리처드는 케스틀러 사장에게 좀 쉬고 오겠다고 말했다. 두 사람은 밖으로 나가 주차장을 지나 좁은 잔디밭 위에 있는 피크닉 테이블로 걸음을 옮겼다.

그 남자는 탐정 자격증을 리처드에게 보여주며 자신을 소개했다. 리처드는 그 남자가 조앤이 남편을 조사하라고 고용했던 탐정이자 예전에 다니던 고등학교 교사 헨리 킴볼이라는 사실을 진작에 알아차렸지만 그래도 그 자격증을 살펴보았다. 리처드는 머릿속으로 무슨 질문을 듣게 될지 예상해 보면서 어떻게 대답해야 할지 답을 내려 필사적으로 머리를 굴렸다. 우선 리치 웨일런과 그와 함께 있던 여자가 살해당한 일에 대한 질문을 받게 될 것이 분명했다. 심지어 조앤 그리브에 대한 질문이 나올 수도 있었다. 최소한 그 사건 소식은 들었다고 대답해야 할까? 조앤과 리치 두 사람과 함께 학교를 다녔다는 사실도 인정해야 할까?

하지만 이 탐정이 처음 꺼낸 말은 리처드가 상상했던 것보다 훨씬 충격적이었다. "리처드, 당신의 사촌형 두에인 워즈니악에게 일어난 일에 대해 조금 듣고 싶은 것이 있는데 괜찮습니까?"

"아." 리처드는 자신이 눈을 빠르게 깜빡거리고 있다는 사실을 알 수 있었다. "익사한 제 사촌형 말이군요. 어째서 그에 대해 묻는 거죠?"

탐정은 미소를 지었다. "미안합니다. 한창 일하는 중에 당신을 끌고 나온 것 같은데, 그런 짓까지 하고도 말도 안 되는 질문이나 던지고 있군요. 처음부터 다시 시작하죠. 말씀드릴 수 있는 것은 두에인의 익사 사건을 재조사하고 싶어 하는 사람이 있다는 것뿐입니다. 장기 미제사건을 조사하는 것과 비슷합니다. 제 의뢰인이 누구인지 알려줄 수는 없지만 저는 기본적으로 그 일이 일어났을 당시 그곳에 있었던 사람들의 진술을 받아 당시 경찰의 공식 발표 내용이 맞는지 확인해볼 필요가 있습니다."

"당연히 그럴 테죠."

이 탐정은 헝클어진 머리카락을 손가락으로 정돈하며 말을 이었다. "예, 제가 봐도 확실히 그런 것 같습니다. 어쨌든 제 인터뷰 명단에서 당신 이름을 지울 수 있어야 할 텐데, 당시 있었던 일에 대해 기억나는 것이 좀 있습니까?"

"음, 꽤 오래 전 일이라서요. 그곳에는 이모와 이모부, 사촌형 두에인과 함께 갔었습니다. 그리고 두에인과 함께 한 방을 썼죠. 하지만 두에인과 저는 별로 가까운 사이가 아니었기 때문에 각자 따로 놀았습니다."

"아, 그런가요?"

"사촌형은 저보다 나이가 많았습니다. 그리고 리조트에서 친구들을 몇 명 사귀어서, 기본적으로 그들과 놀러 나갔기 때문에 방에 잘 없었습니다."

"그러면 그 친구들 중 한 명이 조앤 그리브가 맞습니까?"

"잘 모르겠군요."

"조앤은 두에인이 익사하던 날 밤에 그와 함께 있었습니다. 그렇죠? 당시 경찰 보고서에 나와 있는 내용입니다. 나는 당신이 조앤과 함께 다트퍼드-미들햄 고등학교를 다녔으니 서로 아는 사이라고 생각했습니다. 어떻습니까?"

"사실 그 애는 잘 모릅니다. 모르는 사이예요. 이름 정도야 알지만 서로 말 한 번 섞어본 적 없는걸요?"

"고향에서 서로 아는 사이였으니, 윈드워드 리조트에서 조앤을 발견하고 말을 걸어보지는 않았습니까?"

리처드는 이 탐정이 이미 조앤과 신문을 마쳤고 어쩌면 조앤이 리조트에서 서로를 알아보았다고 말한 것은 아니었을까 하는 생각에 갑자기 공포에 휩싸였다. "사실은 기억이 잘 안 납니다. 그러니까 그 애가 그곳에 있었다는 사실은 기억하고 있습니다. 그 애는 그날 밤 두에인과 함께 있었으니까요. 하지만 우리가 이야기를 나눈 적이 있는지는 기억이 나지 않습니다. 그러니까 내 말은 우리가 친구 사이는 아니었다는 겁니다."

"그래요, 말이 되는군요. 그러면 당시 당신의 사촌형이 어떻게 죽었는지 알고 나서 뭔가 이상하다고 생각하지는 않았습니까?"

리처드는 부정의 뜻으로 고개를 젓다가 재빨리 이렇게 덧붙였다. "뭐, 한밤중에 익사하다니 좀 이상한 방식으로 죽긴 했죠. 충격적이었습니다. 하지만 두에인에게는 무모했다는 말밖에는 해줄 수가 없군요. 당시에는 딱 두에인이 여자애에게 과시하려고 했을 법한 멍청한 행동이었다는 생각을 했던 기억이 납니다."

"그렇다면 폭풍우가 몰아치던 날 밤에 방파제까지 간 것은 평소 두에인다운 행동이었다고 생각합니까?"

"분명히 그렇습니다."

"알겠습니다." 탐정은 결리는 목을 풀려는 듯 고개를 이리저리 돌렸다.

리처드는 이제 고등학교 시절의 이 남자의 모습이 기억났다. 지금의 모습은 그때와 달라진 점이 거의 없었다. 싸구려 옷 대신 비싼 청바지를 입고 있다는 이유로 자신이 멋져 보인다고 생각하는 유형의 영어 교사들과 별반 달라 보이지 않는 사람이었다. 비록 머리가 헝클어지고 면도도 하지 않은 모습이었지만, 이 남자는 자신의 외모가 괜찮아 보인다고 생각하는 게 분명했다.

"다른 질문은 없습니까?" 리처드가 물었다.

"솔직히 당신이 뭔가 생각나는 게 없다면 더 이상 없습니다. 근무 시간에 따로 시간을 내서 이야기를 해주다니 고맙습니다. 정말 감사합니다."

리처드는 피크닉 테이블에서 일어섰지만 다리를 들어 올려 벤치를 넘어가느라 잠시 시간을 지체했다. "아, 마지막으로 하나만 더 묻겠습니다." 전직 교사가 말했다. "그 다음에는 가셔도 좋습니다. 고등학교를 졸업한 이후로 조앤 그리브와 계속 연락을 하고 있습니까? 조앤은 여기서 그리 멀지 않은 곳에 살고 있다고 알고 있는데요."

리처드는 고개를 저으며 말했다. "알지도 못하는 사람이랑 어떻게 연락을 하고 지냅니까?"

리처드는 교대 근무가 끝나면 차를 몰고 다트퍼드로 가서 조앤의 집 앞을 지나쳐 볼까 하다가 거의 실행에 옮길 뻔했다. 그는 물론 조앤이 사는 곳을 알고 있었다. 이전에도 가본 적이 있었기 때문이다. 그 집은 리치 웨일런이 태어나 자란 곳이었다. 대략 1년 전쯤 심지어 그저 보기만 하려고 두어 번 차를 몰고 그 집 앞을 지나가 본 적도 있었다. 이날 저녁에 그곳에 잠깐 들르고 싶은 유일한 이유는 조앤이 앞뜰에 쌓인 낙엽을 갈퀴로 정리하려고 밖에 나와 있을지도 모른다는 굉장히 희박한 가능성 때문이었다. 그렇게 되면 그녀는 차 안에 타고 있는 리처드와 서로 눈을 마주칠 수 있을지도 몰랐다. 하지만 이는 1000분의 1의 가능성도 없는 말도 안 되는 생각이었다. 만약 조앤이 일반 직장으로 출근을 하는 사람이었다면, 리처드가 잠깐 들러 그녀가 확실히 자신을 볼 수 있도록 할 수 있었을 테지만 조앤은 집에서 일하는 사람이었다. 어쩌면 조앤의 홈페이지에 나와 있는 업무용 전화로 전화를 걸어 그녀가 전화를 받으면 전화를 잘못 걸었다고 말하는 방법도 괜찮을지 몰랐다. 그렇게 하면 조앤은 가능한 빨리 도서관에서 리처드와 접선해야 한다는 사실을 깨닫지 않을까? 리처드는 확신할 수 없었다. 게다가 조앤에게 전화를 거는 것은 이전에 두 사람이 접촉한 적이 있다는 사실을 입증하고 두 사람 사이의 깨뜨릴 수 없는 규칙을 깨뜨리는 엄청난 실수가 될 수 있었다.

지금까지 리처드는 크게 신경 쓰지 않고 지냈지만, 지금은 언제나 조앤이 자신에게 다가왔지 그 반대의 경우는 한 번도 없었다는 사실을 깨달았다.

이제 리처드는 정말로 조앤을 만나서 그 사설탐정이자 과거 고등학교 교사였던 헨리 킴볼이 어떻게 자신들의 관계에 대해 무언가 알아냈는지 말해주어야 했다. 하지만 그는 어떻게 연락을 시도해야 할지 결정을 내릴 수가 없었다.

리처드는 자신이 감시를 당하고 있는 것은 아닐까 걱정하면서 차를 몰아 집으로 돌아갔다. 그런 다음 잠겨 있는 뒷문을 열고 자신의 어머니와 의붓아버지가 쓰던 주방 안으로 들어갔다. 그는 고등학교 2학년 때 이곳으로 이사를 한 이후 거의 매일 밤 지하실로 통하는 문으로 갈 때마다 주방을 지나쳤지만 집 안에서 풍기는 냄새를 알아차리지 못했다. 하지만 이날 밤은 평소보다 악취가 더 심했다. 어느 벽 안에서 죽어버린 라쿤 몇 마리의 사취가 아직 남아 있었다. 동물의 배설물이라 짐작되는 무언가의 악취와 지속적으로 풍기는 곰팡이 냄새와 뒤섞인 채였다. 하지만 리처드가 자신의 영역 안으로 들어가 문을 닫자 이 고도로 요새화된 것 같은 지하실은 이 세상에서 그가 소유한 모든 것이 있는 곳이 되었다. 어린 시절 사용하던 방에서 가져온 모든 물건들과 컴퓨터와 평면 텔레비전도 있었다. 그리고 무엇보다 중요한 그의 작업 공간도 있었는데, 바로 언젠가 그의 대표적인 업적이 될 소형 휴대용 폭탄을 만든 곳이었다.

리처드는 지하실에서 너무 오래 산 탓에 이곳의 전체적인 모습을 제대로 인식했던 적이 한 번도 없었다. 하지만 헨리 킴볼의 방문을 받아 자신이 감시당하고 있다는 기분을 느꼈기 때문인지 몰라도, 이제는 외부자의 시선으로 이곳을 바라보고 있었다. 어째서인지 내다 버릴 수 없었던 어머니의 로맨스 소설이 꽂혀 있는 책장 옆을 따라 그가 오래 전에 만든 레고 작품들이 늘어서 있었다. 이곳에 보관해 둔 것은 비단 어머니의 책만이 아니었다. 그는 어머니가 쓰던 낡은 옷장도 가져왔는데, 이것은 어머니가 할머니에게서 물려받은 것으로 어머니의 가장 좋은 드레스들이 들어 있었다. 그 옷장 옆에는 그가 거의 평생 동안 잠을 자온 싱글 침대가 놓여 있었다. 머리맡의 나무판은 포켓몬 스티커로 뒤덮여 있었다. 지하실 안은 집 안의 다른 곳만큼 악취가 심하지는 않았지만 누수로 인해 벽이 두 군데 손상된 상태였다. 곰팡이 냄새는 최근 몇 년 사이 더욱 심해졌다. 그리고 그가 사용하는 임시변통의 욕실에 있는 변기에 뭔가 문제가 있었다. 물을 내렸을 때 흘러나오는 물이 수도관에 녹이 슬었는지 갈색인 데다 죽음의 냄새가 났다.

물론 리처드는 마침내 행동에 나서게 되면 이 모든 것을 불태워 버릴 작정이었다. 이것이야말로 어머니가 위층 욕조에서 익사하고 돈이 플로리다에 있는 콘도로 이사해 버린 후에도 그가 계속해서 이곳에 살고 있던 유일한 이유였다. 그는 형사들과 기자들이 이곳을 살펴보기 위해 찾아왔을 때 아무것도 남아 있지 않도록 확실히 처리하기 위해 휘발유를 충분히 비축해 두었다. 아니, 그때가 되면 그는 살아온 방식이 아니라 해치운 업적으로 알려질 터였다. 그리고 그가 어머니의 드레스나 머리빗으로 무슨 소름끼치는 짓을 한 것은 아니었지만, 이는 어머니가 그에게 남긴 전부였다. 그가 어머니와 단둘이 살았던 시절, 어머니가 자신만 보살펴 주었던 시절, 그 시절의 어머니는 대부분 좋은 기억으로 남아 있었다. 돈이 이곳에 오기 전 일이었다.

리처드는 전자레인지에 부리토를 두 개 데워 먹은 다음 컴퓨터를 켜서 헨리 킴볼에 대해 검색해 보았다. 그와 이야기를 나눈 이후로 계속해서 자신의 받은 질문을 곱씹어 보았다. 킴볼이 자신과 조앤과의 관계를 알아냈을 뿐만 아니라 그 모든 것을 파악했다고 확신했다. 킴볼은 두에인과 제임스 퍼솔, 그리고 그들이 어떻게 조앤의 남편의 죽일 계획을 짰는지 모두 알고 있었다. 이제 마지막 남은 질문은 헨리 킴볼이 그 사실을 증명할 수 있는 방법이 과연 있는지 여부였다. 리처드는 그런 방법이 있을 것 같지 않았다. 그는 신중하게 행동했고 조앤 역시 신중하게 행동했기 때문이다. 두 사람은 언제나 그렇게 행동했다. 하지만 이 개새끼는 어째서인지 다 알고 있었다. 놈은 다른 사람에게 떠벌렸을까? 아니면 증거를 더 모으고 싶어서 그저 냄새만 맡고 돌아다니는 걸까? 어쨌든 그가 진짜 경찰은 아니었다. 그러니 빙햄에 있는 그 집 안에 다시 들어가 DNA를 채취하려고 여기저기 기웃거릴 수는 없었다. 하지만 다른 사람에게 그렇게 하라고 말하지 말라는 법은 없지 않나?

그날 밤에 리처드는 침대에 누운 채 결정을 내렸다. 그 탐정은 단지 여기저기 들쑤시고 다닐 뿐 아무것도 모르고 있을 가능성이 꽤 높았다. 더 중요한 것은, 아마 그 자가 자신이 품은 의혹에 대해 아무에게도 말하지 않으리라는 것이었다. 리처드는 이 일을 처리하는 데 조앤이 필요하지 않았다. 자기 자신은 스스로 건사할 수 있었다. 그리고 그 탐정을 처리하고 나면 이제 다른 계획들을 실행에 옮길 때였다. 그는 너무 오랫동안 기다려 왔다. 세상은 이제 그의 이름을 알아야 했다.

28장

킴볼

나는 건축자재점에서 리처드 시든을 만나고 케임브리지의 사무실로 돌아갔다. 내 데스크톱 컴퓨터를 켜서 미리 설치해둔 추적 프로그램을 실행시켰다. 리처드의 알티마에 자석으로 부착해 둔 추적 장치에 따르면 그 차는 아직 건축자재점 주차장을 나서지 않았다. 나는 자리를 잡고 앉았다. 이 추적 장치는 알림 기능을 켤 수도 있어서 그가 움직이기 시작하면 대번에 알 수 있었다. 그는 다트퍼드 쪽으로 갈 수도 있었는데, 그렇게 되면 어떻게 해야 할지 아직 판단을 내리지 못하고 있었다. 나는 앉아서 기다릴 수 있어 기뻤다.

나는 데이비드 킨트너의 소설 중 최악의 평을 받고 있는 《7월과 8월》의 얇은 문고판을 들고 있었다. 그 책을 산 지는 꽤 지났지만 아직 한 번도 읽은 적이 없었다. 하지만 이제 절반쯤 읽고 나니 평론가들이 덤벼드는 이유는 충분히 알 수 있었지만, 그럼에도 불구하고 그 이야기를 완전히 즐기고 있었다. 1978년에 발표된 이 작품에서 그는 마거릿 콕스웰이라는 작가와 저지른 불륜 관계에 대해 은근슬쩍 이야기하고 있었다. 첫 번째 장인 〈7월〉은 알코올 중독에 빠진 더글러스 매클라우드라는 저널리스트가 내레이션을 맡아 그리스의 한 이름 없는 섬에서 앤절라 하드윅이라는 조각가를 만나는 이야기를 하는 내용이었다. 아테나라는 지나치게 상징적인 이름의 죽어가는 예술계 후원자가 두 사람을 초대한 것이다. 내용은 꽤나 단순한 반전 스토리였다. 첫 번째 장에서 더글러스는 앤절라를 유혹하고 조종하지만, 두 번째 장인 〈8월〉에 접어들면 앤절라가 더글러스를 파괴한다. 지금 나는 두 번째 장을 읽고 있는 중이었는데, 비록 앤절라의 목소리를 통해 극을 이끌어 나가고 있지만 실은 데이비드 킨트너가 자신을 배신한 여자를 향해 복수하고 있다는 사실은 노골적인 정도로 명백했다. 앤절라는 긍정적인 면은 전혀 찾아볼 수 없는, 사람을 능수능란하게 조종하는 괴물이었다.

나는 그 소설에 너무 빠진 나머지 리처드 시든이 차를 타고 건축자재점을 떠나는 순간을 거의 놓칠 뻔했지만 다행히 컴퓨터 모니터에 띄워놓은 지도 위 움직임이 내 주의를 끌었다. 그는 페어뷰를 가로질러 자신의 집 쪽으로 향했고, 이윽고 그의 주소지 앞에 차가 멈췄다. 나는 실망하고 말았다. 당연히 그가 차를 몰고 곧장 다트퍼드에 있는 조앤의 집으로 가거나 다른 곳에서 조앤과 접선하기를 바라고 있었던 것이다. 하지만 아직 시간이 있으니 계속 모니터를 주시했다.

그날 밤 11시가 되자 나는 책을 다 읽어버렸다. 리처드의 차는 전혀 움직이지 않았다. 나는 만약 추적 장치에 움직임이 감지되면 핸드폰으로 알림을 보내는 방법을 알아내 설정해 두었다. 나는 집으로 돌아가 파이와켓에게 먹이를 주고 침대에 누워 마거릿 콕스웰에게 유명세를 안겨준 데뷔작 《그린 메리지》를 읽기 시작했다. 나는 이 책을 펭귄북스 오리지널 문고판 대표작 선집 판본으로 가지고 있었는데, 두께가 상당했고 활자도 굉장히 작았기 때문에 언제나 겁을 집어먹어 섣불리 읽기 시작할 수 없었다. 내가 첫 번째 장을 읽는 사이 파이와켓은 내 발 옆에 자리를 잡고 가르랑거렸다. 그에게 얼마 전에 집을 비운 것을 사과하자 그가 대답하려고 입을 열었지만 그저 졸린 듯 힘없는 울음소리만 낼 뿐이었다.

다음날 아침 9시를 갓 넘겨 사무실로 돌아왔을 때도 리처드 시든의 차는 여전히 움직이지 않았다. 나는 컴퓨터 모니터 위에 페어뷰시의 지도와 인터넷 브라우저를 동시에 띄운 다음 야구 플레이오프 경기 결과에 대한 기사를 찾아보고, 다시 한번 리처드 시든의 이름을 검색해 보며 내가 놓친 부분이 있는지 확인해 보았다. 그리고 마거릿 콕스웰의 위키피디아 항목도 읽어보았다. 그 항목에는 그의 연인으로 알려진 수많은 유명인들 중에서 가장 유명세가 덜했을 데이비드 킨트너와의 불륜 관계가 언급되지 않았다. 콕스웰은 불과 2년 전에 사망했다. 유작인《바닷가의 방》으로 부커상을 수상한 지 석 달 후의 일이었다. 과거 그를 향해 흔하게 떠돌던 농담이 떠올랐다. 그는 부커상 최종 후보자 명단에 일곱 번이나 오르고도 상을 타지 못했기 때문에 마침내 최종 수상해서 수상자 명단에 오를 때까지 죽음을 미루고 있다는 식이었다.

내가 콕스웰의 이미지 검색을 하고 있을 때 지도 위의 점이 움직이기 시작했다. 나는 추적 프로그램 창을 전체 화면으로 확대했다. 리처드는 자신의 집 진입로에서 빠져나와 페어뷰 중심가 쪽으로 향하고 있었다. 아마 출근을 하는 것으로 보였다. 하지만 그는 첫 번째 큰 교차로에 도착하자 중심가 쪽으로 가는 대신 남쪽으로 방향을 틀더니 이내 2번 국도를 타고 동쪽으로 향했다. 리처드는 리틀턴과 액튼, 디트퍼드, 콩코드, 링컨으로 나가는 진출로를 차례로 지나치며 점점 보스턴 방향으로 다가왔다. 그가 2번 국도에서 빠져나와 알레와이프 브룩 파크웨이에 접어들자 그제야 나를 만나러 오는 것은 아닐까 하는 생각이 들기 시작했다. 나는 뻣뻣한 자세로 의자에 앉아 그 점이 프레시 연못 근처에 있는 회전교차로 두 곳을 지나 콩코드 애비뉴를 타고 천시 스트리트까지 내려오는 모습을 지켜보았다. 나는 해변에서 바닷물이 빠지며 힘을 비축했다가 쓰나미로 변하는 모습을 지켜보며 꼼짝달싹 하지 못하는 사람이 된 듯한 기분이었다. 그는 천시 스트리트를 타고 가다가 옥스퍼드 스트리트가 나타나자 내 사무실에서 두 블록 정도 떨어진 곳에 차를 세웠다.

그는 확실히 나를 만나러 오는 것이었다.

잠겨 있던 서류 보관함을 열어 총신이 짧은 콜트 코브라 리볼버가 들어 있는 상자를 꺼내 총의 장전 상태를 확인한 다음 책상 맨 위쪽 서랍에 총을 넣어두었다. 신경이 날카로워지는 동시에 약간 흥분되기도 했다. 그가 나를 해치러 왔을 가능성도 있지만 그보다는 내게 뭔가 말하려 왔을 가능성이 좀 더 높았다. 내 사무실 인터폰 벨이 울렸고, 나는 사무실을 가로질러 인터폰에 대고 대답했다.

"리처드 시든입니다." 조그만 스피커를 통해 그의 말이 웅웅 울렸는데 그 목소리에서 특별한 감정은 느껴지지 않았다.

나는 문을 살짝 열어둔 다음 책상 앞 의자로 돌아왔다. 발자국 소리로 미루어 보아 그는 계단을 재빨리 오르는 중이었다. 나는 맨 위쪽 서랍에 넣어둔 총을 꺼내 안전장치를 푼 다음 책상 건너편에서는 보이지 않도록 총을 쥔 손을 아래로 쭉 늘어뜨렸다.

하지만 내 사무실 안으로 들어온 리처드 시든은 살인자라기보다는 어리둥절해하는 대학생처럼 보였다. 청바지와 진한 녹색 후드티 차림이었고, 양쪽 어깨로 배낭을 멘 채였다. 그는 망설이며 내 사무실 안으로 들어와 주변을 둘러보았다. 두 손에는 아무것도 들고 있지 않았다.

"안녕, 리처드." 나는 이렇게 말을 건네며 총을 재킷 주머니 안에 조용히 집어넣었다.

"안녕하세요, 킴볼 선생님." 그 호칭은 내가 교단에 섰던 시절은 물론 불과 2주 전에 조앤이 바로 이 사무실로 나를 찾아왔던 때를 떠올리게 하는 표현이었다.

나는 자리에서 일어나 책상을 마주보고 있는 의자를 가리켰다. "좀 앉지 그래."

그는 패드를 덧댄 나무 의자에 걸터앉아 배낭을 벗어 바닥에 내려놓았다. "전화를 걸까 생각도 해봤지만 제가 말하려는 게 기록으로 남는 게 싫어서 말이죠. 그러니까 제가 말하려는 내용이 녹음되는 게 싫다는 게 아니라 제가 전화를 걸었다는 기록 자체가 남는 게 싫은 거죠. 이해가 되셨나요?"

"물론이지."

우리 둘 모두 잠시 동안 아무 말도 하지 않았다. 나는 그의 몸짓을 읽으려 애를 썼다. 그는 마치 체념한 것처럼 의자에 앉은 채 몸을 흐느적거리고 있었다. "제가 여기 온 이유를 알고 있을 것 같은데요?" 그가 마침내 입을 열었다.

"잘 모르겠는데. 하지만 우리가 어제 이야기를 나눴던 일에 대한 것 같구나."

"맞습니다. 제 사촌형 두에인에 대한 이야기 말이죠. 그가 제 사촌형이기는 해도 당시에는 죽어도 싼 놈이라고 생각했다고 말했어야 한다는 기분이 들더라고요."

"그렇군."

"두에인은 끔찍한 인간이어서, 아마 강간 같은 것도 저질렀을 거라고 생각해요. 적어도 그럴 기회가 있었다면 분명히 그런 짓을 저질렀겠죠."

"그날 밤에 그가 죽은 이유는 뭐라고 생각하지? 그 방파제에서 조앤 그리브에게 무슨 짓을 하려고 해서 조앤이 그를 물속으로 떠밀어 버렸다고 생각해?"

"정말 모르겠습니다." 리처드는 재빨리 대답했다. "하지만 무슨 일이 있었다 해도 놀랄 일은 아닐 겁니다."

"유용한 정보로군."

리처드는 마치 방금 안으로 들어온 것처럼 내 사무실 안을 둘러보았다. "여기서 계속 혼자 일하나요?"

"지금은 그렇지. 시작한 지 얼마 안 돼서 직원은 나뿐이야. 언젠가 직원을 들일 수 있으면 좋겠는데."

그는 여전히 주변을 둘러보며 고개를 끄덕였다. "DM에서 교사로 있었던 거 맞죠? 제임스가 그 여자애를 죽이고 자살했을 때 그 수업 담당 교사였잖아요?"

"맞아. 지난번에 만났을 때 그 이야기를 할 생각이었는데, 네 사촌형 사건과는 관련이 없어 보여서 말이지."

"예, 알겠어요."

"너는 제임스랑 친구 사이였지."

"그랬던 것 같네요. 우리는 절친이라고 할 수는 없었지만, 어쨌든 서로 아는 사이였죠. 그에 대한 일은…… 그가 저지른 일은…… 그러니까 매디슨 브라운을 죽인 일 말인데…… 매디슨도 그리 좋은 사람은 아니었어요. 그 애도 많은 사람들처럼 다른 학생들을 괴롭히곤 했죠. 게다가 그런 짓을 하는 다른 놈들과는 달리 똑똑하기까지 했어요. 어떤 면에서는 그런 점 때문에 더 나쁜 부류라고 할 수 있어요. 사실 그 애는 변명의 여지가 없어요."

"그 점은 알겠어. 나도 그 애를 기억하는데, 물론 학생 시절 모습만 알고 있을 뿐이지만 그 애가 다른 학생들을 괴롭혔다고 해서, 제임스가 그 애를 죽인 행위가 정당화되는 것은 아니잖아? 그러니까 고작 10대 아이였는데 말이지."

"사람이 성인이 되고 나면 10대 시절의 모습에서 크게 달라진다고 생각하나 보죠?"

"세상에, 그랬으면 좋겠다. 나는 10대 시절에는 잘난 척이나 하는 개새끼여서 말이지. 당시 나를 죽이고 싶어 했던 애들이 분명히 몇 명 있었을 거야."

"잘난 척을 하는 것은 나쁜 사람이 되는 것과는 다르죠."

"그런 것 같군." 나는 이 대화를 녹음했으면 얼마나 좋았을까 슬슬 후회하기 시작했다. 리처드는 실제로는 아직 아무것도 털어놓지 않았지만 그 말은 일종의 고백처럼 들렸다. 내 핸드폰은 책상 위에 있으니 그저 앱을 열어 녹음 버튼만 터치하기만 하면 다 끝났을 일이었다. 하지만 나는 그렇게 하는 대신 잠겨 있는 서류 보관함에서 총을 꺼내는 데 더 집중했다. 총을 꺼내는 행위가 다소 위안이 되었다는 사실을 인정할 수밖에 없었다. 비록 리처드가 무기를 가져왔다는 증거는 없었지만 만약 그가 배낭을 열거나 넉넉한 후드티 아래로 허리춤에 손을 뻗는다면 나는 총을 꺼내 발사할 준비가 되어 있었다.

"어쨌든 제가 여기까지 와서 할 말은 딱 하나, 그날 밤에 메인주에서 두에인 워즈니악은 아마 죽어도 싼 짓을 했으리라는 겁니다. 저는 그 일과는 아무런 관련이 없지만, 그렇다고 제가 조금도 기쁘지 않았다는 뜻은 아니죠."

"그런 일에 기뻐하는 건 아무 문제가 없어. 감정을 품는 건 범죄가 아니니까."

"맞아요. 그저 감정일 뿐이죠. 나는 그 일과 아무런 관련이 없어요."

"하지만 어쩌면 조앤 그리브는 그 일과 무슨 관계가 있지 않을까?"

리처드는 자신의 한쪽 손등에 난 딱지처럼 보이는 것을 뜯고 있었다. "솔직히 잘 모르겠어요. 만약 그가 무슨 관련이 있다면, 그럴 만할 이유가 있었을 테죠. 제가 할 말은 그뿐이에요."

"그래. 제임스 퍼솔이 매디슨 브라운을 죽일 만할 이유가 있었던 것처럼 말이지."

리처드의 눈빛이 살짝 변하자 나는 너무 깊은 곳까지 건드린 것은 아닌지 걱정스러웠다. 그는 일종의 정당성을 주장하기 위해 나를 찾아온 것이 틀림없었다. 나는 무슨 심각한 일이 일어나기 전에 그를 내보낼지 아니면 그를 밀어붙여 좀 더 많은 것을 알아낼지 양쪽 사이에서 갈팡질팡하고 있었다.

"리처드." 나는 그가 무슨 대답을 하기 전에 말을 이었다. "여기 와서 나와 대화를 해줘서 고마워. 정말 감사할 일이지. 나는 조만간 조앤과도 이야기를 나눠볼 생각이야. 네 안부를 전해줄까?"

"그러면 좋겠군요." 그가 이렇게 대답하자 놀라고 말았다. 이전에 그랬던 것처럼 조앤과 아는 사이라는 사실을 부인하리라고 예상했기 때문이다. "이제 정말 가야겠어요. 오늘 교대 근무가 있어서요."

"그 건축자재점 말이지."

"예." 그가 자리에서 일어나자 그의 머리가 내가 여름 동안 사용하는 사무실 천장 선풍기에 거의 닿을 정도로 솟아올랐다.

"그런데 내가 추가로 질문을 몇 개 더 하고 싶어 할 수도 있어. 그럴 것 같지는 않지만 사람 일은 모르는 거니까……. 내가 다시 가게로 가야 할까? 아니면 전화를 걸거나, 네가 사는 집으로 갈 수도 있고."

"상관없어요. 가게로 오는 게 나을 것 같은데요. 오늘은 늦게 퇴근해서……"

그는 몸을 돌려 문 쪽으로 걸음을 옮기다가 잠시 걸음을 멈추고 그랜트체스터 목장을 그린 수채화를 바라보았다. "예쁘군요." 그는 이렇게 말한 후 밖으로 나갔고, 나는 그의 그런 모습을 지켜보았다. 그가 움직이는 방식에 뭔가 이상한 구석이 있는 것 같다고 생각했는데, 그 모습이 마치 연극 무대 선 아마추어 배우 같았다는 것을 깨닫기까지는 조금 시간이 걸렸다. 그는 마치 일상적으로 하는 일을 자연스럽게 보이는 방법을 잊어버린 사람 같았다.

자리에서 일어나자 리처드가 조금 전까지 앉아 있던 의자 옆 바닥에 아직 놓여 있는 그의 배낭이 눈에 띄었다.

시간이 느려졌다. 내가 재빨리 책상을 돌아 배낭 위쪽에 달린 끈고리를 붙잡은 순간, "나는 거기에 존재했다"라는 문구가 내 머릿속을 스치고 지나갔고, 어째서인지 릴리의 얼굴이 내게서 멀어지는 모습이 보였다. 가방은 무거워 잘 들리지 않았다. 심장이 쿵쾅거리기 시작했다. 나는 창가로 달려가 그 배낭을 거리로 던져버릴까 1초 정도 고민했지만 어째서인지 그러지 않았다. 어쩌면 내가 아무것도 아닌 일에 과민반응을 하고 있다는 부끄러운 감정 때문인 것 같았다.

리처드는 조금 전 사무실을 나섰기 때문에 내가 문 쪽으로 크게 두 걸음을 내딛어 문을 활짝 열자 계단 끝에 서 있는 그의 모습이 보였다. 그는 후드티 모자를 쓰고 있었는데, 그럼에도 그의 얼굴이 얼마나 창백한지 알 수 있었다. 내 사무실 안에 있을 때도 그렇게 창백했었나?

그는 한 손에 뭔가 들고 있었다. 차량 스마트키처럼 보이는 작은 기계 장치였다. 나는 그가 엄지손가락으로 그 장치를 누르고 있다는 사실을 깨달았다. 그는 공포에 질린 표정으로 내가 들고 있는 배낭을 바라보았다. 그가 뒤로 물러나며 엄지손가락으로 기계 장치를 연신 두드렸다. 그의 얼굴이 일그러지며 알 수 없는 표정으로 변하자 나는 그 가방을 그에게 던졌다.

나는 뒷걸음질을 쳐서 사무실 안으로 들어가 문을 닫았다. 재빠르게 움직였지만 문 역시 마찬가지였다. 경첩이 뜯기며 문이 나를 들어 올렸다. 그러자 귀가 멀 것 같은 소리와 함께 주변이 새하얗게 변했고 나는 공중에 뜬 채 날아갔다. 새하얗던 주변이 새까맣게 변했다.

3부

더러운 일

29장

릴리

그 폭발 소식을 알려준 사람은 새벽 6시
뉴스를 놓치는 법이 없는 엄마였다. 엄마는 그저 기상 예보만
본다고 했다. 내가 관심이 있든 없든 상관없이 매일 밤마다 내
게 일주일 치의 일기예보를 알려주는 것은 사실이었다. 그런데
헨리 킴볼이 방문한 지 닷새째 되던 날 엄마가 말했다. "그 사
람 우리 친구 아니었니? 내가 전에 말해줬던 그 폭발에 휘말린
사람 있잖아."

"무슨 폭발?"

"어젯밤에 말했잖니, 애. 케임브리지에서 폭발한 집 말이
야. 그때는 가스관이 폭발한 것 같았다고 하더니, 이제는 무슨
폭발 장치 같은 게 원인으로 드러났다고 하네. 네 친구 누구더

라…… 그 사람 사무실이었다고 하던데. 조금 전에 이름을 들었는데 기억이 안 나네."

"헨리 말이야?"

"그래, 그 사람 맞아."

나는 인터넷에 접속해 보았다. 사고로 여겨졌을 때에는 상대적으로 덜 중요한 소식으로 받아들여졌지만, 지금은 의도적인 행위로 보이는 상황이었기 때문에 훨씬 많은 관심을 끌고 있었다. 그 폭발은 옥스퍼드 스트리트의 상업 지구에 위치한 건물 2층, 헨리 킴볼이 사설탐정업을 꾸려 나가던 사무실 바깥쪽에서 발생했다. 헨리 킴볼은 위독한 상태로 보스턴 기념병원에 입원해 있었고, 건축자재점 직원이자 매사추세츠주 페어뷰 시민인 리처드 시든은 현장에서 사망 판정을 받았다. 두 사람을 연결하는 유일한 고리는 다트퍼드-미들햄 고등학교였다. 헨리 킴볼은 그곳에서 영어 교사로 재직한 적이 있었다. 제임스 퍼솔이 같은 수업을 듣던 학생을 죽이고 자살했을 때 현장에 있던 사람이었다. 리처드 시든은 사건 당시 졸업반이었지만 헨리 킴볼의 수업은 하나도 들은 적이 없었다. 하지만 일단 그 세부 사항이 드러나자 이야기의 규모가 더욱 커져 두 사건이 어떻게든 연결되어 있다는 추측까지 나오게 되었다.

일요일에 〈보스턴 글로브〉지는 리처드 시든에 대해 "보이지 않는 삶: 옥스퍼드 스트리트 폭파범에 대해 우리가 알지 못하는 것"이라는 제목의 장문의 기사를 발표했다. 리처드 시든이라는 사람이 어린 시절에 살았던 집 지하실에 거주하면서 케임브리지에서 건물을 날려버린 폭탄을 제조했다는 이야기는 이제 사실로 확정된 상태였다. 플로리다에 살고 있는 그의 의붓아버지는 기자들의 질문에 일체 답변을 거부했다. 그 외에 생존해 있는 리처드 시든의 친척은 한 명도 없었다. 그가 일하던 건축자재점 사장 및 직원들에게서는 정보를 거의 얻을 수 없었다. 그들 모두 시든은 남들과 어울리는 법은 없었지만, 언제나 친절하고 열심히 일하는 사람이었다고 말했다.

나는 지금까지 그 어떤 언론인도 조앤 그리브와 리처드 시든을 연관 짓지 않았다는 사실을 알고 조금 놀라고 말았다. 헨리가 최근에 조앤의 남편과 그의 애인의 죽음에 관련되어 있었으니 당연히 그 여자의 이름 역시 등장했을 터였다. 게다가 조앤 그리브 역시 다트퍼드-미들햄 고등학교를 다닌 사람이었다. 나는 어떤 열정적인 저널리스트나 경찰이 두 사람 사이의 관계를 알아내려고 애를 썼지만 운이 따르지 않아 실패하고 만 상황을 머릿속에 그려보았다.

하지만 나는 알고 있었다.

헨리가 찾아왔을 때 나와 함께 논의했던 세 번째 인물이 바로 리처드 시든이었다는 사실을 알고 있었다. 시든과 조앤 그리브 두 사람 모두 그 고등학교에서 벌어진 총격 사건과 관련이 있었고, 시든은 리처드 웨일런과 팸 오닐의 죽음에 연루된 것이 틀림없었다. 시든은 조앤의 범죄 파트너였다. 혹은 최근까지 그런 사이였다. 헨리는 그 사실을 알아냈기 때문에 대가를 치른 것이었다.

아빠는 일요일 저녁 메뉴로 로스트비프를 선호했다. 그날은 〈보스턴 글로브〉에서 리처드 시든에 대한 기획 기사를 발표한 날이었다. 나는 감자칩과 채소 두 가지를 곁들인 돼지고기 등심 요리를 하는 중이었다. 아빠는 평소 위스키에 생수를 곁들여 마시던 것과는 달리 이날은 맥주를 마시고 있었다. 엄마는 밭에서 마지막으로 딴 케일로 샐러드를 만들었는데, 이는 아빠가 대차게 격분하게 되는 전개로 이어졌다.

"일요일에 먹는 로스트비프에 샐러드 따위를 곁들이는 사람이 어디 있나." 아빠는 같은 말을 여러 번 반복했다.

"난 그렇게 먹는데." 엄마의 말이었다.

디저트를 먹는 동안 나는 두 사람에게 며칠 정도 집을 비울 예정이라고 말했다. 엄마는 내가 다른 곳에 갈 이유가 대체 뭐가 있는지 고심하는 듯 그저 어리둥절한 표정을 지었고, 아빠는 마치 내가 살 날이 일주일밖에 남지 않았다고 말한 듯 진심으로 겁을 먹은 얼굴이었다.

"어디 가려는 거냐, 릴?" 우리가 거실로 자리를 옮기자 아빠가 입을 열었다. 아빠는 이제 예전처럼 위스키를 마시고 있었다.

"그냥 케임브리지에 며칠 다녀오려고. 호텔에 머물면서 누구를 좀 만나보려고 해. 아빠도 관심이 있을 것 같은데. 하버드에서 안식년을 보내고 있는 마거릿 콕스웰 연구자가 한 명 있거든. 그래서 보관해 둔 아빠의 자료들에 대해 이야기를 나눠볼 생각이야."

그 시점에서 엄마는 거실을 떠나 자신의 작업실에 가 있었다. 나는 설거지를 하는 동안 엄마와 이미 이야기를 마친 상태였다. 엄마에게는 케임브리지에 가서 하버드대학 매더칼리지에 있는 오랜 친구 샐리 쿨을 만나고 오겠다고 말해 두었다. 엄마와 아빠가 각자의 이야기를 비교해 보는 것은 있을 수 없는 일이었다. 심지어 둘이 아직 부부였던 시절에도 나는 기억하는 한 오래 전부터 실제로 두 사람에게 제각기 다른 거짓말을 하곤 했다.

"그 사람은 그 학교 출신이 아닌데." 아빠는 상상 속의 콕스웰 연구자에 대해 이렇게 말했다. "네가 전에 마거릿의 자료를 다 가지고 있다고 했던 그 사람 아니니? 지금은 내 자료도 가져가고 싶다던 사람 말이야."

"다른 사람이야. 하지만 아빠가 그 제안을 고려해 봤으면 좋겠어. 좋은 제안이었으니까."

나는 지난여름과 초가을 내내 아빠가 쓴 글 전부를 살펴보고, 아빠의 사후에 그 자료들이 어디로 가야 하는지에 대해 다양한 대학 및 몇몇 개인 수집가들과 이야기를 나누면서 지냈다. 지금까지 들어온 최고의 제안은 애리조나의 한 사립대학에서 보낸 것이었는데, 그 대학은 아빠보다 훨씬 더 유명한 영국 소설가이자 아빠가 1970년대에 관계를 맺은 적 있는 여자인 마거릿 콕스웰의 완벽한 기록 보관실을 운영하고 있었다. 나는 그 대학에서 아버지의 기록물을 구입하려는 진짜 이유는 딱 하나, 바로 아빠와 콕스웰의 관계 때문이라는 사실을 알고 있었고, 아빠 역시 그런 목적일지도 모른다고 의심했다. "그 제안을 수락하고 나면 매기가 보낸 편지를 모조리 불태워 버려야겠다. 그렇게 하고 나서도 그쪽에서 기꺼워할지 한번 보자꾸나." 아빠는 이 말을 굉장히 여러 번 반복했다.

"그 사람들은 아마 《브룸필드 묘지》에 더 관심을 보일 것 같아." 나는 아빠의 미출간 중편 소설 이야기를 꺼냈다. 그 작품은 아빠가 아직 젊은 시절의 마거릿 콕스웰과 관계를 맺고 있을 때 쓴 것으로, 《7월과 8월》보다는 마거릿의 비위를 훨씬 더 잘 맞추는 책이었다.

"그 원고도 태워버려야지. 뭐가 어째 됐든 그 원고는 태워버리자꾸나."

"나는 《브룸필드 묘지》가 정말 마음에 들어. 굉장히 로맨틱하잖아."

나는 아빠가 그 작품에 대해 뭔가 신랄한 말을 할 것이라고 예상했지만, 아빠는 뭔가 떠올리려는 듯 얼굴을 찡그리다가 마침내 입을 열었다. "내 작품은 모두 로맨틱하다고 생각했는데."

다음 날 나는 작은 가방을 하나 꾸려 차를 몰고 케임브리지로 향했다. 그러면서 가는 길 내내 내가 정말로 관여할 필요가 있는지 고민하며, 혹시 실수를 저지르고 있는 것은 아닌지 계속 자문해 보았다. 조앤 그리브는 결국 잡히지 않을까? 조앤과 리처드 시든 사이에는 추적 가능한 연결고리가 있을 터였다. 헨리는 뭔가 찾아낸 것처럼 보이는데, 만약 그가 정말로 찾아냈다면 다른 사람 역시 그럴 것이었다. 그렇다면 내가 왜 관여해야 할까? 과거에 그랬던 것처럼 나는 가능한 한 평생 조용히 숨어 살기로 결정을 내린 상태였다. 나 때문에 사람들이 죽었다. 그들이 없으면 세상에 좀 더 이로울 가능성이 높았지만 그와중에 내가 정말로 어떤 사람인지 거의 들통날 뻔했다. 그렇게 되는 일이야 말로 내게는 죽음보다도 더 끔찍한 운명이었다.

그래서 나는 관여하지 않을 거라고 되뇌며 그저 한번 둘러보기나 하기로 했다. 만약 조앤 그리브가 시든을 이용해서 자신 대신 살인을 저지르게 했다는 정보를 찾아내면 그 정보를 공식적인 수사 기관에게 전할 방법을 찾을 생각이었다.

하지만 내가 북쪽으로 차를 몰고 가는 진짜 이유는 내가 헨리에게 빚을 지고 있었기 때문이었다. 만약 그를 도울 기회가 생긴다면 기꺼이 도울 것이었다. 그는 그럴 자격이 있었다.

하버드 스퀘어를 지나 몇 번 정도 잘못된 방향으로 접어든 끝에 마침내 옥스퍼드 스트리트 쪽에 도착했다. 헨리의 사무실은 찾기 쉬웠다. 노란색 경찰 테이프가 둘러싸고 있었다.

2층 창문은 죄다 박살이 난 상태였으며, 조그만 앞마당에는 검게 변한 유리 파편과 떨어져 나온 비닐 외장재 조각들이 여전히 어지럽게 널려 있었다. 나는 그 건물이 일반 사무용 건물 같은 곳이리라 예상했지만 그보다는 빅토리아 양식의 건물을 리모델링한 쪽에 더 가까웠다. 건물 앞에는 치과 진료실과 마사지실 광고판이 보였다. 나는 계속 차를 몰아 헨리가 사는 다세대주택으로 향했다. 그 주소 역시 온라인에서 미리 찾아보았다. 매사추세츠 애비뉴를 가로지르자 가로수가 늘어서 있는 헨리가 사는 거리가 등장했다. 이곳은 저렴해 보이는 다세대주택 건물과 이중 경사 지붕과 조그만 정원이 있는 관리가 잘된 단독주택이 섞여 있는 곳이었다. 헨리의 주소지는 실용적으로 보이는 3층짜리 저렴한 다세대주택이었다. 정면 현관 입구에 붙어 있는 우편함 수로 미루어 보아 여섯 명이 거주하고 있었다.

길 건너에 작은 편의점이 보여서 나는 그 앞에 주차한 후 차에서 내려 가게 안으로 들어가 커피 한 잔과 1달러에 다섯 장짜리 즉석복권을 샀다. 그런 다음 다시 차에 올라타 창문을 살짝 내린 후 즉석복권 한 장을 무릎 위에 올려놓고 앉아 헨리가 사는 건물을 지켜보았다.

나는 무엇을 기다리고 있는지 정확히는 알지 못했지만, 그의 집 안으로 들어가는 방법을 알아보기 전에 잠시 지켜보는 것이 현명할 것 같았다. 그리고 실제로 현명한 행동이었음이 밝혀졌다. 정오쯤 되자 혼다 시빅 한 대가 멈추더니 길고 윤기 나는 흑발 여자가 차에서 내려 현관으로 이어지는 정면 계단을 오르는 모습이 보였기 때문이다. 그 여자는 현관 옆쪽에 일렬로 나 있는 유리창을 통해 안을 들여다보다가 핸드폰을 꺼내 짧게 통화를 했다. 그런 다음 맨 위쪽 계단에 앉아 핸드폰을 보며 기다리기 시작했다.

그 여자는 갈색 롱부츠 안에 청바지 밑단을 집어넣었고 오리털 푸퍼 재킷을 걸치고 있었다. 나는 먼 거리에서도 그녀의 갸름한 얼굴과 높이 솟은 광대뼈가 헨리와 닮았다는 사실을 눈치챌 수 있었다. 나는 그녀가 헨리의 여동생일 것이라고 생각했다. 그녀가 맨 위쪽 계단에서 5분 정도 기다리자, 흰색 크라이슬러 한 대가 인도 연석 가까이 멈춰 섰다. 차에서 키가 작고 뚱뚱한 남자가 내리자 여자는 남자에게 인사를 건넸다. 두 사람은 함께 다세대주택 건물 안으로 들어갔다. 나는 차에서 내려 천천히 그 건물을 향해 다가가 우편함에 적혀 있는 이름들을 살펴보았다. 여섯 세대의 집들 모두 번호와 알파벳으로 표기되어 있었다. 1A, 1B, 2A, 2B, 3A, 3B. 헨리의 집은 2A호였기 때문에, 나는 그가 2층에 살고 있을 거라고 짐작했지만, 양쪽 집 중 어느 쪽인지는 알 수 없었다.

나는 계단을 내려가 오른쪽으로 꺾어, 헨리가 사는 건물 바로 옆에 있는 벽돌로 지은 커다란 다세대주택 건물 사이에 난 골목 안을 살펴보았다. 화재 대비용 비상계단이 공간의 대부분을 차지하고 있었고, 각 층마다 문과 창문이 하나씩 나 있었다. 2층 창문은 위쪽 부분이 2미터 가까이 열려 있었지만 짙은 유리창 뒤편에서는 어떤 움직임도 보이지 않았다. 나는 이 건물의 반대쪽 측면으로 걸음을 옮겼다. 이쪽에도 또 다른 비상계단이 있었는데, 이곳은 주변 공간이 좀 더 넓었다. 2층 층계참에 나 있는 문과 창문은 모두 닫혀 있었고, 창문 안쪽에는 베네치안 블라인드가 쳐져 있었다. 나는 계속해서 걸음을 옮겨 한 블록 더 간 다음 오른쪽으로 방향을 틀었다. 그러고는 모퉁이에서 두 번 더 오른쪽으로 꺾어 내 차가 있는 곳으로 돌아왔다. 나는 도로 편의점에 들어가 점심식사로 먹을 그래놀라 믹스 한 팩을 사서 차에 올라탔다.

10분 후, 그 흑발 여자와 키 작은 남자가 건물 밖으로 나와, 남자는 다시 크라이슬러에 탔고 여자는 자신의 시빅에 올라탔다. 여자의 차 뒷자리에는 유아 시트가 있었고, 그 때문에 내 심증이 굳어졌다. 그녀는 헨리의 여동생이었고 건물 관리인에게 연락해서 오빠가 병원에 입원했기 때문에 오빠에 아파트에 들여보내 달라고 부탁했던 것이었다. 나는 헨리에게 파이와 켓이라는 고양이가 있다는 사실을 알고 있었는데, 아마 그녀는 고양이에게 먹이를 주러 들른 것 같았다. 나는 20분 정도 더 기다린 다음·차를 몰고 두 블록 정도 이동했다. 이곳 대부분은 케임브리지 지역의 거주자 주차 구역이었는데, 25센트 동전이 몇 개 있으니 두 시간 정도는 끄떡없었다. 나는 이곳에 차를 세운 다음 그 건물을 향해 도로 걸음을 옮기며 어느 쪽이 B라인 이고 어느 쪽이 A라인인지 알아내려 애를 썼다. 왠지 왼쪽을 A 라인이라고 하는 것이 이치에 맞는 것 같았는데, 아까 열려 있던 창문을 다시 올려다보자 내 예상이 맞았다는 사실이 드러났다. 그 창문이 이제 닫혀 있었다. 헨리의 여동생과 건물 관리인이 닫은 것이 틀림없었다.

나는 최대한 빠른 동작으로 움직여 비상계단을 타고 2층으로 올라갔다. 먼저 문을 열어보고 잠겨 있다는 사실을 확인하고는 창문 쪽을 살펴본 후 아래 쪽을 밀어 열었다. 그런 다음 창틀에 한쪽 다리를 걸친 채 주방 안으로 들어가 도로 창문을 닫았다.

내 눈은 실내에 빠르게 적응해서 헨리의 고양이가 주방 안으로 어슬렁거리며 들어오는 것이 보였다. "안녕, 파이." 나는 이렇게 말하며 몸을 굽혀 손가락을 내밀었다. 고양이는 이쪽으로 다가와 킁킁거리며 냄새를 맡더니 내 주변을 맴돌면서 내 양쪽 발목에 몸을 비볐다. 조그만 주방 한쪽 구석에 사료 그릇과 물그릇이 놓여 있었는데, 양쪽 모두 먹이와 물이 넘칠 정도로 차 있었다. 조금 전 그릇을 채워준 것 같았다.

나는 작은 집 안을 둘러보았다. 침실은 고작 침대 하나와 화장대 하나가 들어갈 정도의 크기밖에 되지 않았다. 가장큰 방은 거실로, 이 집 안에서 유일하게 꾸며놓은 것처럼 보이는 공간이었다. 한쪽 벽에는 책장이 줄지어 서 있었고, 짙은 녹색 소파 위쪽에 영화 〈회색빛 우정〉의 포스터 액자가 걸려 있었다. 거실에 있는 헨리의 책상 위는 서류로 가득했다. 대부분은 청구서처럼 보였고, 책도 몇 권 쌓여 있었다. 노트북이 보이지 않는 것으로 보아 그가 사무실에 가지고 갔다가 폭발에 휘말려 날아가 버린 듯했다. 나는 책상 앞에 앉아 맨 위쪽 서랍을 열어보았다. 안쪽에는 그의 여권과 수표책 한 권, 바닥에 흩어진 종이 클립 100여 개, 그리고 제목이 없는 공책 두 권이 들어 있었다. 나는 공책 두 권을 모두 꺼냈다. 한 권은 빈 페이지가 하나도 없었다. 대부분은 시의 첫머리 부분이었고, 가끔 그림이나 일기 같은 것도 찾아볼 수 있었다. 몇 군데 적혀 있는 날짜를 보니 이 공책은 최소한 1년도 더 전에 다 써버린 것 같았다. 다른 공책은 일부만 채워져 있었다. 나는 마지막으로 적힌 부분부터 거꾸로 읽어 나가기 시작했다. 적힌 내용의 대부분은 시였고, 그중 일부는 헨리가 아직 완성하지 못한 시구였다. 그가 필사한 다른 사람의 시도 몇 편 있었고, 그중에는 앤서니 헥트의 〈마티니 속의 유령〉이라는 제목의 상대적으로 긴 시도 한 편 눈에 띄었다. 헨리가 직접 쓴 시들 중 끝까지 완성한 작품은 리머릭뿐이었다. 그중에서 그가 마지막으로 쓴 리머릭이 내가 알아야 할 모든 것을 알려주었다.

조앤과 리처드, 두 사람

마술 트릭을 딱 하나 익히고 싶다는 바람

그들의 우정은 비밀로 남게

그들의 희생자는 무수히 많게

아무도 모르는 살인의 보람

30장

조앤

조앤은 화가 날 때마다 떠올리는 것이 있었다. 지루할 때면 언제나 화가 나곤 했다. 그때마다 어린 소녀 시절, 아마도 여덟 아니면 아홉 살을 넘기지 않았을 무렵 배웠던 요령을 떠올렸다. 당시 조앤은 브렌다라는 정신과 의사에게 상담을 받았다. 두꺼운 카펫이 깔려 있고 벽에는 어린아이가 그린 그림들이 걸려 있는 브렌다의 진료실을 몇 번 방문했던 경험 중 가장 선명하게 남은 기억은 상담 시간이 끝나고 나면 스프리 캔디 한 묶음을 통째로 받을 수 있었다는 점이었다. 조앤은 언제나 스프리 캔디를 골랐다. 언니 리지가 가장 좋아하는 사탕이 스프리여서 언니 앞에서 그 사탕을 먹는 게 즐거웠기 때문이다.

브렌다는 분노 박스라는 것을 제안한 사람이었다. 그녀는 조앤에게 화가 나는 것은 전혀 문제가 안 되지만, 그 분노를 행동으로 표출하는 것이 최선의 선택은 아니라고 말해주었다. 그러면서 가끔씩 그저 전혀 다른 모습의 아이, 예컨대 화를 내지 않는 아이나 다른 사람들을 기쁘게 해주려는 아이, 착해지고 싶은 아이인 것처럼 구는 것도 좋다는 말도 했다. 그리고 그렇게 할 수 있는 가장 쉬운 방법은 나쁜 감정을 치워 둘 공간을 찾는 것이었다. 조앤이 이렇게 해보겠다고 동의하자, 브렌다는 그녀에게 보물 상자처럼 꾸며놓은 판지 상자를 하나 주면서 원한다면 이 상자를 사용해도 좋다고 말해주었다. 조앤은 자기 방으로 돌아와 그 상자를 침대 밑으로 치워버렸지만 브렌다의 조언은 따르기로 결심했다. 조앤은 이제부터 부모님에게 말대꾸하지 않고 언니에게 못되게 굴지 않는 좋은 여자애인 척 행동하기로 했다. 자신이 어떻게 느끼는지는 중요하지 않았다. 어떻게 행동하느냐가 중요한 문제였던 것이다.

조앤은 리지의 CD 플레이어를 들으며 벽장 안에서 잠든 사이 부모님이 자신을 찾아 헤매던 때를 떠올리기를 좋아했다. 다음 날이 되자 엄청나게 주목을 받고 믿을 수 없을 정도로 영향력이 커진 기분이 들었기 때문이다. 그저 위험에 빠진 것처럼 보이기만 해도 충분했다. 그러자 그녀는 세상과 맞서 싸워봐야 아무것도 얻을 수 없지만, 아무도 모르게 세상을 바꾸는 것은 언제나 가능하다는 결론을 내렸다. 더 좋은 방식이었을 뿐만 아니라 더 쉬운 방식이기도 했다.

하지만 조앤은 여전히 분노를 느꼈다. 그리고 리처드 시든이 죽었다는 것을 들은 날에는 예의 그 지루해서 화가 난 상태였다. 이날은 화요일이었다. 조앤은 늦잠에서 깨어나 연속해서 이어지던 불안한 꿈속에서 빠져나와 주방 아일랜드 식탁 앞에 앉아 커피 한 잔을 마시며 앞으로 몇 시간 동안 무슨 일을 하며 보낼까 고민했다. 좀처럼 얼굴을 보는 일이 없던 조앤의 언니와 지나치게 자주 보는 어머니가 점심시간이 되기 전에 그녀의 상태를 확인하러 올 예정이었다. "내가 점심거리를 가져갈게." 어머니가 말했다. "아무것도 걱정하지 말았으면 좋겠구나." 물론 조앤은 조깅을 하러 나갈 생각이었다. 하지만 정말 하고 싶은 일은 계획적으로 남편과 그의 멍청한 애인을 살해하고도 아무런 의심도 받지 않는다는 사실에서 얻는 만족감을 다른 사람과 함께 나누는 것이었다.

조앤은 느긋하게 별 기대는 하지 않은 채 리처드의 이름을 구글에 검색해 보았다. 그런 짓은 다소 무모한 행동이었지만 그래도 자신은 안전할 것이라는 사실을 알고 있었다. 그녀는 리처드가 마음에 걸렸다. 두 사람은 살인 사건이 일어난 날 직후로 연락을 전혀 하지 않았고, 조앤은 리처드가 어떻게 견디고 있는지 궁금했다. 가장 먼저 떠오른 것은 케임브리지에 있는 사설탐정 헨리 킴볼의 사무실에서 폭발이 일어났다는 뉴스 기사였다. 리처드의 시체는 현장에서 발견되었다고 했다.

조앤은 억지로 심호흡을 크게 두 번 한 다음 뉴스 기사들을 빠르게 훑어보며, 무슨 일이 일어났는지 머릿속에 떠오른 생각을 하나의 이야기로 서둘러 짜맞춰 보기 시작했다.

어째서인지 헨리 킴볼은 실제로 무언가를 알아내서 리처드에게 접근한 것이었다. 그것이 이치에 맞는 유일한 해석이었다. 어째서 리처드는 자신에게 연락하지 않았던 걸까? 조앤은 좌절감이 거세게 일자 얼굴이 빨갛게 달아오르는 것을 느낄 수 있었다. 만약 리처드가 자신에게 왔더라면 두 사람은 늘 그랬듯 함께 상황을 파악할 수 있었을 터였다. 하지만 그 대신 리처드는 혼자 처리하기로 결심했고 그 결과 본인이 죽어버렸다.

게다가 킴볼은 죽이지도 못했다.

조앤은 자리에서 일어나 집 안을 서성거렸다. 자신의 집 진입로 너머가 보이는 거실의 커다란 창문에 자꾸만 신경이 쓰였다. 경찰이 찾아오지 않을까? 헨리는 리처드가 어떤 방식으로든 자신의 남편의 죽음에 연루되었다는 사실을 분명히 알아냈을 터였다. 그리고 그 지점에서 시작해서 리처드와 조앤이 같은 학교 같은 학년이었다는 사실을 알아내는 것은 꽤 쉬운 일이었다. 하지만 그 정도로 두 사람 사이의 관계가 드러날까? 두 사람은 서로 아는 사이라는 사실을 다른 사람에게 들키지 않도록 오랫동안 극도로 조심하면서 지냈다. 적어도 조앤 자신은 그랬다. 그리고 늘 리처드를 신뢰하는 조앤은 그 역시 자신만큼이나 조심하면서 지냈다고 믿고 있었다.

하지만 리처드는 그러지 못했을 수도 있었다. 이제 그가 죽어버렸으니 경찰은 그의 집을 수색할 것이었다. 어쩌면 그는 일기장을 가지고 있어, 그 안에 두 사람이 함께 저지른 모든 일을 적어 두었을 수도 있었다.

극심한 공포가 밀려들었지만 그 외 다른 감정도 일부 섞여 있었다. 미약하게 찌르는 듯한 슬픔과, 자신의 진짜 모습을 온전하게 드러내 보였던 유일한 사람이었던 리처드가 이제 더 이상 존재하지 않는다는 깨달음이었다. 조앤은 그런 감정이 거의 육체적인 자극처럼 느껴진 나머지 마치 배에 주먹을 한 방 얻어맞은 사람처럼 벨벳을 씌운 2인용 안락의자 끄트머리를 붙잡고 몸을 반으로 접었다. 그 느낌은 강렬했고 동시에 놀랍기도 했다. 조앤은 만약 리처드를 다시는 볼 수 없으리라는 말만 들었다면 별로 신경이 쓰이지 않았을 테지만 설령 그가 보고 싶어도 그럴 수 없다는 사실을 알게 되는 것은 자신이 견딜 수 있는 수준을 넘어서는 일이었다. 그의 죽음은 조앤이 아직 포기하고 싶지 않은 자신의 삶의 일부를 지워버린 것이었다.

이윽고 그런 느낌은 사라졌다. 리처드는 이 지구상의 다른 모든 멍청한 인간들과 마찬가지로 자신을 실망시켰다. 그는 계획을 실행하는 중간 어느 지점에서 망쳐버린 게 분명했다. 그렇지 않았다면 헨리 킴볼이 리처드에게 접근하는 일은 절대 없었으리라. 조앤은 헨리가 과연 얼마나 알고 있는지, 그중에는 구체적인 내용도 있는지, 그렇지 않으면 어림짐작으로 맞춘 것인지 알아낼 필요가 있었다. 혹시 그가 자신의 의혹을 어디에 적어 두었다면? 혹시 과거 동료였던 경찰들에게 그 이야기를 하지 않았을까?

조앤은 스프링필드대학에 다니던 시절부터 오랫동안 가지고 있었던 청바지와 스웨트셔츠를 입은 다음 죽은 남편의 BMW에 올라탔다. 그리고 지나치게 속력을 내며 진입로를 나서다가 요란하게 짖어대는 강아지를 데리고 파워 워킹을 하고 있는 그레첸 서머스를 거의 칠 뻔했다. 조앤이 창문을 내리자 그레첸은 몸을 굽히고 이마를 찡그리며 말했다. "조앤, 좀 어때?"

"알면서 그래."

"다들 똑같은 쪽지를 남긴다는 건 알지만 내가 쪽지에 쓴 말은 정말 진심이야. 뭐든지 말만 해. 필요한 게 있으면 뭐든지 알려만 달라고. 알았지?"

"고마워, 그레첸." 조앤은 이름을 잊어버린 그레첸의 강아지가 귀가 찢어질 정도로 큰 소리로 짖는 모습을 보며, 차 바퀴로 그 개를 깔아뭉갤 수 있다면 자신이 이 대화를 나누는 도중에 차가 약간 앞으로 움직이도록 내버려 둘지 궁금했다.

"지금은 어디 가는 길이야? 시킬 일이 있으면 내가 기꺼이 해줄 거라는 걸 알잖아."

"안타까운 소식이 더 있어서 말이지. 좀 겁이 나네. 내가 사람을 써서 리처드를 조사해 달라고 부탁했다는 거 알지? 그 사람이 시체를 발견한 사람이야. 예전에 나를 가르쳤던 선생님이었고 또 친구 같은 사람이었는데, 조금 전에 병원에 입원했다는 소식을 들었지 뭐야." 조앤은 큰 소리로 말했는데, 자신의 귀로 그 말을 듣고 스스로 판단하려는 의도도 어느 정도 있었다. 헨리에게 접근하고 싶다면 그럴듯한 이야기를 지어내야 한다는 사실을 알고 있었기 때문이다.

"오, 세상에. 무슨 일인데?"

"케임브리지에서 일어난 폭발 사건 기사 읽었어?"

"당연하지. 아, 어쩌면 좋아. 혹시 그 사건이…… 그러니까 거기가……." 그레첸은 능수능란하게 표정을 바꿔 걱정스럽고 충격을 받았다는 태도를 취했지만, 조앤은 그 표정에서 재미있는 소식을 들었다는 기색 역시 눈치챌 수 있었다.

"그곳은 헨리 킴볼 선생님의 사무실이었어. 그 일이 나나, 어, 그러니까…… 리처드에게 일어난 일과 아무런 관련이 없다는 것은 확실하지만, 그래도 좀 걱정이야. 그러니까 그분이 걱정돼서 무슨 일인지 좀 알아보려고."

"당연히 그렇겠지. 그렇고말고. 그 심정 완전 이해해."

"그래서 나는……."

"당연히 그렇겠지." 그레첸은 몸을 일으켰다. "시나몬, 엄마한테 짖으면 어떡하니."

조앤은 차를 몰고 그 자리를 떴다. 이웃 사람과 이야기를 나눌 수 있게 되니 이상할 정도로 기뻤다. 그 대화는 머릿속에서 다음 단계를 명확히 정하는 데 도움이 됐다. 조앤이 헨리 킴볼의 상태를 알아보기 위해 급히 병원으로 달려가 형사들과 이야기를 나눠보고 싶어 하는 것은 완전히 이해할 수 있는 행동이었던 것이다. 조앤은 중증의 트라우마를 겪고 있었으니까. 그의 남편은 그저 바람을 피우는 것에 그치지 않고 살인까지 저지른 것이었다. 그리하여 조앤은 신경이 날카로울 대로 날카로워진 채 그 폭발이 자신과 무슨 관련이 있는지 궁금해하는 것이었다. 그리고 만약 리처드 시든과 무슨 관계가 있는지 질문을 받는다면 그저 간단히 부인할 터였다. 어떤 증거도 나오지 않을 테니까. 설사 리처드가 두 사람의 관계에 대해 어떤 식으로든 적어 놓았더라도, 조앤은 그저 그가 고등학교 때부터 자신에게 집착했으며 폭발 사건을 다룬 신문 기사에서 그의 이름을 듣기 전까지는 그에 대한 생각조차 한 번도 해본 적이 없다고 주장할 수 있었다.

조앤은 괜찮을 것이었다.

그뿐만 아니라 조앤은 이제 더 이상 지루하지 않았다. 그녀는 세상이 자신을 걱정할 때 가장 행복하다는 사실을 진작에 깨닫고 있었다. 그가 리처드와 함께 두에인 워즈니악을 물에 빠뜨려 죽인 직후에 그 부두에서 일어난 일에 대해 경찰에게 반복적으로 진술해야 했던 밤은 청소년기에 겪었던 가장 행복한 시간 중 하나였다. 어른들은 모두 걱정스러운 얼굴로 조앤을 대했다. 마치 그녀가 입 밖으로 내는 모든 말과 뺨 위로 흘리는 모든 눈물로 그들을 지휘하는 것 같았다. 조앤은 두에 인의 죽음을 겪고 나자 그 즉시 이전보다 심지어 체조를 하면서 학교에서 제일이라는 사실을 알았을 때보다 더 강해진 느낌이었다.

조앤은 매디슨을 죽이려고 계획한 교내 총격 사건을 겪고 나서도 거의 비슷한 정도로 기분이 좋았다. 그 일이 있고 난 다음에도 사람들의 관심이 쏠렸던 것이었다. 모두들 그녀가 겪을 PTSD에 대해 우려하며 그토록 친했던 친구를 잃는 비극을 겪은 데서 비롯된 트라우마를 어떻게 극복할지에 대해서도 걱정을 해주었다. 문제는 그 교실에 있었던 다른 모든 아이들과 그 스포트라이트를 공유해야 했다는 점이었다. 그중에 미시 로버트슨 같은 몇몇 학생들은 정신적으로 완전히 무너져 버리기도 했다. 미시는 실제로 병원에 입원하기까지 했지만 지금 멀쩡한 모습을 보면 완전히 새빨간 거짓말이었을 것이다. 그녀는 현재 한 지역 뉴스 방송국의 기상 예보 아나운서였는데, 소문에 의하면 교내 총격 사건에서 살아남는다는 것은 어떤 일인지에 대한 책을 쓰고 있다고 했다. 전혀 놀랄 일이 아니었다.

조앤은 가끔 그 교실에서 자신만 빼고 모조리 죽여버려야 한다고 제임스를 설득해 보라고 리처드에게 말했다면 과연 어땠을까 공상에 잠기곤 했다. 제임스에게는 쉬운 일이었을 것이다. 그 교실에서 갑자기 히어로로 변신할 사람은 아무도 없었으니까. 쇼윈도 속 마네킹처럼 얼어붙어 버린 모습을 보아 킴볼 선생은 절대 그럴 위인이 못 됐다. 조앤은 지금도 그 광경을 상상할 수 있었다. 제임스가 모든 학생들을 쏴 죽인 다음 킴볼 선생마저 해치우고, 자신은 내버려 둔 채 그의 가슴에 총알을 박아넣는 모습. 그랬다면 당연히 자신은 유명해졌을 것이었다. 전국적인 유명세를 얻었으리라. 홀로 살아남은 소녀라니.

이제 조앤은 남편을 잃은 여자였고, 그것도 평범하게 잃은 것이 아니라 죽은 남편이 살인자로 밝혀지기까지 한 처지였다. 그녀는 친구들이 보낸 멍청한 카드와 하트 모양 이모티콘을 포함한 문자메시지를 받으며 한동안 그 상황을 즐겼다. 그들 중 누구도 조앤이 자신의 삶을 뒤덮은 그 모든 비극에 관련되어 있다는 사실을 의심조차 하지 못했다. 그들은 한 사람이 살면서 그토록 많은 고통과 폭력을 어떻게 견뎌낼 수 있을지 궁금해하며 서로 수근거렸을 테지만 조앤은 그들이 무슨 말을 주고받는지 상상밖에 할 수 없었다. 기분은 좋았지만 동시에 세상을 속여 먹는 일이 굉장히 쉽다는 공허한 감정도 느껴졌다. 리처드의 죽음이 그토록 고통스러운 까닭은 바로 이 때문이었다. 리처드는 단지 조앤의 파트너였을 뿐만 아니라 그녀가 사실은 얼마나 똑똑한지 알고 있는 유일한 사람이었다.

조앤은 언제 여기까지 왔는지 기억도 나지 않았지만 어느새 스토로 고속도로를 타고 보스턴 기념 병원 방향으로 달리고 있었다. 찰스강 위에는 조정 경기용 보트가 몇 대 보였다. 거센 바람이 나무에서 잎을 떨구고 있었다. 잠시 조앤은 이제 자유로워졌으니 다트퍼드를 떠나 보스턴 같은 곳으로 이사를 하면 어떨까 생각해 보았다. 하지만 자신은 세상의 작은 한 구석에 마련한 자신만의 공간에 정착했다는 사실 역시 알고 있었다. 지금 하는 인테리어 디자이너 일은 사회생활을 한다고 느끼기에 충분했다. 그리고 마음속 깊숙한 곳에 품은 또 다른 진실을 알고 있었는데, 바로 그녀가 대도시에서 익명으로 사는 대신 소도시에서 악명을 떨치며 살고 싶어 한다는 것이었다. 이곳에서 조앤은 인생이 비극으로 점철된 촉망받던 체조선수였다. 그녀는 자신의 이런 정체성을 포기하고 싶지 않았다.

조앤은 병원에서 두 블록 떨어진 곳에서 주차장을 발견해서 두 시간 어치 주차권을 구입했다. 그녀는 프런트 데스크에 헨리의 안부를 물어보면 무슨 대답을 듣게 될지 전혀 몰랐다. 만약 그가 아직도 중환자실에 있다면 면회할 수 있는 허가를 받을 수 있을 것 같지 않았다. 하지만 시도는 해봐야 했다. 그러면 그가 죽을 것인지 살 것인지에 대한 중요한 정보를 얻을 수 있을지도 모를 일이었다.

그녀는 유리나 금속제 손잡이에 닿지 않도록 조심하면서 회전문을 통과했다. 그런 다음 휠체어에 탄 어느 환자를 지나쳤다. 그 환자는 해골 같은 머리를 앞으로 숙이고 있어서 눈에 띄는 것은 숱이 적은 백발과 나이를 먹어 얼룩덜룩해진 피부뿐이었다. 조앤은 거의 공포증에 가까울 정도로 격렬하게 병원을 싫어했다. 스스로를 건사할 수 없을 정도로 늙어버린다고 생각하면 소름이 끼칠 정도였고, 그런 생각은 옛날부터 지금까지 변함이 없었다. 조앤은 여섯 살 때 임종을 앞둔 외할아버지를 면회하기 거부하며 숨이 넘어갈 것처럼 비명을 지른 나머지, 결국 부모님과 언니가 병원 안에 들어가 외할아버지에게 작별 인사를 건네는 사이 차 안에서 기다리고 있으라는 소리를 들었을 정도였다.

프런트 데스크에서 조앤은 접수 담당자에게 혹시 가능하다면 헨리 킴볼을 면회하고 싶다고 말했다.

"가족 되시나요?" 덩치 큰 여자가 얼굴을 찌푸리며 물었다.

"굉장히 가까운 친구 사이인데요. 혹시 면회가 불가능해도 괜찮지만 환자 상태를 아시는 분과 꼭 이야기를 나눠보고 싶은데요."

"잠깐만 기다리세요. 아시겠죠?" 여자는 전화 수화기를 들더니 전화를 걸기 전에 조앤에게 물었다. "성함이 어떻게 되시죠?"

"조앤 웨일런이에요."

"흠." 그 여자는 어떤 사람과 통화를 했다. 그녀는 조용히 대화를 나누었고, 분주한 병원 로비에서 들리는 주변 소음 틈에 대화 소리가 묻히고 말았다. 여자는 수화기를 도로 내려놓은 다음 조앤을 바라보며 말했다. "누가 금방 내려올 거예요."

조앤은 고맙다는 인사를 건넨 후 몇 걸음 뒤로 물러나 기다렸다. 병원 가운 차림의 젊은 여자 두 명이 서둘러 로비를 지나가는 모습이 보였는데, 아마도 근처에서 발생한 응급 상황에 대처하기 위해 달려가는 것 같았다.

조앤은 파스텔로 그린 추상화가 벽면을 가득 메우고 있는 쪽으로 자리를 옮겼지만 시선은 계속해서 안내 데스크 뒤에 나 있는 입구를 주시했다. 누가 내려올지 알 수 없는 노릇이었다. 의사가 내려와 킴볼의 현재 상태에 대해 알려줄까? 조앤은 그의 가족이나 친척이 아니었기 때문에 그런 일이 일어나지는 않을 것 같았다. 그는 이미 사망했으며 그 사실을 알려주려 내려오고 있다고 생각하는 쪽이 더 그럴 듯했다.

기다리라는 말을 들은 지 5분 정도 지나자 키가 큰 흑인 여자 한 명이 이중문을 밀며 모습을 드러냈다. 조앤이 프런트 데스크를 향해 미끄러지듯 다가가자 그 여자는 조앤을 발견하더니 미소를 지으며 그쪽으로 다가왔다.

"당신이 조앤 웨일런인가요?"

"그래요."

"아, 잘됐군요. 저는 보스턴 경찰서의 로버타 제임스입니다." 그 여자는 정장 바지 벨트에 꽂아놓은 배지를 조앤에게 보여주었다. "잠시 이야기 좀 나눌 수 있을까요?"

31장

릴리

나는 헨리의 집에 한 시간 정도 머무르다가 문득 어쩜 여기서 계속 지낼 수도 있겠다는 생각이 들었다. 혹시 그가 조앤 웨일런에 대해 좀 더 적어놓은 것이 있는지 그의 책상을 뒤져보다가 이 집의 예비 열쇠 뭉치를 찾아냈다. 이제 나는 이 집 안을 자유롭게 드나들 수 있었다. 만약 이웃 사람이 내가 누구인지 물어보면 그의 고양이를 돌보러 왔다고 대답할 생각이었다. 그리고 내가 아파트에 있을 때 누가 들어오려고 하면 벽장 안에 숨거나 주방 창문을 통해 빠져나가 비상계단을 타고 내려갈 수도 있었다. 물론 위험 부담이 따르는 일이었지만 호텔에 체크인하는 것보다는 이쪽이 더 나았다. 불가피한 경우가 아니라면 내가 이 지역에 왔다는 추적 가능한 증거를 남기고 싶지 않았다.

　땅거미가 질 무렵 나는 건물 정문을 나서 차를 빼러 거리로 나갔다. 그런 다음 차를 몰고 〈섬머 색〉이라는 근처의 시푸드 레스토랑으로 가서 넓은 식당 주차장에 주차를 하고 레스토랑 안으로 들어가 바 앞에 자리를 잡았다. 나는 피노 그리지오 와인 한 잔과 피시 차우더를 시켰다. 그리고 음식을 먹으며 내가 여기서 무엇을 하고 있는지, 혹시 큰 실수를 저지르고 있는 것은 아닌지 곰곰이 생각해 보았다. 내가 있을 장소는 코네티컷주에 있는 몽크스하우스였고, 그곳에서 부모님을 돌보는 것이 내 일이었다. 때때로 나는 그 자리, 그러니까 계속 침범해 들어오는 숲에 둘러쌓인 뒤틀린 농가가 진정한 의미에서 나의 집이며, 내 남은 인생을 그곳에서 보내는 것이 내 운명이라는 생각을 했다.

　그런 생각들에서 불편한 느낌이 드는 것은 아니었다. 내가 오래전에 알게 된 바로는 이유야 어찌 됐든 나는 인간 세상과 잘 어울릴 수 있는 사람이 아니었다. 대학에도 다녔고 사랑도 해봤지만 그런 경험은 오직 비극으로만 이어질 뿐이었다. 나는 에릭 워시번에게 한 짓에 대한 죄책감을 느끼지 않았다. 내가 그를 죽이지 않았더라면 그는 평생 동안 다른 사람의 인생을 비참하게 만들며 살아갈 사람이었다. 하지만 그의 인생을 끝내버린 행위는 내게 반향을 일으켰고, 나는 바깥 세상에 취약한 사람이 되고 말았다. 헨리 킴볼은 경찰이었던 시절에 있는 그대로의 내 모습을 알아채서 나를 추적했고, 나는 스스로를 보호하려다 일생일대의 큰 실수를 저지르고 말았다. 그는 그런 짓을 당해도 되는 사람이 아니었다.

저녁식사 후, 나는 그 레스토랑과 근처의 몇몇 가게가 공유하는 주차장에 차를 내버려 두고 세면도구와 옷가지가 들어 있는 작은 가방을 들고 다시 헨리의 집으로 걸음을 옮겼다. 그의 집 창문이 어두웠기 때문에 나는 건물 안으로 들어가 계단을 한 층 올라 문을 열고 들어갔다.

나는 조용히 행동하려고 굉장히 신경을 쓰는 동시에 일부러 조용히 하는 것처럼 보이지 않으려고 노력했다. 이웃 주민들에 대해서는 전혀 아는 바가 없었지만 그들 중에 수상한 소리를 들으면 경찰에 신고부터 하는 유형은 없기를 바랐다.

어두운 집 안에 들어가자 파이가 다가와 인사를 건넸다. 나는 어둠에 눈이 적응하자 침실로 걸음을 옮겼고, 고양이는 나를 따라오며 야옹거렸다. 나는 둘 다 침실에 들어가자 문을 닫았다. 커튼은 이미 쳐져 있었다. 나는 헨리의 침대 머리맡에 있는 램프를 켰다. 다소 위험부담이 있었지만 침실 창문은 모두 건물 뒤편을 향해 나 있고 커튼도 단단히 쳐져 있었기 때문에 아무도 눈치채지 못하리라고 생각했다. 게다가 이웃들이 누가 일일이 오가는지 눈을 똑바로 뜨고 살펴보는 동네와는 달리 이곳은 대도시가 아닌가.

헨리는 침대 옆에 자명종을 하나 놓아두어서 나는 오전

6시에 알람을 맞췄다. 다음 날 일찍 일어나야 했다. 누군가 파이에게 밥을 주려는 것 같은 이유로 여기 올 생각을 하고 있을지도 몰랐기 때문이다. 나는 레깅스와 스웨트셔츠로 갈아입은 다음 침대 위에 누웠다. 침대 협탁에는 책이 네 권 쌓여 있었는데, 그중에는 마거릿 콕스웰의 《그린 메리지》도 있었다. 다른 책들은 페이버앤페이버 출판사에서 나온 루이스 맥니스의 시집《가을 일기》, 킹즐리 에이미스의 소설《럭키 짐》, 그리고 낡아서 페이지가 다 떨어져 가는 도로시 휴스의 소설《고독한 곳에》였다. 그중 콕스웰의 책에만 유일하게 책갈피가 끼워져 있어서, 나는 그 책을 집어 들고 헨리가 마지막으로 읽은 부분을 펼쳐보았다. 대학에 다닐 때 읽어보았다. 사실 이 작품이 현대 영국 문학 수업 과제여서 심지어 주인공 뮤리얼 폴록을 주제로 레포트를 작성한 적도 있었다. 하지만 내가 적어도 한 번은 그 작가를 만나본 적 있으며, 내 아버지가 그녀의 연인들 중 한 명이었다는 사실은 교수에게 절대 언급하지 않았다.

책의 첫 장을 펼치고 읽기 시작했다. 파이와켓이 침대 위로 올라와 살짝 야옹거리더니, 이윽고 두 번 맴돌다가 침대보의 털이 푹신한 부분을 찾아 자리를 잡았다. 나는 두 챕터 정도 읽다가 잠이 들고 말았다.

다음 날 아침, 나는 거실 소파 아래에 내 여행용 가방을 숨긴 다음 동이 트자마자 집을 나섰다. 밖은 추웠고 보도는 축축하게 젖은 상태였다. 나는 매사추세츠 애비뉴까지 걸어가 동쪽으로 방향을 틀어 가장 먼저 문을 연 커피숍에 들렀다. 그리고 그곳에 비치된 〈보스턴 글로브〉를 공짜로 읽으며 오전 9시까지 머물렀다. 그러면서 《그린 메리지》를 가지고 왔으면 좋았을 거라고 생각했지만, 헨리의 책을 가지고 나오는 것은 아마 실수일 터였다. 그리고 나는 하버드 스퀘어로 걸어갔다가 문을 연 이발소 한 곳을 발견해서 혹시 예약을 하지 않고도 이용할 수 있을지 물어보았다.

"저희는 예약 손님은 받지 않습니다." 멋들어지게 차려 입은 남자가 이렇게 말하면서 이발용 의자를 가리키며 앉으라고 권했다. "여성분들 커트는 별로 하지 않지만 살짝 다듬는 것 정도는 기꺼이 해드리겠습니다."

"짧게 밀어주시면 좋겠는데요."

남자는 살짝 놀란 듯 보였지만 그저 이렇게 대답했다. "전부 다 같은 길이로요?"

"예."

"어느 정도 길이를 원하시죠?"

"알아서 해주세요."

20분 후, 나는 내 긴 빨강머리를 남겨둔 채 이발소를 나섰다. 고등학교 때부터 쭉 같은 헤어스타일이어서 이렇게 자른 것은 이번이 처음이었다. 이발소를 나서며 두 손으로 머리를 쓸어보았는데, 짧은 머리카락이 손가락 아래에서 이리저리 움직이는 느낌이 마음에 들었다. 나는 보 스트리트에 있는 텅 빈 카페에서 커피를 한 잔 더 마신 후 걸음을 옮겨 하버드 스퀘어 반대쪽에 있는 미용실을 하나 찾아내 혹시 예약을 하지 않고서도 머리를 염색할 수 있을지 물어보았다. 그 가게에서 가장 어린 스타일리스트가 짬을 내서 염색을 해주겠다고 하자 나는 새로 다듬은 머리를 금발로 염색하고 싶다고 말했다. "직접 이렇게 깎으셨어요?" 스타일리스트는 손가락으로 내 두피를 쓸어보며 물었다.

"예. 보시기에 어떤가요?"

"정말 잘 깎으셨네요. 어떤 스타일의 금발이 좋을까요? 자연스러운 느낌을 원하세요, 아니면 아주 밝게 해드릴까요?"

"뭐가 잘 어울릴까요?"

나는 상점가 안쪽의 어두운 한 피자 가게에서 거울 벽을 마주한 자리에 앉아 점심을 먹었다. 그러면서 거울에 비친 내 모습을 계속 흘끔흘끔 바라보며, 완전 밝은 금색으로 염색을 하니 내가 전혀 다른 사람처럼 보인다고 생각했다. 하지만 입고 있는 옷이 내 새로운 모습과 더 이상 어울리지 않았다. 그래서 점심식사를 마치고 중고 옷가게를 찾아내 옷을 새로 몇 벌 샀다. 우선 슬릿 부분을 옷핀으로 여민 체크무늬 스커트 한 벌을 골랐다. 그리고 스웨터 두 벌도 샀는데, 하나는 털이 푹신한 흰색 스웨터였고, 다른 하나는 남성용 오렌지색 카디건이었다. 그리고 망사 스타킹과 인조 가죽 바지도 구입했고, 진짜 가죽으로 만든 재킷도 하나 발견했는데, 오래전에는 등판에 똬리를 튼 뱀, 혹은 벌집처럼 보이는 그림이 화려하게 자리 잡고 있던 것 같았다. 나는 입고 있던 옷을 무심한 태도를 보이는 점원에게 판 다음 새로 산 옷 중 몇 벌을 골라 입고 가게를 나왔다. 그다음 계단을 한 층 올라가 피어싱을 하는 가게를 찾아내 코 가운데 안쪽 부분을 뚫고 은색 링을 끼웠다. 마지막으로 간 곳은 〈뉴베리 코믹스〉라는 가게로, 그곳에서 고급 가짜 문신을 몇 장 구입했다. 이 문신이 필요할 거라는 확신은 없었지만 만약에 대비할 필요가 있다고 생각했던 것이다.

새로 산 옷을 입고 굽이 높은 부츠를 신은 채 비틀거리며 매스 애비뉴를 도로 걸어가고 있으니, 다시 나 자신이 된 것 같은 기분이 들었다. 이 복장이 마음에 들었기 때문이 아니었다. 심지어 편하지도 않은 차림이었다. 하지만 마치 보호색으로 위장한 것처럼 다른 사람에게 내가 보이지 않는다는 느낌이 들었다. 설사 엄마가 길가에서 내 옆을 지나가더라도 내게 시선을 조금도 돌리지 않을 것이라고 생각했다. 앞으로 어떻게 해야 할지 구체적인 계획은 아직 없었지만, 기본적으로 변장을 하고 있는 상태라는 점이 중요하다는 느낌이 들었다. 나는 조앤 웨일런을 만날 수 있는 방법을 찾고 싶었다. 그녀는 분명 헨리 킴볼에 대해 조사했을 텐데, 만약 정말로 그랬다면 그녀는 아마 나에 대해 알고 있었을 것이고, 어쩌면 신문 기사에 첨부된 내 사진까지 봤을 수도 있었다. 하지만 그녀가 내 얼굴이 어떻게 생겼는지 정말로 주의 깊게 보지 않는 한 새로 바꾼 외모로 속여 넘길 수 있을 것 같았다.

도서관이 보이자 들어가 공공 컴퓨터를 찾아내 인터넷을 켰다. 전날 밤에 헨리의 집을 뒤졌을 때는 그리 많은 것을 알아내지 못했지만, 그래도 그 리머릭보다는 조금 더 수확이 있었다. 헨리의 책상에는 책이 한 무더기 쌓여 있었는데, 그중에는 다트퍼드-미들햄 고등학교의 2003년 연감도 포함되어 있었다. 거기서 나는 리처드 시든과 당시는 조앤 그리브였던 조앤 웨일런, 두 사람의 사진을 모두 찾아냈다. 그 책상 위에 놓여 있었던 다른 책 두 권도 내 관심을 끌었다. 두 권 모두 엘리자베스 그리브가 쓴 시집으로, 그녀는 조앤 그리브의 언니인 것 같았다. 나는 두 권 중에서 좀 더 얇은 《바닷가 오트밀》이라는 시집에 수록된 〈조류〉라는 작품에 헨리가 연필로 표시를 한 것을 발견했다. 그 작품의 부제는 〈1999년, 케너윅〉이었는데, 헨리는 '케너윅'이라는 단어 밑에 연필로 희미하게 밑줄을 쳐 놓았다. 처음에는 우리가 케너윅에서 얽힌 적이 있었기 때문에 그렇게 한 것은 아닐까 생각했다. 그곳은 테드와 미란다 스버슨 부부가 그들의 꿈의 집을 짓고 있던 곳이었기 때문이다. 두 사람 다 편히 잠들기를. 한편 헨리는 시 속의 '여동생'과 '살해당한'이라는 단어 밑에도 각각 밑줄을 쳐 놓았고, 나는 나중에 컴퓨터를 사용할 수 있을 때 조사해 보려고 그 내용을 머릿속에 기억해두었다.

시간이 좀 걸렸지만 나는 찾고 있던 것을 마침내 찾아냈다.

2000년에 케너윅에서 익사 사건이 한 건 발생했던 것이다. 두 에인 워즈니악이라는 10대 소년과 이름이 알려지지 않은 한 소녀가 각각 윈드워드 리조트에 머무르고 있었다. 그에 대한 정보는 거의 없었지만 한 기사에서 두에인의 사촌 동생 리처드 시든 역시 워즈니악과 함께 그 리조트에 머무르고 있었다고 언급하는 내용을 발견했다. 모든 것이 맞아 떨어졌다. 나는 헨리가 알아낸 것을 알아낸 것이다. 그가 알아낸 전부는 아닐지는 몰라도 이 정도면 충분했다. 리처드와 조앤은 죽음을 야기한 사건에 최소 세 번 연루되었다. 첫 번째는 2000년에 케너윅에서 일어난 두에인 워즈니악의 익사 사건이었다. 두 번째는 3년 후 다트퍼드에서 일어난 교내 총격 사건이었고, 세 번째는 조앤의 남편이 자신의 애인을 죽이고 자살한 사건이었다. 사실 네 번째 사건도 있었다. 조앤이 고용한 사설탐정의 사무실에서 일어난 폭발에서 리처드 시든이 사망한 사건.

나는 컴퓨터를 끄기 전에 그 폭발 사건과 관련해서 새 기사가 올라오지 않았는지 재빨리 확인해 보았다. 어제 이후로 새로운 소식은 보이지 않았으니, 적어도 헨리는 죽지 않았다고 생각했다. 그랬다면 분명히 기사가 나왔을 터였다.

도서관을 나온 후, 나는 데이비스 스퀘어에 있는 혼잡한 아이리시 펍으로 걸음을 옮겨, 혼자 테이블을 하나 차지했다. 나는 기네스 맥주 한 잔과 비건 버거를 주문하고 핸드폰을 들어 화면을 스크롤했다. 그런 모습은 이곳에 혼자 앉아 있는 다른 사람들과 별반 다르게 보이지 않았다. 나는 플란넬 셔츠와 검정색 청바지를 입은 채 바 앞에 앉아 있는 한 젊은 남자가 눈에 띄자, 그가 내 곁으로 오지 않기를 바라며 세상에서 가장 단호하고 냉정한 표정을 지었다. 나는 지난 2년 동안 몽크스하우스에서 살고 있던 나머지 바깥세상이 어떤 곳인지 잊어버리고 있었던 것이었다. 이제 다시 이곳으로 돌아와 보니, 주변에 보이는 것은 자신들이 동물인 줄 전혀 모르는 흠 있는 동물들밖에 없었다. 발정 난 지루한 남자들, 그리고 술에 취해 시시덕거리는 여자들이었다. 비판적인 말처럼 들릴지 모르지만 그런 뜻은 아니다. 나 자신도 마찬가지로 그저 살아남으려고, 자신의 충동을 이해하려고 애쓰는 일개 동물일 뿐이었다. 그러니 어쩌면 내 소박한 실제 삶에서 벗어나 이곳에 나온 것은 큰 실수일지도 몰랐다.

나는 헨리의 집으로 돌아가 새벽까지 잠을 잔 다음 차를 몰고 코네티컷으로 돌아갈 수도 있었다. 부모님은 내 바뀐 모습을 보고 깜짝 놀라겠지만, 그 또한 오래 가지는 않을 터였다. 아빠의 자료를 분류하고, 주변 숲에서 긴 산책을 하며, 밤에는 애거서 크리스티의 전 작품을 되풀이해서 읽는 삶으로 돌아갈 수도 있었다.

버거가 나왔는데, 기대보다 훨씬 맛있었다. 나는 음식을 다 먹고 값을 치른 다음 나가려고 자리에서 일어섰다. 내가 스윙 도어를 지나 밖으로 나가자 바에 앉아 있던 건장한 남자가 나를 더 바라보았다.

　나는 아직 집에 가지 않기로 결정했다. 우선 조앤 그리브를 만나보고 싶었다.

32장

조앤

　　"여기 와주셔서 다행이네요." 제임스 형사
가 말했다. "어쨌든 연락을 드리려는 생각을 하고 있었으니까
요."

　　"아, 그래요?" 조앤이 대답했다. 두 사람은 병원 대기실에
놓인 딱딱한 긴 의자 위에 서로를 마주보며 앉아 있었다. 조앤
은 가능한 한 꼿꼿한 자세로 앉아 있었는데도, 이 형사는 무슨
생각을 하는지 알 수 없는 표정으로 위쪽에서 그를 내려다보
고 있었다.

　　"우선 남편 분께서 돌아가신 일은 유감입니다. 그리고 그
와 관련된 상황도 그렇고요. 충격이 굉장히 크셨을 겁니다."

　　"네."

"지금은 어떻게 지내십니까?"

"정확히 말하면, 아직은 충격에서 헤어 나오지 못한 것 같아요. 굉장히 슬프지만 리처드가, 그러니까 제 남편이 저지른 일에 대해 피하지 않고 대처하려고 애를 쓰고 있어요."

"이해합니다." 형사는 이렇게 말하며 긴 대화에 대비하려는 듯 다리를 꼬았다.

"헨리 킴볼 선생님에게 일어난 일을 듣고 얼마나 충격을 받았는지 몰라요. 그분은…… 언제나 제게 친절한 분이었어요. 제 남편을 조사하다가…… 그 일을…… 목격하게 되었으니 제 마음이 얼마나 불편했겠어요. 제가 여기까지 와서 그분 상태를 알아보는 게 말도 안 된다는 건 알지만, 집에 혼자 있으니 도무지 견딜 수가 있어야죠. 그리고 정말 걱정이 되기도 했고요. 그래서 온 거예요." 조앤은 두 손바닥을 펴서 위로 들어 올렸다가 그 순간 스스로도 부자연스럽다는 생각이 들었다. 어째서 이 여자에게 이런 이야기를 주저리주저리 다 늘어놓은 거지? 그는 이제 횡설수설하지 말고 묻는 질문에 대답만 하자고 다짐했다.

"다 이해할 수 있습니다." 형사가 말했다. "그래서 헨리 킴볼이 남편 분 일에 관여한 것과 그의 사무실에 폭탄 테러가 가해진 것 사이에는 아무런 관련이 없다고 생각하신다는 발언으로 받아들이면 될까요?"

조앤은 고개를 저었다. "그게 아니에요. 제 말은 그것 때문에 여기 온 게 아니라는 뜻이었어요."

"알겠습니다."

"혹시 서로 관련이 있나요?"

"그에 대해 당신에게 들을 수 있기를 바라고 있었는데요."
형사는 입술을 아주 살짝 움직여 미소를 지었다.

조앤은 잠시 생각에 잠긴 척을 했다. "그러니까 리처드 시
든이 저와 같은 고등학교에 다녔다는 사실은 제외하고 말이
죠?"

"음, 거기부터 시작해 보는 게 좋겠네요. 만약 그게 우연이
라면 정말 대단한 우연의 일치가 아닐 수 없으니까요. 리처드
시든과 아는 사이였습니까?"

"아뇨, 모르는 사이였어요. 심지어 이름을 듣고도 알아차
리지 못했어요. 그 후에 그 애가 다트퍼드-미들햄 고등학교를
다녔다는 기사를 읽고 나서야 비로소 기억이 나더라고요."

"미들햄에서 태어나서 자라셨나요?"

"맞아요."

"리처드 시든도 그렇고요?"

"예, 그랬던 것 같아요. 그러니까 그 고등학교에 다녔으니
까요……."

"죄송합니다만……" 형사가 그의 말을 끊었다. "제가 제대
로 이해한 것 같지 않아서요. 그 학교는 지역 거점 고등학교 맞
죠? 비교적 큰 도시인 다트퍼드와 꽤 작은 도시인 미들햄 출신

의 학생들을 모두 수용하고요? 그리고 당신과 리처드는 둘 다 미들햄 출신이니, 그렇다면 초등학교와 중학교 역시 함께 다니지 않았나요?"

"맞아요. 그가 기억나긴 하지만 솔직히 말해서 몇 년 동안 그 애 생각은 한 번도 안 해봤어요. 우리는 서로 전혀 모르는 사이였으니까요. 그러니까 실제로 말 한마디 나눠보지 못했을 가능성도 있어요."

"그에 대해 기억나는 게 있습니까?"

"거의 없어요. 굉장히 조용했고, 다소 지질한 구석이 있었다는 것 정도. 그가 제임스 퍼솔과 친구 사이였다는 것은 확실히 기억해요. 같이 게임을 하는 친구 사이였나, 뭐 그런 거 있잖아요."

제임스 형사는 그의 말에 동의하는 듯 고개를 끄덕였다. "예, 두 사람은 친구 사이였습니다."

"그래서 그가 킴볼 선생님을 표적으로 삼고 있었다고 생각하시나요?"

형사는 아랫입술을 위로 삐죽 올리며 대답했다. "우리도 잘 모릅니다. 그래서 당신과 이야기를 나눠보고 싶었던 거고요."

"제가 좀 더 아는 게 있었더라면 좋았을 텐데요."

형사는 다시 한번 고개를 끄덕였지만 당장은 아무 말도 하지 않았다. 그러자 조앤이 먼저 입을 열었다. "그러면 그분 상태는 어떻죠? 킴볼 선생님은 좀 괜찮으신가요?"

"그는 당신을 가르쳤던 교사였죠?"

"네, 그래요."

"그를 선생님이라고 부르셔서 물어보는 겁니다."

"아, 그래요. 오래된 습관인 것 같네요."

"알겠습니다. 그리고 마지막으로 들은 이야기에 따르면, 그는 위급한 상황은 모면했지만 아직 의식이 없는 상태라고 합니다. 경막하출혈이 있었는데 의사들이 잘 대처한 것 같고, 찰과상은 여럿 입었지만 참 이상하게도 골절은 없었어요. 우리 모두 그가 어서 눈을 떠서 무슨 일이 일어난 것인지 말해주기를 기다리고 있습니다."

"그분이 그렇게 할 수 있을까요?"

"글쎄요, 적어도 리처드 시든과 어떤 관계인지 우리에게 말해줄 수 있기를 바랍니다. 아, 여쭤보려 했던 질문과 관련이 있는 것 같네요. 당신 남편도 다트퍼드-미들햄 고등학교에 다녔죠?"

"맞아요. 하지만 그때는 그 사람과 특별히 알고 지내는 사이는 아니었어요. 그는 저보다 높은 학년이었고, 또 다트퍼드 출신이어서요."

"음, 그렇군요. 그러면 당신 남편은 리처드 시든과 아는 사이였나요?"

"그랬던 것 같지는 않아요. 그러니까 제 말은, 만약 아는 사이였다 해도 제게는 그런 말을 한 적이 없었어요."

"제임스 퍼솔은 어떻습니까?"

"아니, 그쪽도 마찬가지예요. 그러니까 우리 모두 제임스 퍼솔을 알고 있었어요. 더 정확히 말하자면 그 애에 대해 알고 있었다고 해야겠네요. 그 애가 저지른 짓 때문에 말이죠. 하지만 리치는 실제로 그 애와 말을 섞어본 적이 없을 거라고 나름 확신해요."

"리치가 남편 분의 애칭이었나요?"

"고등학교에 다닐 때 그렇게 불렀어요. 그 사람은 그 애칭을 정말 싫어해서 이제는 리처드라고 불러주기를 바랐는데, 그래도 가끔씩 그 이름이 튀어나오곤 해요."

조앤은 형사의 핸드폰 진동이 울리는 것을 보았다. 그녀의 밝은 회색 재킷 주머니에 넣어둔 핸드폰이 잠시 빛났지만 그녀는 전화를 확인하지 않았다. "저는 이미 알고 있다고 생각하지만 그저 확인차 여쭤보고 싶군요. 헨리 킴볼이 다트퍼드에서 교사로 재직했을 때 남편 분은 헨리 킴볼의 수업을 한 번도 듣지 않았겠죠?"

"그랬던 것 같아요. 아니, 확실해요. 그분은 그곳에서 딱 1년만 가르치셨잖아요. 킴볼 선생님 말이에요. 처음에는 교생 신분으로 제가 듣는 상급반 영어 수업을 맡으셨다가 그대로 눌러 앉으셨죠."

"그는 어떤 교사였습니까?"

"아, 제 말을 이해하실지 모르겠는데, 그분은 누가 봐도 영어 교사 같은 분이었어요. 영미권 문학, 그중에서도 특히 시에 빠져 있었고, 가끔은 타이를 매기도 했고, 그리고 주차장에서 담배를 피우는 모습을 항상 볼 수 있었어요. 당시에 선생님은 아마 저보다 고작 몇 살 정도밖에 나이가 많지 않았을 텐데, 선생님이라는 위치에 있으니 좀 더 나이가 들어 보였던 게 참 이상하죠."

"그런데 남편 분을 조사할 사람을 구하실 때, 어째서 그를 고르셨나요?"

"제가 남편에 대해 알고 있는 사실을 확인해 줄 사람이 필요해서, 구글에 우리 지역에 있는 사설탐정을 검색해 봤어요. 그때 킴볼 선생님의 이름을 보았어요. 제가 알고 있었던 킴볼 선생님이 맞는지 궁금해졌죠. 그래서 좀 더 찾아봤더니 정말 그분인 것 같더라고요. 그분은 교직을 떠난 후에 경찰이 되셨던 게 맞죠?"

"예, 얼마 동안은 제 파트너였습니다."

"그리고 무슨 논란 같은 게 있어서 정직 처분을 받았고요."

"그런 일이 좀 있었습니다."

"그래서 제가 아는 분일지도 모른다고 생각했어요. 100퍼센트 확신할 수는 없었지만 일단 예약을 했죠. 만나 보니 정말 선생님이었고 제 의뢰도 받아주셨죠. 분명히 말해서 그분이 어떤 일에 얽히게 되었는지 생각하면 마음이 편치 않지만, 솔직히 그렇게 될 줄은 전혀 몰랐어요."

"예, 절대 알 수 없었을 겁니다." 형사는 재킷 주머니에서 핸드폰을 꺼내 확인해 보았다.

"혹시 선생님을 만나 뵐 수 있을까요?"

"지금은 안 됩니다. 말씀 드렸지만 현재 의식이 없는 데다 가족밖에 면회가 허용되지 않으니까요."

"예, 이해해요. 말씀 나눌 수 있어서 다행이에요. 이유는 모르지만 그 소식을 들었을 때 여기 와야 한다는 생각이 들었어요."

형사는 고개를 끄덕이며 핸드폰을 다시 주머니에 넣은 다음 다른 주머니에 손을 넣어 명함을 한 장 꺼냈다. "혹시 리처드 시든과 킴볼이 서로 관련이 있을 것 같은 일이 생각나면 제게 전화를 주세요. 중요하지 않은 것처럼 보여도 괜찮습니다."

"물론이에요. 하지만 뭐가 생각날 것 같지는 않아요. 솔직히 말해서 그 애 이름은 오랫동안 듣지도 못했으니까요."

형사가 자리에서 일어나자 조앤도 따라 일어섰다. 두 사람은 악수를 나눴다. 형사의 손은 건조하고 따뜻했다. "하나만 더 말씀 드리겠습니다, 웨일런 부인. 그 총격 사건 당시 그 교실에 계셨죠?"

"어, 그래요."

"킴볼의 대처는 어땠습니까?"

"아, 꽤 놀라웠어요. 조금도 물러나지 않으면서 그 애를 설득해서 총을 버리게 하려고 애를 쓰셨죠. 뭐, 일이 잘 풀리지는 않았지만 어쨌든 시도는 하셨잖아요. 그 교실에 있던 다른 사람들은 모두, 물론 다들 학생이었지만 그저 바닥에 몸을 숙이고 있었을 뿐이었는데요."

"알겠습니다." 제임스 형사는 이렇게 대답하더니 로비를 지나 왔던 길로 되돌아갔다.

조앤은 병원을 나섰다. 회전문을 지날 때는 한번 크게 심호흡을 했다. 공기 중에 안개가 자욱해서 건물들은 꼭대기가 죄다 낮게 뜬 구름 같은 안개에 가려져 있었다.

조앤은 이곳을 방문해서 얻은 성과에 기분이 좋아진 채 자신의 차로 돌아갔다. 많은 정보를 얻어냈고, 그 형사와 이야기를 나누면서 신경이 날카로워지긴 했지만 그녀는 분명 아무것도 모르고 있었다. 물론 그 형사는 조앤과 헨리 킴볼, 그리고 리처드 시든 사이의 관계에 대해 호기심을 보였다. 세 사람 모두 같은 시기에 DM에 있었으니 그녀가 그런 관심을 보인 것도 지극히 당연했다. 하지만 그 형사는 케너윅에서 있었던 일은 전혀 묻지 않았고, 페어뷰 도서관에 대해서도 마찬가지였다. 조앤과 리처드가 서로 연결되어 있다는 증거가 존재하지 않는다는 사실은 꽤 명확해 보였다. 조앤이 유일하게 두려워하는 것은 킴볼이 뭔가 알아냈으며 만약 의식을 회복하면 알고 있는 것을 말할 것이라는 사실이었다. 그런데 그는 과연 무엇을 알아냈던 걸까?

조앤은 케임브리지에서 메모리얼 고속도로를 빠져나와 하버드 스퀘어에 꽉 막힌 차량 행렬 속에 갇히고 말았다. 빨간 불 신호에 걸리자 그녀는 핸드폰에 '헨리 킴볼'과 '주소'를 검색해서 옥스퍼드 스트리트에 있는 수많은 주소지를 찾아냈는데, 그중 케임브리지에 위치한 곳은 딱 하나였다. 조앤은 그 주소를 내비게이션에 입력해서 한 낡아빠진 다세대주택 건물 앞에 도착했다. 잠시 동안 운전석에 앉아 있었다. 경찰이 이미 헨리 킴볼의 집을 수색했을까? 그랬을 것 같지는 않았다. 리처드 시든은 폭발을 일으킨 범인이었으니 당연히 경찰은 그의 집을 수색했을 테지만 헨리는 피해자일 뿐이었다. 조앤은 혹시 헨리가 뭔가 기록을 남겨놓았을 경우를 대비해서 그의 집 안에 들어가려고 하는 것이 과연 이치에 맞는 행동일까 고민했다. 병원에 모습을 드러내는 것과 헨리의 집에 침입하는 것은 완전히 다른 문제였다. 게다가 조앤은 남의 집에 침입하는 방법은 알지 못했다.

조앤은 차를 몰고 다트퍼드로 돌아갔다. 그녀는 자신이 사는 동네에 접어들고 나서야 비로소 어머니와 언니가 점심때쯤 온다고 했던 기억이 떠올랐다. 그런 생각이 떠오른 순간 핸드폰 진동이 울렸다. 조앤은 고개를 숙여 핸드폰 화면에 뜬 어머니의 문자메시지를 확인했다. 이윽고 그는 자신의 집 진입로에 도착했다. 언니 리지가 정문 현관에 뚫려 있는 창문을 통해 안쪽을 살펴보고 있었고, 어머니는 핸드폰을 바라보며 진입로 위에서 서성거리는 중이었다.

"나 왔어. 지금 도착했어." 조앤은 차에서 내리며 말했다.

어머니는 조앤에게 다가와 그를 끌어안았다. "얘야, 우리 둘 다 얼마나 걱정했는지 몰라. 어디 갔었니?"

조앤은 싸움을 시작하게 되는 것이 싫어서 이렇게 대답했다. "고객 집에 다녀왔어. 그냥 견적만 내본 거야."

"정말이지, 조앤, 그 사람들이 네가 겪은 일을 알기나 해? 너는 그런 일에서 벗어나 시간을 좀 가질 필요가 있어."

리지가 캐서롤이 담긴 커다란 접시를 들고 다가오자, 조앤은 그 모습을 두 사람이 서로 포용할 필요가 없다는 뜻으로 받아들이며 안도했다. "엄마가 치킨앤라이스를 2킬로그램이나 만들어 왔지 뭐야. 이것 좀 내려놓게 문이나 열어줘."

세 사람은 주방 아일랜드에서 식사를 했다. 캐서롤은 조앤의 어머니가 여러 해 전에 종종 만들던 음식이었다. 조앤은 배고파 죽을 지경이라는 사실을 깨닫고 음식을 수북하게 두 번 덜어 먹었다.

조앤의 어머니는 디저트로 먹을 음식을 찾아보다가, 냉장고에서 1리터짜리 커피 아이스크림을 발견했다. 용기 위에는 서리가 내려앉아 있었지만 그 외에는 괜찮아 보였다. "조앤, 내가 어디서 읽었는데 너 같은 경우에는 정상적인 생활로 돌아가는 데 2년이 꼬박 걸린다더구나. 그러니까 전체 과정이 말이지." 어머니가 말했다.

"남편이 살인자면 무슨 과정이 필요한데?" 조앤이 물었다.

"오, 조앤." 어머니는 이렇게 말하며 아일랜드 위에 내려놓은 손바닥을 조앤 쪽으로 뻗었다.

조앤은 언니 쪽을 바라보다가 리지가 이상할 정도로 염려하는 것 같다고 생각했다. "아마 그것보다는 좀 더 길어질 거야, 조앤. 확실히 너는 아직도 충격에서 벗어나지 못한 것 같아." 리지가 말했다.

"내 일을 소재로 시를 쓸 계획인가 봐?"

리지는 고개를 살짝 저으며 입가에 반쯤 미소를 지었다. 조앤의 눈에는 리지는 겉보기에 자기 나이보다는 어머니 연배에 더 가까워 보이는 것 같았다. 단지 머리카락이 백발이었다거나 화장을 하나도 하지 않았기 때문만은 아니었다. 그저 리지의 몸에 배인 체념 탓이기도 했다. "아마 그러지는 않을 거야."

"난 상관 안 해, 언니. 죽은 매부에 대해 원하는 대로 자유롭게 시를 써도 좋아."

"아, 그 말을 들으니 생각나는 게 있어, 조앤. 그 탐정이랑 통화를 했니? 케너윅에서 익사한 남자애에 대해 조사하던 사람 말이야."

"무슨 소리 하는 거야?"

"전화를 한 통 받았거든. 누구라고 했더라…… 이름이 기억이 안 나는데…… 그 남자 말로는 그 익사 사건을 재조사하기 위해 고용된 사람이라고 했어. 나는 그에 대해 아무것도 모르니 아마 너한테 전화를 걸어보는 게 좋을 거라고 말해줬어."

"그게 언제였는데?"

"내가 학교에서 상담 시간에 대기하고 있을 때였으니 분명히 목요일이었을 거야. 3분 정도 통화를 했는데, 나는 그 사건에 대해 아는 게 없다고 말했어. 그래서 다음에는 네게 전화를 걸 거라고 생각했는데."

"그 사람 이름이 뭐였어?"

"이름을 들었는지도 기억이 잘 안 나네. 그냥 그 사건을 다시 한번 조사해 보라는 지시를 받았다는 말만 했어. 그런데 왜 그렇게 화를 내는 거야?"

어머니가 끼어들었다. "리지, 네가 화를 내게 만드니까 화를 내는 거지."

"엄마, 그거 동어반복이야." 리지가 대꾸했다.

"화 안 났어." 조앤이 말했다. "그냥 궁금할 뿐이야. 오랫동안 그 휴가 때 일은 생각도 안 났는데."

"자, 지금 그런 생각은 하지 않는 게 좋아." 어머니가 말했다. "다 같이 산책이라도 하는 게 어때?"

조앤은 산책을 하고 싶지는 않았지만 친정 식구들과 함께 집 안에 앉아 있는 것도 마음에 들지 않았다. "짧게 다녀오자. 그런 다음 낮잠 좀 자야겠어." 그녀가 이렇게 말하자 어머니와 언니 역시 동의했다. 세 사람 모두 집 밖으로 나와 조앤이 떠올릴 수 있는 최단 경로를 택해 동네를 한 바퀴 돌았다.

조앤은 마침내 집으로 돌아와 혼자 남게 되었다. 그리고 리지가 해준 이야기에 대해 시간을 들여 고심해 보았다. 그 전화는 킴볼이 건 것이 틀림없었다. 그는 두에인 워즈니악이 죽었을 당시 리처드와 조앤 모두 케너윅에 있었다는 사실을 알아낸 것이었다. 어쩌면 〈바다 조류〉였나 뭐였나, 하여튼 리지가 쓴 그 멍청한 시까지 읽었을지도 몰랐다. 조앤은 거실에 있는 책장으로 향해 《바닷가 오트밀》이라는 제목의 스테이플러로 제본한 싸구려 책자를 찾아냈다. 그 책은 의사 진료실에 놓여 있는 무슨 성병 안내 책자 같은 것보다 그다지 크지도 않았다. 조앤은 여동생이 한 소년과 함께 수영을 하러 갔다가 소년은 돌아오지 않았다는 내용의 시를 찾아보며 킴볼이 그 시를 읽는 모습을 상상해 보았다. 당연히 그는 다 읽었으리라. 시이기도 했고 단서이기도 했기 때문이다. 그 두 가지야말로 그가 가장 좋아하는 것이었다. 조앤은 킴볼이 부상에서 절대로 깨어나지 못하면 얼마나 좋을까 생각했다.

33장

릴리

　　다음 날 오전 7시에 헨리의 집을 나와 그가 사는 주택가에 난 길을 따라 걷고 있는데, 낯익어 보이는 차가 나를 지나쳐 그 다세대주택 건물 앞에 이중주차를 했다. 고개를 돌려 보니 헨리의 여동생이라 짐작했던 그 흑발 여자가 차에서 내려 정문 현관을 통해 안으로 들어가는 모습이 보였다. 그가 혹시 파이가 그다지 배가 고프지 않다는 사실을 알아차릴지 궁금했다.

　　나는 계속 걸음을 옮기다가 지하철 입구 근처에 있는 가게에 들러 커피 한 잔과 아침식사로 먹을 크레이프를 주문하며, 조앤 그리브 웨일런을 만날 수 있는 최선의 방법은 과연 무엇일지 생각에 잠겼다. 그녀의 집으로 가서 현관문을 두드리는 것은 그다지 내키지 않았지만 더 나은 대안이 떠오르지 않았다. 조앤의 홈페이지를 보니 그는 인테리어 디자이너지만 따로 사무실을 두지 않았음이 분명해 보였다. 또한 남편이 사망한 직후였으니 술집이나 레스토랑에 갈 것 같지도 않았다. 그녀가 남편을 추모하고 있다고 생각하는 것은 아니었다. 어쨌든 그녀가 남편을 죽였을 가능성이 가장 높았으니까. 그저 부적절하게 보이는 일을 피하려는 의도일 터였다.

나는 그녀와 어떤 형식으로든 관계를 맺고 싶다면 서로 공통점이 있어야 한다는 사실을 알고 있었다. 그리고 어떤 공통점을 무기로 삼을지 미리 결정해 놓은 터였다.

식사를 마친 후 나는 포터 스퀘어로 걸어가 저렴한 선불 핸드폰을 파는 체인점을 찾아보았다. 그리고 현금으로 전화기를 한 대 구매한 다음 다시 한 커피숍에 들어가 커피를 한 잔 더 마시며 핸드폰을 충전했다. 11시쯤 되자, 나는 하버드 스퀘어 외곽 지역에 있는 작고 조용한 공원 벤치에 앉아 새로 산 핸드폰을 꺼내 조앤의 업무용 전화번호로 전화를 걸었다.

"여보세요?"

"아, 안녕하세요." 나는 살짝 말을 더듬으며 말했다.

"누구시죠?"

"아, 죄송해요. 저는 에디 로건이에요. 모르실 텐데요."

"아, 그래요." 짜증이 난 듯한 목소리였다.

"한번 만나 뵀으면 해서요. 중요한 일이에요. 제가 그쪽으로…… 그러니까 댁으로 갈 수도 있고, 그게 아니면 다른 곳에서 뵐 수도 있어요. 원하시는 장소가 있다면……."

"혹시 인테리어 상담을 하시려는 건가요? 그렇다면 제가 댁으로 갈게요."

"죄송하지만 아니에요. 다른 전화번호를 알지 못해서 업무용 번호로 전화를 드렸어요. 하지만 인테리어 때문에 전화를 드린 건 아니에요. 그러니까…… 개인적인 일이라서요."

일순간 침묵이 흐르다가 조앤이 입을 열었다. "무슨 일 때문인지 말씀해 주시겠어요?"

"아무래도 직접 뵙고 말씀 드리고 싶어요. 그렇게 하는 게 더 좋을 것 같네요. 우리 둘 다 아는 친구가 한 명 있는데…… 이야기를 나누고 나면 다 이해하실 거예요."

다시 한번 침묵이 흘렀다. 나는 그녀가 지금 꺼지라고 말하며 전화를 끊어버리기 직전이라는 사실을 눈치챌 수 있었다. 만약 그렇게 된다면 내가 할 수 있는 일은 그리 많지 않았다. 조앤이 말을 하기 전에 내가 먼저 입을 열었다. "정말 수수께끼 같은 말만 해서 죄송해요. 겁을 줄 생각은 없지만 중요한 일이에요. 댁 근처에 우리가 만나기에 적당한 장소가 있을까요? 공원 같은 곳도 괜찮은데요. 제가 그쪽으로 갈게요."

"그래요, 알겠어요. 당신 이름이 뭐라고 했죠?"

"아, 다행이에요. 고마워요, 조앤. 제 이름은 에디라고 해요. 말씀 드렸듯이 우리는 만난 적은 없지만 대화를 나누면 정말 좋을 거예요. 언제 시간이 나시죠?"

"오늘 오후에 만날 수 있어요."

"아, 잘됐네요. 정말 멋질 거예요. 장소를 알려주시면 제가 그곳으로 갈게요."

"저희 집 근처에 주립공원이 하나 있어요. 앤디콧 농원이라는 곳이에요."

"알겠어요, 찾아갈 수 있을 거예요."

"입구가 두 곳 있는데 한 곳은 산책로 입구로 이어지고, 다른 한 곳은 체험식 동물원과 농장 가판대 쪽으로 이어져요. 등산로 입구에 있는 주차장에서 뵙도록 하죠."

"딱 좋네요. 몇 시에 뵐까요?"

"괜찮으시다면 4시면 좋겠는데요. 제가 당신을 어떻게 알아보죠?"

나는 웃음을 터뜨리며 내 쪽에서 알아볼 수 있다고 말했다. 나는 그녀를 불안하게 만들고 있다는 사실을 알고 있었지만 동시에 그의 관심을 끌고 있다는 사실 역시 알고 있었다. 그리고 대개의 경우 어떤 것에 대한 관심은 그에 대한 불안보다 우세하기 마련이었다.

나는 시간을 죽이려 헨리의 집으로 천천히 걸음을 옮겼다. 가는 도중에 몽크스하우스의 집 전화로 전화를 걸자 아빠가 전화를 받았다.

"별 일 없어, 아빠?"

"뭐, 그렇지, 릴. 언제 돌아올 거니?"

"조만간 그렇게 되면 좋겠네. 엄마가 식사 챙겨주고 있어?"

"대부분 샐러드이긴 해도, 어젯밤에는 스파게티 같은 걸 만들어 주던데. 그런데 릴, 책을 한 권 찾고 있는데 도통 보이지 않는구나."

"무슨 책 말이야?"

"얼마 전에 읽고 있었던 책인데 그만 그 제목을 까먹었지 뭐야. 스코틀랜드 작가가 쓴 일기 형식으로 된 작품인데……."

"윌리엄 보이드의《어떤 인간의 마음도》아니야?"

"바로 그거야."

"거실 노란색 의자 옆에 있는 협탁 위를 봐봐. 거기 없으면 뒤쪽 베란다에 있는 커피 테이블 위에 있을 거야."

"아, 네 엄마가 왔구나. 하고 싶은 말이 있다는데."

엄마는 토끼들이 내가 키우던 사보이 양배추를 죄다 먹어 버렸다고 말했다.

"양배추는 우리보다 그 애들에게 더 필요했나 보네."

"릴리, 농담하고 있는 건 알지만 토끼는 뭐든지 먹을걸. 언제 집에 오니? 올 때 뭐 좀 사다 줄 수 있니?"

"그래서 전화 건 거야. 조만간 돌아갈 테지만 정확히 언제 갈지는 모르겠네. 둘이서 나 없이도 잘 살고 있어?"

"네 아빠는 뭐 하나 찾지 못하는 사람이지만, 집 북쪽에 있는 낮은 배수구를 청소해 주겠다고 약속했어."

"내가 돌아가서 할게. 아빠를 죽이려는 게 아니라면 절대 사다리 근처에 가도록 해서는 안 돼."

"흠……."

나는 헨리의 집 앞에 도착해 엄마에게 이만 끊어야겠다고 말하면서 언제 집에 갈지 알게 되면 곧바로 다시 전화하겠다고 말했다. 내가 그 건물 2층 층계참에서 문고리에 열쇠를 꽂고 있는데 옆집에서 한쪽 팔을 굽혀 미니어처 푸들을 안은 한 중년 여자가 모습을 드러냈다. "어머." 그 여자는 나를 보자 외마디 소리를 냈다.

나는 그를 향해 미소를 지었다. "죄송해요, 제가 여기 올 거라고 미리 말씀 드렸어야 했는데. 저는 헨리의 여자친구 에디라고 해요. 파이와 켓을 돌보러 왔어요."

"아, 그 사람은 좀 어때요?"

"아직 위급한 상태예요. 의식도 회복하지 못했고요. 다들 그가 괜찮아지기를 바라고 있어요."

"대체 무슨 일인지 알아요? 그러니까 무슨 일이 일어났는지 묻는 게 아니라 어째서 그에게 그런 일이 일어났는지 묻는 거예요." 그 여자는 키가 작고 통통했으며 머리는 파란색으로 염색하고 할머니 같은 안경을 쓰고 있었다. 개는 의심스러운 눈초리로 나를 바라보고 있었다.

"잘 모르겠어요. 제게는 아무 말도 해주지 않더라고요." 헨리의 집 문 안쪽에서 파이가 야옹거리는 소리가 들리자 나는 문을 열었다.

"뭐 필요한 게 있으면 말만 해요." 그 여자가 이렇게 말하자 나는 그를 향해 미소를 지으며 안으로 들어가 문을 닫았다.

나는 파이의 사료 그릇을 살펴본 다음 숨겨둔 가방을 꺼내 오후에 조앤을 만날 때 입을 옷을 골랐다. 먼저 플란넬 스커트를 입었다. 밖이 따뜻하고 햇살도 내리쬐고 있었기 때문에 타이츠는 입지 않기로 했다. 그런 다음 가짜 문신을 두 장을 골랐다. 한 장은 사탄의 인형 처키가 그 유명한 대사인 "같이 놀자"라고 말을 하는 모습을 선으로만 그린 것이었고, 또 한 장은 칼날 일부가 사라져 마치 내 피부를 뚫고 들어간 것처럼 보이는 화려한 단검이었다. 그 두 장을 내 허벅지 앞쪽, 입고 있던 스커트 단 아래 보일 수 있는 위치에 붙였다. 조금 과한 것도 같았지만 만약 조앤이 내게 이야기를 털어놓도록 하려면 내가 사람을 죽이는 생각 따위는 아무렇지도 않게 여기는 사람처럼 보여도 해가 되지는 않을 것 같았다.

나는 헨리의 집을 나서기 전에 거울 앞에 서서 변장한 내 모습을 바라보며 환상과 현실에 대해 뭔가 이해하면서 완전한 평정을 경험했는데, 그런 깨달음의 순간은 내게 찾아오자마자 곧바로 지나가고 말았다. 나는 거울 앞으로 좀 더 가까이 다가가 내 얼굴을 자세히 살펴보았다. 눈 화장을 과하게 해서 마치 완전히 다른 사람이 된 것 같은 기분이었다. 내가 왜 이러고 있는지 의문이 들었지만, 그러다가 헨리가 조앤이 실제로 어떤 사람인지 간절히 알아내고 싶어 했다는 사실을 떠올렸다. 나는 그저 그에게 호의를 베풀고 있는 것이었다. 그리고 내가 감방 창살 안에서 남은 평생을 보내지 않을 수 있었던 것은 바로 헨리 때문이었다. 그는 내 호의를 받을 자격이 있었다.

나는 3시 30분에 앤디콧 공원에 도착해서 농장 근처에 주차했다. 한 무리의 아이들이 지도교사의 인솔을 따라 거위와 돼지를 보러 와 있었다. 머리 위로 파란 하늘이 펼쳐졌고 공기는 시원하고 건조했다. 한 조그만 남자아이가 농장의 동물 우리가 있는 곳에서 빠져나와 땅 위에 자리 잡은 한 그루터기 앞에 쭈그리고 앉아 있었다. 그 아이가 1, 2미터 정도 떨어진 곳에서 분주하게 움직이는 붉은날다람쥐를 바라보고 있다는 사실을 깨닫기까지는 조금 시간이 걸렸다. "저스틴, 애야, 이리 오렴." 보육원 직원이 이렇게 말하자 그 아이는 몸을 돌려 다른 아이들이 있는 곳으로 돌아갔다.

나는 농장을 여기저기 돌아다니다가 여러 산책로가 표시되어 있는 커다란 나무 표지판을 보고 조앤을 만나기로 한 주차장까지 걸어갈 수 있는 동선을 파악했다. 나는 천천히 걸음을 옮기며 삼면이 무너진 돌담에 둘러싼 풀밭을 거쳐 잡목이 빽빽하게 우거진 숲을 짧게 지나쳤다. 그러다가 4시 직전에 조그만 주차장에 도착했다. 주차장에는 스바루 아웃백 한 대뿐이었다. 농장 옆에 있는 주차장이 훨씬 컸고 차량도 더 많았다.

나는 한쪽이 이끼로 뒤덮인 커다란 바위에 몸을 기댄 채 기다렸다. 4시 5분에 은색 BMW가 주차장 안으로 들어오자 그 차에 타고 있는 사람이 조앤이라는 사실을 대번에 알 수 있었다. 내 몸 안에 낯익은 차분한 감정이 퍼졌고 감각이 날카로워졌다. 그러자 나는 에디 로건이며 현재 긴장해 있는 상태라는 점을 스스로에게 상기시켰다.

조앤은 차에서 내려 앞쪽으로 돌아 나오다가 자갈이 깔린 주차장으로 들어서는 내 모습을 발견했다. 그녀는 키가 작았지만 보폭이 컸고, 검정색 레깅스와 진한 녹색 플리스 상의 차림이었으며, 반짝거리는 머리카락은 뒤로 돌려 포니테일 스타일로 단단히 묶었다. 조앤이 나를 발견했을 때 나는 그녀에게서 뭔가 누그러진 듯한 기색을 느꼈다. 마치 내가 위협을 가하지 않을 거라고 대번에 결론을 내린 듯한 모습이었다.

"에디?" 조앤이 이렇게 말하자 나는 고개를 끄덕이며 한 걸음 더 앞으로 나갔지만 손을 내밀지는 않았다. 조앤은 코로 숨을 들이마시며 말했다. "같이 좀 걸을까요? 그 신발로도 괜찮을지 모르겠네요."

나는 낡은 컨버스 스니커즈를 신고 있었다. 이 정도면 괜찮다고 대답했다. 조앤이 숲속으로 이어지는 길을 따라 내려가기 시작했고, 나는 그녀를 따라잡았다. "여기서 이렇게 만나줘서 얼마나 고마운지 몰라요. 그런 부탁은 하는 게 아니었는데 …… 그래도 중요한 일이라서요."

"나와 무슨 이야기를 하고 싶은 거죠?"

"리처드 시든에 대한 일이에요. 나는 그와 친한 친구 사이거든요."

조앤은 고개를 돌려 나를 바라보았다. 그녀의 눈은 동그랬고 짙은 파란색이었다. 피부는 창백했지만, 양쪽 뺨에는 붉은 반점이 두 개 나 있었다. "최근에 내가 리처드 시든과 아는 사이인지 알고 싶어 하는 사람과 대화를 나누는 것이 두 번째로군요. 내 말 믿어줘요. 나는 그 사람을 몰라요."

"음, 그는 당신과 아는 사이라고 했는데요."

조앤은 걸음을 멈췄다. "케임브리지에서 폭탄을 터뜨려 자신까지 날려버린 사람이 리처드 시든 맞죠? 미안하지만 그는 내가 어렸을 때 같은 학교에 다니던 괴물 같은 인간이었어요. 나는 그때도 그와 아는 사이가 아니었고, 지금도 마찬가지라고요. 어째서 그가 폭탄을 들고 헨리 킴볼을 찾아갔는지 전혀 몰라요. 혹시 두 사람이 무슨 관련이 있다면 고등학교 시절에 제임스 퍼솔과 관계된 일일지도 모르지만, 나는 그에 대해 아무것도 모른다고요."

나는 유심히 그녀를 관찰하고 있었다. 화가 나 보였는데, 이는 대부분의 사람들이 무슨 거짓말을 하다가 걸렸을 때 보이는 행동이었다. 나는 무슨 말을 하려고 여기 왔는지 밝히기로 마음을 먹었다. "조앤, 그는 당신과 아는 사이라고 말했어요. 그리고 당신들 둘이 함께 사람들을 죽였다는 말도 했고요."

34장
조앤

이상한 모습을 한 여자는 건조한 눈빛으로 조앤을 바라보며 그가 무슨 말이라도 하기를 기다리고 있었다. "그가 그렇게 말했어요?" 조앤이 물었다.

"자세한 이야기는 하지 않았지만 당신들 두 사람 사이에는 특별한 유대관계가 있다는 말은 해줬어요. 당신과 이야기를 나누고 싶은 이유는 그 때문이에요. 나도 리처드의 그런 면을 알고 있으니까요."

조앤은 고개를 저었다. "당신이 시간 낭비를 하는 것 같아 유감이에요. 리처드 시든은 분명 내게 일종의 그릇된 환상 같은 것을 품고 있었던 것 같네요. 왜 그랬는지 전혀 모르겠고, 솔직히 말하면 당신이 여기 나온 이유도 모르겠어요. 만약 당신이 리처드 시든이 무슨 살인자라고 생각한다면, 경찰에 가봐야 하는 거 아니에요?"

"경찰에 가는 일에는 별로 관심 없어요. 그러니까 리처드는 죽었잖아요? 하지만 그는 내 친구이고 당신은 그의 친구라는 사실을 알고 있으니, 당신을 만나고 싶었던 거예요."

조앤은 더 이상 경멸스러울 수 없다는 표정으로 이 미친 여자를 바라보며 말했다. "그 사람은 정말 내 친구가 아니라고요. 계속 그렇게 말하고 있잖아요."

두 사람은 이제 캄캄한 숲속에서 걸음을 멈춘 채였다. 낙엽이 그들 주위로 떨어지고 있었다. 에디 로건이라는 여자는 조앤을 살피는 듯 그저 바라만 보고 있었다. 조앤은 재빨리 머리를 굴리며 리처드 시든이 이 여자에게 죄다 털어놓은 게 확실한 것 같으니, 이 여자를 어떻게 다루는 것이 최선일지 서둘러 생각해 내려고 애를 썼다. 그녀의 본능적인 직감은 모든 것을 부인하라고, 심지어 리처드라는 사람을 알고 있는 것조차 부정하라고 말하고 있었다.

"알겠어요." 에디는 마침내 이렇게 말하며 실망한 어린아이처럼 아랫입술을 약간 내밀었다. "당신이 알아줬으면 하는 것은 딱 하나, 나는 리처드의 편이었던 것처럼 당신의 편이라는 사실이에요. 그리고 당신을 만나고 싶었다는 것도요. 그뿐이에요. 그리고 또 리처드가 그 탐정 사무실에 폭탄을 들고 간 이유를 당신에게 말해주고 싶었어요. 그 탐정은 모든 것을 알고 있었기 때문이에요. 당신들 둘이서 당신 남편이랑 그가 만나는 헤픈 여자에게 한 짓 말고도 다른 일들에 대해서도 알고 있었어요. 리처드가 해준 말에 따르면 킴볼은 케너윅에서 있었던 일, 그러니까 당신들이 윈드워드 리조트에서 저지른 일에 대해서도 모두 알고 있었대요."

여자가 잠시 말을 멈추자 조앤은 자신의 얼굴에 떠오른 경악과 공포를 억누르려고 애를 썼다. 조앤은 메인주에서 있었던 일에 대한 이야기를 들을 것이라고는 전혀 예상하지 못했다. 그는 격분한 것처럼 보이기를 바라며 깊게 심호흡을 한 다음 입을 열었다. "에디, 미안하지만 리처드는 당신에게 꾸며낸 이야기를 너무 많이 해준 게 틀림없어요. 당신이 그런 말을 믿는다고 해서 화를 내지는 않겠지만 내가 사실을 말하고 있다는 것은 믿어줬으면 좋겠네요. 이제 그만 차가 있는 곳으로 돌아가서 집에 가야겠어요."

조앤은 걸음을 옮기기 시작했지만 에디가 그의 곁에 바짝 따라붙으며 말했다. "당신이 그렇게 말할 줄 알고 있었어요. 이해해요. 정말 이해한다니까요. 하지만 내가 당신과 친구가 되고 싶고, 당신을 돕고 싶어 한다는 것은 믿어줬으면 좋겠어요. 그리고 나는 헨리 킴볼이 영원히 입 다물게 할 수 있는 방법을 알고 있어요."

조앤은 몸을 빙글 돌리더니, 턱이 얼어붙은 듯 잠시 입을 열지 못하다가, 마침내 소리를 질렀다. "야, 이 미친년아. 꺼져."

그런 다음 몸을 돌려 다시 걷기 시작했다. 그 여자는 조앤이 있던 자리에 계속 남아 있었다. 조앤은 여전히 분노에 휩싸인 채로 주차장에 돌아와 차에 탄 다음 주차장을 빠져나가다가 그 주차장에 있던 다른 유일한 차인 녹색 스바루 앞에 차를 세웠다. 이게 그 여자 차인가? 그 차에는 매사추세츠 번호판이 달려 있었고 후미에는 범퍼 스티커가 두 개 붙어 있었는데, 하나는 오바마/바이든의 지지 스티커였고, 다른 하나는 '농가가 없으면 식량도 없다'라는 슬로건이었다. 이 차는 조금 전까지 조앤이 이야기를 나눈 여자와는 썩 어울리지 않았다. 에디 로건은 아직 숲에서 나오지 않았다. 다른 주차장에 차를 세워놓은 걸까? 그렇다면 어째서?

조앤은 도로로 나와 집으로 돌아가는 길에도 계속 머리가 혼란스러웠다. 그녀는 이 상황에 대해 논리적으로 생각하려 애를 쓰며 마음을 진정시켰다. 오늘 알게 된 것은 정확히 뭐였더라? 확실한 것은 자신을 에디 로건이라고 소개한 그 여자는 정말로 리처드 시든과 아는 사이이며, 리처드는 그 여자에게 그와 조앤이 함께 저지른 일에 대해 털어놓았다는 점이었다. 그렇지 않다면 그 여자는 케너웍의 윈드워드 리조트에서 일어난 일에 대해 어떻게 알고 있겠는가? 조앤은 리처드가 자신을 배반했다는 사실에서 오는 마음의 상처는 잠시 한편으로 제쳐 두고 리처드가 에디에게 무슨 말을 했는지, 그리고 혹시 그 중에서 입증 가능한 일이 있을지에 대해 생각을 집중했다. 두에인 워즈니악이 익사했을 당시에 그와 리처드 역시 윈드워드 리조트에 있었다는 사실은 확실히 입증 가능했다. 그래서 뭐? 두 사람이 만나서 이야기를 나누고 무슨 계획을 공모했다는 사실을 입증할 수 있는 사람은 아무도 없었다. 고등학교 시절에 있었던 일 또한 마찬가지였다. 리처드는 제임스 퍼솔과 친구 사이였고, 제임스는 조앤의 옛 친구 매디슨을 죽였다. 하지만 다시 한번, 그래서 뭐? 모두 추측에 불과할 뿐이었다.

그보다는 만약 경찰에서 자신의 남편과 팸 오닐을 살해한 사람이 리처드 시든이라는 사실을 알아내면 무슨 일이 일어나게 될지 이쪽에 더 신경이 쓰였다. 리처드는 그 두 명과 아무런 관련이 없었다. 아니, 꼭 그렇다고는 할 수 없었다. 리처드는 자신의 남편과 같은 학교에 다녔다. 딱 그 정도의 관계는 있었다. 하지만 그는 초등학교부터 고등학교까지 조앤과 같은 학교를 다니기도 했다. 그 사실이 드러나면 경찰은 두 사람이 윈드워드 리조트에 함께 있었다는 사실도 알아낼 터였다. 그들은 흩어진 조각들을 하나로 모으게 되는 것이었다.

조앤은 집으로 돌아오고 나서도 여전히 버버리 코트를 입은 채 서성거렸다. 그러다가 자신에게 진정하라고 되뇌며 코트를 벗고 와인을 한 잔 따라 마셨다. 그러고는 컴퓨터로 가서 에디 로건, 혹은 에디슨 로건의 이름을 검색해 보았지만, 자신이 만났던 사람과 관련이 있어 보이는 검색 결과는 찾아볼 수 없었다. 하지만 그렇다고 해서 에디 로건이 진짜가 아니라는 뜻은 아니었다. 그 여자는 허벅지의 오싹한 문신이나 헤어스타일로 보아 확실히 별난 인간이었다. 그 여자는 처음에 리처드를 어떻게 만났을까? 아마 무슨 게임 같은 것을 하면서 만난 사이일 터였다. 조앤이 생각하기에 리처드는 아직도 그런 유희거리에 몰두하는 것 같았고, 에디 로건 역시 30대가 틀림없어 보이는데도 불구하고 게임에 빠져 사는 게 틀림없어 보였다. 그래서 리처드와 이 여자는 서로 만나 친구가 되었고, 어쩌면 친구 이상의 사이로 발전했을 수도 있었다. 그래서 리처드는 그 여자에게 자신이 저지른 일을 털어놓은 것이었다. 자신과 파트너를 맺은 사람에 대해서도.

그 점이야말로 정말로 그녀를 괴롭히는 부분이자, 자신의 몸에서 살갗을 벗겨 내고 싶다는 기분을 느끼게 하는 부분이었다. 조앤은 리처드와 자신은 일종의 신성한 유대 관계를 공유하고 있다고 항상 믿고 있었다. 두 사람 중 한 명이라도 그 관계에 대해 털어놓는다면 그들 모두 위험에 빠지는 것에 지나지 않고 그 이상의 사태를 초래할 터였다. 그러니 이는 오직 두 사람만의 비밀이었다. 그리고 조앤은 리처드 역시 그 사실을 충분히 인식하고 있다는 사실을 알고 있었다. 그렇다면 어째서 그는 이 에디라는 여자에게 그 사실을 털어놓은 걸까? 그 여자를 신뢰했기 때문에? 그 여자가 리처드 자신과 같은 부류라는 사실을 알고 있었기 때문에?

조앤은 자리에서 일어나 다시 서성거리기 시작했다. 마치 주변 모든 것이 무너지고 있는 것 같은 기분이었다. 첫째, 조앤은 헨리 킴볼이 분명해 보이는 어떤 사람이 자신의 언니에게 케너윅에서 일어난 일에 대해 몇 가지 물어보았다는 사실을 알게 되었는데, 이제는 고스 복장을 한 새파랗게 어린 년이 느닷없이 똑같은 정보를 들고 나타났다. 헨리는 실제로 증거를 확보했던 걸까? 그래서 리처드는 폭탄을 들고 그의 사무실에 가야 한다고 생각했던 걸까? 그리고 리처드는 그곳에서 그와 같이 죽을 생각이었을까? 그의 행동은 일종의 자살 공격이었을까?

조앤이 대답할 수 없는 질문이 너무 많았다. 그녀는 과연 일일이 답을 구해야 하는지 궁금했다. 어쩌면 모르는 척 굴면서 저절로 잘 풀릴 것이라고 기대하는 편이 현명한 행동일지도 몰랐다. 그와 리처드는 이제까지 신중하게, 그것도 굉장히 신중하게 처신해왔으니까. 조앤은 그에 대한 생각은 이제 그만하자고 되뇌었다.

하지만 그날 밤, 조앤은 칠흑같이 어두운 침실의 킹 사이즈 침대에 홀로 누워 숲속에서 그 여자와 만났던 일을 몇 번이고 곱씹어 보았다. 어쩌면 그 수상한 여자에게 좀 더 친절하게 대하며 그 여자가 무엇을 알고 있는지 죄다 알아냈어야 하는지도 몰랐다. 그 여자는 친구가 되고 싶다고, 조앤을 도와주고 싶다고 말했다. 그 말은 정확히 무슨 뜻이었을까?

조앤은 아주 어렸을 때부터 세상에는 정확히 두 종류의

사람이 있다는 사실을 알았다. 하나는 자신의 편에 서는 사람이었고, 다른 하나는 그러지 않는 사람이었다. 예를 들어 그의 언니는 아마도 조앤이 태어난 순간부터 절대 그녀의 편이 아니었을 터였다. 조앤은 리지가 가지고 있던 특별함, 즉 가족의 중심이라는 위치를 앗아간 존재였으니 리지는 절대로 조앤을 용서하지 않을 것이었다. 조앤의 10대 시절에는 친구 매디슨이 얼마 동안은 자신의 편이었고 무슨 일이든지 전부 털어놓을 수 있는 사람이었다. 매디슨은 절대 조앤을 평가하지 않았다. 그러다가 고등학교에 진학해 매디슨이 새로 사귄 친구들이 자신이 아직 생리를 시작하지 않았다는 이야기를 주고받는 것을 엿듣게 되자, 조앤은 그 즉시 매디슨이 자신을 배신했다는 사실을 알게 되었다. 그 순간부터 매디슨에 대한 조앤의 평가가 수직 하락했다. 솔직히 말해서 그런 생각은 진작부터 하고 있었다. 조앤은 매디슨이 사람 뒤통수를 치는 인간이라는 사실을 알고 있었다. 그래서 매디슨이 본인의 뒤통수를 쳐도 전혀 놀라지 않았다. 일단 조앤이 매디슨을 다른 쪽 인간으로 분류해 버리고 나자, 그후로도 여전히 대화를 나누고 몇몇 일들을 서로 공유했지만 조앤에게 있어 매디슨은 죽은 사람이자 '자신의 편이 아닌' 쪽에 속한 인간이었다. 그리고 졸업반이 되어 매디슨은 다른 모든 사람들에게도 죽은 사람이 되고 말았다.

조앤은 리처드가 자신을 배신했다는 사실을 알게 되자 마음이 아팠다. 그에게 무슨 이유가 있을 것이라고 생각했지만 그렇다고 배신했다는 사실 자체가 바뀌는 것은 아니었다. 하지만 그녀는 이제 더 이상 리처드에 대해 생각하고 싶지 않았다. 이제는 자신과 친구가 되고 싶다고 말했던 에디 로건에게 흥미가 생겼다. 확실히 흥미로웠다. 갑자기 등장한 이 여자를 신뢰하는 것은 아니었지만 현재 신뢰하지 못한다고 해서 미래의 어느 순간에도 신뢰할 수 없다는 뜻은 아니었다. 어쩌면 그 여자는 진심이었는지도 몰랐다. 그 여자가 정말로 조앤을 돕고 싶어 한다면 그 제안을 거부하는 것은 바보 같은 짓일 터였다. 왜냐하면 조앤에게는 문젯거리가 하나 있었다. 헨리 킴볼. 조앤은 그가 절대 의식을 회복하지 못한다면 얼마나 좋을까 쭉 생각하고 있었다. 그리고 이제는 정말 그런 일이 일어나지 않도록 만들 수 있는 방법이 있을지, 그리고 에디 로건이 그 특정 상황에서 써먹을 수 있는 자산이 될 수 있을지 궁금했다.

35장

릴리

나는 헨리의 집으로 돌아오기 전에 〈섬머색〉 주차장에 다시 한번 주차해놓고, 다른 사람의 시선을 별로 끌지 않을 정도로 붐비는 레스토랑을 하나 찾을 때까지 걸음을 옮겼다. 마침내 찾아낸 곳은 케임브리지와 서머빌 경계선에 위치한 쿠바 식당이었다. 나는 바에 앉아 와인과 스페인식 파이 요리인 엠파나다를 주문했다.

나는 헨리가 어떤 상태인지 궁금했다. 마지막으로 구글에 검색을 해봤을 때는 새로운 뉴스는 전혀 찾아볼 수 없었으니 아마 그는 아직 살아있을 것 같았다.

주문한 와인이 나왔다. 와인을 내온 바텐더는 온몸에 문신을 했고 머리카락은 나와 비슷할 정도로 밝은 금발이었지만 길이는 나와 달리 어깨 아래까지 길렀다. "여기요, 손님." 그 여자가 이렇게 말하자 나는 그녀의 눈을 통해 내 염색한 머리카락과 피어싱을 한 코, 중고매장에서 구입한 카디건 차림의 복장 같은 겉모습이 어째서인지 평소 내 모습보다 더 말을 붙이기 쉽게 느껴진다는 사실을 알아차릴 수 있었다. 나는 와인을 홀짝거리며 조앤 그리브 웨인런이 지금 현재 나에 대해 무슨 생각을 하고 있을지 머리를 굴려보았다. 나는 그녀를 화나게 만들었다. 그렇게 될 것이라는 사실은 이미 알고 있었지만 그녀를 화나게 한 행위가 그녀가 내게 더 가까이 다가오도록 하는 계기가 될지 아니면 그렇지 않을지 아직은 알 수 없었다. 계획은 그녀가 내게 연락을 취하는지 며칠 정도 기다리려 보는 것이었다. 내 생각에 그녀는 그저 내가 실제로 얼마나 알고 있는지, 그리고 그녀의 친구가 되고 싶다고 한 말이 얼마나 진심인지 확인하기 위해서라도 아마 연락을 할 것 같았다.

이제 어디서 조앤을 기다릴 것인가가 문제였다. 파이와 함께 지내는 것은 마음에 들었지만, 헨리 킴볼의 빈 집에서 머무르고 있으면 계속해서 위험 부담이 커질 것이었다. 이곳에 오래 숨어 있을수록 남의 눈에 띌 가능성이 더 높아질 것이다. 그리고 나를 알아보는 사람의 눈에 띌 가능성도 있었다. 특히 헨리의 전 파트너였던 로버타 제임스 형사가 특히 신경이 쓰였는데, 그녀는 근 몇 주 사이에 헨리에게 일어난 일에 분명 깊은 관심을 가지고 있을 것 같았다.

그래서 나는 집으로 돌아가는 게 어떨까 생각하고 있었다. 부모님은 새 헤어스타일을 보고 충격을 받을 테지만 임시 문신 쪽은 청바지를 입어 가릴 수 있을 것 같았다. 나는 헨리의 집에서 하룻밤 정도는 더 지내도 괜찮을 것 같아서 그 생각은 다음 날 다시 하기로 마음을 먹었다.

헨리의 집 다음에 어디로 가야 할지 결정할 필요가 없어졌다. 다음날 아침 7시, 내가 커피와 아침식사를 해결할 곳을 찾아 헨리의 집을 나설 준비를 하는 사이 내 선불 핸드폰 벨이 울렸다.

"여보세요." 입을 여니 전날 조앤을 만났을 때와 똑같이 불안한 목소리가 자연스럽게 나오는 것이 들렸다.

"조앤이에요."

"알아요. 전화 줘서 고마워요."

"어제 나눴던 대화를 계속 이어갈 수 있지 않을까 해서요. 리처드가 나에 대해 무슨 말을 했는지 전부 알고 싶어요."

"당신은 정말로 그에게 중요한 사람이었군요."

"뭐…… 그 이야기도 좀 해봐요."

"알겠어요. 어디서 만나면 좋을까요? 다시 같은 곳으로 갈 수도 있어요."

"아니에요. 좀 앉아서 이야기 나눌 수 있는 곳으로 가요. 사는 곳이 어디죠?"

"올스턴에서 살지만, 혹시 만나고 싶은 곳이 있다면 어디든 괜찮아요."

"그러면 페어뷰시에 도서관이 하나 있어요."

"아, 그래요."

"오늘 오후 2시에 그곳에서 만나요. 다른 사람이 우리 대화를 엿들을 수 없는 장소를 찾아볼게요. 내가 당신을 찾아갈 때까지 그냥 주변을 어슬렁거리고 있어요."

"알겠어요. 그때 봐요."

나는 방금 나눈 전화 내용을 생각하며 잠시 앉아 있다가 건물을 나서 차를 주차해 둔 곳으로 돌아가 페어뷰가 있는 서쪽으로 차를 몰았다. 시립 도서관이 어디에 있는지는 몰랐지만 찾기는 그리 어렵지 않을 터였다. 나는 어째서 조앤이 우리가 만날 장소로 도서관을 선택했는지 궁금했다. 아무래도 그녀는 공공장소이면서도 사적인 공간이 있는 곳, 그러니까 우리가 앉아서 이야기를 나눌 수도 있으면서도 불가피하게 다른 사람들의 눈에 띄는 일을 피할 수 있는 장소를 원했을 것 같았다.

이날도 화창한 가을날이었다. 나는 매사추세츠 시골 지역을 가로질러 난 작은 길을 지나가면서 윈슬로대학의 문서보관 담당자로 일하면서 이 지역에서 살던 몇 년간의 시간에 대해 생각해 보았다. 내 인생 중 그 시기를 정말로 많이 사랑했다. 당시에는 삶의 목적의식과 나만의 작은 집이 있었다. 시간이 날 때면 독서를 하거나 숲속을 산책하곤 했다. 어떤 면에서는 이상적인 생활이었지만, 이제 와서 그때를 돌이켜 보면 어느 날을 서로 바꿔도 분간이 가지 않을 정도로 희미한 나날들이었다. 내 인생에서 그저 세상 안에 존재하고 있을 때보다, 그 세상을 변화시킨 순간이 더 많이 생각났다. 내가 열세 살이 되던 해 여름, 부모님 소유의 빈 집에 머무르고 있던 쳇이라는 성범죄자에게 한 일에 대해 생각했다. 내 첫사랑이자 유일한 사랑이었던 에릭 워시번에 대해서도 생각했다. 그리고 고작 몇 년 전 테드 스버슨을 만나 그의 아내를 살해하는 일을 돕겠다고 의기투합했던 일에 대해서도 거듭 생각했다. 그 일련의 일들이 빚어낸 결과를 따져보면 정말로 좋았던 것은 아무것도 없었다. 나를 헨리 킴볼에게 이끌었다는 사실, 그러니까 현재 우리가 나누고 있는 이상한 관계로 이끌었다는 사실만 제외하면.

나는 프루트랜즈를 지나쳤다. 이곳은 자연보호구역이자, 에이머스 브런슨 올컷이 초월주의와 셰이커 종파에 기초하여 공동체를 설립했다가 실패로 끝난 농가가 위치한 사적지이기도 했다. 이 지역에 살던 시절에는 종종 방문하곤 했었다. 주차장에 차를 세웠다. 이곳 건물들은 외지인들에게는 개방되지 않았다. 대신 나는 한 시간 가량 숲을 거닐다가 어느 한 지점에 다다라 뒤틀린 사과나무의 텅 빈 줄기 바닥에 앉아 자연 세계를 그저 바라만 보았다. 한 무리의 칠면조 가족이 근처를 지나쳤고, 얼룩다람쥐들이 낙엽 사이를 오가며 바스락거리는 소리를 냈다. 돌아오는 길에 건초를 만들기 위해 최근에 풀을 베어 낸 목초지를 지나치다가 마치 생쥐 소굴을 찾은 것처럼 보이는 검정색 여우 한 마리를 발견했다. 여우 역시 내 모습을 발견했다. 우리는 잠시 동안 서로를 물끄러미 바라보았다. 이윽고 여우는 내가 위협이 안 된다고 판단했는지 다시 목초지를 파헤쳤다.

나는 차를 세워 둔 곳으로 돌아오는 길에 그 농가를 지나치면서 몇 년 전에 투어 가이드의 안내를 받아 이곳을 둘러보다가, 셰이커 종파는 출산을 금지했다는 투어 가이드의 말에 투어 관광객들이 죄다 웃음을 터뜨렸던 기억이 떠올랐다. 한 남자가 웃으며 이렇게 말했다. "어째서 그 종파가 이제는 더 이상 활동하지 않는지 궁금한데요?" 마치 자신이 그런 말을 처음 하는 사람이라고 생각하는 듯한 태도였다. 당시 나는 결국 인류를 종말로 이끌어 세상이 새와 동물에게 돌아가도록 하는 종교라면 지지할 수 있겠다고 생각했던 기억이 떠올랐다.

나는 옆 마을에 있는 한 식당에서 남은 몇 시간을 보내다, 오후 2시 정각에 도서관에 도착했다. 도서관은 벽돌 건물에 슬레이트 지붕을 얹은 100년 정도 되어 보이는 건축물이었는데, 1970년대쯤 대규모로 증축한 것처럼 보이는 부분도 있었다. 정문을 통해 안으로 들어가자 잘 보존된 도서의 냄새와 신문지에서 풍기는 시큼한 향이 뒤섞인 익숙한 냄새가 풍겼다. 주중 오후였기 때문에 도서관 안은 조용했다. 프런트 데스크 왼편에 있는 별관에 몇 명의 어머니들이 조그만 아이들을 데리고 있는 모습이 보였다. 나는 오른쪽으로 돌아 천장이 높은 본관으로 향했다. 그곳에는 삼면을 따라 이어진 개방형 발코니가 있었다. 나는 책장들 사이로 나 있는 통로 한 곳으로 들어가 작은 좌석 구역을 발견했지만 그곳에는 아무도 없었다. 1층 전체를 다 돌아봐도 나이가 지긋한 남자가 오늘 날짜의 〈보스턴 글로브〉를 무릎 위에 올려놓은 채 졸고 있는 모습만 발견했을 뿐이었다. 나선형 계단을 따라 발코니 층으로 올라가 보니 한결 낮은 책장들이 줄지어 늘어서 있었는데, 한쪽 구석자리에서 조앤의 모습이 보였다. 그녀는 튼튼한 녹색 천을 씌운 나무 의자에 앉아 스티븐 킹의 《별도 없는 한밤에》 양장본을 들고 있었다. 나는 그녀의 맞은편으로 가서 자리에 앉았다.

"리처드가 나에 대해 한 말을 다 말해봐요. 그리고 목소리는 낮춰주면 좋겠네요." 조앤이 말했다.

나는 이 말을 듣게 될 거라고 예상했다. 조앤은 나를 완전히 신뢰하게 되기 전까지는 아무것도 인정하지 않을 테니까. 그리고 나는 과연 그의 신뢰를 얻을 수 있을지 확신할 수 없었다. 하지만 시도할 수밖에 없었다.

"그는 구체적인 말은 전혀 하지 않았어요. 아무한테도 말하면 안 된다면서, 그저 내가 사정사정하니 몇 가지만 말해주는 거라고 했어요. 사실 우리가 어떻게 만났는가 하면…… 이건 절대 비밀인데…… 어떤 웹사이트 게시판에서 만났어요.

그 게시판은 지금은 존재하지 않아요. 살인을 저지르고도 어떻게 빠져나갈 수 있었는지 이야기하는 익명 게시판이었어요. 우리는 거기서 만났다가 마침내 실제 이메일 주소까지 교환하고, 그러다가 결국에는 실제로…….”

“그렇다면 당신도 사람을 죽여본 적이 있다는 건가요?”

나는 그녀를 바라보며 내 볼 안쪽을 씹었는데, 그런 모습이 눈에 띌 거라는 사실을 알고 한 행동이었다. “무슨 도청 장치 같은 것을 달고 온 건 아니죠?”

조앤은 마치 조금 전 내가 한 말이 이제껏 들어본 말 중 가장 멍청한 소리라는 듯 얼굴을 찌푸렸다. 나는 과거 조앤의 바로 이 표정을 보았을 여자애들의 모습을 시대별로 짧게 떠올려 보았다. 아직 산타클로스를 믿는 초등학교 시절 친구, 아직 남자애랑 키스를 해본 적이 없는 중학교 시절 여자애, 그리고 끊임없이 등장하던, 꽤 괴롭힘을 당하던 친구들과 그들을 괴롭히던 적들.

“음, 설마 아니죠?” 내가 재차 물었다.

조앤은 자리에서 일어나 두 팔을 활짝 벌렸다. 그녀는 밝은 회색 캐시미어 스웨터, 딱 달라붙는 흰색 청바지, 그리고 검정색 부츠 차림이었다. 나는 물론 그녀가 도청 장치를 달고 오지 않았다는 사실을 알고 있었지만 자리에서 일어나 타닥거리는 정전기를 느끼며 두 손으로 그녀의 옆구리를 훑어 내렸다. 그런 다음 내가 가죽 재킷을 벗자 조앤 또한 내게 똑같은 행동을 취하고 주머니 속도 확인했다.

　"내가 당신에게 이런 이야기를 하는 이유는 딱 하나, 리처드가 당신을 믿었다는 사실을 알기 때문이에요." 내가 말을 이었다. "그래서 나도 당신을 믿는 것 같아요. 고등학교 때 나는 가장 친한 친구가 자기보다 훨씬 나이가 많은 남자를 만나고 있다는 사실을 알게 되었어요. 근처 대학 교수였죠. 우리가 듣던 영어 수업에 그 교수를 초빙해서 낭독을 들은 적이 있는데, 두 사람은 그때 만났어요. 친구는 그 남자에 대해 전부 말해줬어요. 어떻게 그 애를 소름 끼치는 섹스에 끌어들였는지, 어떻게 그 애를 상처 입히기 시작했는지 말이죠. 우리 셋이 함께 어울렸던 적도 있어서, 나도 그 남자와 잘 알고 지냈어요. 내게도 여러 번 수작을 걸었고요. 그래서 어느 날 밤, 나는 그를 찾아가서 그의 차 안에서 단둘이 이야기를 나누고 싶다고 말했죠. 그의 차 뒷좌석에 앉아 나는 그에게 두 눈을 감으라고 말했어요. 그는 그런 짓이 섹스 플레이라고 생각했으니 식은 죽 먹기였죠. 그런 다음 나는 식칼로 그의 목을 그어버렸죠."

　조앤은 나를 지켜보고 있었다. 나는 그 모습을 보자 그녀가 나를 믿어야 할지 말아야 할지 마음을 정하지 못하고 있다는 사실을 알 수 있었다. "쉬운 일은 아니었어요." 나는 말을 이었다. "그리고 그의 시체가 발견되면 붙잡히고 말 거라는 사실을 알고 있었죠. 그래서 시체를 그 차 안에 넣어둔 채 그대로 아무도 발견할 수 없는 장소에 확실히 숨겨 두었어요. 그리고 그 차는 결코 발견되지 않았죠. 그는 이제 실종자일 뿐이고, 앞으로도 계속 그렇게 남게 될 거예요."

"와." 조앤이 입을 열었다. 나는 아직 조앤이 내 말을 믿는지 알 수 없었다. 그 이야기는 사실이 아니었다. 하지만 내 친구와 그 끔찍한 늙은 교수에 대한 이야기 자체는 진짜였다. 그리고 그 남자를 죽인 다음 그의 차 안에 숨긴다는 계획을 세운 것 또한 분명한 사실이었다. 심지어 근처 숲속에 구덩이를 하나 파기도 했지만 계획을 그 이상 진전시키지는 않았다. 아직 구덩이를 다 파지 못했는데 친구가 그 교수와 만나기를 그만 둔 것이다. 그 계획은 그쯤에서 내버려 두었다. 하지만 이따금 그 일이 실제로 일어난 것처럼 떠오르곤 했다. 정말 일어났던 일이지만 가끔씩 사실은 그렇지 않은 척 구는 것 같았다.

"그래서 리처드에게도 그 이야기를 다 했어요?"

"게시판에 글을 썼어요. 뭐, 익명 게시판이었으니까 그 게시판을 보는 사람들 전부에게 말했던 거죠. 하지만 그러다가 그와 게시판에서 서로 쪽지를 주고받기 시작해서, 결국 서로에게 실명까지 알려줬어요. 그러다가 결국 만나게 되었죠."

"그래서 그가 당신한테 무슨 말을 했는데요?"

"처음에는 굉장히 애매한 말밖에 하지 않았어요. 자신이 이야기할 수 있는 사건은 두 개가 있다고 했어요. 그 두 건에 연루되었다면서요. 첫 번째는 고작 열다섯 살이었을 때, 메인주에서 사촌형이 익사한 사건이었고요. 그리고 두 번째는 교내 총격 사건이었다고 했어요. 구체적으로 언급하지는 않았지만, 두 상황에서 모두 같은 사람의 도움을 받았다고 말했죠."

"그리고 그 사람이 나였다고 말했고요."

"사실 그런 말은 하지 않았어요. 처음에는 아니었죠. 여자라는 말은 했는데, 나를 신뢰하는데도 불구하고 그 이름은 절대 말하지 않을 거라고 했어요. 그는 절대 그러지 않았을 거예요. 하지만 그 후에 그 탐정이 나타나자 그는 정말 소스라칠 정도로 겁을 먹었어요." 나는 목소리를 낮추며 몸을 앞으로 기울였다. "우리 둘은 언제나 만나던 장소에서 만났어요. 월섬에 있는 허름한 술집이었는데, 그곳에서 그는 빙햄에서 일어난 살인 후 자살 사건에 자신이 어떻게 개입했는지 말해줬어요. 나도 그 사건에 대해서는 전부 알고 있었죠. 큰 사건이었으니 흥미가 생겼거든요. 사건 기사도 여럿 읽었는데, 그중에는 그 죽은 남자가 아내와 같은 고등학교를 다녔다는 내용도 있었죠. 다트퍼드-미들햄 고등학교 말이에요. 그러다가 기사에서 당신 이름을 읽게 되었어요. 그래서 알게 된 거예요. 그러니까 당신 이름을 구글에 검색해서 당신이 그 교내 총격 사건의 생존자 중 한 명이었다는 사실을 알아내기 전부터 알고 있었다고요. 나는 리처드에게, 그러니까 우리 둘 다 아는 리처드에게 그 이야기를 하면서 당신 이름을 말했고, 그는 애써 부인하려 했지만 성공하지는 못했어요. 그의 눈에 다 드러나 있었거든요. 결국 그는 당신이 그 사람이라고 말해줬어요. 그는 당신에게 말하고 싫어 하지 않았지만, 자신은 꼬리가 잡혔다는 사실을 알고 있었죠.

또 하나 당신이 알아야 할 것은, 그는 내가 당신이 누구인지 알고 있다는 점에 대해서는 신경 쓰지 않고 그 탐정에 대해서만 걱정했다는 사실이에요. 그 탐정이 그를 추적해서 그 모든 질문을 하자 리처드는 자신이 붙잡히는 것은 그저 시간문제라는 사실을 알았어요. 그가 내게 마지막으로 남긴 말은, 자신이 이 사태를 수습할 거라는 거였어요."

조앤은 생각에 잠겨 있었다. 나는 지금까지 모호한 수준을 지키며 이야기를 하려고 애를 써 왔다. 일어난 일에 대해 지극히 일반적인 얼개만 파악하고 있는 것처럼 보이면, 세부적인 내용에서 실수를 하지 않고 넘어갈 수 있을 것이었기 때문이다. 그리고 나는 그녀가 나를 믿고 싶어 한다는 사실을 알고 있었다.

조앤은 마침내 입을 열었다. "혹시 리처드는 헨리 킴볼과 함께 자살할 생각이었나요, 아니면 그 일은 그저 사고였나요?"

나는 내 몸이 얼마나 긴장해 있었는지 깨닫고 의자에 등을 기댔다. "모르겠어요."

조앤은 고개를 살짝 돌려 벽에 걸려 있는 긴 그림을 긴 시간 바라보았다. 오래 전에 사망한 도서관 후원자가 한 손에 가죽 장정이 된 책을 들고 있는 모습을 그린 전신 초상화였다. 조앤은 내가 믿을 수 있는 사람인지 아닌지 결정을 내리는 중이었고, 나는 솔직히 그녀가 어떤 쪽을 선택할지 알지 못했다. 하지만 그녀가 시선을 내 쪽으로 돌리자, 나는 어째서인지 그녀가 입을 채 열기도 전에 내가 그녀를 낚았다는 사실을 알 수 있었다.

"당신 생각에는 만약 헨리 킴볼이 살아있으면 리처드가 내 남편을 살해했다는 사실을 입증할 수 있을 것 같아요?" 조앤이 말했다.

우리는 도서관에 한 시간 더 머물렀다. 우리가 아는 한 오후 내내 발코니 층에는 아무도 올라오지 않았다. 내가 먼저 도서관을 떠나 주차장 대신 길가에 주차해 놓은 내 차로 씩씩하게 걸음을 옮겼다. 나는 멍청하게도 차 번호판을 바꿔놓지 않았는데, 만약 조앤이 먼저 도서관을 나서게 되었다면 내가 코네티컷주 번호판이 달려 있는 차에 타는 모습을 들켰을 터였다. 나는 차를 몰고 케임브리지로 돌아가는 길에 앞으로는 훨씬 더 신중을 기해서 나아가야 한다고 스스로 다짐했다. 지금처럼 내가 해야 하는 일이 무엇인지 알고 있는 상황에서는 특히 그래야 했다.

나는 외식에 신물이 나서 휴런 빌리지에 있는 한 샌드위치 가게에 들러 샌드위치를 하나 사서 헨리의 집으로 돌아갔다. 밖은 이제 막 어두워졌고, 헨리 집 창문에서는 불빛이 전혀 비치지 않았다. 위층으로 올라가 문을 열고 안으로 들어가자 파이가 침대에서 바닥으로 뛰어내리는 소리가 들리더니 이내 내게 뛰어올랐다. 나는 파이가 집에 돌아온 사람이 헨리가 아니라 나라는 사실에 실망했는지 확인해 보려고 그의 눈을 바라보았다. 뭐라고 단정할 수는 없었다. 어쩌면 그는 그저 배가 고팠을 뿐인지도 몰랐다.

나는 식사를 마친 후 침대에 누워 《그린 메리지》를 계속 읽어나갔지만 고작 한 챕터만 읽고 침대 협탁에 도로 내려놓았다. 그런 다음 조명을 끄고 조앤 웨일런과 나눈 대화 전체를 복기해 보았다. 우리가 이야기를 더 많이 나눌수록 우리가 계획하는 일에 조앤이 점점 더 흥분하고 있다는 사실을 감지할 수 있었다. 나는 일반적으로 사람들을 잘 이해하지 못한다고 생각했지만, 이날 오후에는 조앤을 이해할 수 있었다. 그녀와 리처드는 둘이 함께 사람들의 생명을 앗아갔다. 일단 그런 짓을 하고도 빠져나가는 일을 경험하게 되면 인생의 다른 모든 것들이 조금 색이 바래게 된다. 이제 그녀는 나를, 정확히는 내가 아니라 에디 로건을 찾아냈으니, 인생이 다시 흥미진진해진 것이었다. 그녀가 쫓는 것은 삶의 의미가 아니라 범죄를 저지르면서 얻는 스릴이었다.

"어떻게 그를 죽일 계획이죠?" 조앤이 내게 물었다.

"베개로 눌러 질식시켜 죽일 작정이에요. 너무 세게 누르지 않아도 충분해요."

"내게 좀 더 나은 생각이 있어요." 그녀의 목소리는 거의 속삭이는 것처럼 낮아져 있었다. "피아노선을 구해서 한쪽 끝을 뾰족하게 간 다음 살짝 구부려요. 고작 10여 센티미터 정도면 충분해요. 뾰족한 부분을 그의 한쪽 눈 모서리 쪽에서 안으로 찌르면 뇌까지 곧장 도달하거든요. 그런 다음에는 휘젓기만 하면 돼요. 제대로만 하면 두 번 정도만 휘젓는 것만으로는 외상의 징후가 나타나지 않아요. 그렇게 되면 그저 뇌출혈을 일으킨 것처럼 보일 걸요. 사람들은 살인이라는 것조차 알아차리지 못할 거예요."

나는 두 눈을 크게 뜨며 말했다. "그걸 다 어떻게 알고 있어요? 실제로 해봤나요?"

나는 그녀가 거짓말을 짜낼 거라고 생각했지만 그녀는 그 대신 이렇게 말했다. "아뇨, 어디서 읽었어요. 그냥 제안하는 거예요. 내 말 믿어요."

"알겠어요." 나는 이렇게 대답하며 손을 뻗어 그녀의 다리를 건드렸다. 그러자 그녀의 두 눈에 다른 뭔가가 떠오르는 것을 보았다. 처음에는 우월감이라고 생각했지만, 이내 희열이라는 사실을 알아차렸다.

조앤은 집에 도착해 한동안 냉장고 안을
물끄러미 바라보았지만 지나치게 흥분한 나머지 저녁을 준비
한다는 생각조차 하기 어려웠다. 그래서 가서 옷을 갈아입은
다음 다시 차에 올라타 마을 세 곳을 지나쳐 〈글래스하우스〉라
는 작은 식당으로 향했다. 그곳은 요즘 부쩍 유행하는 방식을
따라 직접 재배한 농작물로 요리를 하는 곳이었다. 조앤은 그
곳에 남편과 한 번, 그리고 남편이 예전부터 알고 지낸 부동산
업계 관계자들 위주로 이루어진 친구들 무리와 한 번 가본 것
이 전부였다.

조앤은 레스토랑으로 들어가 종업원에게 바 자리에 앉고
싶다고 말하고, 과거 헛간의 일부였던 목재를 재활용해서 제작

한 길고 우아한 바가 있는 곳으로 걸음을 옮겼다. 그런 다음 바 맨 끝에 가까운 자리에 앉아 물 잔을 받고 나서야 비로소 바 앞 의자에 앉아 몸을 빙글 돌리거나 식당 쪽에 자리를 잡은 손님들을 살펴보았다. 그녀가 아는 사람이 있는 것 같지는 않았다. 조앤은 다시 바텐더 쪽으로 몸을 돌려 카베르네 품종의 와인 한 잔과 비프 타르트를 주문했다. 바텐더는 일부러 우스꽝스러운 수염을 길러 자신만만하게 내보일 정도 젊은 사람이었다.

혹시 레스토랑에 아는 사람이 있어도 세상이 끝나는 것은 아닐 터였다. 배우자를 잃은 여자도 어쨌든 밥은 먹어야 하니까. 하지만 조앤은 지금까지 자신을 알아보는 사람이 없다는 사실이 기뻤다. 그는 에디 로건과 대화를 나누고 나자 사람들이 꽉 차 있는 곳에서 혼자 자축하고 싶었다. 오래 전에 윈드워드 리조트에서 리처드 시든을 처음 만나 세상에 자신과 같은 사람이 더 있다는 사실을 깨달았을 때 느꼈던 감정만큼 좋지는 않았지만, 에디와 만나고 나니 기분이 지랄맞게 좋았다. 특히 둘이 함께 내일 당장 실행에 옮길 계획을 하나 세우고 나니 더욱 그러했다. 다음에 무슨 일이 일어날지 누가 알겠는가? 어쩌면 에디 로건은 말만 번지르르한 사람일 수도 있었지만, 또 어떻게 보면 그렇지 않을 수도 있었다.

바텐더는 와인을 가져와 조앤에게 시음을 시켜 주었는데 그 와인에서 묽은 맛이 났다. 그러한 감상이 그녀의 얼굴에 드러난 것이 분명해 보였다. 바텐더가 거의 곧바로 다른 병을 개

봉해서 새 잔에 와인을 따랐기 때문이다. 이번에는 스페인 와인이었다. 그 와인에서는 왠지 숙성이 덜 된 듯 날것에서 풍기는 악취에 가까운 향이 느껴졌다. 그러자 조앤은 바텐더를 향해 고개를 끄덕였다. 비프 타르트가 도착하자 그녀는 날계란을 소고기와 섞고 양파를 살짝 더한 다음 걸신들린 것처럼 먹어치웠다. 요 몇 년 동안 이렇게 허기가 졌던 적이 있었을까 싶을 정도였다. 만약 조앤이 조금만 자의식이 덜했더라면 어느 순간 한 접시 더 주문했을 것이었다. 그 대신 오리 가슴살 요리와 방금 마신 와인을 한 잔 더 주문했다.

조앤이 음식을 다 먹어치운 다음 디저트는 필요 없다고 말하는 순간 희미하게 낯이 익은 것 같은 남자가 그녀의 어깨를 두드렸다.

"조앤 웨일런 맞죠?"

"아, 예."

"기억 못 하실 텐데, 저 두 분 결혼식에도 갔던 사람이에요. 사실은 곁다리로 따라간 거죠. 저는 올리비아 웨어링의 파트너였습니다."

조앤은 그가 굉장히 희미하게나마 기억이 났다. 올리비아는 리처드의 대학 친구 중 한 명이었고, 착한 척이나 하면서 모든 사람을 칭찬하고 다니는 부류였다. 그녀가 올리비아의 파트너였던 이 남자를 기억하는 이유는 딱 하나, 당시 이 남자가 흰색 리넨 정장을 입고 나타나서 리처드가 허세가 심한 사람 같다고 말한 적이 있었기 때문이었다. "물론 기억하죠." 조앤이 말했다. "흰색 정장을 입고 계셨죠."

"와. 맞아요. 올리비아가 그걸 두고 얼마나 놀려댔는지 모릅니다. 신부가 받아야 할 관심을 가로챘다면서요."

"맞아요. 저는 아직도 그 원한을 잊지 않았어요."

"분명 그러실 겁니다."

"아직 올리비아와 만나고 계신가요?"

"세상에, 아닙니다." 그는 식당 쪽을 돌아보며 대답했다. 조앤은 이 남자의 부인이나 새로 사귄 여자친구가 불안한 표정으로 그가 오기를 기다리는 모습을 기대하며 그의 시선이 향하는 곳을 바라보았다. 하지만 그곳에는 남자 세 명이 테이블에서 일어나며 이 남자 쪽을 향해 고개를 끄덕이며 손을 흔들고 있었다.

"친구 분들이신가요?" 조앤이 물었다.

"그냥 조금 전까지 저녁식사를 같이 한 사람일 뿐입니다. 이제 자리가 파하는 중이에요."

"죄송하지만 성함을 다시 알려주시겠어요?"

"제가 입은 옷은 기억하시면서, 이름은 모르신다고요?"

"맞아요."

"조지 메이어라고 합니다. 다시 뵙게 되어 반가워요."

"저도 반가워요." 악수를 나누자 조앤은 이 남자에 대한 기억이 조금 더 떠올랐다. 정장 차림의 그의 모습은 실제로 핑장히 멋져 보였다. 리처드가 한마디했던 것도 바로 그 때문이었다. 지금도 진청색 울 셔츠와 회색 청바지 차림은 상당히 멋들어지게 보였다.

"리처드 소식은 들었습니다. 전부 다요. 얼마나 충격을 받았는지 몰라요." 조앤은 그저 고개를 끄덕일 뿐이었다. "그리고 당신이 겪고 있는 일은 정말 유감입니다." 그는 계속 말을 이었다. "저는 상상조차 할 수 없는 일이겠죠."

이런 대화야말로 조앤이 레스토랑에 갈 마음을 먹으면서도 피하고 싶었던 것이었다. 하지만 그녀는 이 남자의 팔 위에 한 손을 올려놓으며 말했다. "고마워요."

"저기, 이만 일어나시려는 것 같은데, 혹시 시간이 나신다면 정말로 한잔 사고 싶습니다. 부담 갖지 마시고요." 그가 옆에 있는 의자에 기대고 있는 모습을 보면, 언제라도 그 위에 앉을 준비가 된 듯한 기세였다.

"근처에 사세요?" 조앤이 물었다.

"아닙니다. 일 때문에 온 겁니다. 식사는 고객과의 회식 자리였어요."

"아, 그래요. 어디서 묵고 계시죠?"

"워즈워스 호텔에 묵고 있습니다. 여기서 차로 10분 정도 걸릴 겁니다. 아시는 곳인가요?"

"물론이죠. 그냥 곧장 거기로 가는 게 어때요?" 조앤은 앉아 있는 의자에서 미끄러지듯 내려왔다. 그는 자신보다 30센티미터는 더 큰 것 같은 조지 메이어의 옆에 서니 불현듯 자신이 키가 작아 보이는 것 같았다.

"그럼요. 좋습니다." 그가 이렇게 대답하자, 조앤은 그를 이끌고 레스토랑 밖으로 나갔다.

조앤은 다음 날 새벽 5시에 집으로 돌아왔다. 호텔에서 조지를 깨우지 않고 간신히 헝클어진 침대 시트 속에서 빠져나와 방을 나설 수 있었던 것이었다.

그녀는 커피를 만들어 집 뒤쪽 베란다에 자리를 잡고 앉아 이른 아침 안개가 사라져 가는 모습을 바라보며 어째서 좀 더 자주 아침 일찍 일어나지 않았는지 의문을 품었다. 이렇게 기분이 좋았던 적은 오랜만이었다. 날씨가 쌀쌀해 집에 돌아와 청바지와 두꺼운 스웨터로 갈아입었다. 커피가 든 머그잔은 얼마간 몸을 따뜻하게 해주었다. 여름에 얼음처럼 차가운 물속에서 헤엄을 치면 몸이 냉기에 적응하는데 어째서 추운 공기 속에서는 몸이 그저 계속 차가워지는 걸까? 조앤은 커피를 다 마시고 다시 집 안으로 들어갔다. 주방 아일랜드 책상 위에 그녀의 지갑이 있었다. 그녀는 전날 에디 로건에게 받은 선불 핸드폰을 꺼내 화면을 살펴보았다. 그 핸드폰은 화면이 조그만 플립형 전화기였기 때문에 통화 외에는 특별한 기능이 별로 없었다. 에디가 이날 오전에 실행하라고 알려준 지시 내용은 꽤 간단했다. 보스턴 경찰서에 전화를 걸어 보스턴 기념 병원 종양병동에 폭탄을 하나 설치했다고 말할 것. 헨리 킴볼이 현재 입원하고 있는 바로 그 병원이었다. 조앤은 경찰은 자신이 전화를 끊지 못하도록 계속 붙잡아 두리라고 생각했기 때문에 그들에게 추가로 무슨 말, 예컨대 남편이 암으로 죽었으니 그 복수를 하는 중이라는 말 같은 것을 하는 게 과연 합당할지 고민하고 있었다. 하지만 그런 말까지 할 특별한 이유는 없었다. 그 전화는 그저 경찰의 주의를 살짝 다른 곳으로 돌리기 위한 것이었고, 어쩌면 그런 통화 자체가 필요 없을지도 몰랐다. 에디 로건이 병원 접수처에서 7년 동안 근무한 경험에 따르면 병원에 폭탄을 설치했다는 협박 같은 것은 그리 드문 일이 아니라고 했다. 하지만 그런 일이 일어나면 그 즉시 모든 관련자들에게 통보되기 때문에 직원들은 안절부절하기 마련이었다. 그렇게 되면 에디가 헨리가 입원해 있는 병실로 들어가 두 사람이 사전에 논의한 방식대로 그를 처리하는 일이 조금은 쉬워질 터였다.

조앤은 폭탄을 설치했다고 협박 전화를 한다고 해서 실제로 무슨 차이가 있을지 궁금했지만, 동시에 헨리 킴볼을 살해하려는 계획에 적어도 그녀가 어느 정도 연루되어 있다는 점을 확실히 해두기 위한 에디의 방식일 것이라고 생각했다. 하지만 만약 경찰이 그녀가 협박 전화를 건 사람이라는 사실을 입증할 수 있다면, 헨리에게 일어난 일과 조앤을 연결시킬 가능성도 있었다. 바로 그 이유 때문에 그녀는 전화를 걸어야 할지 말아야 할지 망설이는 중이었다. 그저 아직 마음을 정하지 못했을 뿐이었다. 이 일을 하게 되면 에디가 그 일을 하는 데 도움이 될 수도 있었다. 그리고 만약 에디가 헨리를 처치할 수 있다면, 그 반대급부로 조앤의 인생은 좀 더 안전해질 터였다. 그녀는 마지막 순간까지 기다렸다 결정하기로 마음을 먹었다.

10시 30분이 되자, 조앤은 차로 가서 스마트키에서 열쇠만 분리했다. 그런 다음 스마트키 부분은 차고에 둔 채 차를 몰고 나와 마을을 두 곳 지나서 농장 가판대들이 늘어서 있는 곳까지 이동해 한 가판대 앞에 차를 세웠다. 이 가판대는 가을 동안 사과주를 넣은 반죽으로 만든 도넛과 호박을 판매해 사람들로 붐비는 곳이었다. 그녀는 플립형 전화기는 가지고 왔지만 자신의 핸드폰은 집에 두었다. 만약 자신이 전화를 걸 때 집 근처에서 벗어나 있는 것이 무슨 차이가 있을지 확신할 수 없었지만, 어쨌든 나쁠 것은 없다고 판단했다. 조앤은 시동을 끄고 창문을 살짝 열고 차에 앉아 있었다. 평일이었지만 공터에는 차가 여러 대 주차되어 있었다. 도시에서 온 커플들이 호박을 쌓아 둔 곳에서 가장 완벽하게 둥근 호박을 찾아 돌아다니며 서로의 인스타그램에 올릴 사진을 찍고 있었다. 조앤은 전화를 걸기로 마음을 먹었다. 그녀는 사실 에디를 신뢰했다. 적어도 그녀를 범죄에 연루시키기 위해 폭탄을 설치했다고 위협하는 일을 제안하지는 않았을 것이라고 믿었다.

11시 정각이 되자, 조앤은 보스턴 경찰서의 전화번호를 누른 다음 집에서 연습했던 방식대로 입을 계속 벌린 상태에서 말을 꺼냈다. "보스턴 기념 병원 종양병동에 폭탄이 설치되었다는 신고를 하려고 전화를 걸었어요." 그 말은 조앤 자신의 귀에는 잘 들리지 않았지만, 반대편에서 전화를 받고 있는 여자는 침착하게 대답했다. "전화를 거신 분의 성함과 현재 계신 장소를 알려주시겠습니까?"

"폭탄은 10분 안에 터질 거예요. 사람은 아무도 해치고 싶지 않지만, 그 건물은 폭파시키고 싶어요. 분명히 경고했어요."

조앤은 전화를 끊자 피부가 윙윙 울리는 것 같았다. 그녀는 전화기를 주머니에 집어넣고 차에서 내려 호박 진열대 사이를 지나 커다란 시장 건물로 향했다. 건물 밖에는 사과와 호박, 아직 줄기가 달려 있는 양배추 같은 가을에 수확한 농산물이 쌓여 있었고, 그에 더해 장식용 조롱박과 모형 옥수수도 놓여 있었다. 조앤은 건물을 빙 돌아 직원 전용 주차장을 지나친 곳에서 반쯤 찬 대형 쓰레기통을 발견했다. 그녀는 전화기에서 심 카드를 빼내 반으로 부러뜨리고 부서진 조각들을 더는 통화가 되지 않는 전화기와 함께 쓰레기통 안으로 던졌다.

조앤은 곧장 집으로 가는 대신 시장을 돌아다니며 2리터짜리 사과주 한 병과 냉동 치킨파이 하나를 집어 들었다. 그리고 차를 몰고 집으로 가는 길에 보스턴 기념병원에서 사람들이 대피했다는 소식이라도 있는지 궁금해져 전국 라디오 방송을 켰지만 당연하게도 아무런 뉴스도 들을 수 없었다. 그리고 그날 밤에 뉴스 채널을 이리저리 돌리며 와인과 함께 치킨파이를 절반쯤 먹고 난 후에도 아무런 뉴스도 찾아볼 수 없었다. 물론 모든 것이 계획에 따라 진행되었다면 아무런 뉴스도 나오지 않는 것이 정상이었다. 일어난 일은 허위 폭탄 테러 사건과 한 환자가 충분히 예측 가능했던 뇌출혈을 일으켜 중태에 빠진 것뿐이었다. 어느 쪽이든 보도할 만한 가치가 전혀 없는 일이었다.

그녀는 리얼리티 쇼 〈진짜 주부들〉이 회 차를 이어 계속 이어 방영되고 있는 텔레비전 앞 소파에 누운 채 잠이 쏟아지자, 억지로 몸을 일으켜 계단을 올라 옷을 벗고 침대 이불 속으로 파고들었다. 뼈마디가 무겁게 느껴졌다. 그녀는 자신이 이틀 동안 잠을 제대로 자지 못했다는 사실을 깨달았다. 24시간 전에 그녀는 흰색 리넨 정장을 입고 있었던 남자와 함께 침대에 있었던 것이었다. 갑자기 그의 이름이 기억나지 않았다. 조앤은 굉장히 지친 상태였지만 매일 밤 잠을 청하기 위해 반복하던 일과대로 두 눈을 감고 해수면 위에 누워 있는 자신의 모습과 피부를 뜨겁게 태우던 태양, 자신의 몸을 띄우는 차가운 물, 믿을 수 없을 정도로 파란 하늘을 상상했다.

37장
릴리

그날 아침, 나는 헨리의 집 안에 둔 내 소지품을 정리하고 파이에게 이틀 동안 버틸 수 있는 음식을 준 다음 세상 대부분이 아직 깨어나지 않은 차가운 새벽 공기 속으로 나섰다.

나는 차를 향해 걸음을 옮기며 오늘 하루는 어떻게 보내면 좋을지 고심했다. 물론 몇 가지 할 일이 있었지만, 앞으로 남은 긴 시간을 채우기에는 충분하지 않았다. 나는 이미 출근에 나선 차량들로 가득 차 있는 보스턴 시내로 차를 몰아 코플리 스퀘어 근처에 차를 주차했다. 그런 다음 보스턴 시립 도서관에서 그날 대부분의 시간을 보냈다. 헨리의 집에서 읽기 시작했던 《그린 메리지》를 찾아 끝까지 읽고 마거릿 콕스웰의 전기를 찾아내 아버지 및 그와의 불륜 관계에 대해 이야기하는 부분을 읽어보았다. 나는 물론 그 이야기를 알고 있었다. 당시 아빠는 젊고 전도유망한 신진 작가였고, 첫 번째 부인이었던 클라리사 파블로와 결혼한 몸이었다. 그리고 마거릿은 화가 로버트 러더퍼드와 약혼한 상태였다. 아빠와 마거릿은 크페타섬에서 개최된 마르크스주의 문학 학회에 초대를 받았고, 두 쌍의 커플은 그곳에서 만나게 되었다. 그 불륜 관계는 그리스에 머무르던 시절이 아니라 겨울 동안 런던에 돌아와 있을 때 시작되었다. 아빠와 마거릿은 마이다 베일에 있는 한 친구의 고급 아파트에서 밀회를 가졌다. 나는 그 내용을 읽으면서 이 특정 소극에 출연한 배우들이 이제 전부 사망한 상태라는 사실이 떠올랐다. 마거릿은 물론이고, 아빠의 첫 번째 아내였던 클라리사 역시 마찬가지였다. 화가 로버트 러더퍼드는 어느덧 사망한 지 30년이 지났고, 북런던에 있는 사랑의 둥지의 소유주 역시 마찬가지였다. 그해 겨울에 일어났던 일의 진정한 내용을 구체적으로 기억하고 있는 사람은 이제 아빠밖에 남지 않았다.

　　나는 오후 일찍 도서관을 나와 몇 가지 물건을 구입해서 차를 몰고 마지막으로 다시 한번 서쪽으로 향했다. 예쁜 가을 날이 이어졌지만 도로 위에 군데군데 웅덩이가 생긴 것으로 보아 밤사이 비가 내린 게 분명했다. 국영생태보존구역에 딸린 진흙탕이 된 주차장을 발견해서 그곳에 차를 세웠다. 그곳에는 내 차밖에 없었다. 나는 깊은 웅덩이 위를 두어 번 돌면서 내

차 위에 진흙을 튀겼다. 그런 다음 차에서 내려 차 번호판에 진흙을 발라 차 번호를 알아볼 수 없을 정도로 엉망으로 만들어 놓았다. 이런 일을 할 필요가 있는지 몰랐지만 해가 되지는 않을 것 같았다.

나는 주차장에서 나와 다트퍼드 센터에 있는 지나치게 멋을 부린 편의점 앞에 차를 세웠다. 이곳은 복권이나 감자칩과 함께 이 지역에서 생산된 트레일 믹스, 유기농 와인 같은 것도 파는 가게였다. 편의점 옆에는 주유소가 있었다. 나는 주유소 화장실에서 보스턴에서 산 등산복 바지와 플리스 후드티로 갈아입었다. 또 코에 낀 피어싱을 빼서 배수구에 흘려보내고 얼굴을 닦아 화장을 지웠다. 그 후 편의점에 들어가 생수 한 병과 햄 치즈 크루아상, 그리고 다트퍼드를 가로지르는 등산로가 나와 있는 지도를 하나 샀다. 나는 시간을 투자해서 조앤의 집으로 갈 수 있는 경로 여러 곳을 외워 두었기 때문에 지도가 필요하지 않을 것이라고 생각했지만, 이 또한 해가 되지는 않을 것이라 판단했다.

디트퍼드에 있는 대부분의 법정탐방로는 기본적으로 도로 옆을 따라 나 있는 흙길로, 한 줄로 늘어선 나무들에 의해 교통량이 드문 도로와 구분되어 있었다. 하지만 이따금 탐방로가 도로에서 벗어나 오래된 농경지를 지나거나 소나무 숲속으로 이어지는 경우도 있었다. 조앤의 집은 이 소도시 중심지에서 직선거리로 고작 3킬로미터 남짓 떨어져 있었지만, 인접한 숲을 지나 커다란 바위 그늘에 자리를 잡기까지는 한 시간 넘게 걸렸다. 여기서는 그 집의 좁은 뒤뜰과 차양이 쳐진 베란다가 시야에 들어왔다. 나는 20분 정도 그 집을 지켜보다가 집 안에서 아무런 움직임도 느껴지지 않자, 슬금슬금 돌아서 집 앞 진입로 쪽으로 향했다. 은색 BMW는 보이지 않았다. 다른 사람이 그 BMW를 몰고 나갔고 조앤은 집 안에 있을 가능성도 있었지만 그런 것 같지는 않았다. 나는 정문 현관을 살펴보며 문이 잠겨 있다는 사실을 확인하고 다시 왔던 길을 돌아가 뒤쪽 베란다로 향했다. 베란다 스크린 도어는 열려 있었지만 실내로 통하는 유리 미닫이문은 잠겨 있었다. 나는 잠긴 문에 대처할 수 있는 도구를 가져왔지만, 먼저 창문을 확인해 보기로 마음먹고 옆으로 열리는 창문을 하나 찾아냈다. 나는 어두운 방 안으로 들어간 다음 창문을 도로 닫았다.

나는 집 안에서 무슨 소리가 들리는지 확인하려 잠시 기다리다가 주방으로 향했다. 냉장고 안에는 샤르도네 품종의 와인이 두 병 있었는데, 그중 한 병은 개봉해서 내용물이 반 정도 남아 있었고 다른 한 병은 여전히 밀봉된 상태였다. 그리고 비타민워터가 담긴 커다란 페트병도 하나 보였다.

조앤이 돌아오기 전, 나는 집 안의 다른 곳들을 다 살펴볼 수 있었다. 유행이 지난 가구와 새로 구입한 고급 가구가 이상하게 뒤섞여 있었다. 벽은 모두 똑같이 베이지색으로 칠해져 있었고, 주방은 바닥에 어두운 색 슬레이트를 깔고 화구 뒤에 직사각형 타일을 붙인 것으로 보아 최근에 리모델링을 한 것 같았다. 조앤 그리브와 그의 죽은 남편 리처드 웨일런은 모두 이 지역에서 자랐으니, 이곳은 두 사람의 부모 중 한 쪽이 살았던 집이 틀림없었다. 위층에는 부부용 침실 하나와 그보다 작은 세 개의 침실, 이렇게 총 네 개의 침실이 있었는데, 작은 침실 중 한 곳은 물건 창고로 용도가 바뀌어 상자들과 오래된 가구들이 들어차 있었다. 나는 바로 그 방 안에서, 맨 안쪽 벽과 사용하지 않는 책장 사이에 편히 있을 수 있는 자리를 만들어 놓은 채 기다렸다.

진입로에서 차 소리는 들리지 않았지만, 정문 현관이 쾅 하고 닫히는 소리가 울렸다. 오후가 절반쯤 지난 시간이었다. 나는 자리를 지키고 앉은 채 계속 기다렸다.

조앤은 오후에 위층으로 한 번 올라왔는데, 아마 옷을 갈아입은 듯 다시 아래층으로 내려갔다. 나는 긴장하지 않았다. 아무리 생각해도 그녀가 이 방 안으로 불쑥 들어가겠다고 마음먹을 이유가 없기 때문이었다. 설사 그렇게 한다고 해도, 나는 이미 대비가 되어 있었다.

7시쯤 되자 저 멀리서 텔레비전 소리가 들렸다. 세 시간이 지나자 나는 그녀가 텔레비전을 보다가 잠에 곯아떨어졌을 가능성이 가장 높다고 판단했지만, 만약을 위해 20분만 더 기다려 보자고 되뇌었다. 그 20분에서 5분이 남았을 때, 텔레비전 소리가 뚝 그치더니 조앤이 위층으로 올라오는 무거운 발걸음

소리가 들렸다. 그녀는 복도를 지나 내가 숨어 있는 방에서 멀어져 부부용 침실 쪽으로 향했다. 복도의 조명이 꺼졌다. 나는 다시 한 시간 더 기다렸다.

자정이 되자 나는 그녀의 침실로 들어가 그녀를 내려다보았다. 조앤은 침실에 딸린 화장실 조명을 켜두었고 화장실 문도 살짝 열려 있어, 그녀의 모습을 쉽게 알아볼 수 있었다. 그녀는 등을 대고 누운 채 한 손을 뺨 위에 대고 있었다. 잠을 자다 어느 순간에 한 바퀴 돌아누운 듯 로마 시대의 전통 의상을 입은 것처럼 침대 시트가 가슴 부근에서 대각선으로 말려 있었다.

나는 전기충격기를 꺼냈지만, 이 물건을 사용하는 일이 일어나지 않기를 진심으로 바라고 있었다. 그런 다음 조앤의 이름을 불러보았다. 처음에는 조용히, 그 다음에는 크게. 그녀는 움직이지 않았다. 그리고 나는 그녀의 얼굴을 부드럽게 두드려 보았다. 그녀의 두 눈이 가볍게 떨렸지만 그뿐이었다. 두 어깨를 붙잡고 흔들어 보기도 했다. 이번에도 아무 일도 없었다. 나는 반쯤 차 있는 와인병과 비타민워터가 담긴 병에 건장한 미식축구 선수도 고꾸라뜨릴 수 있을 정도의 클로랄 수화물 마취제를 타놓았다. 그녀는 와인과 비타민워터 둘 다 마신 게 분명했다. 나는 그녀가 그 상태에서 계단을 올라와 침대에 들었다는 사실에 경탄했다. 조앤은 투사였다. 나는 그런 점을 알아볼 수 있어서 잠시 그녀에게 안타까운 마음이 들 정도였다. 하지만 이윽고 나는 그녀가 언제나 다른 사람을 시켜 자기 대신 더러운 일을 하도록 했다는 사실을 떠올렸다.

나는 침대 시트 위에 전기충격기를 내려놓았다. 만일에 대비해 손을 뻗으면 쉽게 잡을 수 있는 자리였다. 그런 다음 등에 멘 배낭에 손을 넣고 10센티미터 정도 되는 피아노선을 꺼냈다. 한쪽 끝을 뾰족하게 갈아놓은 다음 살짝 구부린 모양이었다.

38장

조앤과 리처드

조앤과 리처드가 케너웍 방파제에서 두에인 워즈니악을 바다로 밀어버린 지 24시간이 지난 후 두 사람은 윈드워드 리조트에 있는 머리 삼촌의 서재에서 만났다. 계획했던 일은 아니었지만, 두 사람 모두 상대방이 그곳에 있는 모습을 보고도 놀라지 않았다. 그들은 자신들이 한 일에 대해 빠른 속도로 이야기를 나누다가 이제 각자 방으로 돌아가야 한다는 결론을 내리고 서로 마주보고 섰다.

조앤은 눈을 빠르게 깜빡거리며 조그맣고 완벽한 치아를 드러내고 미소를 지었다. "정말 대단해. 너와 정말 가까워진 것 같아." 두 사람은 포옹했다. "우리가 한 일을 진짜 했는지 믿을 수가 없어."

"나는 믿을 수 있어."

조앤은 고개를 끄덕였다. "이런 말을 하는 게 좀 이상하게 들리겠지만, 마치 우리가 결혼한 것 같은 기분이야. 비밀 결혼 말이야. 멍청한 식을 올리는 대신 함께 훨씬 근사한 일을 해냈잖아. 혹시 괴상한 소리 같아?"

"아니, 무슨 말인지 알아. 나도 같은 기분이니까. 그냥 우리가 결혼한 거라고 하자."

"좋아." 조앤이 이렇게 대답하자 리처드는 그녀의 눈동자에서 온갖 다채로운 색채를 엿볼 수 있었다. 온 세상이 그 안에 있었다. "이제 우리는 결혼한 몸이고, 어떤 면에서는 실제 결혼보다 훨씬 중요한 일이야. 그리고 오직 너와 나만이 이 사실을 알게 될 거야."

리처드는 고개를 끄덕였다.

"키스하자." 조앤이 말했다. "그러고 싶어? 그렇지 않다면 내가 마지막으로 키스한 사람은 두에인이 될 텐데."

"좋아." 리처드는 이렇게 대답했지만 곧바로 고개를 움직이지는 않았다. 조앤은 그를 올려다보았다. 조앤은 이전까지는 이런 식으로 키스하는 것은 절대 사절이었지만, 지금은 정말로 리처드와 이 모습으로 키스하고 싶었다. 남자애들과 키스하는 것은 보통 상대에 대한 권력을 실감하고 싶어 하는 것, 또는 다인의 욕망을 느끼고 싶어 하는 것에 가까웠다. 하지만 바로 그 순간에 리처드와 함께 있으니, 조앤은 순전히 육체적인 감각을 느끼기 위해, 그의 몸과 얼굴에 좀 더 가까이 다가가기 위해 그와 키스를 하고 싶었다. 조앤은 리처드의 발치까지 나아가 그의 고개를 자신에게 당겨 자신의 입술을 그의 입술에 대고 포겠다. 리처드는 조앤의 입이 얼마나 따뜻한지, 자신의 입술에 맞닿은 그녀의 아랫입술이 얼마나 부드러운지 깨닫자 깜짝 놀라고 말았다. 리처드는 그 후로도 몇 년 동안 그 키스를 돌이켜 보며 정말 결혼 서약 키스처럼 느껴졌다고, 두 사람을 영원히 함께 묶어주는 의식 같았다고 생각했다.

두 사람은 키스를 마치자 동시에 웃음을 터뜨렸다. 조앤이 입을 열었다. 그녀의 목소리는 살짝 쉬어 있었다. "너 키스 잘하네."

"전에는 한 번도 해본 적이 없는데."

"정말?"

"정말."

"해보니까 어때?"

"좋지만 좀 이상했어."

"내 생각도 딱 그래. 너와 함께 한 느낌은 좋았지만, 대부분의 경우에는 인간이 서로 입을 맞추고 싶어 한다는 건 이상한 것 같아."

"정말 이상해." 리처드는 이렇게 대답하다가 순간 다른 곳을 향했다. 저 멀리서, 호텔 안 어딘가에서 문을 닫는 것 같은 소리가 들렸기 때문이다.

"다른 사람이 들어오기 전에 가야 해." 조앤이 말했다.

리처드는 고개를 끄덕였다.

조앤은 도서실을 나가기 전에 리처드를 바라보며 말했다. "내 비밀 남편이라니. 마음에 드는 것 같아."

리처드가 다시 고개를 끄덕이자 조앤이 말을 이었다. "당신은 나를 정식으로 아내로, 비밀 아내로 맞이하겠습니까?"

리처드는 미소를 지으며 말했다. "맞이하겠습니다."

"이제 나한테 물어봐."

"좋아. 당신은 나를 정식으로 비밀 남편으로 맞이하겠습니까? 아플 때나 건강할 때나? 죽음이 우리 두 사람을 갈라놓을 때까지?"

"와, 대단한데?"

리처드는 어깨를 으쓱했다.

"맞이하겠습니다." 조앤이 대답했다.

39장

릴리

몽크스하우스로 돌아온 지 나흘 후, 나는 조앤 웨일런 그리브가 자택에서 사망한 채 발견되었으며 사인은 자연사로 보인다는 기사를 읽었다. 나는 숲을 지나 내가 좋아하는 작은 연못까지 긴 오후 산책을 했다. 그 연못의 이름은 어린 시절에 읽었던 닥터 수스의 동화책 제목을 따서 맥엘리것 연못이라고 붙여주었다. 올해는 유난히 건조한 여름이어서 내 연못은 이제 습지에 더 가까웠지만, 나는 조용히 연못가에 앉아 조앤에 대해 떠올리며 그녀에게 좀 더 많은 사연이 있을지, 혹시 있다면 그게 무엇인지 알게 될 수 있을지 생각해 보았다. 그녀가 침대에서 살해당했다는 사실을 아무도 알지 못한 채 땅에 묻히게 될지도 모른다는 생각을 하니 아연한 기분이 들었다. 만약 그렇게 된다면, 그녀는 자신을 죽일 방법을 고안해서 나무랄 데 없이 실행한 셈이었다.

이제는 거의 매일같이 날이 추웠지만, 나는 손발에 감각이 사라지면서까지 가능한 한 오래 그곳에 앉아 있었다. 그러면서 쳇, 에릭 워시번, 미란다 스버슨, 브래드 대깃, 조앤 그리브 웨일런의 이름을 차례로 읊어보다가, 헨리에 대해, 그가 이 명단에 오를 수도 있었다는 사실을 떠올렸다.

나는 비록 살인을 저질렀지만 인생에는 전혀 후회가 없었다. 내게는 언제나 그래야 할 이유가, 그래야 할 마땅한 이유가 있었다. 하지만 만약 헨리가 그 언덕 위의 공동묘지에서 죽었다면 내가 저지른 일을 후회했을 것 같았다. 이런 생각이 그저 내 기분을 좀 나아지게 하려는 거짓말이 아니기를 바랐지만, 또 누가 알겠는가?

일주일 후, 〈보스턴 글로브〉 웹사이트에 헨리 킴볼이 퇴원했다는 짤막한 기사가 올라왔다. 나는 그가 자신에게 일어난 일을 얼마나 기억하고 있을지 궁금했다. 그리고 조앤이 죽었다는 소식을 듣고 무슨 생각을 했을지도 궁금했다.

나는 여전히 머리를 짧게 깎은 스타일 그대로였다. 머리카락을 조금 더 기른 다음에 다듬으러 갈 생각이었다. 이번에는 코넷티컷에 있는 곳으로. 그리고 이제 머리카락 색은 원래대로 옅은 빨강색으로 돌아와 있었다.

내가 케임브리지에서 처음 돌아왔을 때, 엄마는 내 금발을 보고 엄청나게 당혹스러워했다. 나는 얼마 전까지 만나던 남자가 이렇게 해보라고 권했지만 지금은 헤어졌다고 말했다.

엄마가 내 말을 믿었는지는 모르겠지만 내 헤어스타일에 대해서는 잊어버리고 대신 그 남자에 대해 추측하기 시작했다.

아빠는 처음에는 내 바뀐 헤어스타일을 알아차리지 못했다가, 어느 날 밤 함께 보드게임을 하던 중에 내 순서에서 오래 끌고 있을 때가 되어서야 비로소 눈치챘다.

"네 머리 좀 봐라, 릴."

"아, 이제 눈치챘어?"

"네가 여행에서 돌아왔을 때 좀 다르게 보인다는 건 알았지만, 너를 보게 되어 기쁜 나머지 머리에는 별로 신경을 쓰지 못했지 뭐냐."

"소설가는 관찰력이 풍부해야 한다고 생각했는데."

아버지는 히죽거렸다. "세상에, 아니야. 그건 사실이 아니야. 실제로 그에 대해 나름 이론을 세워보기도 했지."

"아, 그래." 나는 분명히 예전에도 이 이야기를 들은 적이 있었지만 기꺼이 다시 한번 들어볼 생각이었다.

"세상에는 두 종류의 작가가 있지. 바로 관찰자와 몽상가란다. 비록 내 책은 사실주의에 기반한 것처럼 여겨지지만 나는 기본적으로 몽상가에, 관찰자 기질이 살짝 가미된 사람이야. 세상에는 나 같은 작가들이 굉장히 많아. 순수하게 훌륭한 관찰자인 작가들 쪽이 소수에 속해. 존 업다이크 같은 사람 말이다. 믿을 수 없을 정도로 훌륭한 관찰자이지. 반면에 몽상가적 기질은 영 꽝이고."

"아빠는 그 주제에 대해 생각을 좀 해본 것 같은데?"

"조금 해봤지."

"윌리엄 포크너가 그에 대해 한 말이 있지 않아?"

"난 모르겠다. 무슨 말을 했었나?"

들어본 적이 있는 것 같아 핸드폰으로 검색해 보였다. 그 행동이 아버지의 심기를 불편하게 했다는 점에는 의심의 여지가 없었다. "여기 있네. 그는 작가들에게는 관찰력과 상상력, 그리고 경험이 필요하다고 했어. 그리고 그중에서 어느 두 가지, 때로는 단 한 가지만 갖고 있어도 다른 부분의 결핍을 벌충할 수 있다고도 했고."

아버지는 얼굴을 찌푸리더니 말을 이었다. "뭐, 그 뒷부분은 사실이야. 하지만 경험에 대해서는 과대평가했구나. 우리는 살아만 있으면 경험을 얻을 수 있으니까. 훌륭한 작가가 되기 위해 빌어먹을 아프리카 사파리에 갈 필요는 없다는 말이다. 바버라 핌은 평생 어디에도 가지 않았지. 필립 라킨 역시 평생 어디에도 가지 않았고."

"그런데 바버라 핌은 사실⋯⋯"

"아니, 작가에게 필요한 것은 상상력, 혹은 관찰력이야. 그러면 충분해."

"그러면 순수하게 상상력에 의존하는 작가를 한 명만 알려줘. 판타지 작가들은 제외하고."

"판타지 작가들은 전부는 아닐지라도 대부분은 나쁜 관찰자라고 생각하는데. 괜찮은 예가 뭐가 있더라…… 아, 이건 어떠니? 네 마음에는 들지 않겠지만, 어쨌든 릴, 네가 좋아하는 작가, 애거서 크리스티 말이다. 온통 상상력에만 의존하고, 관찰자로서는 끔찍한 사람이지."

"그렇게 생각해?"

"아, 그럼. 그녀는 자신의 플롯에 빈틈이 없는지에 대해서만 신경을 쓰지, 세상이 어떻게 돌아가는지에 대해서는 관심이 없어. 그렇다고 해도 전혀 문제는 없지만 말이다."

"흠."

"내 말 믿어라. 그녀는 아마 실제 삶에서도 똑같은 사람일 게다. 만약 네가 산책 중에 애거서 크리스티를 만나게 된다면, 그녀는 자신이 어디 있는지 전혀 모르고 있을 거야. 그저 살인 플롯을 짜내는 데 골몰하고 있겠지. 우리는 모두 타고난 대로 사는 법이야."

"알았어."

"성질 내지 말고. 그 사람이 나쁜 작가라는 게 아니라 그저 형편없는 관찰자라고 말했을 뿐이야. 하지만 당연히 가장 훌륭한 작가들은 상상력과 관찰력 모두 훌륭한 수준으로 갖추고 있지."

"그런 작가들이 누군데?"

"아, 너도 알면서 그러니. 거장들 말이다. 당연히 찰스 디킨스, 제인 오스틴, 셰익스피어 같은 사람들이지."

"하지만 아빠는 아니고?"

"맙소사, 당연히 아니지. 내 소설들은 기본적으로 소망의 실현에 가까워. 그리고 나는 운이 좋게도 괜찮은 문장을 빚어낼 수 있는 능력이 있을 뿐이야. 하지만 솔직히 말해서 이 세상이 실제로 어떻게 작동하는지에 대해서는 전혀 아는 바가 없단다."

나는 내 순서를 끝내고 아버지가 주사위를 던지기를 기다리고 있었다. "나도 아빠랑 같은 생각이야. 그러니까 이 세상이 어떻게 작동하는지에 대해 말이야." 내가 이렇게 말하는 사이 아빠는 주사위를 던져 각각 4와 5가 나오자 신음 소리를 냈다.

12월 초에 헨리가 우리 집을 방문했다. 평소처럼 그는 사전에 전화를 하거나 편지를 쓰지 않았다. 그저 춥고 아름다운 토요일 오후에 불쑥 등장했을 뿐이었다.

내가 정문 현관 계단으로 나와 그의 모습을 보자, 그는 이렇게 말했다. "시간 괜찮을까요?"

"괜찮아요."

"부모님께서는 어떠실까요?"

"엄마와 아빠한테는 당신이 원래 오기로 했었는데, 두 분이 잊어버리고 있었던 거라고 말씀 드릴 생각이에요. 절대 모르실걸요. 그리고 두 분 다 당신을 보면 기뻐하실 거예요."

그는 작은 여행 가방을 가져왔기 때문에 나는 그가 평소에 묵던 위층 방으로 그를 데려다 주었다. 올라가는 길에 이날 저녁식사로 먹을 껍질콩을 손질하고 있던 엄마를 지나치자, 엄마는 자리에서 일어나 이쪽으로 다가와 헨리를 끌어안으며 말했다. "아, 자네가 와서 얼마나 기쁜지 몰라." 마치 그가 온다는 사실을 정말로 알고 있었던 것 같은 태도였다.

"어머님께서는 내가 당신 남자친구라고 생각하시나 봅니다?" 헨리는 손님용 침실에 놓인 싱글 침대 위에 자신의 가방을 내려놓은 후 이렇게 말했다. 나는 문가에 서 있었다. 그는 야위어 보였다. 별로 놀랄 일은 아니었다. 그리고 나는 그가 계단을 올라갈 때 다리를 살짝 저는 것을 눈치채고 있었다.

"아마 그런 것 같아요. 좀 어때요?"

"육체적으로는 괜찮습니다. 정신적으로는 조금 불안정하고요. 마치 낯설기만 한 새로운 세상에서 살고 있는 것 같아요. 병원에서 깨어났는데 자신이 어째서 그런 곳에 있는지 모르겠다면, 별로 좋은 기분은 아니잖아요?"

"실제로 그랬나요?"

"경찰 말로는 내 사무실 바깥쪽에서 폭탄이 터졌고, 그 폭탄은 리처드 시든이 가져온 것이라고 하더군요. 하지만 기억이 나지 않아요."

"리처드 시든이 누구인지는 기억하고요?"

"조금은 말이죠. 그가 제임스 퍼솔과 친구 사이였다는 사실은 알고 있고, 조앤 그리브와 어떻게든 관련이 있다는 사실역시 알고 있지만 기억이 흐릿하군요."

"조앤은 기억해요?"

"예, 그 사건은 기억나요. 그의 남편과 팸의 시체를 발견한것도 기억나고요. 뚜렷하게 기억하는 것은 거기까지고, 나머지는…… 불완전하다고 해야겠죠."

"여기 왔던 것은 기억해요?"

"언제요? 내가 그들의 시체를 발견한 후에 말인가요?"

"그래요."

"어느 정도 기억이 나긴 하는데…… 아니, 확실히 기억해요. 무슨 일이 일어났는지에 대해 당신과 이야기를 나눠보고싶었죠."

"당신은 사건에 연루된 세 번째 인물이 있을 거라고 생각했어요. 조앤과 알고 지내면서 조앤의 남편과 그의 애인을 죽인 사람 말이죠. 그리고 그 사람이 누구인지 알아낼 수 있도록도와달라고 했어요."

헨리는 고개를 끄덕이면서 시선을 천장에 고정한 채 기억을 짜내려 애를 썼다. 그가 침대 가장자리에 앉자 나는 침실 안으로 들어가 책상 의자를 돌려 그를 마주본 채 앉았다. "내가당신에게 다 말했습니까?" 그가 물었다.

"그래요. 그리고 당신은 리처드 시든이 세 번째 인물이라는 사실을 알아낸 것 같아요. 그리고 그도 당신이 알아냈다는 사실을 알았을 테고요. 그래서 그는 당신을 죽이려 했던 거예요."

"그런 다음 자살한 건가요?"

"아마 그럴 거예요. 하지만 잘 모르겠어요. 그는 당신 사무실에 폭탄을 가져왔어요. 어쩌면 그곳에 폭탄을 놓아두고 가버릴 생각이었을 수도 있고, 또는 둘 다 날려버릴 작정이었는지도 모르죠."

"경찰은 폭탄이 터졌을 때 나는 폭발 현장과 문을 사이에 두고 있었다고 했어요. 그렇지 않았다면 나는 지금 여기에 없었을 테죠."

"말이 되네요. 상황을 감안하면 당신은 꽤 괜찮아 보이니까요."

그가 앞머리를 한쪽으로 쓸어 넘기자 이마 위에 색이 바랜 삼각형 모양의 흉터가 드러났다. "기념품입니다."

"멋져 보이네요."

"당신, 헤어스타일이 좀 바뀌었군요."

나는 손을 뻗어 머리를 어루만졌다. 나는 헤드밴드를 하나 쓰고 있었는데, 어색한 길이의 머리카락을 가리는 것 외에는 실용적인 목적이 없었다. 나는 그가 병원에 입원해서 회복하는 동안 무슨 일이 있었는지 말해주어야 할지 아직 결정을 내리지 못한 상태였다. 만약 그가 구체적으로 물어보면 대답을 해주겠지만, 그는 아직 자신의 기억을 따라잡는 중이라는 것이 분명해 보였으니, 내가 그의 집에 한동안 머무르면서 조앤을 만났다는 사실을 알게 되면 너무 큰 부담이 될 수도 있었다.

"다시 기르고 있어요."

"짧은 머리도 괜찮은데요."

그는 피곤해 보였다. 나는 자리에서 일어나 그에게 이곳에서 좀 있다가 6시가 되어 아빠가 칵테일을 마실 시간이라고 공식적으로 선언하면 아래층으로 내려와 합류하라고 말했다.

그는 조금 늦게 아래층으로 내려왔는데, 이날 오후 때보다 훨씬 그 자기다운 모습으로 보였다. 어쩌면 잃어버린 시간과 기억에 대해 생각해 보라는 요청을 받지 않았기 때문일지도 몰랐다. 아빠는 당연히 그를 보고 굉장히 흥분했고, 나는 소설가들은 관찰자가 아니면 몽상가라는 이론에 대해 헨리에게 말해보라고 권했다. 그러자 우리 세 명은 떠올릴 수 있는 모든 작가들을 분류하면서 한 시간을 보냈다. 엄마가 들어와 보더니 심지어 대화에 끼어들기까지 했다. "내 친구 마사 그라우스먼 있잖아. 콜라주 같은 작품으로 개인전을 연 사람 말이야. 내 추측이지만 그녀는 상상력이 풍부한 것 같아. 아무래도 그녀는 확실히 색맹인 것 같으니 말이지."

나는 그날 밤 헨리나 아버지보다 먼저 잠자리에 들었다. 어린 시절에 사용하던 침실에 누워 집 안에서 들려오는 소리에 귀를 기울이며 아직 깨어 있는 사람들의 대화 소리를 들었다. 나는 기억하는 한 오래 전부터 이런 행동을 하곤 했다. 좋든 나쁘든 내가 사랑하는 사람들이 내는 소리에 귀를 기울이는 것이었다.

아버지가 부주의하게 전속력으로 뒤쪽 계단을 올라 침실로 향하는 소리가 들린 지 15분이 지나자, 헨리가 천천히 내 방문 앞을 지나쳐 2층 복도를 걸어가 다락으로 이어지는 낡은 계단을 올라 자신의 손님용 침실로 향하는 소리가 들렸다. 그러자 집 안은 고요해졌다.

다음 날 아침 식사를 마친 후, 헨리와 나는 긴 산책을 떠나 목초지를 돌아 내가 가장 좋아하는 연못이 있는 곳과 연결된 산책로로 걸음을 옮겼다. 걷던 중에 그가 입을 열었다. "우리가 처음 만났던 때 기억나요?"

이는 우리가 전에도 해본 적이 있던, 서로를 알아가던 방식을 재구성해보는 게임이었다. 내 평생 진지하게 사귀었던 유일한 남자인 에릭 워시번과도 아마 한두 번 해본 적이 있었다. 이런 게임은 연인들 사이에서 하는 것이라고 인식하고 있었다. 각자 이야기를 구성한다. 그리고 서로에게 들려준다. 하지만 우리가 하는 것은 바로 그 게임의 뒤틀린 버전이었다. 나는 입을 열었다. "당신이 윈슬로에 있는 내 집으로 나를 찾아와 테드 스버슨에 대해 물어봤을 때였죠."

"그리고 나는 당신이 거짓말을 하고 있다는 걸 알고 있었고요."

"그리고 나는 당신이 알고 있다는 걸 알고 있었죠."

"그래서 나는 당신이 어째서 내게 거짓말을 하는지 물어보려고 돌아왔어요."

"그러다가 나를 미행하기 시작했고요."

"예, 당신을 미행하기 시작했어요."

"그러다가 나는 당신을 속여서 텅 빈 공동묘지로 유인한 다음 칼로 당신을 찔렀죠."

헨리는 살짝 가쁜 듯한 숨을 몰아쉬며 걸음을 멈췄다. 우리는 산등성이 꼭대기에 올라와 있었다. 이제 나무에서 잎이 다 져버려서 언덕 경사면 아래로 숲이 우거진 지역을 건너 맥엘리것 연못 가장자리까지 전부 시야에 들어왔다. 헨리는 그 풍경을 바라보다가 나를 향해 돌아섰다.

"당신이 그러면서 내게 무슨 말을 했는지 기억나요?"

"물론이죠. 미안하다고 했어요."

우리는 다시 걸음을 옮기며 계속 이야기를 나누었다. "언제 그 일에 대해 나를 용서하기로 마음을 먹었나요?"

"내가 당신을 용서한 것 같아요? 그저 복수할 기회를 기다리고 있는지 어떻게 알고요?"

"지금 정말 좋은 기회가 닥쳤잖아요. 혹시 무기를 가지고 왔어요?"

"아니, 이게 무슨 좋은 기회인가요? 당신 부모님이 우리가 함께 산책을 나갔다는 사실을 알고 계신데. 그러면 돌아가서 두 분도 살해해야 하잖아요."

"아니, 정말로. 언제 나를 용서하기로 마음을 먹었어요?"

그는 잠시 동안 아무 말도 하지 않았다. 비록 우리는 전에도 이 게임을 해본 적이 있었지만, 보통은 서로에게 자세한 이야기를 너무 많이 털어놓지 않는 편이었다.

"당신이 폐쇄병동에 있던 시절, 내가 당신을 세 번째로 방문했을 때였던 것 같아요. 경찰을 그만둔 후였죠. 기억나요? 당신은 나쁜 짓을 저질렀지만 그럴 만한 이유가 있었다고 말했죠. 그리고 당신은 자신이 붙잡힐 거라고 확신한다면서, 당신 집 옆에 개발 계획이 잡혀 있어 우물이 파헤쳐지게 되면 당신이 그곳에 숨겨둔 모든 비밀이 드러날 거라고 말했어요."

"당신에게 전부 다 털어놓지 않았나요?"

"맞아요."

"기분이 좋았어요. 내게 불리하게 작용할 수도 있는 정보를 당신에게 모두 알려주니, 그 일이 내 손을 떠난 것 같았거든요. 왜 다른 사람에게 말하지 않았죠?"

"솔직히 잘 모르겠어요. 어느 정도는 내가 더 이상 경찰이 아니었기 때문이었을 겁니다. 경찰은 나를 해고했고, 나는 경찰에 빚진 게 없었으니까요. 하지만 아마 주된 이유는 내가 당신을 조금은 사랑했기 때문이었을 겁니다. 당신을 구하고 싶어했던 것 같아요. 당신은 분명 어느 정도 나쁜 짓을 저질렀지만,

그래도 당신에게는 구원이 필요했으니까요. 부끄러워지니 화제를 좀 바꾸죠. 조앤 그리브가 죽었다는 소식을 들었어요?"

"그 소식은 들었어요. 어쩌다 죽었죠?"

"심각한 뇌출혈이었어요. 내가 들은 바로는 그래요."

"그녀가 죽어서 기쁜가요?"

"기뻐요. 내 생각에 조앤은 좋은 사람이 아니라, 정확히 말해서……."

"살려 마땅한 사람은 아니죠."

"맞아요. 살려 마땅한 사람은 아니죠."

우리는 이제 연못에 도착했다. 반대편에서는 까마귀 한 쌍이 목이 졸린 듯한 울음소리를 내며 서로 이야기를 나누고 있었다. 헨리는 한 나무에 기대어 여전히 걷고 있을 때보다 조금 더 거세게 숨을 몰아쉬고 있었다.

"당신이 재판을 받지 않고 풀려날 것 같자, 내가 당신에게 뭐라고 말했는지 기억나요?"

"그래요. 또다시 살인을 저지를 생각인지 물었죠."

"그리고 당신 대답은?"

"다시는 살아 있는 사람을 해치지 않도록 매사 최선을 다하겠다고 말했죠."

"흠, 조앤이 남편에게 일어난 일 같은 비극을 겪고 난 후에 갑자기 뇌출혈로 죽어버렸다니, 놀라울 따름이에요."

"그 여자는 썩은 사과 같은 사람이었어요, 헨리. 속까지 완전히 썩어버렸죠."

"알고 있어요."

"그리고 그녀가 아직까지 살아 있었으면, 당신 목숨이 위험해졌을지도 몰라요."

"그 생각도 해봤어요. 조앤에 대해 많은 것을 알고 있었으니까요."

우리는 다시 집으로 걸음을 옮겼다. 처음에는 아무 말도 하지 않았지만, 목초지에 도착하자 헨리가 입을 열었다. "당신이 아직 병원에 입원해 있었을 때, 그러니까 사람들이 이 목초지를 파헤치고 있었을 때 내가 여기 왔다는 사실을 알고 있었어요?"

"왔을지도 모른다고 생각했지만, 당신이 확실히 말해주지 않았잖아요."

"어느 주말에 여기 와서 이 목초지를 발견했어요. 불도저와 채굴기가 여러 대 있었지만 인부들은 하나도 보이지 않았죠. 나는 그 우물을 찾아서 주변을 죄다 돌아다녔어요."

"찾아내지 못했나요?"

"실은 찾았습니다. 조금 무너진 상태였지만 안에 돌을 하나 던져 보니 대략 5, 6미터 정도 되는 것 같아 보였죠. 나는 그 앞에서 어떻게 해야 할지 결정을 내리려 애를 쓰며 30분 정도 서 있었어요." 그는 여기서 입을 다물었고, 우리는 계속 걸음을 옮겼다. 결국 그가 다시 입을 열었다. "우물 옆에는 흙더미가 쌓여 있어서, 나는 삽을 하나 찾아내 흙으로 그 우물을 덮어버렸어요. 굉장히 이상한 경험이었죠."

"이상한 경험이었던 까닭은 당신이 이상한 결정을 내렸기 때문이죠."

"맞아요. 당신은 그날 내가 무엇을 덮어버렸는지 말하고 싶지 않은 것 같군요."

나는 30초 정도 그에 대해 생각을 한 다음 입을 열었다. "그 안에는 시체가 두 구 있어요. 하나는 내가 열네 살 때 우리 집에서 머무르던 남자였죠. 육식동물 같은 사람이었어요. 다른 하나는 테드와 미란다 스버슨을 살해한 남자였고요."

"거기까지 말해줘서 고마워요."

"둘 다 이제는 백골일 뿐이에요. 하지만 내가 만든 백골이죠."

헨리는 건조하게 웃음을 터뜨렸다. "어째서 다른 사람에게 그 이야기를 하지 않은 거죠?" 내가 물었다.

"나도 정확히는 모르겠어요."

그날 저녁 헨리는 저녁식사를 하기 조금 전에 떠났다. 엄마와 아빠는 굉장히 서운해했고, 특히 아빠 쪽이 그랬다. 두 사람이 작별인사를 건네자 나는 헨리와 함께 갓 지기 시작한 땅거미 속에서 그의 차가 있는 곳까지 걸어갔다.

"아빠가 너무 외로워해서요. 또 왔으면 좋겠네요."

"그렇게 될지 잘 모르겠어요."

"그래도 이해해요."

"어젯밤에 하던 게임 기억나요? 세상을 관찰하는 작가와 상상하는 작가로 나누던 게임 말이에요."

"그럼요."

"사랑도 마찬가지인 것 같아요. 어떤 사람들이 사랑에 빠지는 이유는 그들이 훌륭한 관찰자이기 때문이죠. 그들은 자신들의 앞에 무엇이 놓여 있는지 내다볼 수 있어요. 그리고 또 어떤 사람들이 사랑에 빠지는 이유는 그들이 자신들 앞에 무엇이 놓여 있는지 그저 상상만 할 뿐이기 때문이에요. 그들은 실제로는 앞에 없는 것을 상상으로 구축하는 거죠."

"아마 당신 말이 맞을 것 같네요."

"수수께끼 같은 말을 하는 것처럼 들리겠지만 그러려는 건 아니에요. 그냥 머릿속에 든 생각을 입 밖으로 내고 있는 거죠. 어쩌면 내가 여기 다시 오지 않으려는 이유를 설명하려고 애를 쓰고 있는지도 모르겠네요."

"이제 알겠어요. 내가 사랑에 대해 어떻게 생각하는지 알고 싶은 거죠?"

"아마 그런 것 같군요." 그는 미소를 지었다.

"나는 사랑, 그러니까 가족 간의 사랑 말고 연인 사이의 사랑이야말로 세상에서 가장 파괴적인 힘이라고 생각해요. 선량한 사람들이 서로에게 상처를 입히게 하는 유일한 힘인걸요."

"꼭 그런 건 아니에요."

"아뇨, 실제로 그래요. 사람들이 사랑 때문에 무슨 짓을 하는지 말하는 게 아니에요. 자신이 사랑하는 사람에게 무슨 짓을 하는지 말하고 있는 거죠. 서로 상대의 마음을 아프게 하는 거예요."

"상대에게 그런 짓을 하지 않는 연인들도 아마 있을 겁니다."

"물론이에요. 하지만 굉장히 적을걸요. 그리고 아무리 행복한 연인이라 할지라도 결국 한 명이 먼저 죽어버리게 되는 걸요. 우리 모두 결국에는 비극으로 끝나게 되는 거예요."

우리는 잠시 동안 침묵하며 서 있다가, 둘 다 조금씩 몸을 떨기 시작했다. 그러자 헨리가 입을 열었다. "그러니 당신이 나를 사랑하지 않는 것은 잘된 일이로군요."

"그래요. 그런 것 같아요."

헨리는 놀리는 듯한 표정으로 나를 보며 씩 웃었다. "정말 당신의 솔직함에 감사할 수밖에 없네요. 나는 당신을 사랑하는 것에 대해, 그리고 당신은 나를 사랑하지 않는 것에 대해 굉장히 많은 생각을 했어요. 괜찮은 것 같아요. 사실 인간이 자신이 사랑하는 사람이 자신을 사랑해주기를 기대하는 것은 탐욕스럽다고 생각하니까요. 책이나 영화, 자연을 바라볼 때는 그런 생각을 하지 않으면서. 그런데 왜 사람에게는 사랑을 되돌려 받길 바라는 걸까요? 어쩌면 당신이 내 사랑에 보답하기 위해 구태여 나를 사랑하지 않으니 내 사랑이 좀 더 우월할지도 모르잖아요? 그리고 당신의 표정을 보니, 이제 떠날 시간인 것 같군요."

나는 웃음을 터뜨리며 앞으로 다가가 그의 팔에 안겼다. 그러다가 우리는 서로를 바라보았다. 그의 얼굴은 황혼이 깃들어 보랏빛으로 물들었고, 짙은 그늘도 드리워져 있었다. 그가 자신의 이마를 내 이마에 가져다 대며 한 손을 내 목 옆쪽에 올렸다. 나는 그의 입술에 가볍게 키스를 했다.

그의 차가 진입로 저쪽으로 사라지자 나는 추위 속에 잠시 선 채 조금 전 그가 한 말에 대해 생각했다. 사랑이 양방향으로 진행하리라는 기대를 품지 않는 한 일방적으로 흐르는 것이야말로 최고의 사랑이라는 말이었다. 헨리는 비록 부인했지만, 나는 그가 우리 앞에 놓인 미래에 대해 뭔가 기대하는 것이 있지 않을까 걱정스러웠다. 하지만 나는 좋든 나쁘든 이미 그를 믿기로 결심했다.

나는 몸을 돌려 부모님의 집으로 돌아갔다. 집을 향해 천천히 걸음을 옮기자, 아빠가 거실 아래층 창문에서 내가 돌아오는 모습을 지켜보고 있는 것이 보였다.

옮긴이 이동윤

서울대학교에서 사회학을 전공했다. 미스터리 애독자인 그는 고전부터 현대, 본격 추리 스릴러부터 코지 스릴러까지 폭넓은 미스터리를 독자에게 소개하기 위해 번역가의 길을 선택했다. 옮긴 책으로 존 딕슨 카의 《마녀의 은신처》 《세 개의 관》 《황제의 코담뱃갑》, 피터 러브시의 《가짜 경감 듀》 《밀랍 인형》, 루이즈 페니의 《치명적인 은총》 등이 있다.

살려 마땅한
사람들

첫판 1쇄 펴낸날 2023년 10월 24일
　　　　4쇄 펴낸날 2024년 4월 22일

지은이 피터 스완슨
옮긴이 이동윤
발행인 김혜경
편집인 김수진
책임편집 유승연
편집기획 김교석 조한나 문해림 김유진 곽세라 전하연 박혜인 조정현
디자인 한승연 성윤정
경영지원국 안정숙
마케팅 문창운 백윤진 박희원
회계 임옥희 양여진 김주연

펴낸곳 (주)도서출판 푸른숲
출판등록 2003년 12월 17일 제2003-000032호
주소 서울특별시 마포구 토정로 35-1 2층, 우편번호 04083
전화 02)6392-7871, 2(마케팅부), 02)6392-7873(편집부)
팩스 02)6392-7875
홈페이지 www.prunsoop.co.kr
페이스북 www.facebook.com/prunsoop　　인스타그램 @prunsoop

ⓒ 푸른숲, 2023
ISBN 979-11-5675-437-4(03840)

＊ 잘못된 책은 구입하신 서점에서 바꾸어 드립니다.
＊ 본서의 반품 기한은 2029년 4월 30일까지입니다.